BASTEI LÜBBE TASCHENBUCH

Weitere Titel der Autorin:

Schattenfreundin
Phönixkinder

Titel in der Regel auch als E-Book erhältlich

Über die Autorin:

Schon während ihres Studiums arbeitete Christine Drews für diverse TV-Produktionen. Mittlerweile schreibt sie Drehbücher oder wirkt als Autorin bei Showformaten mit. Mit ihrem Debütroman *SCHATTENFREUNDIN* begeisterte sie etliche Krimifreunde im In- und Ausland.

Christine Drews

TOD NACH SCHUL-SCHLUSS

Kriminalroman

BASTEI LÜBBE
TASCHENBUCH

BASTEI LÜBBE TASCHENBUCH
Band 17 191

Dieser Titel ist auch als Hörbuch und E-Book erschienen

MIX
Papier aus verantwortungsvollen Quellen
FSC® C014496
FSC
www.fsc.org

Originalausgabe

Lektorat und Textredaktion: Bettina Steinhage & Lisa Bitzer
Titelillustration: © Plainpicture/BY; © Plainpicture/bildhaft
Umschlaggestaltung:
Pauline Schimmelpenninck Büro für Gestaltung, Berlin
Satz: Urban SatzKonzept, Düsseldorf
Gesetzt aus der Caslon
Druck und Verarbeitung: GGP Media GmbH, Pößneck
Printed in Germany
ISBN 978-3-404-17191-0

5 4 3 2 1

Für Johan

PROLOG

Was für ein arrogantes Arschloch, dachte er, als er mit hoher Geschwindigkeit vom Parkplatz fuhr. Der Schotter spritzte laut gegen die Türen seines nagelneuen BMW X5, aber das war ihm in diesem Moment egal. Scheißegal. Bekam der Lack halt Macken. So was hatte ihn noch nie gestört. Er war stocksauer.

»Geben Sie doch zu, dass Sie das Geld unterschlagen haben!«, hatte dieses Schwein zu ihm gesagt. »Ich möchte wetten, dass man sich von dem Sümmchen einen hübschen neuen Wagen leisten kann.«

Was bildete sich dieser Schnösel eigentlich ein? Eine Frechheit war das, eine bodenlose! Als wenn er es nötig hätte, Geld zu unterschlagen, um sich ein neues Auto zu kaufen. Was konnte er denn dafür, wenn die Dämmmaterialien der alten Turnhalle asbestverseucht waren und aufwendig entsorgt werden mussten? Das trieb die Kosten nun mal in die Höhe. So was konnte man vorher nicht kalkulieren. Das waren Risiken, die bei einem Abriss und anschließenden Neubau nun mal bestanden. Und überhaupt. Es ging hier um die Kosten einer läppischen Turnhalle und nicht um den verdammten Berliner Flughafen. Als wenn die paar tausend Euro irgendjemandem wehgetan hätten …

»Und dann wagt er es auch noch, mir zu drohen!« Er merkte, dass sich seine Stimme fast überschlug. Obwohl er allein im Auto saß, brüllte er.

»Du wirst in letzter Zeit so schnell laut, Alex«, schossen ihm die Worte seiner Frau durch den Kopf. Kein Wunder, wenn er nur von Idioten umgeben war.

Er lenkte seinen Wagen auf die Landstraße, die auf einer schnurgeraden Linie durch ein Meer von Wiesen und Feldern führte. Blühender Raps und goldfarbenes Korn wechselten sich immer schneller ab, während der BMW Fahrt aufnahm. Aber Alex hatte dieses Mal keinen Blick für die Schönheit der Natur, die er sonst immer so genoss. Er war immer noch auf hundertachtzig und spürte, wie das Adrenalin durch seinen Körper rauschte. Einen Augenblick lang überlegte er, ob er tatsächlich aufbrausender war als früher. Vielleicht, ja, konnte schon sein. Na und? Viel zu oft hatte er doch auch allen Grund dazu. Und das nicht nur wegen irgendwelcher arroganter Kunden.

»So ein Wichser! Penner! Vollidiot!«, rief er aufgebracht, und der ganze Ärger über diesen Wichtigtuer, mit dem er sich gerade hatte herumschlagen müssen, kochte wieder in ihm hoch. Was sollten diese Drohungen?

»Wenn Sie das nicht in Ordnung bringen, wird das Konsequenzen haben. Dann werde ich Ihren Ruf zerstören, lassen Sie sich das gesagt sein«, hatte er zu ihm gesagt.

Ha! Das war ja lächerlich. Wie wollte dieses Würstchen das bitte anstellen? Alex war eine Instanz im Münsterland. An ihm und seiner Firma kam niemand vorbei. Kein Mensch konnte ihm etwas anhaben. Auch nicht dieses Arschloch mit seinen einflussreichen Freunden. Absurd!

Alex drosselte das Tempo. In der Ferne glaubte er, eine Person am Straßenrand stehen zu sehen. War das ein Polizist? Hier, mitten in der Pampa? Er schien irgendetwas hochzuhalten, fast so, als würde er auf ihn zielen.

Dann sah Alex den roten Lichtstrahl. Geschwindigkeitskontrolle, dachte er noch, als der Laser seine Augen traf. Von einer Sekunde auf die andere konnte er nichts mehr sehen.

Alles war schwarz. Reflexartig riss er die Hände hoch, um seine schmerzenden Augen zu schützen. Er spürte, wie der Wagen von der Straße abkam und über das Feld raste, wie das Korn gegen die Karosserie schlug. Klack, klack, klack.

Dann überschlug er sich. Einmal, zweimal.

Beim dritten Mal verlor Alex das Bewusstsein.

Als er die Augen wieder aufschlug, hing er kopfüber in den Anschnallgurten. Langsam gewöhnten sich seine Augen wieder an das normale Licht. Er brauchte einen Moment, um zu verstehen, was passiert war, warum das Getreide und die Bäume in der Ferne auf dem Kopf standen.

»O Gott«, stöhnte er leise.

Alle Scheiben waren zerborsten, und er merkte, wie Blut aus einer Wunde an seinem Kopf floss. Alex glaubte, jeden einzelnen Tropfen Blut beim Aufprall auf den Boden hören zu können. Die Verletzung war anscheinend stärker, als er zunächst angenommen hatte, denn plötzlich hatte er den Eindruck, ein kleines Rinnsal würde auf das Feld fließen, so sehr plätscherte es. Oder kam das Geräusch woandersher?

Blinzelnd sah er sich um. Der Wagen war komplett hinüber. Aber was war das für ein Geruch? Benzin. Verdammt, der Tank lief aus! Daher also das Plätschern. Und war das Rauch? Scheiße, ja. Aus der Motorhaube qualmte es. Nur ganz wenig, aber es reichte aus, um Alex in Panik zu versetzen. Auch wenn er wusste, dass ein Auto nicht so schnell in Brand geriet, wie man es aus dem Fernsehen kannte, war ihm trotzdem klar, welche Gefahr ein zerborstener Tank und eine kokelnde Stelle im Motorraum darstellten. Über kurz oder lang würde sein schöner neuer SUV in Flammen aufgehen. So viel war sicher. Also nichts wie raus hier.

Alex versuchte sich abzuschnallen und schrie nur eine Sekunde später auf vor Schmerz. Wie ein abgebrochener Hühnerknochen stach die Elle seines rechten Armes aus der Haut heraus, während ihm der linke schlaff auf der Brust hing, unfähig, sich auch nur einen Millimeter zu bewegen.

Beide gebrochen, dachte Alex und überlegte fieberhaft, wie er den Anschnallgurt lösen sollte. Durch das zerborstene Fenster sah er, dass sich inzwischen eine richtige Benzinlache um sein Auto gebildet hatte. Das ist der Nachteil an einem SUV, dachte er, der Tank ist extrem groß. Der Wagen, der Boden, das abgeknickte Korn, alles war bereits von Benzin durchtränkt. Er musste so schnell wie möglich hier raus. Aber wie?

Gerade als er ein weiteres Mal die Zähne zusammenbiss und unter schier unmenschlichen Schmerzen versuchte, mit dem rechten Arm an den Anschnallgurt zu kommen, hörte er Schritte. Gott sei Dank! Der idiotische Bulle, der ihn geblendet hatte, würde ihn jetzt wenigstens hier rausholen. Wahrscheinlich hatte er schon den Notarzt alarmiert. In einer guten Stunde würde Alex auf irgendeinem OP-Tisch liegen, und man würde seine Arme wieder zusammenflicken.

Auch wenn er stocksauer auf den Polizisten war, beruhigte es ihn ungemein, als er ein paar dunkle Stiefel neben der Fahrertür auftauchen sah. Wenigstens hatte der Albtraum jetzt ein Ende.

Alex sah, wie der Mann in die Hocke ging. Er hielt irgendetwas Glänzendes in der Hand, das das Sonnenlicht reflektierte. Was war das?

»Holen Sie mich hier raus, Mann!«, stöhnte Alex. »Schnell.«

Es dauerte einen Moment, bis der Andere reagierte. »Nein«, sagte er dann mit fester Stimme und klappte ein silbernes Feuerzeug auf.

1

Ein Jahr später

Den Abgabetermin für Osteuropäische Geschichte würde sie nicht einhalten können, das wusste Dina jetzt schon. Sie wollte unbedingt noch ein Kapitel zur aktuellen Krise in der Ukraine schreiben, und das würde sie in der Kürze der Zeit nicht schaffen. Aber sie kam gut mit der Professorin klar, und vier Wochen Aufschub waren normalerweise kein Problem. Außerdem wusste die Frau um ihre Situation.

Dina tunkte den Wischmopp in den Eimer und drückte das Wasser in der dafür vorgesehenen Halterung aus. Dann wischte sie weiter über den langen Flur, immer im gleichen Rhythmus, wobei sie sich langsam rückwärtsbewegte.

Es hatte sie verletzt, was die Schüler zu ihr gesagt hatten. Normalerweise war es ihr egal, was diese verzogenen und arroganten Blagen für einen Müll von sich gaben, und eigentlich war sie auch ganz gut darin, die Sprüche zu ignorieren. Aber das …

»Grundgütiger, die Moslemhure putzt wieder«, hatte der eine gesagt, und die anderen hatten laut gelacht. Dann war er ganz nah an sie herangekommen und hatte sich in gebrochenem Deutsch über sie lustig gemacht. »Du bessär putzen, verstähst du?« Wieder hatten alle gelacht. Schließlich hatte er sich von ihr abgewandt. »Lasst uns gehen. Hier stinkt's nach Kümmel.«

Sie hatte kurz überlegt, dem Idioten die Meinung zu geigen, hatte es dann aber lieber gelassen. Dina brauchte das Geld dringend, das sie durch die Putzstelle im Internat verdiente. In zwei Semestern würde sie ihren Abschluss in Geschichte und Germanistik in der Tasche haben, und dann würde sie alles dafür tun, ein Volontariat bei den Westfälischen Nachrichten zu ergattern. Sie hatte schon zwei Praktika bei der Zeitung gemacht und wusste, dass der Chefredakteur ihre Schreibe schätzte. Er hatte Dina bereits signalisiert, dass sie einen der begehrten Plätze bekommen konnte. Ihr Kopftuch war kein Thema für ihn, und dafür war Dina ihm sehr dankbar.

Aber bis es so weit war, musste sie noch Geld verdienen. Wegen der Vorlesungen und Seminare konnte sie nur abends arbeiten, und da gab es nicht besonders viele Alternativen für sie. Zumal ein Job in einer Kneipe für Dina nicht infrage kam. Also nahm sie den langen Anfahrtsweg auf sich und fuhr dreimal die Woche von Münster auf Schloss Lemburg, um hier zu putzen.

Rückwärts feudelte sie den Gang entlang, damit sie mit ihren Schuhen das Gewischte nicht wieder verschmutzte. Am Anfang war es ihr unheimlich gewesen, allein im Keller zu sein, aber heute war sie eigentlich ganz froh darüber. Hier unten traf sie wesentlich seltener auf Schüler, als es bei ihren Kollegen der Fall war, die für die Klassen- und Aufenthaltsräume zuständig waren. Im Keller hatte sie wenigstens ihre Ruhe vor den widerlichen Typen, die sie wegen ihres Jobs und ihres Kopftuchs wie einen Menschen zweiter Klasse behandelten. Deshalb war sie gern hier unten, auch wenn es manchmal trotzdem ein wenig gruselig war.

Sie stellte den Wischmopp in den Eimer, nahm einen Lappen aus dem Putzwagen und staubte eine der alten Ritterrüstungen ab, die an der linken Seite des Flures standen. Dicke Spinnenweben hingen über dem alten Metall, obwohl sie es erst letzte Woche gesäubert hatte. Dina zuckte erschrocken zusammen, als eine dicke, behaarte Spinne aus den Augenschlitzen der Rüstung gekrabbelt kam. Sie mochte keine Spinnen, schon gar nicht diese schwarzen haarigen, also beschloss sie, das Krabbeltier dort zu lassen, wo es war. Musste sie nächste Woche halt wieder alle Spinnweben wegmachen.

»So, jetzt noch den Flur und die Folterkammer, dann ist es geschafft«, murmelte Dina, kippte eine ordentliche Portion Putzmittel in das Wasser und tunkte den Wischmopp erneut in den Eimer. Sie zog den Putzwagen hinter sich her in die historische Folterkammer und wischte dann weiter den Boden, während sie noch mal über den Abgabetermin für ihre Hausarbeit nachdachte. Vielleicht brauchte sie doch keine vier Wochen Aufschub, in zweien würde sie es auch schaffen. Mit ein paar Nachtschichten könnte das eigentlich klappen.

Plötzlich hielt sie irritiert inne. Was war das denn? Hatte sie ein falsches Putzmittel genommen? Anstatt auf dem Boden den vertrauten feuchten Glanz zu sehen, den der Wischmopp normalerweise hinterließ, blickte Dina jetzt auf braunrote Schlieren, die sich wie ein Fächer von links nach rechts ausgebreitet hatten. Wie versteinert starrte sie auf die Flecken. Dann begannen ihre Hände zu zittern, erst wenig, dann immer stärker, bis ihr der Mopp entglitt und laut scheppernd in die dunkle Lache fiel, in der sie stand. Die Flüssigkeit auf dem Boden spritzte an ihr hoch und beschmutzte den unteren Rand ihres grauen Kittels. Sie merkte, wie ihr Herz zu rasen begann, als sie langsam an sich herunterschaute.

»Das … ist doch … nicht …«, stammelte sie fassungslos, und als ihr klar wurde, dass sie mit ihrer Vermutung richtiglag, rannte sie laut schreiend aus dem Raum.

*

»Wie siehst du denn aus?«, fragte Käfer, als Charlotte zu ihm in den Wagen stieg. »Hast du etwa schon geschlafen?«

»Wäre das so ungewöhnlich um diese Uhrzeit? Wir haben fast Mitternacht.« Sie merkte, wie vorwurfsvoll sie klang. Dabei konnte ihr Kollege nun wirklich nichts dafür, dass sie so spät noch rausmussten.

»Ich fände es auch besser, wenn die Leute nur zwischen neun und siebzehn Uhr ermordet würden, aber leider halten sich die Täter nicht daran«, sagte er grinsend.

Charlotte lächelte schief. »Wo ist denn dieses Internat?«, fragte sie.

»Halbe Stunde Fahrt. Auf dem platten Land in der Nähe von Burgsteinfurt.«

»Was wissen wir bisher?«

»Nicht viel. Ein siebzehnjähriger Schüler ist in der Folterkammer tot aufgefunden worden.«

»In was für einer Folterkammer denn bitte?«

»Das Internat ist in einem Schloss untergebracht, Schloss Lemburg. Ein Teil des Anwesens ist als Museum zu besichtigen, inklusive einer historischen Folterkammer. Vor einer Stunde haben sie einen Toten in der eisernen Jungfrau entdeckt. Die Identität ist noch nicht geklärt, aber anhand der gefundenen Ausweispapiere müssen wir im Moment davon ausgehen, dass einer der Schüler in dem Ding steckt.«

»Ach du Scheiße. Kein schöner Tod.«

»Ich befürchte nicht.«

Charlotte spürte, wie die Übelkeit erneut in ihr aufstieg. Die Vorstellung, was sie gleich im Internat erwarten würde, verstärkte dieses Gefühl noch. Sie wusste, wie eine eiserne Jungfrau aussah, und konnte sich deshalb auch denken, in welchem Zustand die Leiche sein würde, die sie gleich zu Gesicht bekommen würde.

»Wir müssen davon ausgehen, dass sich die Sache schon bis zu den Eltern herumgesprochen hat. Ich bin gespannt, wer von denen schon vor Ort ist. Schloss Lemburg ist ja nicht irgendein Internat. Da ist das Who-is-Who des Münsterlands untergebracht, oder vielmehr: dessen Nachwuchs. Ich schätze, auf Lemburg wimmelt es gleich von besorgten SUV-Muttis.«

Charlotte zuckte mit den Achseln. Ihr war es egal, ob ein Schüler einer normalen Schule oder eines Schickimicki-Internats tot aufgefunden worden war. Beides war schlimm, Elite hin oder her.

Als die beiden Kommissare vor dem Internat vorfuhren, war der Parkplatz zu ihrer größten Überraschung fast leer. Bis auf zwei Streifenwagen, dem Auto der Spurensicherung und einem Notarzt parkte dort niemand.

Käfer lenkte den Wagen in die Lücke zwischen den Polizeiautos und schaltete den Motor ab. »Sieht nicht so aus, als wären schon allzu viele besorgte Eltern hier.«

Charlotte zwängte sich aus der Beifahrertür heraus und ärgerte sich, dass Käfer ausgerechnet in diese enge Lücke hatte hineinfahren müssen. Fünf Meter weiter, und er hätte den Parkplatz mehr oder weniger für sich allein gehabt. Aber nein, bloß nicht unnötig viel laufen, lieber die erste Lücke nehmen, und sei sie noch so eng. Typisch.

Sie seufzte. »Ja, komisch. Die Schüler werden doch ihre Eltern angerufen haben, oder etwa nicht? Seltsam. Vielleicht wohnen die meisten zu weit weg vom Internat. Aber dass überhaupt niemand hier ist ... schon merkwürdig. Vielleicht ist drinnen mehr los.«

Das Schloss wurde von allen Seiten angestrahlt. Im Scheinwerferlicht sah es beinahe aus wie eine Filmkulisse. Über eine geschwungene Außentreppe konnten Charlotte und Käfer das große Portal erreichen, das zum historischen Teil des Internats führte. Auf der anderen Seite des Parkplatzes standen zwei moderne Gebäude, eines war offensichtlich eine Turnhalle, und in dem anderen schienen Klassenräume untergebracht zu sein.

Berthold Wolske von der Spurensicherung kam ihnen mit langen Schritten auf der Freitreppe entgegen. Er trug einen weißen Schutzoverall und eilte die Stufen zu seinem Wagen hinunter. »'n Abend«, sagte er im Vorbeigehen.

Charlotte blieb stehen. »Wo müssen wir hin?«

»Durch die Eingangshalle, dann rechts, zweite Tür links, die Treppe runter. Ich komme sofort. Brauche nur noch ein paar Sachen aus dem Wagen. Ist eine unglaubliche Sauerei da unten«, rief ihr Wolske über die Schulter zu.

»Ist die Gerichtsmedizin schon da?«

Er hob als Zeichen der Zustimmung die Hand, ohne sich noch einmal zu ihr umzudrehen.

»Ist es Krane?«

Charlotte schätzte die Arbeit von Dr. Lars Krane, dem Gerichtsmediziner. Er war es gewesen, der ihnen bei ihrem letzten Fall den entscheidenden Hinweis geliefert hatte. Lange hatten sie über den mysteriösen Tod des verbrannten Demenzkranken gerätselt, bis sie schließlich – dank Kranes Hilfe – Puzzleteil für Puzzleteil zusammengesetzt hatten und den brutalen Mord aufklären konnten. Auch zwischenmenschlich waren sie sich durch den Fall nähergekommen, seit Neuestem duzten sie sich.

»Ja, Krane ist da«, rief Wolske, dann war er im Inneren seines weißen Kastenwagens verschwunden.

»Der hat doch schon wieder zugelegt«, flüsterte Käfer grinsend und nickte in Richtung des Parkplatzes.

»Du weißt doch«, sagte Charlotte und grinste, »wer im Glashaus sitzt ...«

»Ich?« Käfer machte ein empörtes Gesicht. »Seitdem ich regelmäßig jogge, habe ich schon zwei Kilo abgenommen.«

Er strich sich über den Bauch, der nicht einmal eine leichte Wölbung vorwies. Obwohl Käfer in Charlottes Augen geradezu süchtig nach Schokolade und ständig am Naschen war, hatte er seine relativ schlanke Figur halten können. Gemein, irgendwie.

»Aber du bist jetzt mit einer echten Konditormeisterin zusammen. Da kann man sich doch ausrechnen, wie du in ein paar Jahren aussiehst«, ärgerte sie ihn.

»Papperlapapp! Das trainiere ich alles wieder ab.«

Demonstrativ nahm er auf den letzten Metern gleich zwei Stufen auf einmal. Charlotte lächelte. Es war schön zu sehen, wie sich ihr Kollege verändert hatte, seitdem er verliebt war. Dabei war es vor allen Dingen Charlotte gewesen, die am Anfang der Beziehung große Bedenken gehabt hatte. Immerhin hatte Annette in ihrem letzten Fall keine unbedeutende Rolle gespielt. Aber obwohl – oder vielleicht gerade weil – sie während der Ermittlungen fast ums Leben gekommen war, waren die beiden jetzt unzertrennlich, und Charlotte gönnte ihrem Kollegen diese Liebe von ganzem Herzen.

Käfer pfiff anerkennend, als sie die großzügige Eingangshalle des Internats betraten. Der alte Parkettboden war zwar ziemlich abgelaufen und knarrte bei jedem Schritt, aber das schien das Einzige zu sein, das keinen einwandfrei gepflegten Eindruck machte. Die Wände waren weiß verputzt, große Gemälde früherer Schlossherren zierten die hellen Flächen. Dazwischen waren bodentiefe Sprossenfenster ins Mauerwerk eingelassen, durch die das helle Mondlicht in die Halle fiel. Große antike Holzschränke mit allerlei Verzierungen standen neben bauchigen Kommoden, die alle mindestens zweihundert Jahre alt waren, schätzte Charlotte. Wahrscheinlich sogar älter.

»Wolske! Ich brauche Licht.« Kranes Stimme hallte durch das Treppenhaus.

»Bin auf dem Weg!«, rief der Kollege von der Spurensicherung, der nur einen Augenblick später an Charlotte und Käfer vorbeieilte, einen tragbaren Scheinwerfer unter dem Arm.

»Warum ist hier eigentlich niemand?«, fragte Käfer, als sie Wolske nach unten folgten. Ihre Schritte hallten auf der weißen Steintreppe, die in großzügigem Bogen in den Keller führte. »Das ist immerhin ein Internat, es müsste von aufgeregten Schülern und Lehrkräften doch nur so wimmeln.«

»Vielleicht schlafen die meisten?« Charlotte wusste selbst, wie unwahrscheinlich das war.

Inzwischen waren sie im Untergeschoss angekommen und standen in einem Raum, von dem zwei Flure abgingen. Die Wände waren mit dunklem Holz vertäfelt, die Lampe schimmerte im orange-gelben Dämmerlicht vor sich hin. Den Bereich zur linken Seite wies ein Schild als Vorratskeller aus, während ein weiteres Hinweisschild rechts in den historischen Teil des Kellergewölbes verwies.

»Schlafen? Wenn hier so ein Alarm ist? Kann ich mir nicht vorstellen.«

Sie bogen in den rechten Flur ab, der mit Ritterrüstungen und alten Wappen dekoriert war.

»Es sei denn ...« Käfer hielt mitten im Satz inne. »Was ist das denn für eine Sauerei?«, sagte er dann. Irritiert fuhr er sich durch die dunklen Locken.

Der helle Steinfußboden vor ihnen war mit blutigen Fußabdrücken übersäht. Die Spuren kamen aus einem Raum, der von zwei künstlichen Fackeln nur notdürftig erhellt wurde, wodurch die blutigen Abdrücke noch unheimlicher wirkten.

»Wird noch besser«, rief ihnen Wolske aus dem Raum am Ende des Ganges zu.

Vorsichtig und darauf bedacht, keine Spuren zu zerstören, betraten sie die Folterkammer. Charlotte brauchte einen Moment, bis sich ihre Augen an das Licht gewöhnt hatten, das noch schummriger war als das im Flur. Der Raum wirkte dank der Beleuchtung wie eine Höhle und erinnerte an ein Verlies – was ihn gleichzeitig ziemlich unheimlich erscheinen ließ. Charlottes Blick fiel auf die verschiedenen Geräte an den Wänden und an der gegenüberliegenden Seite des Raums, die sie zunächst aber nicht richtig einordnen konnte. Folterinstrumente, dachte sie beim zweiten Hinsehen. Der Raum war im mittelalterlichen Stil gehalten, die Wände bestanden aus nacktem Stein, nur unterbrochen von ein paar alten Wandteppichen und Schwertern.

»Allmächtiger!«, stöhnte Käfer.

Krane und ein junger Assistent der Spurensicherung knieten in weißen Overalls neben einem mannshohen eisernen Sarkophag, der offenbar auf die Seite gefallen war. Wolske versuchte, den Scheinwerfer aufzubauen und so mehr Licht in den düsteren Kellerraum zu bekommen, der im Moment nur von kleinen fackelähnlichen Wandlampen beleuchtet wurde. Aber selbst das wenige Licht reichte, um Charlotte einen ersten Eindruck von dem Grauen zu vermitteln.

Neben der eisernen Jungfrau hatte sich eine riesige Blutlache gebildet. Einige Kollegen mussten bereits durch die Lache gelaufen sein, denn die blutigen Fußspuren waren auch hier im Raum zu sehen. Doch Charlotte sah ein, dass sich die Leute von der Spurensicherung kaum bewegen konnten, ohne ständig in die Lache zu treten. Ihre weißen Anzüge waren bereits von rotbraunen Flecken übersät. Angesichts der großen Menge, die sich am Boden ausgebreitet hatte, schätzte Charlotte, dass das Opfer nahezu ausgeblutet sein musste.

Das gleißende Licht des plötzlich eingeschalteten Scheinwerfers riss sie aus ihren Gedanken.

»Je später der Abend, desto netter die Gäste.« Krane nickte ihnen freundlich zu. »Hallo ihr beiden. Ich versuche gerade dieses Ding aufzukriegen. Ist schwieriger, als ich dachte. Scheint so einen Schnappmechanismus zu haben. Ich will es nicht aufbrechen, sonst zerstöre ich womöglich Spuren. Aber jetzt mit dem Licht müsste ich eigentlich ...«

Konzentriert pfriemelte Krane weiter an dem Schloss herum. Mit einem feinen Schraubenzieher versuchte er, es vorsichtig zu öffnen.

Im Hellen sah das Szenario fast noch unheimlicher aus als im Dunkeln. Die braunrote Blutlache auf dem Boden glänzte metallisch, und in ihrer Oberfläche spiegelten sich die Foltergeräte im Raum. Gegenüber der eisernen Jungfrau stand eine Streckbank, über der eine dunkle Lederjacke lag.

»Gehört die Jacke dem Opfer?«

»Vermutlich. Oder sagen wir so: Sie gehört einem Max Wenke, siebzehn Jahre alt. So steht es auf dem Ausweis, der in der Innentasche steckt. Und er ist der einzige Schüler, den der Internatsleiter und die Erzieher bisher nicht finden konnten. Ist also leider zu befürchten, dass er in diesem Ding steckt«, antwortete Wolske.

»Wer hat ihn gefunden?«

»Die Putzfrau. Der Notarzt kümmert sich oben um sie. Kannst dir vorstellen, was die für einen Schock hat.«

»Ja. Habt ihr außer dem Ausweis was in der Jacke gefunden? Portemonnaie? Handy?«

»Eine Geldbörse mit über fünfhundert Euro. Aber kein Handy.«

»Das ist 'ne Menge Geld, selbst für einen Sohn reicher Leute. Vielleicht hat er das Handy bei sich. Einen Siebzehnjährigen ohne Handy dürfte es in diesem Land ja kaum geben.«

Käfer sah sich in dem kleinen Raum um. »Da fällt mir ein, wo sind eigentlich die ganzen Schüler und Lehrer? In der Eingangshalle war es so erstaunlich ruhig.«

»Die Lehrer kommen erst morgen früh zum Unterricht, sie wohnen nicht im Internat«, erklärte Krane, während er immer noch mit dem Schraubenzieher hantierte. »Die Schüler sind auf ihren Zimmern und werden da von den Erziehern betreut. Dr. Berg, der Leiter der Einrichtung, wird gerade von einem Kollegen vernommen.« Er sah kurz vom Schloss auf und warf einen Blick auf Charlotte. »Schicke Frisur. Neu?«

»Nein. Das ist der berühmte Out-of-Bed-Look.«

Sie strich sich über die kurzen dunklen Haare und beschloss dann, sich noch einmal ganz in Ruhe in der Folterkammer umzusehen. Neben jedem der historischen Geräte hing eine kleine Tafel mit einer Beschriftung darauf. »Daumenschraube«, »Judaswiege« und »Spanischer Bock« las Charlotte und überflog die Erklärungen, die darunter standen. Einige Foltergeräte seien Nachbildungen aus dem 19. Jahrhundert, so auch die eiserne Jungfrau, über deren tatsächliche Nutzung im Mittelalter es keine Beweise gebe, erfuhr sie. Für einen Augenblick fand Charlotte das fast tröstlich. Die Vorstellung, dass unzählige Menschen vor langer, langer Zeit genauso ums Leben gekommen waren wie der arme Junge vor ihr, fand sie unerträglich.

Zwischen den Folterinstrumenten standen einige Ritterrüstungen, Waffen hingen an den Wänden, eiserne Hand- und Fußfesseln, außerdem antike Teppiche und Zeichnungen, auf denen die Vergangenheit von Lemburg und das alltägliche Leben im Schloss dargestellt wurden.

Plötzlich ertönte ein knackendes Geräusch.

»Endlich!« Krane hatte das Schloss der eisernen Jungfrau geöffnet. Nun wurde die Tür nur noch von den Scharnieren auf der anderen Seite und von dem Gerichtsmediziner selbst gehalten, fast so, als hätte er Angst, sie könnte mit lautem Scheppern auf den Boden krachen.

»Wolske, haben Sie Ihre Kamera bereit? Ich will, dass Sie direkt nach dem Öffnen fotografieren. Es ist durchaus möglich, dass sich die Leiche ganz anders darstellt, wenn die Eisenklingen erst mal rausgezogen sind.«

»Ich bin bereit.«

»Gut.« Krane sah Charlotte und Käfer fragend an, als wollte er sicherstellen, dass den beiden klar war, was sie als Nächstes erwarten würde.

»Wir wissen, wie eine eiserne Jungfrau funktioniert«, sagte Charlotte deshalb.

Ihr war bewusst, dass der Sarkophag in seinem Inneren mit langen spitzen Dolchen ausgestattet war. Schloss man den Deckel, wurde der Körper darin sprichwörtlich aufgespießt. Von Kopf bis Fuß, überall drangen die scharfen Klingen in das Opfer ein und ließen es unvorstellbare Qualen erleiden. Da die eiserne Jungfrau auf die Seite gefallen war, durften die Dolche noch viel tiefer in den Körper in ihrem Inneren gestoßen worden sein als im Stehen. Je nachdem, wo sie feststeckten, konnte das Öffnen der Tür und das unweigerlich folgende Herausziehen der Dolche eine unschöne Angelegenheit werden.

Vorsichtig öffnete Krane die Klappe. Es erklang ein schmatzendes Geräusch, als einige der Klingen aus dem Fleisch des Opfers gezogen wurden. Das war das Erste, was Charlotte bemerkte, und ein kalter Schauer rieselte ihren Rücken hinab.

Das Nächste, was ihr auffiel, war der Geruch, der aus dem eisernen Sarkophag strömte. Es war nicht nur der unverwechselbare Duft von Eisen, der ihr zu schaffen machte und den sie bei verbluteten Opfern schon häufig erlebt hatte. Nein, es war vielmehr ein fauliger Geruch, der ihr entgegenschlug und sie dazu zwang, durch den Mund zu atmen. Die Mischung aus

Exkrementen und Körpersäften erinnerte sie an den Gestank, der von einem geöffneten Gully ausging. Da sich im Sterben die Blase des Jungen offenbar entleert hatte, wurde darüber hinaus alles in eine streng riechende Wolke aus Ammoniak gehüllt.

Krane schien ihr unterdrücktes Stöhnen bemerkt zu haben. »Tja, die Bauchdecke ist leider ziemlich perforiert. Bei einer so mannigfaltigen Organverletzung ist die Geruchsbildung viel stärker als bei einer normalen Leiche.«

Käfer sah Charlotte erstaunt an. »Ich riech gar nichts. Bist du schwanger, oder was?«

»Sehr witzig.«

Sie hielt sich die Nase zu und beobachtete, wie Krane und sein Assistent den Deckel des Folterinstruments weiter öffneten. Die Dolche hatten sich zum Teil in den Knochen des Toten verhakt und ließen sich nur mit viel Kraft herausziehen. Die Geräusche, die dabei entstanden, konnte Charlotte kaum ertragen. Es war ein Knirschen, als würde man einen Truthahn mit einer Geflügelschere aufschneiden. Offenbar hatte der Tote die Arme schützend vor seine Brust gehalten, da sich Unterarm- und Handknochen besonders in den Dolchen verhakt hatten.

Als der Gerichtsmediziner endlich fast alle Klingen aus dem Toten gezogen hatte, begann er automatisch in sein Diktiergerät zu sprechen, während Charlotte Mühe hatte, ruhig zu atmen.

Aus den Augenwinkeln sah sie, dass es Käfer nicht besser ging. »'ne normale Leiche wäre auch mal wieder schön«, murmelte er.

»Der Tote ist männlich, circa ein Meter fünfundachtzig groß und von sportlicher, schlanker Statur. Auf den ersten Blick zähle ich ...« Krane drückte auf die Pausentaste seines Diktiergeräts und zählte die Spitzen, die im Inneren des Deckels angebracht waren. Bis auf eine Klinge, die noch im Schienbein des Jungen steckte und sich nicht hatte lösen lassen, lagen alle frei und reflektierten den hässlichen Schein des Baustrahlers. Krane löste den Pausenknopf wieder. »Ich zähle sechsundzwanzig Klingen, die überwiegend den Rumpf, aber auch Beine, Arme und Hals getroffen haben. Keine Einstiche auf der Rückseite, wie es aussieht.«

»Sehe ich richtig, dass das Ding absolut tödlich ist, sobald die Klappe erst mal geschlossen ist?«, unterbrach Käfer die Ausführungen des Gerichtsmediziners.

Krane drückte erneut den Pausenknopf. »Weiß ich noch nicht genau. Eigentlich beschert die eiserne Jungfrau einen langsamen Tod, ein allmähliches Verbluten, weil die Klingen ja noch im Körper feststecken – es sei denn, man trifft sofort das Herz oder das Hirn. In unserem Fall könnte ich mir gut vorstellen, dass die Dolche erst durch das Umfallen des Foltergeräts richtig tief in den Körper eingedrungen sind. Dann muss es allerdings ziemlich schnell gegangen sein. Auf den ersten Blick scheint es zwar keinen direkten Herzstich gegeben zu haben, aber die Lunge des Toten ist durchlöchert. Allzu lange dürfte er nicht gelitten haben.«

»Kannst du ihn da rausholen?« Charlotte wusste selbst nicht, warum ihr der Anblick des toten Jungen so zu schaffen machte. Sie hatte schon viele grausam entstellte Leichen gesehen und war eigentlich immer einigermaßen gut damit klargekommen. Aber dieser Anblick berührte sie mehr als sonst. Vielleicht lag es an dem jugendlichen Alter des Toten oder an der makabren Art und Weise, wie er ums Leben gekommen war.

Und wie er da lag ... Die Augen halb geschlossen, der Mund geöffnet, als hätte er noch etwas sagen wollen. In seinem gesamten Oberkörper, in seiner Schulter, ja selbst seinem Hals hatten Dolche gesteckt. Blut musste ihm in großen Mengen aus dem Mund gelaufen sein, ein eindeutiges Zeichen dafür, dass seine Lunge perforiert worden war. Charlotte wollte sich gar nicht vorstellen, wie sehr der Teenager gelitten hatte. Doch was sie sah, brachte sie zu der Überzeugung, dass der Todeskampf des Jungen schrecklich gewesen sein musste.

»Bitte, hol ihn da raus«, sagte sie noch einmal leise.

»Sobald wir die Fotos haben«, erwiderte Krane und warf Berthold Wolske einen fragenden Blick zu.

»Ich hab alles im Kasten.«

»Okay. Sascha, hilfst du mir mal? Nimm du die Arme, ich die Füße. Wir legen ihn auf die Plane.«

Der junge Assistent des Gerichtsmediziners nickte. Er war blass im Gesicht. Charlotte hoffte, dass es nicht sein erster Einsatz war, sonst bekam der Kerl vermutlich gerade einen Schock fürs Leben.

Nachdem Berthold Wolske auf dem Boden eine Plane ausgebreitet hatte, versuchten Krane und sein Assistent, die Leiche vorsichtig aus der eisernen Jungfrau zu heben. Aber es ging nicht. Das rechte Bein des Opfers war beim Öffnen des Deckels mit nach vorn gesackt, als sich der Dolch nicht gelöst hatte.

»Hier steckt eine Klinge so tief im Schienbein …«, murmelte Krane, ließ die Füße des Toten sinken und versuchte, das rechte Bein von der Klinge abzuziehen, die tief im Unterschenkel des Opfers steckte. »Mann, das bewegt sich ja keinen Zentimeter!« Er zog immer stärker. Es knirschte und knackte, verbunden mit dem Quietschen des eisernen Dolches.

Charlotte musste den Blick abwenden.

»Jetzt aber!« Das Bein war frei. Krane blies Luft aus den Backen. Vorsichtig legten er und sein Assistent den zerschundenen Körper auf die Plane.

Einige Fleisch- und Textilreste waren an den spitzen Klingen des Sarkophags hängengeblieben, aber wenigstens war der Tote nun aus seiner unwürdigen Position befreit. Der Geruch war allerdings noch intensiver geworden, und ganz anders, als Charlotte ihn kannte. Weniger süßlich als sonst, eher faulig, wie verdorbenes Fleisch roch, das man im Kühlschrank vergessen hatte.

Käfer war blass geworden. »Wie hat man ihn in das Ding reingekriegt?«

»Kann ich überhaupt noch nichts zu sagen«, antwortete Krane. »Ich muss die Leiche genau untersuchen, und den Apparat hier natürlich auch. Vielleicht finden wir heraus, dass er vorher zusammengeschlagen worden ist, Drogen konsumiert hat oder das Schloss manipuliert wurde, ob die Tür mit Gewalt zugedrückt worden oder zugefallen ist. Ich habe keine Ahnung. Du kannst allerdings davon ausgehen, dass es ein wenig Kraft braucht, so eine Tür zuzudrücken, wenn jemand in dem Ding da drinsteckt. Ich hoffe, auch anhand der Einstiche etwas über die Geschwindigkeit sagen zu können, mit der die Klingen den Körper trafen. All das wird Auskunft darüber geben, was sich hier heute Abend abgespielt hat. Rein theoretisch kann er sich natürlich auch einfach reingestellt haben, und dann hat jemand die Tür zugeworfen und die ganze Apparatur umgeschmissen. Die Dolche sind ja nur vorn an der Deckelinnenseite angebracht. Wenn der offen steht, kann man sich relativ normal in das Teil reinstellen, schätze ich.«

»Also könnte sich der Tote auch bei einer Mutprobe hineingestellt haben, und dann ist was schiefgelaufen?«, wollte Käfer wissen.

Krane zuckte mit den Achseln. »Vielleicht. Dann wäre allerdings ganz schön was schiefgelaufen, würde ich sagen.«

»Selbstmord?«

»Kann auch sein. Wenn ich eine Möglichkeit finde, wie er das Ding von innen selbst schließen konnte, wäre auch Suizid denkbar. Auf den ersten Blick würde ich sagen, das hier ist ein Schnappmechanismus.« Er zeigte auf einen metallenen Riegel, der außen an der Tür des Foltergerätes angebracht war. »Wenn er den betätigen konnte, könnte es auch Selbstmord gewesen sein. Andererseits …« Krane betrachtete nachdenklich die Leiche.

»Was?«

»Die Arme. Beim Öffnen des Deckels konnte man deutlich sehen, dass er sie vor seinen Oberkörper gehalten hatte, als wollte er sich schützen. Das kann man auch hier an den Einstichen erkennen.« Er wies auf einige blutige Löcher, die auf der Innenseite der Unterarme zu sehen waren. »Ich kann mir einfach nicht vorstellen, dass er in dieser Position den Mechanismus betätigen konnte. Aber wie gesagt, das ist alles Spekulation. Das muss ich mir ganz in Ruhe anschauen, bevor ich eine definitive Aussage machen kann.«

Käfer nickte. »Wie lange ist er schon tot?«

»Höchstens drei Stunden, schätze ich.«

»Kannst du ihm bitte die Augen zudrücken?«, fragte Charlotte, die immer noch gegen die Übelkeit kämpfte.

Was war nur los mit ihr? Sie war doch sonst nicht zimperlich. Eigentlich machten ihr solche Tatortsituationen gar nichts aus.

»Natürlich.« Krane schloss die Augen des Jungen.

»Hat er ein Handy dabei?«

Der Gerichtsmediziner tastete die Kleidung des Toten ab und schüttelte den Kopf. »Nein. Ich sage euch Bescheid, sobald ich was Brauchbares habe. Im Moment kann ich nichts ausschließen: Mord, Unfall, Selbstmord – alles ist möglich.«

»Okay. Kannst du uns morgen schon was sagen?«

»Frühestens am Nachmittag.«

»Gut. Wo finden wir diesen Dr. Burg?«

»Berg. Im ersten Stock. Da hat er irgendwo sein Büro.«

Plötzlich drehte Käfer den Kopf nach rechts und schrie: »Hey!«

Charlotte zuckte erschrocken zusammen.

Er machte einen großen Satz, rannte aus der Folterkammer und bog rechts in den dunklen Flur ab. »Bleib stehen. Bleib sofort stehen!«, rief er.

Sie hatte keine Ahnung, wen oder was er gesehen hatte, denn Käfer hatte ihr die Sicht auf die Tür zur Folterkammer versperrt, und so blieb ihr nichts anderes übrig, als ihm zu folgen.

Mit großen Schritten hastete er durch den dunklen Gang, und sie hatte Mühe, mit ihm mitzuhalten. Sein Lauftraining schien sich bereits auszuzahlen.

»Kripo Münster. Stehen bleiben!«, schrie er ein ums andere Mal.

Sie passierten einen Gartenzugang, der jedoch mit einem altertümlichen Holzriegel verschlossen war, und eilten weiter. Charlotte konnte immer noch nicht erkennen, hinter wem sie eigentlich herrannten, dafür war es viel zu dunkel. Der düstere Kellerflur wurde immer schmaler und niedriger, längst befanden sie sich in einem Bereich, der nicht mehr für die Öffentlichkeit zugänglich war, wie Charlotte an den an ihr vorbeifliegenden Verbotsschildern erkennen konnte. Hier gab es nur noch eine Notbeleuchtung, und sie musste aufpassen, dass sie nicht mit dem Kopf gegen die Decke stieß und sich verletzte. Einige alte Teppiche hingen an den Wänden. Sie rochen muffig und feucht.

Plötzlich blieb Käfer stehen und drehte sich verwirrt einmal um seine eigene Achse. Auch Charlotte verlangsamte das Tempo.

»Was ist denn los?«, keuchte sie, als Käfer den kleinen Raum, in dem sie sich befanden, mit weit ausholenden Schritten abmaß. Sie stützte sich auf den Knien ab und schnappte nach Luft.

»Scheiße, wo ist er?« Käfer sah sich suchend in dem fensterlosen Keller um, der an ein kleines Gewölbe erinnerte. Es gab keine Tür, die von dem Raum abging, der Flur endete in dieser finsteren Sackgasse. War hier früher ein Weinkeller gewesen? Es sah fast so aus. An den Wänden hingen leere verstaubte Regale.

»Käfer.« Charlotte atmete tief durch und richtete sich wieder auf. »Klär mich bitte auf!«

»Das gibt es doch nicht«, murmelte er gedankenverloren und stemmte die Arme in die Seite. »Der hat doch keine zehn Meter Vorsprung gehabt! Der muss doch hier irgendwo sein.«

»Wer denn?«

»Da war jemand. Eben, als Krane den Jungen aus diesem Ding gezogen hat, da war noch jemand!« Die Aufregung in Käfers Stimme war nicht zu überhören.

»In der Folterkammer?«

»Ja. Jemand hat uns beobachtet, verdammt. Wo ist er nur hin? Er kann sich doch nicht in Luft aufgelöst haben. Ich war nur ein paar Meter hinter ihm. Ist hier irgendwo eine Tür?« Käfer tastete mit den Händen die Regale ab.

»Vielleicht hast du dich von einer dieser Ritterrüstungen täuschen lassen? Aus dem Augenwinkel können die ja manchmal ziemlich echt aussehen.«

Käfer zog spöttisch die Augenbraue hoch. »Charlotte! Da war jemand. Hundertprozentig. Ich bin doch nicht blöd. Ich verstehe nur nicht, wo er hin ist ...« Wieder sah er sich um. »Vielleicht gibt es hier eine Falltür? In alten Schlössern gibt es doch dauernd irgendwelche geheimen Türen ... Verdammt!«

Ratlos ließ er die Arme sinken. »Wie vom Erdboden verschluckt.«

»Was hast du von ihm erkennen können? War es überhaupt ein Er?«

»Kann ich dir nicht sagen, könnte auch eine Frau gewesen sein. Die Person hatte einen langen Mantel an oder einen Umhang, irgendwie so was. Dunkel, mit Kapuze. Ich habe nur diesen fliegenden Mantel gesehen, und dann bin ich hinterhergerannt.«

Langsam gingen sie den dunklen Gang zurück.

»Vielleicht ein neugieriger Schüler?«, überlegte Charlotte, die immer noch um Luft rang. »Der mal gucken wollte, wie so 'ne Leiche aussieht? Das wäre doch nicht so ungewöhnlich.«

»Kann schon sein. Aber warum rennt er dann weg?«

»Na ja, beim Gaffen lässt sich keiner gern erwischen.«

»Und wie löst er sich plötzlich in Luft auf?«

»Keine Ahnung. Wir sollten den Direktor fragen, ob er was über irgendwelche versteckten Türen weiß.«

Als sie wieder bei der Folterkammer ankamen, blieben sie kurz stehen und sahen durch die Türöffnung in das Verlies. Krane und Wolske waren immer noch mit der Untersuchung der Leiche beschäftigt.

»Habt ihr jemanden gesehen?«, fragte Käfer in den Raum hinein.

»Leider nicht. Ich habe mich hierauf fokussiert, wie du dir denken kannst«, sagte Krane und wies auf den zerschundenen Körper.

Auch Wolske schüttelte den Kopf.

Käfer seufzte. »Mann, Mann. Armer Junge.«

Schweigend gingen sie nach oben. Charlotte sah Käfer an, dass er sich darum bemühte, seine Gedanken zu sortieren.

»Wie ist dein erster Eindruck von der Auffindesituation?«

Sie hielt sich oben am Treppengeländer fest und atmete tief ein und aus. Nein, sie fühlte sich heute alles andere als fit, und das hatte nicht nur was mit dem neuen Fall zu tun. Wahrscheinlich wurde sie krank.

»Ich weiß es nicht. Was ist nur passiert? Hat jemand den Jungen mit vorgehaltener Waffe gezwungen, in das Ding zu steigen?«

»Möglich. Aber was auch immer da unten geschehen ist, kann eigentlich nicht unbemerkt abgelaufen sein«, gab Käfer zu bedenken. »So ein Tod, so ein furchtbarer Todeskampf ... Und es muss doch einen ziemlichen Krach gemacht haben, als das Ding umgefallen ist. Nein, das muss jemand mitbekommen haben. Für diesen Mord muss es irgendeinen Zeugen geben, da lege ich meine Hand ins Feuer.«

2

Verdammt, jetzt würde das Schloss schon wieder in die Schlagzeilen geraten. Morgen würde den ganzen Tag das Telefon klingeln, das wusste er jetzt schon. Dr. Thomas Berg hatte die Schnauze voll von Berichten über sein Internat, jedenfalls solange sie nicht positiv waren – und in letzter Zeit waren sie das nur noch äußerst selten gewesen.

War es falsch, wenn er für seine Schule nur das Beste wollte? Wohl kaum. Er hatte sich dieser Einrichtung mit Leib und Seele verschrieben, selbst seine Ehe hatte er Schloss Lemburg geopfert. Er empfand es als seine Berufung, ja womöglich als den Sinn seines Lebens, Kinder und Jugendliche mit Disziplin und Strenge auf das Leben vorzubereiten. Seine Pensionierung rückte immer näher, und er wollte nicht, dass sein Lebenswerk auf den letzten Metern noch Risse bekam. Thomas Berg war davon überzeugt, dass jeder Schüler auf Schloss Lemburg mit dem idealen Fundament ausgestattet wurde, um ein erfolgreiches Leben darauf aufbauen zu können. Auch wenn seine Exfrau der Meinung war, er würde es mit der Disziplin übertreiben und wäre zu einem unerträglichen Despoten geworden, so wusste er es doch besser. Schließlich hatte er am eigenen Leib erlebt, was Disziplin aus einem Menschen machen konnte. Er hatte wahrlich keine Lust, dass diese von Vorurteilen getriebenen Boulevardreporter mit ihren Lügen und Verleumdungen alles kaputtmachten, was er so mühevoll aufgebaut hatte.

Am liebsten wollte er gar nicht mehr mit der Presse reden. Als vor nicht allzu langer Zeit in anderen Elite-Einrichtungen der Republik reihenweise Schüler missbraucht worden waren, hatten die Reporter dauernd bei ihm vor der Tür gestanden und ihn gefragt, wie die Situation auf Schloss Lemburg war. Perfekt sei sie, hatte er immer gesagt. Hier gebe es keine Probleme, hatte er beteuert.

So war es ja auch, im Großen und Ganzen. Und die überdurchschnittlich wohlhabenden Eltern würden ihm den Garaus machen, falls es hier jemals einen Skandal geben würde. Die Kinder waren ja ihr höchstes Gut, ihre Nachfolger, die Erben, die die Familientradition weiterführen würden. Ob der Nachwuchs dabei glücklich war, war da doch erstmal zweitrangig. Da waren sich Thomas Berg und die meisten der Eltern, die ihre Kinder nach Schloss Lemburg schickten, einig.

Glück wurde seiner Meinung nach sowieso total überschätzt. Das wusste er aus eigener Erfahrung. War ich vielleicht ein glückliches Kind?, dachte er. Nein, natürlich nicht. Der Dickwanst der Schule war er gewesen, fette Qualle hatten sie ihn genannt, ihn regelmäßig in den Müllcontainer gesteckt und fertiggemacht, wo sie nur konnten.

Auch wenn es damals nicht leicht gewesen war, den Druck seiner Eltern auszuhalten, hatte er es doch einzig und allein ihren Drills und ihrer Strenge zu verdanken, dass er die überflüssigen Pfunde losgeworden war. Hätte er sonst jemals diese Karriere machen können? Wohl kaum. Wer gab schon einem Fettwanst eine Führungsposition? Niemand. Dicksein war in seinen Augen fleischgewordene Schwäche. Nur durch Disziplin und Ehrgeiz hatte Berg es geschafft, ein schlanker und erfolgreicher Mensch zu werden – und diese Werte gab er seit Jahrzehnten an seine Schüler weiter.

Er riss das Fenster auf und atmete die kühle Nachtluft ein.

Immer diese bescheuerten Diskussionen über Leistungsdruck. Irgendwo in Bayern hatte sich ein Schüler umgebracht, weil er mit dem Druck nicht mehr klargekommen war, und schon hatte wieder jemand von der Zeitung bei ihm im Büro gestanden. Ob Leistungsdruck auch hier ein Thema sei, hatte der Reporter wissen wollen. Himmel! Was dachten sich diese Idioten eigentlich? Glaubten die, die Eltern seiner Schüler wären bereit, fast viertausend Euro im Monat zu zahlen, wenn ihr hochwohlgeborener Nachwuchs nur seinen Namen tanzen lernen würde? Lemburg war eine Kaderschmiede, so war es nun mal. Und ohne Leistungsdruck keine Elite.

Nächste Woche war er zu einer Podiumsdiskussion an der Uni Münster eingeladen. Direktoren von anderen Internaten aus ganz Norddeutschland würden vor Ort sein. »Neue Disziplin« war das Thema, und er, Dr. Thomas Berg, würde als einer der Hauptredner auf der Bühne sitzen, sollte die Diskussion sogar eröffnen. Da galt es, sein Internat zu repräsentieren, ohne den Hauch eines Zweifels aufkommen zu lassen, und was er da gar nicht gebrauchen konnte, waren Negativschlagzeilen. Er musste alles dafür tun, damit die Sache mit Max aus der Presse rausgehalten wurde.

Er hielt kurz inne. Und wenn ihm das nicht gelingen würde? Egal, bei der Podiumsdiskussion würde er einfach behaupten, es sei ein tragischer Unfall gewesen. Über die Umstände würde er sich ausschweigen, ja genau. »Aus ermittlungstechnischen Gründen darf ich mich dazu nicht äußern«, würde er behaupten. Das war gut. Vielleicht war es ja sogar möglich, die Öffentlichkeit komplett aus der Sache rauszuhalten. Das würde er auf jeden Fall mit den Polizisten besprechen. Für den Ruf des Internats war dieser unangenehme Zwischenfall wahrlich nicht förderlich.

Berg blickte in den Nachthimmel und dachte an seinen toten Schüler. Er spürte nicht die geringste Betroffenheit in sich. Im

Gegenteil, er war froh, dass das Problem aus der Welt war. Denn Max Wenke hatte Probleme gemacht, genau wie sein Vater. Beide hatten die Werte der Schule verraten. Wie konnte man nur so undankbar sein? Wer es hierher schaffte, hatte schließlich eine große Karriere vor sich, das war die logische Konsequenz nach einem Lemburg-Abitur. Macht, Ansehen und Geld, das waren die drei Dinge, die jeder Absolvent irgendwann sein Eigen nennen konnte. Natürlich war das Niveau extrem hoch, und es wurde viel von den Schülern verlangt, aber wer ganz nach oben wollte, der musste eben auch Leistung bringen. Und Opfer. Schlechte Schüler tolerierte man auf Schloss Lemburg nicht, und Probleme konnte niemand gebrauchen. Wem das nicht passte, der konnte eine staatliche Schule besuchen. Er zwang niemanden hierzubleiben. Zumal es neben dem hohen schulischen Niveau mindestens genauso wichtig war, dass die Elite von morgen unter sich blieb. Hier entstanden die Freundschaften, die den Schülern auch später noch nützlich sein würden, hier fanden erfolgreiche Manager von morgen ihre ebenso erfolgreichen Karrierefrauen, die sie heiraten konnten. Standesgemäß, versteht sich. Das perfekte Netzwerk gab es auf Lemburg eben als Dreingabe zum tadellosen Lebenslauf und dem bestmöglichen Notendurchschnitt, es war sozusagen im Preis inbegriffen, und Berg wusste genau, wie wichtig das den Eltern seiner Schüler war. Keiner von denen wollte, dass sein Sprössling mit einem Hartz-IV-Kind um die Aufmerksamkeit des Lehrkörpers buhlen musste – oder es gar mit nach Hause brachte.

Nur das Beste vom Besten, all das hätten Max und Alexander Wenke haben können. Aber sie haben es mit Füßen getreten, dachte Berg. Dafür hatten beide ihre gerechte Strafe bekommen.

*

Sie gingen ein weiteres Mal durch die Eingangshalle und folgten dem Schild mit der Aufschrift »Internatsleitung«.

Käfer sah sich in dem menschenleeren Flur um. »Ich weiß nicht. Wenn hier vor ein paar Stunden genauso viel los war, bin ich mal gespannt, wie viele Zeugen wir finden.«

Ein leises Wimmern ließ Charlotte innehalten. Es kam aus einem Zimmer, dessen Tür nur angelehnt war und auf der »Sekretariat« stand.

»Ich kann Ihnen natürlich noch etwas Stärkeres geben, aber ich möchte Sie ungern sedieren. Sie müssen noch eine Aussage machen, und dafür wäre es nicht ratsam, wenn Sie unter derart starken Beruhigungsmitteln stünden.«

Die Putzfrau, dachte Charlotte und betrat den Raum.

Eine schmale, vielleicht fünfundzwanzigjährige Frau mit Kopftuch und grauem Kittel saß in der Ecke und weinte. Der Saum ihres Kittels war mit Blut bespritzt, und als Charlotte die rotbraun verschmierten Schuhe sah, war ihr klar, wer die Fußabdrücke im Keller hinterlassen hatte.

Vor der Frau kniete der Notarzt und klebte ihr ein Pflaster in die Armbeuge, wo er ihr vermutlich gerade eine Spritze gesetzt hatte. Ein uniformierter Beamter stand neben ihm und nickte Charlotte und Käfer zu.

Charlotte stellte sich vor und erkundigte sich, ob die Frau in der Lage sei, ihnen ein paar Fragen zu beantworten.

Unter Tränen nickte sie, und als sie sich etwas beruhigt hatte, begann sie schließlich in aktzentfreiem Deutsch zu sprechen. »Mein Name ist Dina Arrat«, antwortete sie auf Käfers Frage nach ihren Personalien. »Ich bin vierundzwanzig Jahre alt und wohne in Münster.«

»Erzählen Sie uns bitte, wie Sie die Leiche gefunden haben. Versuchen Sie, sich an jedes Detail zu erinnern, auch wenn es Ihnen noch so unwichtig vorkommen mag.«

»Dass ausgerechnet heute so etwas passieren musste ...« Dina Arrat hatte Mühe, die Fassung zu wahren. »Wissen Sie, ich putze den Kellerbereich nicht täglich. Die Folterkammer kann man nur an zwei Tagen in der Woche besichtigen, ansonsten ist sie für die Öffentlichkeit nicht zugänglich. Nur Dienstag und Freitag, dann ist sie nachmittags geöffnet.« Sie atmete hörbar aus.

»Und nur an den Tagen putzen Sie dort?« Käfer machte sich eine Notiz.

»Genau.« Dina Arrat zitterte immer noch, aber langsam schienen die Beruhigungsspritze zu wirken und der erste Schock etwas nachzulassen. »Freitags bin ich immer etwas später dran, weil es oben so viel zu tun gibt. Meistens komme ich gegen halb zehn nach unten. So auch heute. Ich habe wie immer die Treppe geputzt, den Flur und mich weiter bis zur Folterkammer vorgearbeitet.«

Charlotte musste an die Unmengen von Spuren denken, die die fleißige Putzfrau dadurch vernichtet hatte.

»Ich bin in den Museumsbereich rein, habe zuerst in der Ahnengalerie geputzt, dann bin ich zur Folterkammer. O Gott ...« Sie hielt sich die Hand vor den Mund, als könnte sie immer noch nicht fassen, was sie eben gesehen hatte. »Ich ... ich hatte den Wischmopp in der Hand, habe konzentriert den Boden gewischt, immer von links nach rechts und wieder zurück. Und genauso bin ich auch in die Folterkammer gegangen. Ich weiß noch, wie ich dachte, mit meinem Putzmittel würde etwas nicht stimmen ... und ... irgendwas riecht komisch, dachte ich noch. Dann habe ich nur noch geschrien und bin nach oben zum Direktor gelaufen.«

»War an diesem Abend etwas anders als sonst? Haben Sie jemanden gesehen oder gehört?«

Sie schüttelte den Kopf. »Nein. Ich habe niemanden bemerkt. Alles war so wie immer. Bis … auf das Blut.« Sie verschluckte sich, musste husten.

»Kennen Sie die Schüler hier im Internat?«

Dina Arrat putzte sich die Nase, bevor sie weitersprechen konnte. »So gut wie gar nicht. Die meisten bemerken mich überhaupt nicht oder wollen mich nicht bemerken. Und wenn, machen sie nur abwertende Sprüche. Ehrlich gesagt ist der Job nicht gerade einfach für mich. Sobald Sie in Deutschland ein Kopftuch tragen, werden Sie stigmatisiert. Und wenn noch ein Putzkittel hinzukommt …« Sie machte eine wegwerfende Handbewegung. »Von den Leuten hier wechselt niemand ein normales Wort mit mir. Ich glaube, ich habe mich in der ganzen Zeit, in der ich hier arbeite, erst ein- oder zweimal mit einem Schüler unterhalten. Die meisten glauben, dass ich gar kein Deutsch spreche, dass ich minderbemittelt oder dumm bin. Bin ich aber nicht.«

»Natürlich nicht. Wie viele Putzstellen gibt es im Internat?«

»Wir sind insgesamt zu viert. Aber ich bin die Einzige, die freitagabends hier putzt. Die Kolleginnen sind für die Wohn- und Aufenthaltsräume zuständig, eine putzt nur die Klassen. Und ich mache halt noch den historischen Teil.«

»Kennen Sie die Strukturen unter den Schülern?«, fragte Käfer. »Also, sind Ihnen Freundschaften, Paare oder Cliquen bekannt?«

Die junge Frau zog die Augenbrauen hoch und atmete noch mal tief durch. Jetzt schien die Beruhigungsspritze endgültig zu wirken, und sie konnte wieder mit gefasster Stimme sprechen.

»Freundschaften? Hier? Ich weiß nicht. Natürlich gibt es Gruppen, kichernde Mädchen, die auf ihr Handy starren, und Jungs, die heimlich Bier trinken. Aber Freundschaften? Nein. Freundschaften gibt es hier nicht. Hier denkt jeder nur an sich und seinen Vorteil. Ich habe schon häufig beobachtet, wie sich zwei Schüler angefeindet haben, obwohl sie gerade noch die besten Freunde waren. Eine Bande neureicher Egomanen wird hier großgezogen, nicht mehr und nicht weniger.« Sie wischte sich die Tränen aus den Augen. »Trotzdem. So einen Tod hat niemand verdient. Selbst so einer nicht.«

*

Käfer fielen die Worte sofort ins Auge, als sie das Zimmer des Direktors betraten. »Disziplin ist der Grundpfeiler, und eine strenge Aufrechterhaltung eine Wohltat für alle« stand in großen Buchstaben über dem Schreibtisch von Dr. Berg. An der Wand darunter befand sich eine Glasvitrine, in der einige historische Jagdwaffen ausgestellt waren.

Erst der Keller mit den Foltergeräten, dann das halbe Büro voller Waffen – wirklich eine hübsche Umgebung für Heranwachsende, dachte Käfer.

Blass und müde sah der Mann hinter dem Schreibtisch aus, den Käfer auf Anfang sechzig schätzte. Vielleicht war er auch etwas jünger, so genau konnte er das nicht sagen. Er fand es schwierig, das Alter von glatzköpfigen Männern richtig einzuschätzen. Obwohl sein Gesicht von Müdigkeit gezeichnet war, saß der Direktor kerzengerade auf dem schwarzen Ledersessel. Seine Miene war ernst, aber entschlossen und erinnerte Käfer an einen abgekämpften Krieger, der sich keine Schwäche anmerken lassen wollte.

»Helmuth Graf von Moltke.« Direktor Berg war Käfers Blick wohl nicht entgangen. »Von ihm stammt das Zitat.«

»Ah. Ich glaube, ich habe früher im Deutschunterricht mal was von dem gelesen«, murmelte Käfer ahnungslos.

Der Direktor zog spöttisch die Augenbrauen hoch. »So?

Von einem preußischen Generalfeldmarschall? Muss eine interessante Schule gewesen sein.«

»Schneidmann, Kripo Münster«, half ihm Charlotte aus der Bredouille. »Das ist mein Kollege Kommissar Käfer.«

»Thomas Berg, Dr. Thomas Berg, ich leite diese Einrichtung. Wissen Sie bereits, wie der Unfall passiert ist?«

»Nein. Wir wissen im Moment noch nicht mal, ob es überhaupt ein Unfall war. Mord oder eine Selbsttötung können wir zu diesem Zeitpunkt nicht ausschließen.«

Berg sah sie ernst an. »Es kann nur ein Unfall gewesen sein, und ich möchte Sie auch bitten, das so zu kommunizieren. Keiner meiner Schüler würde sich jemals das Leben nehmen.«

Käfer zog die Augenbrauen zusammen. »Was macht Sie da so sicher?«

»Hier ist niemand suizidgefährdet. Das sind alles sehr stabile und zukunftsorientierte Charaktere. Ich kenne meine Schüler, glauben Sie mir, wir sind hier wie eine große Familie. Einen Suizid halte ich für ausgeschlossen.«

Käfer bemühte sich, seine Abneigung gegen den Mann nicht allzu deutlich zu zeigen. »Nun, das kann man wohl nie genau wissen. Und bei Teenagern schon mal gar nicht. Die sind doch in einem Alter, in dem sie von einer Sekunde auf die andere himmelhochjauchzend und dann wieder zu Tode betrübt sind.«

»Das mag für normale Jugendliche gelten, aber nicht für die Schülerinnen und Schüler, die hier leben.«

Berg lächelte sie an, und Käfer fand, dass der Mann dabei mehr als bemüht wirkte. Mit einer bemüht unaufgeregten Stimme sprach er weiter.

»Wir bilden hier die wirtschaftliche und gesellschaftliche Elite von morgen aus. Wer in unserer Einrichtung aufgenommen wird, ist nicht labil oder psychisch angeschlagen. Sonst würde er es hier gar nicht aushalten.«

»Vielleicht hat Max Wenke es ja nicht mehr ausgehalten? Vielleicht war der Druck zu groß für ihn?«

Direktor Berg schüttelte den Kopf. »Max Wenke? Nein, mit Sicherheit nicht. Er war ein ausgesprochen guter Schüler. Es muss ein schrecklicher Unfall gewesen sein. Ich wäre Ihnen übrigens dankbar, wenn Sie die Umstände seines Todes für sich behalten könnten. Die Öffentlichkeit muss von der unappetitlichen Sache mit der eisernen Jungfrau nichts erfahren.«

»Sie wissen, dass das utopisch ist. Wenn zweihundert Schüler und ihre Familien von den Todesumständen wissen, können Sie sich vermutlich ausmalen, wie schnell die Details in der Presse landen.«

»Aber wenn die Polizei solche Presseanfragen nicht bestätigt?«

»Herr Berg …«

»Dr. Berg.« Der Direktor lächelte. »So viel Zeit muss sein.«

»Wir unterliegen der Informationspflicht, Herr Dr. Berg. Überlassen Sie bitte uns, was wir der Öffentlichkeit mitteilen und was nicht.« Charlotte warf Käfer einen Seitenblick zu, der ihm zu verstehen gab, dass sie die Befragung übernahm. »Beschreiben Sie uns Max Wenke etwas genauer. Was war er für ein Typ? Eine Art Anführer oder Klassensprecher?«

»Ich habe Ihrem Kollegen doch schon alles gesagt, was ich weiß.«

»Würden Sie es für uns noch einmal wiederholen? Bitte?«

Berg lächelte gequält. »Max hatte Potenzial. Aus ihm hätte was werden können. Er hatte Führungsqualitäten, die anderen folgten ihm. Es ist dieses besondere Etwas, das einen guten Leader ausmacht. Max war liebenswürdig und charmant und deshalb bei seinen Mitschülern sehr beliebt. Gleichzeitig wusste er aber auch genau, was er wollte, und konnte sich durchsetzen. Er wäre später mit Sicherheit ein guter Chef geworden.«

Was für ein beschissener Typ, dachte Käfer. Da kam ein Siebzehnjähriger bestialisch ums Leben, und das Einzige, was diesem Widerling dazu einfiel, waren die vermeintlichen Führungsqualitäten des jungen Opfers.

»Hatte Max eine Freundin?«, fragte Charlotte.

»Soviel ich weiß, ja. Marie Sandlund heißt das Mädchen. Sie geht in die gleiche Klasse.«

»Wissen Sie, ob er irgendwelche Feinde hatte?«

»Ach, Feinde. Was heißt das denn schon heutzutage? Erst recht in dem Alter. Soweit ich weiß, war Max wie die meisten seiner Altersgenossen viel in sozialen Netzwerken unterwegs. Irgendwann hat er sich mal damit gerühmt, die meisten Facebook-Freunde der Schule zu haben. Kann schon sein, dass er da auch mal Anfeindungen ausgesetzt war. Mehr kann ich Ihnen aber nicht sagen.«

»Und hier im Internat?«, hakte Charlotte nach. »Kam es da mal zu Problemen?«

»Nun, es gab sicherlich die einen oder anderen Neider. Ein Typ wie Max geht nun mal nicht durchs Leben, ohne dass es jemanden gibt, der ihm das alles missgönnt. Er sah blendend aus, war beliebt, alles schien ihm zuzufallen. Natürlich gab es auch Mitschüler, denen das nicht passte.«

»Können Sie die namentlich benennen?«

»Nein. Da fragen Sie am besten seinen Klassenlehrer Herrn Kotte. Oder den Vertrauenslehrer Herrn Franke. Die Erzieher dürften über solche Sachen auch besser informiert sein als ich.«

Charlotte machte sich eine Notiz.

»Können Sie uns etwas über Max' familiären Background

sagen? Wissen Sie, wie das Verhältnis zu seinen Eltern war?«, wollte Käfer wissen.

Berg nickte. »Haben Sie schon mal etwas von Wenkebau gehört?«

»Das große Bauunternehmen? Natürlich.«

Berg nickte wieder. »Eines der größten in ganz Deutschland. Max' Großvater hat Wenkebau nach dem Krieg gegründet und halb Münster wieder aufgebaut. Ein extrem schlauer Geschäftsmann. 1945 war die Innenstadt fast vollständig zerstört, und man konnte für wenig Geld sogenannte Trümmergrundstücke kaufen. Kein Mensch wollte die haben, was sollte man schon damit anfangen? Paul Wenke war einer der wenigen, die das Potenzial erkannten. Er hat im großen Stil Grundstücke gekauft und neue Wohnhäuser daraufgesetzt. Sie können sich vorstellen, wie die im Laufe der Jahre im Wert gestiegen sind.«

»Als ich nach dem familiären Background fragte, dachte ich mehr an die Beziehung des Jungen zu seinen Eltern.« Käfer merkte, wie ihm die Hitze ins Gesicht stieg. Langsam, aber sicher hatte er genug von diesem unsympathischen Direktor.

»Ja, natürlich.« Berg kratzte sich am Kopf. »Wo war ich? Ah ja. Das Bauunternehmen wurde von Max' Vater übernommen, der es noch weiter ausbaute. Er war früher auch Schüler hier im Internat, ich habe ihn selbst unterrichtet. Jahr für Jahr vergrößerte er das Unternehmen. Und wenn Sie heute im Münsterland eine Baustelle sehen, steht in der Regel ein Wenkebau-Schild davor. Nach dem Tod seines Vaters schien Max der ideale Nachfolger für die Firma zu sein. Er war bereit, sein Erbe anzutreten. Ein schnelles BWL-Studium und dann ...«

»Sagen Sie mal«, Käfer konnte sich nicht mehr zurückhalten, »einer Ihrer Schüler liegt tot im Keller Ihres Internats, und das ist das Einzige, was Sie uns über ihn berichten können?

Dass er aus reichem Hause kommt und selbst Karriere gemacht hätte? Was sind Sie eigentlich für ein Pädagoge? Oder sind Sie eher so was wie ein Karrieremanager?«

Er spürte, dass er seine Wut kontrollieren musste. Als Kriminalbeamter konnte er sich einen solchen emotionalen Ausbruch nicht erlauben. Das war nicht zielführend.

Käfer bemerkte Charlottes Blick und räusperte sich. »Was ich sagen will, ist … Gibt es denn nichts, was Sie uns über den Menschen Max Wenke sagen können?«, fuhr er mit etwas ruhigerer Stimme fort.

Berg war sichtlich beleidigt. »Erfolg und Zielstrebigkeit gehören meiner Meinung nach zu einer Persönlichkeit dazu«, sagte er schmallippig. »Wenn Sie wissen wollen, welche Probleme Max Wenke hatte oder ob seine Beziehung unglücklich war, bin ich als Direktor des Internats wohl kaum der richtige Ansprechpartner. Wir haben über zweihundert Schüler hier. Glauben Sie ernsthaft, ich wüsste, wer gerade Liebeskummer hat und wer nicht?«

»Nein, natürlich nicht«, sagte Charlotte schnell. »Wir versuchen nur, ein möglichst genaues Bild von dem Toten zu bekommen, und da kann uns jede Information helfen. Wenn Sie uns also …«

»Zum Schüler Max Wenke kann ich Ihnen nur so viel sagen: Er kam aus sehr gutem Elternhaus. Das Bauunternehmen seines Vaters hat auch hier im Internat Arbeiten ausgeführt, die Turnhalle wurde letztes Jahr erst fertiggestellt. Sein Vater ist bei einem tragischen Unfall ums Leben gekommen. Wenn der Junge nicht hier war, lebte er bei seiner Mutter. Außerdem ging er in die 11a von Herrn Kotte, der zuständige Erzieher für ihn heißt Sebastian Junglas. Max war normal in den Internatsalltag integriert, wie alle anderen Schüler auch.« Mit vor der Brust verschränkten Armen sah der Direktor sie abweisend an.

Käfer ärgerte sich. Jetzt war der Typ sauer – keine gute Voraussetzung, um noch etwas Wissenswertes aus ihm herauszubekommen. Wenn er sich ein bisschen diplomatischer benommen hätte, sähe die Situation vermutlich anders aus.

Charlotte befragte den Direktor noch nach dem Ablauf des Abends bis zum Auffinden des Toten. Seine Angaben deckten sich mit denen der Putzfrau.

»Ich war in meinem Büro und habe gearbeitet, als Frau Arrat schreiend zu mir kam«, schloss er seine Ausführungen.

»Wo hielten sich die Schüler und Erzieher zu diesem Zeitpunkt auf?«

»Die Hausordnung sieht vor, dass sich die Schüler ab neun Uhr abends in ihren Zimmern aufhalten müssen. Um zehn ist offizielle Bettruhe.«

»Das ist aber früh für siebzehnjährige Teenies«, warf Charlotte ein.

»Mag sein. Aber es geht morgens ja auch früh wieder los. Um sechs Uhr beginnt bereits der Frühsport, um Viertel nach sieben ist Frühstück, dann Unterricht. Die meisten gehen abends freiwillig so früh ins Bett.«

Charlotte machte sich erneut eine Notiz. »Wo halten sich die Schüler in der Regel bis zur Bettruhe auf?«

»Die meisten haben noch ihre Sportkurse, Fechten, Ballett, das ist alles abends. Aber alle Kurse enden um spätestens Viertel vor neun, damit die Hausordnung eingehalten werden kann.«

»Die Schüler machen also *zweimal* am Tag Sport?« Käfer dachte daran, wie schwer es ihm fiel, zweimal pro Woche joggen zu gehen.

»Nein, die meisten treiben dreimal täglich und manchmal auch noch häufiger Sport. In der Schule gibt es ja schließlich auch noch das Fach Sport.«

»Ist das hier denn eine Art Sportinternat?«

Berg lachte spöttisch auf. »Nein.« Er wies auf das gerahmte Zitat, das über seinem Schreibtisch hing. »Disziplin ist der Grundpfeiler. Und zwar für alles. Nur wenn Sie Ihren Körper disziplinieren und sich fit halten, können sich auch Ihr Verstand und Ihr Geist richtig entwickeln. Nur dann werden Sie erfolgreich sein.«

»Verstehe«, kürzte Käfer den Sermon ab. »Es ist Freitagabend. Sind schon viele Schüler im Wochenende? Also zuhause bei ihren Familien?«

»Nein. Jedes zweite Wochenende finden bei uns auch samstags Kurse statt, jedenfalls für die Oberstufe. Daher fahren die Schüler in der Regel nur zweimal im Monat nach Hause.«

»Gibt es in dem Gebäude eigentlich so etwas wie Geheimtüren oder Geheimgänge?« Käfer dachte an die unbekannte Person, die sie im Keller verfolgt hatten und die einfach im Nirgendwo verschwunden war.

»Geheim wäre sicherlich das falsche Wort. Aber vermutlich existiert irgendeine mir nicht bekannte Klappe oder Tür. Möchten Sie die barocken Baupläne einsehen?«

»Ja. Suchen Sie uns die Pläne bitte raus.«

»Die sind irgendwo im Archiv. Das wird ein bisschen dauern.« Berg hob bedauernd die Hände.

»Bis morgen genügt«, sagte Käfer und verließ grußlos den Raum.

Was glaubte dieser Typ eigentlich, wer er war? Dass er sich für was Besseres hielt, war ja wohl offensichtlich.

»War dem ja mächtig wichtig, aus was für tollen Familien seine Schüler stammen. Dass einer von ihnen gerade grausam ums Leben gekommen ist, scheint eher zweitrangig zu sein«, raunte er Charlotte zu, als sie wieder im Flur standen.

»Ja. Nicht gerade der Sympathieträger vom Dienst.«

»Die Schüler scheinen hier ja ordentlich gedrillt zu werden. Tun mir jetzt schon leid.«

Charlotte wiegte den Kopf hin und her. »Na ja, manchmal denke ich, so 'n bisschen Disziplin kann den Jugendlichen von heute nicht schaden. Und lieber dreimal am Tag Sport treiben, als den ganzen Tag vor dem iPad hängen, oder?«

Er sah sie erstaunt an. »Du findest seine durchgeknallten Ansichten gut?«

»Habe ich nicht gesagt. Ich sag nur, dass ein bisschen Disziplin manchmal nicht schaden kann.«

»Ich wusste ja gar nicht, dass du so konservativ bist.« Käfer bemerkte selbst, wie bissig er klang, viel bissiger, als er es eigentlich beabsichtigt hatte.

Charlotte seufzte. »Was hat das denn mit konservativ zu tun? Ich hab in meinem Job so viel mit kaputten Jugendlichen zu tun gehabt, die straffällig geworden sind. Und wenn man die fragt, was sie den ganzen lieben langen Tag so machen, wenn sie mal gerade keine Omi überfallen, dann hörst du immer nur dasselbe: abhängen, chillen, saufen. Denen würde so ein strukturierter Alltag doch guttun.«

»Na ja, das ist ja wohl ein bisschen schwarz-weiß gedacht. Zwischen Bootcamp-Drill und kriminellen Teenagern gibt es doch noch ein paar Lebensentwürfe mehr. Mich kotzt dieses ganze Elitedenken einfach total an. Im Endeffekt hat das doch alles nur was mit Geld zu tun. Wenn es Berg wirklich um die Ideale ginge, könnte er auch ein paar Stipendien für ärmere Kinder vergeben. Von denen gibt es aber keine auf Schloss Lemburg, soweit ich weiß.«

»Wie auch immer ...« Ganz offensichtlich hatte Charlotte keine Lust, sich mit ihm darüber zu streiten. »Können wir uns jetzt wieder auf die Fakten konzentrieren?«

»Bitte.« So beleidigt hatte er gar nicht klingen wollen.

»Gut. Max starb vermutlich gegen einundzwanzig Uhr. Wenn wir davon ausgehen, dass die Schüler nicht Punkt neun die Zimmertüren hinter sich zugeschlagen haben und Max eventuell auch um halb neun gestorben sein könnte, dann starb er zu einem Zeitpunkt, als gerade alle Schüler mehr oder weniger auf dem Weg zu ihren Zimmern waren.«

Käfer wusste, worauf sie hinauswollte. »Und die Schlafzimmer sind hier im Schloss. Überall müssen also Schüler gewesen sein. Es ist fast unmöglich, dass ihn niemand gesehen hat. Selbst wenn sein Todeskampf unbemerkt blieb, muss ihn jemand auf dem Weg zur Folterkammer getroffen, zumindest aber beobachtet haben.«

»Ganz genau. Ich bin mir sicher, dass wir unter den Schülern einen Zeugen finden werden. Irgendjemand muss etwas gehört oder gesehen haben.«

Er sah auf die Uhr. »Es ist gleich ein Uhr früh. Eine Befragung der Schüler macht um diese Uhrzeit keinen Sinn mehr. Ich werde mir einen ersten Eindruck verschaffen, mit den Erziehern reden und vielleicht mit den engsten Freunden von Max. Dann haben wir hoffentlich einen ersten Überblick und Ansatzpunkte, an die wir morgen anknüpfen können.«

»Und die Mutter?«

Käfer schwieg. Nur zu gern würde er sich darum drücken, der Mutter des toten Jungen die schreckliche Nachricht zu überbringen. Er war nicht der Richtige für so was. Er wusste, dass Charlotte das besser konnte als er, immerhin hatte sie Psychologie studiert.

»Hm«, machte er nur. Ihm war klar, dass die traurige Nachricht schnell übermittelt werden musste, noch in dieser Nacht, sonst war die Gefahr zu groß, dass die Mutter es von anderer Seite erfahren könnte. Konnte Charlotte nicht allein zu ihr fahren, während er Max' Freunde befragte?

»Ich mache das auch nicht gerade gern.« Charlotte schien telepathische Fähigkeiten zu haben.

Er sah sie bittend an.

Sie seufzte. »Okay, ich fahre zu der Mutter von Max Wenke.«

»Danke, Charlotte.«

»Kann ich deinen Wagen haben?«

Käfer zögerte. Sein Auto zu verleihen passte ihm ehrlich gesagt gar nicht. Natürlich vertraute er Charlotte, aber er hielt sie nicht für die beste Fahrerin. Außerdem war der Wagen neu, keine zwei Monate alt. Und endlich mit Navi.

»Wenn ich mit dem Taxi dahin fahre, könnte das komisch wirken«, setzte Charlotte nach. Als Käfer immer noch nicht reagierte, sagte sie mit einem Lächeln: »Ansonsten mache ich die Freunde von Max, und du fährst zu Frau Wenke.«

»Nein, nein. Ist schon gut. Natürlich kannst du meinen Wagen haben.« Widerwillig gab er ihr die Schlüssel, die sie ihm mit einer schnellen Bewegung aus der Hand pflückte.

»Danke. Bis morgen.«

»Ja, bis morgen. Fahr vorsichtig.«

Kopfschüttelnd stieg Charlotte in den dunkelblauen Volvo und fuhr vom Parkplatz, dass die Reifen durchdrehten. Der Kies spritzte an den Seiten hoch – verdammt, das konnte doch Kratzer geben!

3

Benommen saß sie auf der Bettkante und starrte an die weiße Wand. Immer wieder verfärbte sie sich vor ihren Augen rot, und sie musste heftig zwinkern, damit sich die Täuschung auflöste.

Max. Wie soll ich ohne dich weiterleben? Wie soll ich das hier alles ohne dich durchstehen?

Seit anderthalb Jahren war sie mit ihm zusammen, und ja, er war ihre große Liebe. Sie konnte sich nicht vorstellen, jemals in ihrem Leben einen Menschen wieder so zu lieben wie ihn. Er war immer so stark gewesen, hatte sie unterstützt und ihr geholfen, im Internat zu bestehen. Sowohl bei den schulischen Dingen, die ihm alle in den Schoß zu fallen schienen, als auch bei den disziplinarischen Maßnahmen, die den Alltag auf Schloss Lemburg beherrschten. »Zusammen schaffen wir das, Marie«, hatte er immer zu ihr gesagt und sie dabei auf seine unvergleichliche Art angelächelt. Und dann hatte er sie an die Hand genommen und die letzte Runde über den Sportplatz gezogen oder hatte ihr bei der schweren Physikklausur heimlich die Lösung zugeschoben.

Ja, zusammen hatten sie es immer geschafft.

Wie sollte es jetzt weitergehen? Ohne ihn hatte sie doch keine Chance.

Marie hielt sich die Hände vor den Bauch und krümmte sich nach vorn. Der Schmerz, Max verloren zu haben, war ein körperlicher geworden. Sie schluchzte laut auf und unterdrückte einen Schrei, den sie am liebsten mit ganzer Wucht aus sich herausgestoßen hätte.

Wie konnte das sein?

Wie hatte es nur so weit kommen können?

Die Krämpfe, die ihren Körper schüttelten, lösten sich nur langsam auf. Schließlich wurde der Schmerz in ihrem Inneren von einer dumpfen Leere abgelöst. Erschöpft ließ sie sich nach hinten auf das Bett fallen und starrte an die Decke.

Sie strich sich eine lange dunkle Strähne aus dem Gesicht und lächelte traurig, als sie an die wenigen intimen Momente dachte, die Max und sie auf dem Schloss hatten teilen können. Wären sie dabei erwischt worden, hätte man sie vermutlich beide von der Schule geschmissen. Vor etwas mehr als einem Monat wäre es beinahe passiert. Marie und Max zählten zu den wenigen Seniorschülern, die ein Einzelzimmer hatten. Allein das sorgte für jede Menge Neid unter den anderen Schülern. Hinzu kam, dass sie so etwas wie ein Traumpaar waren. Marie wusste, dass sie außerordentlich gut aussah, sicherlich war sie das hübscheste Mädchen der Schule. Keine in ihrem Jahrgang trug Kleidergröße 34, keine hatte so ein perfekt geschnittenes Gesicht und so tolle lange Haare wie sie. Wenn sie nach Düsseldorf zum Shoppen fuhr, wurde sie ständig gefragt, ob sie nicht modeln wolle. Aber natürlich kam so etwas für sie nicht infrage. Ein lebender Kleiderständer, um Himmels willen, nein, das wäre unter ihrer Würde.

Mit Max war es ähnlich gewesen, auch er war ausgesprochen attraktiv, alle Mädchen fanden ihn toll. Wenn Marie Hand in Hand mit ihm durch die Schule ging, konnte sie die Blicke der anderen förmlich spüren, den Neid, aber auch die Bewunderung. »Brangelina von Schloss Lemburg« hatte man sie hinter vorgehaltener Hand genannt, nach Brad Pitt und Angelina Jolie, denen sie tatsächlich ein bisschen ähnlich sahen, wie sie fand. Marie hatte alles dafür getan, dass sie dieses perfekte Paar blieben. Auch wenn sich Max in letzter Zeit verändert und sich zuweilen sogar von ihr abgewandt hatte, war es Marie doch immer wieder gelungen, ihn für sich zu gewinnen. Sie wusste, wie anziehend ihr Körper auf Männer wirkte.

Leider nicht nur auf Max. Marie war sich sicher, dass es Frederik gewesen war, der sie an jenem Abend verraten hatte. Frederik, der sie immer mit diesem hungrigen Blick ansah. Er hatte ihnen aufgelauert und sie verpfiffen.

Max war vor ein paar Wochen mitten in der Nacht heimlich in den Mädchentrakt geschlichen und plötzlich unter Maries Bettdecke geschlüpft. Sie liebten sich, leidenschaftlich, aber auch hektisch, da sie wussten, wie schnell ihr kleines Glück vorbei sein konnte. Und genauso war es auch. Max war gerade zitternd in ihr gekommen, als er Schritte auf dem Flur hörte. Sie selbst hatte nichts davon wahrgenommen, aber ihm entging einfach nichts. In Sekundenschnelle sprang er auf und versteckte sich im Kleiderschrank. Marie konnte sich das Lachen kaum verkneifen. Was für ein Klischee! Der Liebhaber im Kleiderschrank. Wie in einer alten Komödie.

Ihr verging das Lachen, als es heftig an der Tür klopfte. Sebastian Junglas stand davor. Zum Glück durfte ein männlicher Erzieher nicht einfach so das Zimmer eines Mädchens stürmen, sodass ihr Zeit blieb, sich etwas überzuwerfen. Sie erinnerte sich noch, dass sie einen schnellen Blick in den Spiegel geworfen und gedacht hatte, dass sie total nach Sex aussah. Ihre langen dunklen Haare waren zu einer wilden Mähne zerzaust, und ihre ansonsten blasse, fast weiße Haut war leicht gerötet.

»Ist Max hier?«, fragte Junglas sie streng, als sie die Tür geöffnet hatte.

Sie schüttelte den Kopf.

»Er ist nicht auf seinem Zimmer, und es gibt Schüler, die haben ihn hier auf dem Flur gesehen.«

Frederik, dachte Marie. Jede Wette, dass er es gewesen war.

»Da müssen die sich getäuscht haben«, sagte sie knapp und bat darum, weiterschlafen zu dürfen. Sie sah Sebastian Junglas an, dass er ihr kein Wort glaubte, aber beide wussten, dass es der Erzieher mit den strengen Regeln im Internat unter gewissen Umständen nicht so genau nahm.

Nachdem Junglas wieder verschwunden war, war Max aus dem Schrank geklettert und noch eine Stunde bei ihr geblieben. Sie hatten sich in den Armen gelegen und miteinander geflüstert, hatten über das verfluchte Internat gesprochen und dass sie es bald geschafft hatten. Nach dem Abitur hatten sie zusammen ins Ausland verschwinden wollen. Scheiß drauf, was unsere Eltern sagen, hatte Max immer gesagt.

»Warum seid ihr eigentlich nie da?«, sagte Marie laut in die Stille des Raumes. Der Schmerz, dass ihre Eltern sich nicht um sie kümmerten, traf sie in diesem Moment noch heftiger als sonst. Wo waren sie jetzt wieder? Auf irgendeiner Asienrundreise. Sie konnte sie noch nicht mal anrufen und ihnen erzählen, was passiert war.

»Als wenn du das sonst könntest ...«, flüsterte sie.

Nein, selbst wenn ihre Eltern zuhause wären, würde sie sie nicht anrufen. Sie standen sich nicht nahe, das hatten sie nie getan. In ihrer Kindheit hatte sich eine Nanny um sie gekümmert, und wenn ihre Eltern mal da waren, wurde Marie meistens vor dem Fernseher geparkt. Sie konnte sich nicht daran erinnern, dass sich einer von ihnen jemals wirklich für sie interessiert hatte. Nach außen hin war natürlich alles perfekt, da wurde der Schein gewahrt. Deshalb war das Internat Lemburg auch die folgerichtige Entscheidung gewesen. Ihre Eltern konnten in Ruhe ihr Jetset-Leben führen, während Marie die vermeintlich beste Schule des Landes besuchte. Aber in Wahrheit war sie Luft für ihre Eltern. Fast so, als ob sie gar nicht existierte.

»Du hast doch mich«, hatte Max immer gesagt. »Du brauchst deine Eltern nicht. Ich bin immer für dich da.«

Jetzt konnte Marie ein lautes Schluchzen nicht mehr unterdrücken. Sie presste sich ein Kissen vor den Mund, um nicht das halbe Internat aufzuwecken.

Ich hab dich nicht mehr, jetzt hab ich dich nicht mehr, jetzt bin ich ganz allein ...

Das perfekte Paar gab es nicht mehr.

Ihr Blick fiel auf den Nachttisch, und sie wusste genau, was in Plastikfolie verpackt unter der Schublade klebte. Normalerweise nahm sie abends nichts, schon gar nicht nachts, da an Schlafen nicht zu denken war. Aber sie wusste, dass sie so ihren Schmerz betäuben konnte, und das war das Einzige, was sie jetzt wollte.

Sie zog die Schublade aus dem Nachttisch, drehte sie um und riss das Tütchen mit dem weißen Pulver ab.

*

Sie kam zügig voran. Zu dieser nächtlichen Uhrzeit waren die Straßen leergefegt, und schon eine halbe Stunde nach ihrer Abfahrt auf Schloss Lemburg lenkte sie den Wagen in die Straße, die Dr. Berg ihnen genannt hatte. Es war eine hübsche Einfamilienhausgegend mit gepflegten Vorgärten und meist großzügigen Doppelgaragen vor der Tür. Nach allem, was der Direktor des Internats ihnen erzählt hatte, hatte Charlotte eigentlich mit einer luxuriöseren Wohngegend gerechnet. Auch das Haus der Wenkes sah nicht so aus, wie man es von einem der erfolgreichsten Bauunternehmer des Landes vielleicht erwartet hätte. Zwar wirkte es groß und gepflegt, aber nicht wie die Villa eines mutmaßlichen Multimillionärs.

Charlotte stieg aus dem Wagen und sah an der weißverputzten Fassade hoch, die sich über zwei Etagen zog und in einem dunklen Walmdach endete. Die bodentiefen Sprossenfenster waren mit Vorhängen zugezogen, sodass sie nicht erkennen konnte, ob im Inneren Licht brannte und vielleicht noch jemand wach war. Aber das war sowieso unwahrscheinlich, immerhin war es schon nach halb zwei Uhr nachts.

Sie lief über die Einfahrt, in der ein roter Mini Cooper parkte, bis zur Haustür. Doch bevor sie die Hand heben und den Schalter mit der Aufschrift »Wenke« drücken konnte, hielt sie inne. Es fiel ihr schwer zu klingeln, und ihr Zögern überraschte sie selbst. Niemand überbrachte gern eine Todesnachricht, auch nicht Charlotte. Aber normalerweise schaffte sie es immer, solche unangenehmen Pflichten souverän über die Bühne zu bringen. Als Kriminalpsychologin war sie geschult im Umgang mit Angehörigen, sie wusste, was man sagen musste und was man besser verschwieg. Bisher hatte sie immer die richtigen Worte gefunden, aber jetzt war ihr plötzlich nicht mehr klar, wie sie ein solches Gespräch führen sollte.

Lag es an Stefan? Ihrem kleinen Bruder, der mit zwei Jahren gestorben war, als sie auf ihn hatte aufpassen sollen? Hatte sie deshalb solche Probleme, der Mutter von Max die schreckliche Nachricht zu überbringen? Weil es sie zu sehr daran erinnerte, wie ihre eigene Mutter damals reagiert hatte, als Stefan in der Badewanne ertrunken war?

Sie atmete einmal tief ein und aus, fuhr sich mit den Händen durch das ungeschminkte Gesicht und klingelte schließlich. Einmal. Zweimal.

Nach dem dritten Mal öffnete eine Frau im weißen Bademantel die Tür einen Spaltbreit und schaute sie verschlafen, aber auch besorgt an. Bevor sie etwas sagen konnte, hielt Charlotte ihr den Dienstausweis hin.

»Guten Abend. Mein Name ist Charlotte Schneidmann. Ich komme von der Kripo Münster. Sind Sie Sonja Wenke?« Sie bemühte sich, mit ruhiger und sanfter Stimme zu sprechen und der Frau direkt in die Augen zu blicken.

Doch ihrem Gegenüber schien sofort klar zu sein, dass etwas Schreckliches passiert war. »Ja. Mein Gott. Was ist …? Mein Schwiegervater?«

Charlotte schluckte. »Darf ich reinkommen? Ich würde Ihnen gern in Ruhe erklären, was passiert ist.«

Die Unterlippe von Sonja Wenke begann zu zittern. Das kannte Charlotte schon. Bevor sie die traurigen Nachrichten übermitteln konnte, ahnten die meisten Angehörigen, dass sich ihr Leben in den nächsten Sekunden für immer verändern würde. Natürlich. Jeder konnte sich denken, dass etwas Schlimmes passiert sein musste, wenn die Polizei mitten in der Nacht bei einem klingelte.

Charlotte folgte der schmalen Frau durch den hellen Eingangsbereich, der dank des weißen Marmorbodens und der Wandspiegel zu beiden Seiten recht großzügig wirkte. Über zwei Stufen erreichte man das Wohnzimmer. Sonja Wenke machte Licht und bat Charlotte, auf der schwarzen Ledergarnitur Platz zu nehmen. Sie selbst setzte sich in einen beigefarbenen Ohrensessel, nahm mit zitternden Händen eine Zigarette aus der Schachtel, die vor ihr auf dem Glastisch lag, und nahm das Feuerzeug in die Hand.

»Frau Wenke, ich habe leider keine guten Nachrichten.«

Die Frau nickte nervös und versuchte mit fahrigen Bewegungen die Zigarette anzuzünden. Sie knipste am Feuerzeug herum, aber es wollte ihr einfach nicht gelingen, eine Flamme zu entfachen. »Was ist passiert?«, fragte sie, nahm die Zigarette wieder aus dem Mund und klemmte sie zwischen ihre Finger. Sie strich die blondgesträhnten Haare nach hinten und sah Charlotte aus ihren blauen Augen ängstlich an. »Hat mein Schwiegervater den Kampf verloren?«

Charlotte zog sich der Magen zu. »Es geht nicht um Ihren Schwiegervater, Frau Wenke«, sagte sie gepresst. »Ihr Sohn Max ...«

»Nein!«, schrie Sonja Wenke unvermittelt auf und ließ Zigarette und Feuerzeug fallen. »Nicht Max. Nicht Max!« Sie fuhr sich mit den Händen durchs Gesicht und versuchte, die Fassung zu wahren. »Was ist mit ihm? Hatte er einen Unfall? Liegt er im Krankenhaus?«

»Er ist tot, Frau Wenke. Es tut mir sehr leid.«

Sonja Wenke saß wie gelähmt da und sagte nichts. Das Zittern hatte aufgehört, und sie rührte sich nicht, war vollkommen unbeweglich. Schweigend wartete Charlotte ab, bis sich der erste Schock gesetzt hatte.

Nach einer ganzen Weile bückte sich Sonja Wenke zum Fußboden, um die Zigarette und das Feuerzeug aufzuheben. »Das kann nicht sein. Das ist ein Irrtum«, sagte sie und zündete sich mit ruhiger Hand die Zigarette an. Sie nahm einen tiefen Zug.

Verleugnung, dachte Charlotte. Bei den meisten war das die erste Reaktion auf eine kaum fassbare Nachricht. Meist kamen danach Wut und Verzweiflung, gefolgt von Resignation und Trauer. Sie wusste, wer die letzte Stufe erreicht hatte und trauern konnte, der war auf dem richtigen Weg. Nur wer richtig trauert, kann auch verarbeiten, hatte ihr Psychologieprofessor immer gesagt. Ein Grund, warum das Leben von Eltern, deren Kinder niemals gefunden wurden, ein einziger Albtraum war. Die Hoffnung, dass der geliebte Mensch vielleicht doch noch lebte, verhinderte das Trauern, das Abschiednehmen und damit auch den Neuanfang.

»Leider nicht, Frau Wenke. Über seinen Ausweis konnten wir Max bereits identifizieren. Es tut mir leid, aber Ihr Sohn ist gestern Abend ums Leben gekommen.«

Für einen Moment herrschte Totenstille im Raum. Sonja Wenke sah sie mit fassungslosem Ausdruck im Gesicht an. Sie war noch blasser geworden, selbst ihre Lippen wirkten jetzt fast weiß. Sie schien Charlottes Gesicht nach einem Hinweis abzusuchen, dass das alles nicht stimmte, dass die Kommissarin einen Fehler gemacht hatte, vielleicht zur falschen Adresse gefahren war.

Charlotte hielt ihrem Blick stand. »Es tut mir wirklich sehr leid, Frau Wenke.«

Plötzlich liefen der Frau Tränen über die Wangen. Sie schluchzte nicht, weinte lautlos und hielt die Zigarette zwischen ihren Fingern fest. »Was ... was ist passiert?«, brachte sie schließlich mühsam hervor.

»Wir können es noch nicht genau sagen. Seine Leiche wurde im Internat gefunden. Er ist im historischen Teil des Schlosses unter noch nicht geklärten Umständen zu Tode gekommen.« Charlotte wollte Max' Mutter nicht sagen, wie Max gestorben war. Jedenfalls nicht jetzt, nicht in dieser Nacht und nicht in diesem Moment. »Die Obduktion wird alles Weitere klären. Morgen können wir Ihnen wahrscheinlich schon mehr über die Todesursache sagen.«

»O Gott. Max ... mein Junge!« Sonja Wenke wurde von einem heftigen Weinkrampf geschüttelt. Die Zigarette in der Hand hatte sie vergessen, und die Asche fiel auf den hellen Wohnzimmerteppich. »Maxi ... Mein Schatz. Das kann doch nicht sein ... Ich will ihn sehen. Ich muss ihn sehen!«

»Natürlich, Frau Wenke. Morgen können Sie zu ihm.«

Sonja Wenke drückte die Zigarette achtlos auf einem Teller aus und hielt sich die Hände vors Gesicht. Das Weinen wurde immer schlimmer, die Atmung zunehmend hektischer, und Charlotte machte sich Sorgen, dass die Frau einen Nervenzusammenbruch erleiden könnte.

»Frau Wenke, gibt es jemanden, der zu Ihnen kommen kann? Der sich um Sie kümmert? Sie sollten nach dieser Nachricht nicht allein sein.«

»Erst mein Mann ... und jetzt auch noch ... Nein, das kann doch nicht ...« Das Weinen wurde immer lauter, das Stöhnen immer verzweifelter.

Charlotte seufzte leise. Das Schicksal der Frau ging ihr nahe. »Vielleicht eine Freundin oder Nachbarin? Können Sie mir jemanden nennen, den ich anrufen kann?«

Es dauerte einen Moment, bis Sonja Wenke wieder sprechen konnte. »Ja. Nebenan wohnt Ines Stapelfeld ... eine gute Freundin. Vielleicht kann sie ...«

»Gut. Ich werde gleich bei ihr klingeln. Frau Wenke, können Sie mir noch ein paar Fragen beantworten, oder sehen Sie sich dazu jetzt nicht in der Lage?«

»Fragen? Doch ...«

Charlotte sah der armen Frau an, dass sie dazu eigentlich nicht in der Verfassung war. Sie beschloss, sich auf das Wesentliche zu beschränken und die Befragung am nächsten Tag fortzusetzen. Dann musste Sonja Wenke sowieso in die Gerichtsmedizin kommen, um ihren Sohn zu identifizieren.

»Wie ich schon sagte, sind die Umstände von Max' Tod noch ungeklärt. Wir wissen nicht, ob es ein Unfall war oder ob ein Fremdverschulden vorliegt.«

»Fremdverschulden? Sie meinen ... Mord?« Mit weit aufgerissenen Augen sah Sonja Wenke sie an. »Wollen Sie damit andeuten, dass mein Sohn ... ermordet worden ist?«

»Das wissen wir nicht. Auch Suizid können wir nicht ausschließen.«

»Selbstmord? Mein Junge?« Sie keuchte. »Niemals. Er war nicht ... depressiv. Schon gar nicht selbstmordgefährdet.«

»Wissen Sie, ob er sich von jemandem bedroht fühlte?«

Sonja Wenke schnäuzte sich geräuschvoll in ein Taschentuch. Wie es schien, hatte sie sich wieder einigermaßen im Griff. »Ich weiß nicht, das ist heute doch so schwer zu sagen. Mit ... mit zwölf ist Max aufs Internat gekommen. Seitdem sehe ich ihn nur noch am Wochenende ... und in den Ferien. Aber was kriegen wir Eltern denn schon mit? Dieses ganze Cybermobbing, das gab es doch früher alles gar nicht. Heute findet das still und leise auf dem Handy statt. Was wissen wir denn schon von dem Leben ... unserer Kinder.«

Eine einzelne Träne kullerte Frau Wenkes Wange hinab, die sie mit einer Handbewegung zur Seite strich.

»War Max in sozialen Netzwerken unterwegs?«

»Er hat ständig auf seinem Handy herumgetippt, war geradezu besessen von seinem iPhone. Aber was er damit alles gemacht hat, weiß ich nicht.« Sonja Wenke langte zur Zigarettenschachtel und zündete sich eine neue Zigarette an.

»Hat er denn mal von Mobbingaktionen gesprochen?«

»Nein. Nie.« Sie inhalierte tief und atmete den Rauch wieder aus. »Selbstmord, Mord – wieso ist das so unklar? Das muss man doch relativ schnell erkennen können. Wie ist er denn überhaupt zu Tode gekommen?«

Charlotte überlegte. Sie hatte gehofft, diese Informationen wenigstens bis zum nächsten Tag zurückhalten zu können. Wenn sie Sonja Wenke erzählte, dass ihr Sohn von mindestens zwanzig Dolchstichen eines fast zweihundert Jahre alten Foltergerätes durchbohrt worden war, würde sie der trauernden Mutter doch endgültig den Boden unter den Füßen wegziehen. Das wollte sie unbedingt vermeiden.

»Jetzt sagen Sie schon«, sagte Frau Wenke beinahe ärgerlich.

Charlotte schluckte und versuchte, so vorsichtig wie möglich die Auffindesituation von Max' Leiche zu beschreiben. »Die genauen Umstände sind noch nicht geklärt. Es muss einen Vorfall in der … im Museumsbereich des Internats gegeben haben.«

»Museumsbereich? Sie meinen …?«

Charlotte sah Sonja Wenke an, dass sie genau wusste, was sie damit meinte. »Wir wissen noch nicht, was da unten passiert ist«, fuhr sie mit ruhiger Stimme fort.

»In der Folterkammer …«, flüsterte Sonja Wenke, und Charlotte bemerkte, wie die Frau erneut zu zittern begann.

»Ähm, ja, jedenfalls …« Wie sollte sie der Mutter den so schrecklichen Tod ihres Sohnes nur schonend erklären? »Jedenfalls hat Max sich dort so stark verletzt …«

»In einem der Foltergeräte?« Sonja Wenke zitterte wieder am ganzen Körper, und ihre Stimme klang laut und schrill.

Charlotte nickte langsam und holte tief Luft. »Ja. Er ist verblutet.«

Als sie das letzte Wort ausgesprochen hatte, schrie Sonja Wenke nur noch. Sie schrie und schrie und war nicht mehr in der Lage, sich zu beruhigen.

Zehn Minuten später setzte ihr der Notarzt eine Beruhigungsspritze. Charlotte stand im Eingangsbereich des Hauses und sprach mit Ines Stapelfeld, der Nachbarin, die sie nach dem Eintreffen des Notarztes hinzugeholt hatte.

»Natürlich bleibe ich bei Sonja. Das ist doch selbstverständlich.« Die attraktive Frau sah selbst in Schlafanzug und Bademantel gut aus. Genau wie Sonja Wenke war sie etwas älter als Charlotte, vielleicht Ende vierzig. »So etwas Schreckliches. Die Arme. Als wenn der Tod ihres Mannes nicht gereicht hätte. Das Leben kann so grausam sein ...«

»Wann ist Herr Wenke verstorben?«

»Letztes Jahr, bei einem Verkehrsunfall. Mein Gott, das war schon so furchtbar. Der Wagen hatte sich überschlagen und war in Flammen aufgegangen. Der arme Alex war nur noch anhand seiner Zähne zu identifizieren.«

Die Frau schluckte und kämpfte mit den Tränen, und auch Charlotte war betroffen angesichts der Schicksalsschläge, die diese Familie erlitten hatte.

»Kannten Sie Max?«, fragte sie nach einem Moment.

»Ja, natürlich, aber nicht besonders gut. Wir wohnen erst seit knapp fünf Jahren hier. Als wir hier herzogen, ging Max schon auf das Internat. Insofern kann ich nicht besonders viel zu ihm sagen. Tut mir leid.«

»Ines? Ines!« Die schluchzenden Rufe hallten durch das Haus.

»Ich komme, Süße, ich komme.« Ines Stapelfeld eilte die Stufen ins Wohnzimmer herunter, in dem Sonja Wenke auf dem Sofa lag und einen Tupfer auf ihre Armbeuge drückte.

»Ich komme morgen wieder zu Ihnen, Frau Wenke«, sagte Charlotte. »Wenn Sie sich schlechter fühlen, rufen Sie jederzeit den Arzt.«

»Sie wird jetzt gleich schlafen«, sagte der Notarzt und klappte den Koffer zu. »Für heute hat sie Ruhe.«

Als Charlotte wieder in Käfers Wagen saß, war es halb drei, und es dauerte eine weitere halbe Stunde, bis sie endlich in ihrer Wohnung angekommen war. Der Papierkorb, in den sie sich erbrochen hatte, nachdem Käfer sie angerufen und von dem toten Jungen erzählt hatte, stand immer noch vor der

Couch. Der Geruch war ekelhaft, aber sie sah sich nicht in der Lage, den Mülleimer jetzt noch zu leeren. Kurzerhand stellte sie ihn auf den Balkon. Ohne sich auszuziehen oder sich zu waschen, legte sie sich aufs Bett.

Sie fühlte sich grauenvoll. Einerseits war das kein Wunder, sie hatte einen langen, harten Tag hinter sich. Aber war ihr deshalb ununterbrochen schlecht? Klar, der Anblick des toten Jungen war auch für eine gestandene Polizistin wie sie nicht einfach. Aber normalerweise war ihr in Anwesenheit einer übel zugerichteten Leiche nur kurz etwas mulmig zumute, in der Regel erholte sie sich schnell. Diese merkwürdige Übelkeit …

Erneut überschlug sie ihren Zyklus. Normalerweise war er ungefähr einunddreißig Tage lang, mal etwas länger, mal etwas kürzer. Insgesamt eher unregelmäßig. Wann hatte sie das letzte Mal ihre Periode gehabt? Charlotte dachte nach. War das nicht an dem Wochenende gewesen, als sie mit Bernd und Sophie in dieses neue Erlebnisbad gefahren war? Ja, doch, sie erinnerte sich noch genau, wie sie sich geärgert hatte, als sie in der Umkleidekabine ihre Regel bemerkte und sich von einer fremden Frau einen Tampon leihen musste. Wie lange lag das jetzt zurück? Sechs Wochen? Oder waren es sogar sieben? Aber sie und Bernd hatten doch immer verhütet. Sie konnte sich nicht daran erinnern, dass sie irgendwann einmal auf Kondome verzichtet hatten. Oder doch?

Charlotte fasste sich an die Stirn. Das kann doch nicht wahr sein, dachte sie.

4

Seit einer halben Stunde saß Käfer nun schon in dem Aufenthaltsraum, der auf demselben Flur wie die Schlafzimmer der Jungen lag. Langsam, aber sicher machte sich Ratlosigkeit bei ihm breit. Entweder ist es schon zu spät, oder die sind alle zu geschockt, dachte er.

Oder es waren einfach alle Arschlöcher.

Fünf Jugendliche und ein Erzieher saßen auf der Couchgarnitur vor ihm. Zwei Mädchen und drei Jungs, die irgendwie alle gleich aussahen. Die Mädchen hatten lange geglättete Haare, die Jungs trugen Seitenscheitel. Sylvie, Marie, Frederik, Tom und Benjamin hießen sie, wenn Käfer sich die Namen richtig gemerkt hatte, und alle hatten den gleichen dunkelgrauen Bademantel an mit dem Wappen des Schlosses auf der linken Brust. Wie in einem Fünf-Sterne-Hotel schien so ein Bademantel zum Zimmerinventar zu gehören, was Käfer geradezu dekadent vorkam.

Hatte die unbekannte Person im Keller einen solchen Mantel getragen? Möglich. Sein Blick flog über den dunklen Stoff der fünf Exemplare vor ihm. Aber er fand keine Anzeichen von Dreck, Staub oder Spinnweben. Alle Bademäntel sahen so aus, als kämen sie frisch aus der Reinigung.

Neben den Schülern saß Sebastian Junglas, der Erzieher, der auch für Max zuständig war. Er schien als Einziger richtig betroffen zu sein, sah mitgenommen und aufgewühlt aus, während die anderen scheinbar gleichgültige Mienen zur Schau trugen. Sogar das Mädchen, das sichtbar verheulte Augen hatte, wirkte seltsam teilnahmslos. Es war Max' Freundin, und Käfer hielt ihr zugute, dass sie vermutlich unter Schock stand und sich deshalb nicht richtig äußern konnte. Aber galt das auch für die anderen?

Der Erzieher hatte ihm die Jugendlichen als Max' engste Freunde vorgestellt, aber egal, was sie auch über ihn sagten, Empathie war ihren Stimmen nicht zu entnehmen.

»Wie ist die Scheiße denn eigentlich passiert?«, fragte Benjamin in diesem Moment.

Na endlich, dachte Käfer. Seit einer halben Stunde war er nun hier, und bisher hatte keiner gefragt, wie Max überhaupt ums Leben gekommen war.

»Er ist in der eisernen Jungfrau gestorben.«

Keine Reaktion. Kein entsetztes »Ach du Scheiße!«, kein Aufschrei, kein Nachfragen. Marie knetete ihre Hände, Sylvie starrte aus dem Fenster, und Frederik schien tatsächlich zu grinsen.

»Ist daran irgendetwas witzig?«, fragte Käfer und merkte dabei selbst, dass seine Stimme schroffer wurde.

Frederik hob abwehrend seine Hände. »Nein, gar nicht. Ist alles total krass, Mann.«

»Warum grinst du dann?«

»Ach, es war nur so 'n doofer Gedanke. Sorry.« Frederik unterdrückte sein Grinsen und kaute dafür auf der Unterlippe herum.

»Ich würde trotzdem gern wissen, woran du gerade gedacht hast«, sagte Käfer.

Frederik seufzte. »Na ja, Max hat doch immer so viel Wert auf sein Aussehen gelegt, und ich hab nur kurz gedacht ... Ach, egal. Sorry, war wirklich daneben.«

Marie warf Frederik einen angeekelten Blick zu, und auch Sylvie schien schockiert zu sein.

»Wie bist du denn drauf?«, sagte sie wütend. »Kannst du deine verkackte Eifersucht nicht mal jetzt ausschalten?«

»Hey, entspann dich! Ich hab ja gesagt, dass es scheiße war.«

»Was hatte Max denn, worauf du eifersüchtig warst?«, hakte Käfer nach.

»Nichts. Alles easy, Mann.« Frederik verschränkte die Arme vor der Brust und sah ihn an.

»Blödsinn!«, mischte Sylvie sich ein. »Du warst doch immer total neidisch auf ihn. Aber da warst du ja auch nicht der Einzige«, fügte sie bitter hinzu.

Dann erzählte sie Käfer, dass Max im Internat zwar einerseits sehr beliebt war, andererseits aber auch eine Menge Missgunst erlebt hatte. Dem gutaussehenden Jungen, dem scheinbar alles zuflog, gönnte nicht jeder seinen Erfolg.

»Er hatte immer das meiste Geld von uns allen, die neusten technischen Geräte, das beste Handy. Er hatte die besten Noten und war Everybody's Darling. Sie können sich doch vorstellen, dass das einigen nicht in den Kram passte. Max war einfach überperfekt.«

»So ein Quatsch«, sagte Marie leise. »Ihr habt doch alle keine Ahnung.« Sie zog ein Taschentuch aus der Bademanteltasche und drückte es sich ins Gesicht.

»Haben wir keine Ahnung, oder hattest du sie nicht?«, sagte Frederik zu ihr. »Du bist es doch gewesen, die vor der Wahrheit die Augen verschlossen hat. Du wolltest einige Sachen doch gar nicht wahrhaben.«

Marie antwortete nicht, sondern weinte still in das Taschentuch. Ihre schmalen Schultern zuckten.

»Was für Sachen denn?«, fragte Käfer.

»Na ja, Marie war vielleicht seine Freundin, aber das heißt ja noch lange nicht, dass er sich nicht auch mal am anderen Ufer umgeschaut hätte.«

Marie ließ das Taschentuch sinken. »Du hast doch nicht mehr alle Tassen im Schrank«, sagte sie tonlos und stand auf. Ohne ein weiteres Wort zu sagen, verließ sie den Raum.

Käfer hielt sie nicht zurück. »Willst du damit andeuten, dass Max bisexuell war?«, fragte er Frederik, nachdem Marie die Tür ins Schloss geworfen hatte.

Der sah ihn kampflustig an. »'ne Schwuppe, ganz genau.«

»Quatsch! Das war ein schwachsinniges Gerücht«, fuhr Sylvie ihm über den Mund. »Er war total glücklich mit Marie, das hat doch jeder gewusst. Aber wie es immer so ist, wenn einer so gut aussieht wie Max. Da wird ja schnell mal so 'n Gerücht verbreitet.«

»Wer hat das in die Welt gesetzt?«, hakte Käfer nach.

Sylvie zuckte mit den Achseln. Auch die anderen schwiegen.

»Und wie hat Max auf diese Gerüchte reagiert? Wie ist er damit umgegangen?«

»Das war dem doch scheißegal«, antwortete Frederik mit grimmigem Gesichtsausdruck. »Max war doch unantastbar.«

»Du hast ihn offenbar nicht sonderlich gemocht, oder?«

»Doch, klar, wir waren Kumpels.«

Käfer sah ihm an, dass das nicht stimmte. »Was habt ihr denn so zusammen gemacht? Hattet ihr die gleichen Hobbys? Oder habt ihr einfach nur miteinander abgehangen?«

»Keine Ahnung. Was man halt so macht.«

Käfer seufzte. »Hatte Max irgendwelche Probleme?«

Alle zuckten mit den Achseln und schüttelten den Kopf.

»War einer von euch heute Abend im Keller?«, fragte er und ließ die Jugendlichen dabei nicht aus den Augen. Aber keiner zeigte irgendeine Reaktion, keiner wurde nervös oder unruhig, nichts. Alle schüttelten wieder nur schweigend den Kopf.

»Kann ich jetzt ins Bett gehen?«, fragte Frederik gelangweilt. »In fünf Stunden muss ich einen Zehn-Kilometer-Lauf absolvieren, dafür will ich fit sein.«

»Ich glaube auch, dass es für heute reicht«, stimmte der Erzieher zu, der sich bislang im Hintergrund gehalten hatte. »Vielleicht können Sie sich morgen weiter mit den Kids unterhalten. Jetzt sollten sie lieber noch etwas Schlaf kriegen.«

Käfer nickte, und die Jugendlichen standen auf und verließen den Raum. Geradezu erleichtert wirkten sie dabei.

»Komische Schützlinge haben Sie da.« Der Erzieher war noch sitzen geblieben, und Käfer wandte sich ihm zu. »Bis auf Marie wirken die alle ziemlich teilnahmslos.«

»Es ist mitten in der Nacht. Die sind fertig.«

»Schon klar. Aber bei dem, was heute Abend hier passiert ist, hätte ich ehrlich gesagt nicht damit gerechnet, dass überhaupt einer von den Schülern schläft. Als meine Kollegin und ich hier ankamen, haben wir mit einem Haufen aufgeregter Schüler und Eltern gerechnet. Aber überall war gähnende Leere. Finden Sie das normal?«

»Die meisten Eltern sahen keinen Grund, die zum Teil weite Anreise mitten in der Nacht auf sich zu nehmen. Ihren Kindern ist ja nichts passiert. Was sollten sie hier?«

»Ihren Kindern in dieser psychisch sicherlich sehr belastenden Situation beistehen, zum Beispiel. Aber selbst die engsten Freunde von Max schienen nicht sonderlich geschockt von seinem Tod zu sein. Das finde ich nicht gerade normal. Wäre in meiner Schulzeit jemand auf diese brutale Art umgekommen, wäre die Betroffenheit sicher eine andere gewesen.«

Sebastian Junglas nickte betrübt. Seine strähnigen dunkelblonden Haare hingen ihm ins Gesicht. Wie alt mochte er sein? Fünfundvierzig? Fünfzig? Ja, Käfer schätzte, dass Junglas vielleicht etwas älter war als er selbst. Ob die Kleidung wohl eine Art Berufskleidung war? Sie erinnerte ihn fast an eine

Uniform, graue Hose, ein kurzärmeliges Hemd und darüber einen grauen Pullunder – wer trug denn so was? Vermutlich mussten alle Erzieher im Internat diese Klamotten tragen, eine solche Order würde zu diesem Schnösel Dr. Berg jedenfalls passen. Aber warum steckte Sebastian Junglas um diese Uhrzeit noch in den Sachen?

»Sie müssen die Schüler verstehen«, riss der Erzieher ihn aus seinen Überlegungen. »Sie sind von klein auf darauf getrimmt worden, ein diszipliniertes Verhalten an den Tag zu legen. Disziplin ist hier auf dem Internat elementar. Und das in allen Lebensbereichen.«

»Disziplin ist der Grundpfeiler ...«, murmelte Käfer.

Junglas nickte. »Und ihre strenge Aufrechterhaltung eine Wohltat für alle. Genau. Das ist der Leitspruch dieser Einrichtung. Alles ist darauf ausgerichtet. Hier geht jeder an seine Grenzen, körperlich und auch geistig. Die Jugendlichen trainieren jeden Tag auf dem Sportplatz und lernen danach genauso intensiv in der Klasse. Der Notendurchschnitt liegt bei 1,8. Das sagt, glaube ich, alles.«

»Was ist mit Freizeit? Mit Partys oder heimlichen Discobesuchen?«

Junglas schüttelte den Kopf. »Nein, das findet auf Lemburg nicht statt. Wir liegen ja auch relativ weit ab vom Schuss, bis nach Burgsteinfurt sind es schon sieben Kilometer, bis nach Münster fast dreißig. Da kann man nicht mal eben in eine Kneipe fahren. Ausflüge in eine Disco sind verboten, und private Partys werden fast nie genehmigt. Es wird allerdings auch so gut wie nie eine Anfrage im Sekretariat eingereicht. Zweimal im Jahr gibt es die großen offiziellen Schulfeiern, das Sommer- und das Winterfest. Das scheint den Schülern zu reichen.«

»Aber Jugendliche müssen doch ihre Grenzen austesten. Die saufen doch manchmal.«

»Möglich. Aber wer betrunken erwischt wird, fliegt von der Schule.«

»Und die Schüler nehmen so einen Alltag klaglos hin? Gibt es denn niemanden, der mal rebelliert? Wie ist Max damit klargekommen?«

Der Erzieher atmete hörbar aus. »Sie verstehen das nicht. Die Schülerinnen und Schüler, die hier leben, können Sie nicht mit normalen Kindern von einem ordinären Gymnasium vergleichen. Alle, die hier leben, haben von Kindesbeinen an zu hören bekommen, welche Aufgaben auf sie warten. Auch Max. Fast alle werden hier einmal ein Unternehmen erben, sollen einer Familiendynastie vorstehen oder in die riesigen Fußstapfen ihrer erfolgreichen Eltern treten. Der Druck, den diese Jugendlichen spüren, ist enorm, und jeder will den Erwartungen gerecht werden. Max war da nicht anders. Alle, die hier sind, wissen, dass sie etwas Besonderes sind und dass etwas Besonderes auf sie wartet, wenn sie das Abitur erst einmal in der Tasche haben. Vielleicht saßen Sie heute dem zukünftigen Bundeskanzler gegenüber. Wer weiß das schon.«

»Das glauben Sie doch selbst nicht.«

Junglas zuckte mit den Schultern. »Doch, ich glaube das. Dafür hat das Internat schon zu viele bedeutende Persönlichkeiten hervorgebracht.«

Käfer verkniff sich einen Kommentar. »Wenn der Druck hier so groß ist, muss doch auch die Konkurrenz enorm sein«, sagte er stattdessen. »Wir sprachen vorhin kurz über Neid und Eifersucht. Ist das hier an der Tagesordnung?«

»Natürlich gibt es das auf Lemburg. Aber wissen Sie, jeder von denen erbt irgendwann mal ein beachtliches Vermögen, jeder von denen wird irgendwann mal ein Unternehmen leiten. Da gibt es nicht so viel Grund, auf jemanden neidisch zu sein. Die werden doch alle ins Butterfass getunkt.«

Zum ersten Mal meinte Käfer, so etwas wie Missgunst in der Stimme des Erziehers zu hören. Vermutlich stammte er selbst aus einer weniger privilegierten Familie, ganz sicher musste er für seinen Lebensunterhalt hart arbeiten und konnte sich trotzdem nicht das leisten, was seine jungen Schützlinge aus der Portokasse bezahlten.

»Aber ich meine etwas anderes. Der Neid auf Max hatte keine finanziellen Gründe«, fuhr Sebastian Junglas fort. »Jedenfalls nicht im direkten Sinn. Er bekam von seinen Eltern zwar etwas mehr zugesteckt als die anderen, aber das war es nicht, was die anderen ihm missgönnten. In erster Linie waren einige Schüler auf seinen Erfolg neidisch. Der Junge hatte einfach eine irre Ausstrahlung, der man sich nur schwer entziehen konnte, dazu dieses Aussehen und die tollen Noten – das konnten einige natürlich nicht so gut ertragen.«

»Besonders Frederik nicht?«

Der Erzieher nickte. »Ja. Frederik hat seine Probleme mit Max. Ich habe nie verstanden, warum die beiden so viel Zeit miteinander verbringen. Sie mochten sich ganz offensichtlich nicht besonders. Das schien mir auf Gegenseitigkeit zu beruhen. Jedenfalls hat Max Frederik gern mal in seine Schranken verwiesen. Wie man das halt so macht, als Superstar des Jahrgangs.«

Wieder war da dieser Unterton.

»Und wie hat Frederik darauf reagiert?«

»Es war merkwürdig, eine Art Hassliebe. Manchmal hatte ich den Eindruck, Frederik brauchte den Kampf mit Max. Vielleicht wollte er auch einfach der Typ sein, der den König irgendwann vom Thron stürzt. Tja. Und jetzt ist Max tot.«

Käfer sah den Pädagogen nachdenklich an. Er schien seine Schützlinge gut zu kennen, aber dass er sie besonders sympathisch fand, glaubte er nicht.

»Wie kamen Sie selbst mit Max Wenke zurecht?«

»Oh, fabelhaft, wirklich, ich habe ihn sehr gemocht«, antwortete Junglas etwas zu schnell.

Käfer fragte sich, ob das wirklich stimmte. Der Erzieher schien von seiner ganzen Art nicht in dieses Eliteinternat zu passen. Käfer konnte sich den Mann eher in einer alternativen Schule vorstellen.

»Darf ich Sie fragen, warum Sie ausgerechnet in dieser Einrichtung arbeiten?«

»Die Bezahlung ist deutlich besser als anderswo. Und man muss nicht verbeamtet sein. Ich habe nur ein Pädagogikstudium absolviert, aber kein Staatsexamen.«

Käfer nickte, schüttelte innerlich aber den Kopf. Irgendwie hatte er geglaubt, dass Pädagogen noch Idealisten waren, Menschen, die sich aus Überzeugung der Erziehung von Kindern widmeten, die ihre Ideale und Ansichten leidenschaftlich weiterverbreiten wollten und sich nicht für ein paar Hundert Euro mehr im Monat an eine vermeintliche Eliteschule verkauften.

»Gibt es unter den Schülern eigentlich so etwas wie Mutproben? Irgendwelche Rituale, die sie vollziehen?«

»Ich habe mal davon gehört, dass es so etwas gibt, aber Genaues weiß ich nicht.« Sebastian Junglas gähnte und sah auf die Uhr. »Haben Sie was dagegen, wenn ich mich jetzt auch zurückziehe? Ich muss in ein paar Stunden schon wieder alle zum Frühsport wecken.«

»Ja, danke. Wir können morgen weitermachen. Es wird doch aber eine Änderung im Tagesablauf geben, oder etwa nicht? Direktor Berg wird bestimmt eine Ansprache an die Schüler halten. Vielleicht gibt es eine Gedenkfeier?«

Junglas zog die linke Augenbraue hoch und sah ihn zweifelnd an.

»Also, ich gehe jedenfalls davon aus, dass der Direktor den normalen Tagesablauf ändern wird«, fügte Käfer hinzu.

Doch er sah dem Erzieher an, wie falsch er mit seiner Annahme lag. Hier würde niemand den Tagesablauf ändern, nur weil ein Schüler zu Tode gekommen war. Disziplin ging über alles.

Als Käfer das Internat verließ, waren seine Kollegen bereits gefahren. Auf dem Parkplatz stand nur noch der Wagen des Beerdigungsinstituts, das den Leichnam von Max Wenke abholte. Da er beim besten Willen keine Lust hatte, mit dem Leichenwagen zurück nach Münster zu fahren, zog er sein Handy aus der Tasche, um ein Taxi zu rufen. Zwei Kurznachrichten von Annette waren in der Zwischenzeit eingetroffen. Käfer freute sich immer noch wie am ersten Tag, wenn er etwas von ihr hörte oder ein paar Zeilen lesen konnte.

Habe das restliche Marzipan mit nach Hause genommen, stand in der einen SMS, und Käfer musste lächeln. Was für andere Männer Dessous waren, war für ihn Marzipan – und das wusste Annette ganz genau.

Komm noch vorbei – egal wie spät, stand in der zweiten SMS, und jetzt ärgerte sich Käfer, dass er Charlotte seinen Wagen überlassen hatte. Bis das Taxi bei ihm war, würde es bestimmt eine halbe Stunde dauern. Und bis er in der Innenstadt war, wo Annette ihre Wohnung hatte, war es sicherlich fast drei Uhr. Er seufzte. Auch wenn eigentlich Wochenende war, wartete morgen ein harter Tag auf ihn. Bei so einem Fall konnten die Beamten nicht einfach zwei Tage Pause machen, bevor sie die Ermittlungen aufnahmen. Er würde das Wochenende durcharbeiten müssen, deshalb brauchte er jetzt seinen Schlaf.

Er schrieb eine Nachricht an Annette und hoffte, dass sie

von dem Signalton nicht aufgeweckt werden würde: *Schaffe es heute nicht mehr, Liebling. Melde mich morgen. Vermisse dich sehr.* Dann rief er ein Taxi und steckte das Handy wieder in die Tasche.

Gedankenverloren blickte er auf das Schloss, das im Mondlicht vor ihm lag und dabei unweigerlich etwas Unheilvolles ausstrahlte. Irgendein Geheimnis verbirgt sich hinter den dicken Mauern, dachte er, und im gleichen Moment lief ihm ein Schauer den Rücken herunter.

Wieso fühlte er sich plötzlich beobachtet? Er hob den Blick. Hinter dem Fenster im zweiten Stock stand jemand und sah zu ihm herunter. Käfer konnte nicht erkennen, wer es war, er sah mehr einen Schatten als eine Person. Aber da stand jemand, da war er sich sicher. War es ein Mann? Ja, er glaubte schon. Die Statur wirkte zur breit und zu groß für eine Frau. War es derselbe Kerl, den er im Keller verfolgt hatte? Obwohl er es nicht sicher wusste, spürte er, dass es so war.

Der sieht doch, dass ich ihn bemerkt habe, dachte Käfer.

Trotzdem wich der Unbekannte nicht vom Fenster zurück.

*

Frederik zog die Decke hoch und starrte an die dunkle Wand. Er konnte nicht schlafen, wie immer. Die gleichmäßigen Atemzüge seines Zimmernachbarn machten ihn wahnsinnig. Benjamin schlief sofort ein, egal wie müde oder aufgekratzt er auch war. Er legte sich hin, und zwei Minuten später ratzte er tief und fest.

Frederik hatte dagegen schon immer Schlafprobleme gehabt. Selbst als kleiner Junge hatte er unter Albträumen gelitten und im Schlaf oft laut aufgeschrien. Er erinnerte sich noch genau, wie er seine Mutter darum gebeten hatte, bei Licht einschlafen zu dürfen, aber sein Vater hatte es verboten. Mit solchen Kinkerlitzchen fangen wir gar nicht erst an, hatte er gesagt, der Junge solle ja nicht verweichlichen. Manchmal hatte seine Mutter heimlich Licht für ihn angemacht, und wenn sie vergessen hatte, es wieder auszuschalten, sobald sein Vater nach Hause gekommen war, hatte sie riesigen Ärger bekommen. Zum Glück war er nicht oft zuhause gewesen. Als Partner einer der größten Wirtschaftskanzleien des Landes hatte er immer bis spät abends zu arbeiten. Es würde noch ein großer Spaß werden, wenn Frederik ihm beibringen musste, dass er nicht das geringste Interesse hatte, selbst Jura zu studieren und ebenfalls in den Laden einzusteigen. Vermutlich würde sein Vater ihn enterben. Scheiß drauf! So wie sein Vater wollte er niemals werden.

Er drehte sich auf die andere Seite und kniff die Augen zu. Keine Minute hielt er das durch, dann war sein Blick wieder auf die dunkle Wand gerichtet. Heute fiel ihm das Einschlafen besonders schwer. Dabei war die Nacht schon halb vorbei, und er konnte die bleierne Müdigkeit in jedem Knochen spüren.

Frederik wälzte sich auf die andere Seite. Der Scheißkerl war tot. Endlich. Er würde niemals wiederkommen. Das war eine gute Nachricht, und zwar eine richtig gute. Frederik kannte keinen Menschen, den er mehr gehasst hatte als Max Wenke. Und er kannte viele Arschlöcher, sein eigener Vater war sicherlich eines der größten, und auch ihn hasste er schon sein Leben lang. Aber nicht so wie Max. Selbst sein tyrannischer Vater war nicht so ein Scheißtyp wie Max Wenke, dieser Psychopath. Ja, das war er gewesen. Ein richtiger Psychopath. Und er, Frederik, war der Einzige, der ihn durchschaut hatte. Für alle anderen war Max der schöne erfolgreiche Supertyp gewesen, und so süß. So liebenswürdig. Er könnte kotzen. Keiner wusste, wie Max wirklich gewesen war. Er hatte den Tod verdient, das stand außer Frage.

Der tolle Max war Geschichte. Frederik konnte sich ein Grinsen nicht verkneifen. Bei allem war er der Beste gewesen, im Sport, im Unterricht, einfach überall. Und dann hatte er auch noch Marie gekriegt – seine Marie. Nicht im Geringsten hatte er sie verdient gehabt. Frederik glaubte, dass Max sich nur deshalb an sie herangemacht hatte, weil Frederik in sie verliebt war. Er erinnerte sich noch ganz genau an den Blick, den Max ihm zugeworfen hatte, vor ein paar Wochen, als er ihn nachts auf dem Flur erwischt hatte. Triumphierend hatte er geguckt, als wollte er sagen: Schau her, ich gehe jetzt zu Marie, und du kannst dir vorstellen, was ich gleich mit ihr mache. Frederik hatte es sofort Junglas gemeldet, aber das Weichei hatte mal wieder nichts erreichen können. Er hatte sich vorgenommen, es beim nächsten Mal Dr. Berg persönlich zu melden. Aber jetzt würde es kein nächstes Mal mehr geben. Umso besser.

Egal. All das war jetzt egal. Endlich war sein härtester Konkurrent von der Bildfläche verschwunden. Und zwar für immer und ewig. Bald würde niemand mehr von ihm sprechen, dann hätten ihn alle vergessen. Auch Marie.

Er drehte sich wieder auf die andere Seite und versuchte, Benjamins Atemzüge zu ignorieren. Dann begann er, langsam bis hundert zu zählen. Das half doch sonst auch. Aber diesmal ließen ihn seine Gedanken einfach nicht zur Ruhe kommen.

Verdammt, dachte er. Würde es wirklich so werden? Würde Marie Max wirklich vergessen? Ihm blieb nur noch ein Jahr. Dann hatten sie das Abitur in der Tasche und würden Gott weiß wohin gehen. Keiner wusste, wo er einen Studienplatz bekommen würde. Ein Jahr blieb ihm nur noch, um Marie für sich zu gewinnen, danach würde es so gut wie unmöglich werden. Frederik war bereit, alles zu tun, damit sie seine Liebe endlich erwiderte. Ja, für Marie würde er wirklich alles tun. Das war ihm spätestens in der Folterkammer klargeworden.

*

Er war den Weg vom Internat nach Burgsteinfurt gelaufen. Zuerst war er tatsächlich gerannt, aber nach einer halben Stunde war er in schnelles Gehen zurückgefallen. Martin Franke war froh, dass er so durchtrainiert und sportlich war und ihm der kilometerlange Marsch nichts ausmachte.

Wie spät war es jetzt? Er konnte das Ziffernblatt seiner Uhr nicht lesen, so dunkel war es. Aber wenn er in dem Tempo weitermarschierte, müsste er bald an seiner Wohnung ankommen.

Reflexartig, wie ein Tier auf der Flucht, hatte er das Internat verlassen, nachdem die Nachricht von Max' Tod die Runde gemacht hatte. Viele Schüler waren noch auf gewesen, und wie ein Lauffeuer hatte sich eine merkwürdige Stimmung aus Entsetzen und Apathie breitgemacht. Kein Wunder, dass hier so etwas passiert, hatte Franke einen Schüler murmeln hören, als sie gemeinsam in der Eingangshalle gestanden und gehört hatten, was geschehen war.

Nein, vielleicht war es wirklich kein Wunder. Manche Orte ziehen den Schrecken nun mal an, und Schloss Lemburg gehört dazu, da war er sich sicher. Auf dieser Schule waren schon viele schreckliche Dinge passiert, die keiner wahrhaben wollte und die immer schön unter den Teppich gekehrt wurden. Einen Suizidversuch hatte selbst er miterlebt, obwohl Franke mit nicht einmal dreißig erst seit drei Jahren an der Schule unterrichtete. Der Junge war erst vierzehn Jahre alt gewesen, als er versucht hatte, sich auf dem Dachboden des Schlosses zu erhängen. Die Trennung von seinen Eltern und der hohe Leistungsdruck waren zu viel für ihn gewesen. Zum Glück hatten sie ihn rechtzeitig retten können – ja, zum Glück? Sein Gehirn war schon so lange nicht mit Sauerstoff versorgt gewesen, dass er sechs Wochen im Koma lag. Er kehrte nie nach Schloss Lemburg zurück, und Martin Franke hatte keine Ahnung, was aus dem Jungen geworden war. Dr. Berg hatte keine Information dazu preisgegeben, solche Sachen wurden grundsätzlich verleugnet, verdrängt, vertuscht. Sie passten nicht zu Schloss Lemburg.

Martin Franke blieb stehen und atmete tief durch. In der Ferne sah er die Lichter von Burgsteinfurt in der Dunkelheit glimmen, gleich hatte er es geschafft. Eigentlich war er Teil einer Fahrgemeinschaft und fuhr abwechselnd bei einem Kollegen mit, aber heute hätte er die Anwesenheit einer anderen Person nicht ertragen können. Zu sehr plagten ihn die Schuldgefühle.

Etwas langsamer als zuvor ging er weiter und dachte daran, wie er vor ein paar Stunden noch versucht hatte, sich um einige aufgelöste Schüler zu kümmern. Immerhin war er doch der Vertrauenslehrer, da erwartete man ein solches Engagement. Alles andere wäre womöglich verdächtig gewesen, und wenn Martin Franke eines nicht wollte, dann unangenehm aufzufallen. Das war ihm schon immer wichtig gewesen.

Marie, die kleine Freundin von Max, hatte weinend in der Eingangshalle gestanden, und er war zu ihr gegangen. »Komm, ich bring dich auf dein Zimmer«, hatte er zu ihr gesagt, aber sie hatte ihn nur wütend von sich gestoßen.

»Fassen Sie mich nicht an!« Sie hatte die Worte fast ausgespuckt. »Sie sind doch froh, dass er tot ist.«

Die umstehenden Schüler hatten ihn entsetzt angestarrt, und auch wenn kein anderer Lehrer oder Erzieher Maries Ausbruch mitbekommen hatte, war das der Moment gewesen, in dem ihn das Gefühl übermannt hatte, schnellstens verschwinden zu müssen. Er hatte versucht, das Gebäude möglichst unauffällig zu verlassen, aber er befürchtete, dass ihm das nicht gelungen war. Zu gehetzt war er gewesen.

Der Schweiß lief ihm den Rücken herunter. Trotz der kalten Nachtluft war ihm heiß.

Wen die Götter lieben, den rufen sie früh zu sich, ging es ihm durch den Kopf. Ja, die Götter hatten Max geliebt, so viel stand fest. Martin Franke kannte keinen Schüler, der mit so vielen Begabungen gesegnet war. Schön, intelligent, sportlich – nahezu perfekt. Und jetzt war er tot. Er bekam ein mulmiges Gefühl im Magen, als er an den heftigen Streit dachte, den er vor einigen Stunden mit Max gehabt hatte.

»Ich mach dich fertig. Morgen wird die ganze Welt wissen, was für ein Schwein du bist!«, hatte Max gebrüllt, und Martin Franke hatte alles versucht, um ihn zu beruhigen.

Aber Max war völlig außer sich gewesen. Dann war er wütend aus dem Raum gestürmt und hatte dabei fast Dr. Berg umgerannt. Martin Franke konnte nur hoffen, dass der Direktor nichts von dem Streit mitbekommen hatte. Keiner durfte etwas davon erfahren, das hatte er auch Max gesagt. Keiner durfte mitbekommen, welche Vorwürfe er ihm gemacht hatte, sonst wäre alles verloren.

Für einen kurzen Moment war Martin Franke tatsächlich froh, dass Max es jetzt auch wirklich niemandem mehr sagen konnte.

5

»Guten Morgen, Schönheit«, flüsterte er und umarmte sie von hinten.

Erschrocken zuckte sie zusammen. »Peter! Himmel, mit dir habe ich ja überhaupt noch nicht gerechnet.«

Annette ließ den Schlüssel sinken, mit dem sie gerade die Tür zu ihrem Laden hatte aufschließen wollen. Wie immer war sie früh dran. Käfer wusste, dass sie häufig schon um sieben im Geschäft war. Viele Petit Fours mussten frisch gemacht werden, und auch wenn der kleine Laden am Prinzipalmarkt erst um zehn Uhr öffnete, gab es noch eine Menge zu tun.

Er zog sie zu sich und küsste sie zärtlich. Vorsichtig strich er ihr über die Haare, die dunkler nachwuchsen als früher, als sie noch zu einem Pferdeschwanz gebunden waren. Es lag gar nicht so lange zurück, da war ihr Kopf noch von blutigen Brandblasen überzogen gewesen, und Käfer war froh, dass die Zeit tatsächlich alle Wunden heilte. Die Narben waren inzwischen fast vollständig von Haaren bedeckt, nur am Hinterkopf war noch eine kleine kahle Stelle, die sie aber schon bald überkämmen konnte.

»Wie geht es der schönsten Frau der Welt?« Er konnte nicht aufhören, sie zu küssen.

Lachend schob Annette ihn von sich. »Na, mit der Schönheit ist es wohl nicht mehr so weit her, aber danke, der Herr, Madame geht es gut. Kommst du auf einen Kaffee mit rein?«

Käfer sah auf die Uhr. Es reichte, wenn er um halb acht im Präsidium war, vorher würde eh keiner seiner Kollegen da sein. »Einen kleinen Espresso schaffe ich.«

Zwei Minuten später standen sie an dem hölzernen Tresen, und während Annette ihnen einen Espresso machte, aß Käfer die Petit Fours vom Vortag, die sie nicht mehr verkaufen konnte.

»Die schmecken immer noch grandios«, murmelte er mit vollem Mund.

»Kannst welche mit ins Büro nehmen, wenn du willst.«

Er dachte kurz darüber nach, was das für seine Kalorienbilanz bedeuten würde, wenn nicht nur das Frühstück, sondern auch das Mittagessen aus Buttercreme und Marzipan bestehen würde.

»Okay. Gehe ich heute Abend eben zehn Kilometer laufen«, sagte er und biss in das nächste Stück. »Pistazie«, stöhnte er genussvoll, und Annette lachte.

»Weißt du, worüber ich mich wirklich freue?«, sagte sie.

»Über meinen Appetit?« Käfer grinste sie mit vollem Mund an.

Sie lächelte. »Auch. Aber vor allen Dingen darüber, dass wir uns gefunden haben. Die Umstände unseres Kennenlernens waren ja alles andere als ... ideal. Und jetzt fühlt sich trotzdem alles so gut an, so richtig.«

Er wischte sich die Krümel vom Mund und berührte sie an der Hand. »Das Gefühl habe ich auch.«

Für einen Moment blickten sie sich verliebt in die Augen. Dann sah Annette auf die Uhr.

»Ist gleich halb acht. Soll ich dir von den Pistazientörtchen auch welche einpacken?«

»Gern.« Während Käfer ihr zusah, wie sie die Petit Fours in eine der rosa-weiß karierten Pappschachteln packte, dachte er daran, wie recht Annette hatte und wie viel Glück er gehabt hatte, diese wunderbare Frau kennengelernt zu haben.

*

Atmung kontrollieren. Puls regulieren. Das Tempo halten. Weiter. Weiter. Immer auf die Schrittlänge achten. Große Schritte, keine kleinen. Gerade bleiben. Den Rücken gerade halten. Und weiter. Immer weiter. Blick nach vorn, nicht auf die Füße starren.

Seit einer Dreiviertelstunde lief Marie auf der Tartanbahn, so schnell sie konnte. Konzentriert versuchte sie, sich die Anweisungen ihres Sportlehrers in Erinnerung zu rufen und nur an den Lauf zu denken. Zu ihrer eigenen Überraschung klappte das auch ganz gut, sogar so gut, dass sie den Kopf mittlerweile ganz frei hatte und an nichts anderes mehr dachte. Das war genau das, was sie wollte. Die körperliche Anstrengung sollte den Schmerz betäuben.

Große Schritte, die Beine lang machen. In den Bauch atmen, tiefe Züge. Und weiter, immer weiter.

Ihr Tempo war hoch, höher als sonst. Sie fühlte sich wie eine Maschine, die immer im Kreis lief. Es funktionierte. Sie konnte vor der Trauer davonlaufen. Jedenfalls für eine Weile.

Dann blickte sie wie in Trance nach rechts, wie sie es sonst immer machte, und schlagartig war alles wieder da. Rechts neben ihr war immer Max gelaufen. Sofort setzten Seitenstiche ein, Marie fing an zu japsen und joggte hechelnd an den Rand des Sportplatzes. Erschöpft stützte sie sich auf den Knien ab und schnappte nach Luft, was enorm schwierig war, weil sie gleichzeitig zu schluchzen anfing. Doch so sehr sie sich auch anstrengte, sie konnte den Weinkrampf nicht unterdrücken.

Über ein Jahr lang bist du immer neben mir gelaufen, immer auf der rechten Seite, fast jeden Morgen.

Sie fühlte sich wie amputiert. Marie sank auf den Boden und wischte sich die Tränen weg. Sie spürte, dass es nicht nur der Verlust war, der sie so fertigmachte. Natürlich war das der Hauptgrund, warum es ihr so schlecht ging, aber es gab noch etwas anderes, das ihr auf der Seele lag. Hatte Max sterben wollen und es schließlich selbst beendet?

Sie wischte sich den Schweiß von der Stirn und putzte sich den Rotz ab, der aus ihrer Nase lief. Vielleicht war sie auch immer zu naiv gewesen, zu romantisch, zu verliebt. Vielleicht hatte sie sich wirklich etwas vorgemacht, genau wie Frederik es behauptet hatte. Für sie hatte es jedenfalls nie etwas Größeres und Stärkeres gegeben als die Liebe zu Max, und sie hatte sich immer eingeredet, dass es vollkommen egal war, was um sie herum passierte, solange diese Liebe nur existierte. Erdbeben, Krieg, Weltuntergang – mit Max hätte sie alles durchgestanden.

Offensichtlich hast du das anders gesehen. Offensichtlich konnte ich dich nicht auf dieser Welt halten.

Für einen Augenblick spürte sie Wut in sich aufsteigen. Es war die Wut der enttäuschten Liebe, die Wut darüber, dass Max sie offensichtlich nicht so geliebt hatte wie sie ihn.

Nein, ich tue ihm unrecht. Verzeih' mir, mein Max, es tut mir leid.

Er war ganz bewusst gestorben, das musste sie akzeptieren, respektieren, ja, vielleicht sogar bewundern. Das hatte nichts mit seiner Liebe zu ihr zu tun.

Sie musste der Polizei mitteilen, was sich gestern Abend wirklich in der Folterkammer abgespielt hatte. Aber sollte sie es ihnen einfach so sagen? Dann würde die Botschaft, die Max mit seinem Tod übermitteln wollte, womöglich verlorengehen.

Nein, sie musste einen anderen Weg wählen. Und sie wusste auch schon, welchen.

*

Als Charlotte an diesem Morgen das Präsidium betrat, hatte sie sich schon zweimal übergeben. Da sie danach wieder normalen Appetit gehabt hatte, war sie davon überzeugt, das Schlimmste überstanden zu haben. Vielleicht ist es so ein Vierundzwanzig-Stunden-Virus gewesen, dachte sie, beschloss aber dennoch, in der Mittagspause in den Drogeriemarkt zu gehen und einen Schwangerschaftstest zu kaufen. Einfach nur zur Sicherheit, um auch diese Sache abhaken zu können.

Auf dem Weg ins Büro hatte sie mit Bernd telefoniert. Sie hatten sich für den Abend verabredet, er wollte für sie kochen, und vermutlich würde sie heute auch wieder in seiner Wohnung übernachten, wie meistens. Sie freute sich auf ihn. Zwei Nächte ohne ihn kamen ihr inzwischen richtig lang vor.

»Morgen.« Käfer kam ihr mit einem Kaffee in der Hand entgegen. Schokolade klebte in seinem Mundwinkel. Und das am frühen Morgen. »In zehn Minuten ist Teamsitzung.«

»Alles klar. Ich hol mir schnell 'nen Tee und komme in den Konfi.«

»Tee? Bist du krank?« Ohne auf eine Antwort zu warten, verschwand Käfer hinter der Tür des Konferenzraumes.

Wenig später lehnte Charlotte mit einem dampfenden Becher in der Hand neben ihm an der Wand und blickte in die vertrauten Gesichter ihrer Kollegen, mit denen sie schon bei ihrem letzten Fall sehr gut zusammengearbeitet hatten. Der erfahrene Carsten Hammersbach war wieder dabei, genau wie Frank Subotik, der zu den jüngeren Kollegen zählte. Mit Henry Schwarzer und Sven Pauly hatten sie vor Kurzem zum ersten Mal zusammengearbeitet, was gut funktioniert hatte. Charlotte mochte die Truppe, auch wenn sie sich manchmal weibliche Unterstützung wünschte.

»Das Obduktionsergebnis dürfte heute Nachmittag vorliegen«, schloss Käfer seine Erläuterungen über den gestrigen Abend ab. »Selbstmord erscheint im Moment unwahrscheinlich, ist aber nicht ausgeschlossen. Da müssen wir abwarten. Wir haben also eine Menge zu tun. Heute sollten wir alle Schüler und Lehrer ausführlich befragen, ebenso die Erzieher, vielleicht erfahren wir dann mehr. Dafür würde ich euch gern in Teams einteilen.«

Hammersbach meldete sich zu Wort. »Du hast doch vorhin von diesem Gerücht erzählt.«

»Welches Gerücht?« Charlotte wusste nicht sofort, was der Kollege meinte.

»Na, dass der Tote sich vielleicht auch fürs andere Geschlecht interessiert hat.«

»Ach so.« Sie erinnerte sich. Als sie die Kollegen gebrieft hatten, hatte sie auch erwähnt, dass Käfer und sie eine sexuelle Komponente nicht ausschließen konnten. Allerdings galt das in diesem Fall wohl mehr für die Motive des Mörders – so es denn einen gab.

Sobald ein Mordopfer homosexuell war, wurde häufig auch nach einem sexuellen Motiv gesucht. Natürlich passierte das bei jedem anderen Toten auch, aber Charlotte wusste, dass einige Kollegen bei einem Schwulen noch stärker darauf achteten. Sie fand diese Denkautomatismen eigentlich ungerecht, und in ihrem Privatleben versuchte sie auch konsequent, die sexuelle Orientierung eines Menschen auszublenden, über den sie ein Urteil fällte. Aber im Job sah das manchmal anders aus.

»Puh.« Käfer strich sich durch die dunklen Locken. »Also ein sexuelles Motiv … Ich kann das nicht glauben.« Er pinnte ein Foto der Leiche an die Korkwand hinter sich. Ein Raunen ging durch den Raum. »Ich kann mir jedenfalls nicht vorstellen, wo hier die sexuelle Komponente liegen soll. Charlotte?« Er sah sie fragend an.

»Nun, natürlich gibt es Foltersex. Falls einer von euch bei den Befragungen auf eine Sadomaso-Leidenschaft aufmerksam werden sollte, könnte man noch mal darüber nachdenken. Aber ich vermute, wir können diesen Punkt vernachlässigen. Der Junge ist zu einer Uhrzeit ums Leben gekommen, zu der noch viele Schüler und Erzieher im Gebäude unterwegs waren. Und der Museumsbereich scheint mir wahrlich nicht der geeignete Ort für abgefahrene Sexspiele zu sein. Nein, ich denke, dafür hätten sich Max und ein möglicher Partner oder eine Partnerin woandershin verzogen. Ganz ausschließen können wir es zum jetzigen Zeitpunkt aber noch nicht.«

»Max hatte außerdem eine Freundin, die siebzehnjährige Marie Sandlund. Ich will nicht sagen, dass es zwischen Teenagern nicht auch zu Sadomaso kommen kann, halte das aber doch eher für unwahrscheinlich, oder, Charlotte?«

Sie nickte. »Ja, es wäre zumindest ungewöhnlich. Das ist eine Spielart, die meistens erst mit einer gewissen Erfahrung entdeckt wird.«

»Gut, das können wir also ebenfalls vernachlässigen. Kannst du uns was zu den Eltern des Toten sagen?«

»Es gibt nur noch die Mutter, der Vater starb letztes Jahr bei einem Verkehrsunfall. Ich kann noch kein klares Bild der Familie zeichnen, da die Mutter einen Zusammenbruch erlitten hat, nachdem ich ihr die Nachricht übermittelt habe. Wir sollten heute Nachmittag noch mal zu ihr.«

»Okay. Ich fand, dass die Teamzusammenstellung bei unserem letzten Fall gut funktioniert hat. Sieht das jemand anders?«

Die Kollegen murmelten etwas Zustimmendes.

»Gut. Ich schlage vor, dass wir dieselben Teams bilden. Hammersbach und Subotik nehmen sich die Erzieher und Lehrer vor, Schwarzer und Pauly die Schüler. Sobald Charlotte und ich Zeit haben, helfen wir euch. Bei über zweihundert Schülern werdet ihr sonst ja nie fertig.«

»Bestehst du auf eine Einzelbefragung?« Es war nicht zu übersehen, dass Henry Schwarzer das für keine gute Idee hielt.

»Nein. Nehmt sie euch in kleinen Gruppen vor, vier, fünf Schüler auf einmal, aber nicht mehr. Charlotte und ich werden mit seiner Klasse sprechen. Beginnt ihr doch mit den anderen Klassen der Oberstufe.«

»Wir wissen noch nicht, ob es ein Mord, ein Unfall oder ein Suizid war«, schaltete Charlotte sich ein. »Wir müssen daher besonders sensibel vorgehen und in alle Richtungen ermitteln. Wichtig ist jetzt, dass wir ein umfassendes Bild von dem Toten bekommen. Wer war er, mit wem war er viel zusammen, hatte er Feinde, was hat er in seiner Freizeit gemacht, was zeichnete ihn aus. Wir müssen genau wissen, wie die Strukturen im Internat sind, auch die internen. Also wie gehen die Schüler miteinander um, gibt es einen Ehrenkodex, geheime Drogenpartys, solche Sachen.«

Die Kollegen machten sich einige Notizen und standen auf.

Während die anderen den Raum verließen, blieb Frank Subotik nachdenklich vor der Pinnwand stehen und betrachtete das Foto der Leiche. »Das ist nicht so einfach«, murmelte er.

»Was?« Käfer trat neben ihn und sah ebenfalls auf das Bild.

»Die Dolche in den Körper zu kriegen. Klar, im Bauchraum ist das nicht schwierig, das schaffen ja schon Kinder. Aber ich erinnere mich an einen Fall, der während meiner Ausbildung passiert ist. Ein Handwerker hatte seinem Kollegen einen

Schraubenzieher durch die Stirn direkt ins Gehirn gestochen. Der Mann hat damals erzählt, es wäre ein Unfall gewesen, aber das hat sich schnell als Lüge herausgestellt. Denn es ist gar nicht so einfach, durch die Schädeldecke zu kommen. Genauso wenig durch die Schulter oder den Oberschenkelknochen, von der Beckenschaufel mal ganz zu schweigen. Dafür braucht man Kraft, das macht man nicht mal so eben aus Versehen.«

»Ja, da hast du recht. Es kann natürlich trotzdem ein Unfall gewesen sein.«

»Klar. Aber Suizid? Dafür müsste der Junge eine Menge Willenskraft gehabt haben, um so etwas durchzuziehen.«

Käfer zuckte mit den Schultern. »Er stellt sich rein und schmeißt sich mit dem Ding um, die Dolche erledigen den Rest. Dafür braucht man auch nicht mehr Willenskraft, als wenn man von einer Brücke springt, finde ich.«

Subotik schien noch nicht überzeugt. »Aber ihr habt doch gesagt, dass Krane die Klappe nur sehr schwer öffnen konnte. Heißt das nicht auch, dass sie sehr schwer zu schließen war?«

»Nein, nicht unbedingt. Es kann sein, dass sie sich durch den Sturz so verhakt oder verkantet hat, dass sie deshalb so schwer aufging. Das wird uns Krane aber hoffentlich bald sagen können.«

»Hm. Die Arme, die hatte er doch abwehrend hochgehalten. Wie konnte er in dieser Position den Schließmechanismus betätigen?«

»Das wird uns Krane alles erklären«, seufzte Käfer, dem die Diskussion offenbar langsam auf die Nerven ging. »Vielleicht hat er ihn auch nicht betätigt, sondern das Teil nur zum Umstürzen gebracht.«

»Trotzdem. Wenn ich mich umbringen würde, würde ich das doch irgendwie anders machen.«

»Gerade bei Selbstmorden unter Jugendlichen«, mischte

sich Charlotte ein, »sind bizarre Tötungsarten nicht so ungewöhnlich. Die Teenager inszenieren ihren Freitod möglichst dramatisch und außergewöhnlich, weil sie sich davon eine Art posthumer Berühmtheit erhoffen. Die Leiden des jungen Werther und so. Wir dürfen zu diesem Zeitpunkt keine Möglichkeit außer Acht lassen, auch wenn sie uns unwahrscheinlich erscheint.«

»Klar. Ich fand die Todesart einfach nur komisch«, sagte Subotik entschuldigend.

»Ohne Frage. Das geht uns genauso.«

Der junge Kollege nickte ihnen noch mal zu und verließ den Konferenzraum.

»Haben sich Wolske und die anderen von der Spusi gestern eigentlich noch das Zimmer von Max Wenke vorgenommen?«, fragte Charlotte.

»Nein. Ist aber versiegelt worden, und inzwischen müssten sie drin sein.«

»Hat er sich das Zimmer mit jemandem geteilt?«

»Der Erzieher, dieser ...«, Käfer blickte auf seine Notizen. »Junglas, Sebastian Junglas, hat angegeben, dass Max ein Einzelzimmer hatte.« Er machte sich eine Notiz. »Wir müssen klären, wie viele Einzelzimmer es überhaupt gibt, ob das normal war oder eine Ausnahme.«

»Okay.« Sie sah auf die Uhr. »Ich glaube, wir sollten erst zur Mutter fahren, wenn Krane sich gemeldet hat.«

»Ja, es ist noch früh. Wenn der Notarzt sie gegen drei Uhr sediert hat, ist sie vermutlich noch nicht wieder fit. Lassen wir sie noch ein bisschen in Ruhe und befragen zunächst die Klasse. Mein Wagen parkt wo?«

Charlotte grinste. Sie sah Käfer an, dass er sich um sein geliebtes Auto durchaus Sorgen gemacht hatte. »Es steht heil und kratzerfrei auf dem Parkplatz, hinten rechts.«

Sie warf ihm die Schlüssel zu, die er mit der linken Hand auffing.

»Dann mal los.«

*

Er war zum Wäschewaschen eingeteilt worden. Warum eigentlich schon wieder er? Sein letzter Einsatz lag doch noch gar nicht so lange zurück, und jetzt war er schon wieder dran. Normalerweise wuschen alle ihre Klamotten selbst, nur für die Handtücher und Bademäntel gab es Waschdienste, weil diese Sachen vom Internat gestellt wurden. Und irgendwie hatte Frederik den Eindruck, als wenn er überdurchschnittlich häufig an der Reihe war.

Genervt stopfte er die Sachen in die Maschine. Er fand es eklig, die Handtücher der anderen anzufassen, die zum Teil müffelten und nach Schweiß stanken. Sofort musste er an den Geruch denken, der gestern in der Folterkammer gehangen und ihn irgendwie an einen Schlachthof erinnert hatte.

Ohne durch die Nase zu atmen, packte er eine Ladung Handtücher in eine Maschine, gab reichlich Waschmittel dazu und stellte das Kochprogramm ein. Danach ging er zur nächsten Maschine und stopfte die Bademäntel hinein. Auch irgendwie eklig, dachte er. Aber wenigstens waren die Mäntel nicht so schmutzig und stanken nicht, die meisten sahen eigentlich so aus, als wären sie gerade erst gewaschen worden.

Bis auf den einen. Was zur Hölle war denn damit passiert? Total dreckig, voller Staub und Spinnweben, als wäre damit jemand über den Dachboden oder durch den Keller gerobbt. Bäh! Wem gehörte der? Frederik suchte mit spitzen Fingern nach dem Namensschild am Kragen.

Wie merkwürdig. Es war herausgerissen worden.

Frederik schloss die Tür, füllte Waschmittel in das dafür vorgesehene Fach und überlegte kurz, ob er die Sachen bei vierzig oder sechzig Grad waschen sollte. Er entschied sich für sechzig, dann würden garantiert alle Flecken rausgehen.

Ob dieser Kommissar Käfer eine Ahnung hatte, was letzte Nacht im Keller passiert war? Vermutlich nicht, Frederik konnte es ja selbst kaum begreifen. Hatte er einem Menschen beim Sterben zugesehen? Na ja, gesehen hatte er nicht viel von Max, die eiserne Jungfrau war ja geschlossen gewesen. Aber diese Geräusche ... Das plätschernde Blut, das Röcheln, das Stöhnen ...

Frederik schaltete die Maschine ein und verließ die Waschküche. Verdammt, diese Geräusche hatten sich wirklich horrormäßig angehört, schockierend und faszinierend zugleich. Es war immer mehr Blut gekommen, ganz schnell war es aus dem Foltergerät herausgelaufen, und Frederik musste zugeben, dass ihn dieses Bild nicht mehr losließ. Zum ersten Mal konnte er nachvollziehen, warum Leute auf der Autobahn anhielten, wenn sich auf der Gegenfahrbahn ein schwerer Unfall ereignet hatte. Sie konnten einfach nicht anders. Der Tod hatte eine unglaubliche Anziehungskraft.

Als er durch die große Eingangshalle ging, fiel sein Blick in den Spiegel, und er blieb kurz stehen. Er sah scheiße aus. Du musst dich jetzt auf dich selbst konzentrieren, dachte er. Auf dich und auf Marie. Sonst würde er das nicht hinkriegen. Ja, es war wichtig, dass er sich auf sich konzentrierte. Nur dann konnte er alles geheim halten, nur dann würde nichts rauskommen, und nur dann würde er Marie endlich für sich gewinnen können. Er überlegte, wie viel Stoff er noch hatte und wann er Nachschub bestellen musste. Hatte er noch genug Geld da? Sonst musste er zusehen, wie er zu einem Geldautomaten kam.

Der Direktor kam ihm entgegen und grüßte ihn mit einem ernsten Kopfnicken.

»Herr Dr. Berg«, sagte Frederik und erwiderte den Gruß. Arschloch, dachte er im gleichen Moment und machte sich auf den Weg in sein Zimmer, wo die beste Mischung aus Amphetamin und Kokain auf ihn wartete, die man im ganzen Münsterland bekommen konnte.

*

Amelie Belger war nicht mehr gut zu Fuß. Das Alter machte ihr inzwischen ganz schön zu schaffen. In drei Wochen würde sie achtzig Jahre alt werden, und jeden Morgen brauchte sie etwas länger, um aus dem Bett zu kommen und sich fertig zu machen. Sie legte Wert darauf, dass ihr weißes Haar immer frisiert war, trug täglich eine getönte Tagescreme auf, und selbst wenn sie nur noch selten die Wohnung verließ, achtete sie immer darauf, jeden Tag frische Wäsche anzuziehen. Sie wollte auf keinen Fall verwahrlosen, das wäre der Anfang vom Ende. Sie brauchte diese kleinen Hürden des Alltags, auch um sich zu vergewissern, dass sie noch bei klarem Verstand war. Und immerhin schaffte sie noch alles ohne Hilfe, worauf sie sehr stolz war. Genau wie auf ihr Gehör. Denn das funktionierte, im Gegensatz zu ihren Augen, immer noch sehr gut.

Heute gab es ihr aber Anlass zur Sorge. Was hatte sie gestern aus der Wohnung von Rosemarie und Hardy gehört? Die beiden waren verreist, wie immer verbrachten sie die Hälfte des Jahres auf den Kanaren. Ende Mai wollten sie wiederkommen, pünktlich zu ihrem Geburtstag. So lange wohnte der Sohn der beiden noch in der Wohnung. Ein komischer Kauz, der noch keinmal bei ihr vorbeigeschaut hatte, um zu fragen, wie es ihr geht. Seit einiger Zeit hauste er wieder in seinem alten Kinderzimmer. Rosemarie hatte angedeutet, dass er irgendwelche Schwierigkeiten hatte. Ein erwachsener Mann. In dem Alter! Fällt seinen alten Eltern noch so zur Last. Amelie hatte ihn nie gemocht. Ein unsympathischer Kerl, der nur selten grüßte und nie ein freundliches Wort für sie übrig hatte.

Aber was war gestern in der Wohnung passiert? Wie so häufig hatte Amelie am Nachmittag auf ihrem kleinen Balkon gesessen und die milde Frühlingsluft genossen. Sie bemühte sich, das Treiben auf der Straße zu erkennen, aber die Passanten blieben für sie unscharfe Gestalten. Einer von denen hatte vor der Haustür gestanden und geklingelt, das hatte sie genau gehört. Und als sie in die Küche gegangen war, um sich einen Kaffee zu machen, hatte sie aus der Nachbarwohnung einen lauten Streit gehört. Sie hatte nicht alles verstehen können, aber das, was ihre Ohren wahrgenommen hatten, beunruhigte sie nach wie vor sehr.

»Sie haben … umgebracht … weiß ich ganz genau!«

»Ach ja? … wo sind … Beweise?« Und kurz darauf hatte dieselbe Person hinzugefügt: »Das beweist doch gar nichts! … Lächerlich … Bullen glauben das nie.«

Dann hatte es sich so angehört, als hätte es einen Kampf gegeben. Amelie hatte dumpfes Poltern gehört und schließlich einen Schrei. Danach war es still gewesen.

Aber war das alles wirklich so passiert? Oder waren die Geräusche aus einem Fernseher gekommen? Amelie traute sich nicht, die Polizei zu rufen, nachdem ihr vor ein paar Wochen dieses peinliche Missgeschick passiert war. Mitten in der Nacht war sie wach geworden, weil sie Schüsse gehört hatte. Sofort hatte sie die 110 gewählt. »Hier ist eine Schießerei!«, rief sie aufgeregt ins Telefon und setzte sich danach ängstlich in das dunkle Wohnzimmer. Dieses Knallen … Es hatte sie so an den Krieg erinnert, an die Schüsse, die sie damals so oft gehört hatte. Kurz darauf stand die Polizei vor dem Haus und machte die vermeintlichen Schützen ausfindig: angetrunkene Jugendliche, die mit Knallfröschen hantierten. Als der Polizist zu ihr in die Wohnung kam, hörte sie genau, wie genervt er war. »Vielleicht nicht mehr so viele Krimis gucken«, sagte er bemüht freundlich und verbarg das Gähnen nicht, das ihr zeigte, dass sie den Beamten für nichts und wieder nichts aufgescheucht hatte. Es war ihr wahnsinnig peinlich gewesen. Sie hatte die ganze Nacht nicht mehr schlafen können, so sehr hatte sie sich geschämt. Wenn ihr so etwas passierte, hatte sie immer Angst, dass sie dement werden würde und dass der Weg ins Altenheim kurz bevorstand.

Sie ging in die Küche und setzte Wasser auf. Ihre Küche lag direkt neben der der Nachbarwohnung, hier hatte sie gestern Nachmittag die Schreie gehört. Sie wusste aber auch, dass Rosemarie und Hardy einen Fernseher in der Essecke hatten. Vielleicht hatte ihr Sohn sich einen Film angeschaut, so einen Actionfilm? Ja, das war durchaus möglich. Oder? Oder waren die Kampfgeräusche echt gewesen?

Amelie öffnete das Fenster und beugte sich weit hinaus. Sie versuchte, einen Blick in das Nachbarfenster zu werfen, was allerdings unmöglich war. Sie konnte nur verschwommen erkennen, dass es gekippt war. Sie lauschte, hörte aber nur das Brummen der Fliegen. Mistviecher, dachte sie und schloss das Fenster. Nach dem milden Winter gab es wieder viel zu viele von den Biestern.

Sie überlegte kurz, ob sie mit dem Ersatzschlüssel, den Rosemarie ihr schon vor Jahren gegeben hatte, nach dem Rechten schauen sollte, entschied sich aber dagegen. Sie wollte den unsympathischen Sohn auf keinen Fall bei irgendetwas überraschen, Frauenbesuch oder Trinkgelage, sie traute ihm alles zu. Dann schüttete Amelie sich einen Kaffee ein und ging noch mal die Gästeliste für ihren Geburtstag durch.

6

Die Straßen waren ziemlich voll, und sie brauchten über zwanzig Minuten, ehe sie die Innenstadt verlassen hatten und auf der Bundesstraße Richtung Burgsteinfurt fuhren.

»Ich fand Subotiks Einwände ja gar nicht so verkehrt«, sagte Käfer, als er mit überhöhter Geschwindigkeit einen anderen Wagen überholte.

»Ach so?«, sagte Charlotte. »Dafür hast du aber ganz schön dagegengehalten.«

Er nickte. »Ich will, dass er lernt, in alle Richtungen zu denken, und sich nicht sofort auf die naheliegendste Lösung einschießt. Aber er hat ja recht. Selbst wenn man die Abwehrhaltung des Toten außer Acht lässt, ist Selbstmord irgendwie schwer vorstellbar.«

»Selbstmord ist nach Verkehrsunfällen die zweithäufigste Todesursache bei Jugendlichen«, entgegnete Charlotte. »Das darf man nicht vergessen.«

»Gut, du als Psychologin: Warum sollte sich ein Jugendlicher auf so eine Art und Weise umbringen? Warum ist er nicht aus dem Turmfenster gesprungen? Dann wäre er mindestens zwanzig Meter in die Tiefe gestürzt, das hätte gereicht. Auch der Forellenteich in der Nähe des Schlosses hätte sich doch angeboten. Warum entscheidet sich jemand für einen solchen Tod – falls es wirklich Max Wenkes eigene Entscheidung war?«

»In acht von zehn Fällen wird ein Selbstmord vorher angekündigt. Wenn keiner diese Hilfeschreie wahrnimmt, kann die Entscheidung für eine so spektakuläre Selbsttötung auch ein letzter ultimativer Schrei nach Aufmerksamkeit sein. ›Seht her! Jetzt habe ich es doch getan.‹ Und noch auf diese schreckliche Art.«

»Verstehe. Fragen wir die Lehrer also nach möglichen Anzeichen. Gerade die Gerüchte um seine angebliche Homosexualität könnten hier interessant sein. Vielleicht ist doch was dran, und der Junge war schwul, hat aber alles getan, um das zu vertuschen, und ist innerlich daran zerbrochen. Wäre ja nicht das erste Mal, dass so etwas vorkommt.«

»Ja. Aber wie Krane schon sagte, die Auffindesituation der Leiche spricht eher nicht für Suizid. Wir sollten auf jeden Fall nach einem möglichen Tatmotiv Ausschau halten.«

»Sehe ich genauso. Da vorn ist Hammersbach.« Käfer zeigte grinsend auf einen Wagen, der ungefähr zwanzig Meter vor ihnen fuhr. »Den kriege ich noch.« Er drückte aufs Gas.

»Jetzt lass doch den Quatsch … Nicht so schnell! Mann, Käfer, jetzt hör auf.«

Doch da war er schon an dem weißen Ford vorbeigefahren.

Zehn Minuten später standen sie bereits auf dem Parkplatz, als Hammersbach und Subotik gerade vorfuhren. Käfer winkte ihnen noch mal triumphierend zu, bevor er betont schwungvoll die Treppe zum Eingang hinaufging.

Süßigkeiten und Autofahren sind echt das Größte für ihn, dachte Charlotte und musste grinsen, obwohl ihr von der wilden Fahrt erneut schlecht geworden war. Käfer war und blieb ein kleiner Junge, und irgendwie mochte sie genau das an ihm.

Vor dem Eingangsportal blieb Charlotte stehen und ließ ihren Blick über die großzügige Schlossanlage schweifen. Idyllisch lag das Anwesen in der Landschaft, in der weit und breit kein Hof und keine Siedlung zu sehen waren. Wiesen und Felder wechselten sich ab und wurden an einigen Stellen von kleinen Wäldern durchkreuzt. Plattes Land, wie es im Bilderbuch steht, dachte Charlotte. Schön, aber auch gleichzeitig irgendwie beklemmend, wie sie fand. Weglaufen konnte man von hier nicht, zu Fuß war kaum etwas gut zu erreichen. Ohne ein Fahrrad würde man mindestens eine Stunde brauchen, bevor man zur nächsten Siedlung gelangen würde.

Auf dem Sportplatz trainierten einige Schüler, mit hohem Tempo liefen sie über die Tartanbahn. Sie führte an einer Turnhalle vorbei, an deren Seite Automaten standen, für Getränke und Snacks speziell für Sportler, wie Charlotte an einer Werbung erkannte. Keiner der Schüler schien einen gemütlichen Lauf zu machen, vielmehr hatte Charlotte den Eindruck, als gäben die Jugendlichen alles und gingen bis an ihre Grenzen. Sie sprinteten und hielten das Tempo die ganze Runde über.

Sie liefen durch die Eingangshalle Richtung Sekretariat.

»Das ist ja immer noch wie ausgestorben hier«, murmelte Käfer.

»Die jüngeren Schüler sind wahrscheinlich im Wochenende und die älteren in ihren Kursen«, erwiderte Charlotte, wobei sie es auch ungewöhnlich fand, dass keine Eltern oder besorgten Angehörigen in der Schule waren.

Von Dr. Berg erfuhren sie kurz darauf, dass an dem normalen Tagesablauf im Internat nichts verändert worden war.

»Es war ein tragischer Unfall, aber das darf nicht das ganze System zum Einsturz bringen«, sagte er mit gewichtiger Miene. Dann teilte er ihnen mit, wo sie die Klasse von Max und den Vertrauenslehrer der Schüler finden konnten, nicht ohne noch einmal an sie zu appellieren: »Ich verstehe natürlich, dass Sie alle befragen müssen. Trotzdem möchte ich Sie bitten, so viel Diskretion wie nur möglich zu wahren. Der Ruf der Schule könnte unter diesem bedauerlichen Vorfall leiden, und damit wäre doch niemandem geholfen.«

»Wir tun unser Bestes.« Käfers schlechtgelaunter Unterton war nicht zu überhören.

»Vier Kollegen von uns beginnen jetzt zeitgleich mit der Befragung der Schüler und Erzieher«, erklärte Charlotte dem Direktor. »Das wird den Ablauf heute zwangsläufig ein wenig durcheinanderbringen. Sie werden das sicherlich verstehen, Herr Dr. Berg.«

Sie sah dem Mann an, dass er am liebsten protestieren wollte. Er biss sich jedoch auf die Lippen und schwieg.

»Haben Sie die alten Baupläne schon raussuchen können?«, fragte Käfer.

»Nein. Bisher noch nicht.«

»Kümmern Sie sich bitte darum.«

Berg nickte.

»Wie war noch mal der Name von Max' Klassenlehrer?«

»Herr Kotte. Raum 121.«

»Danke. Halten Sie sich bitte weiterhin verfügbar.«

»Ich kapier das nicht«, sagte Käfer, als sie durch den langen Flur zu den Klassenzimmern gingen. »Ich hab den Eindruck, als wenn wir hier nur auf Ablehnung stoßen. Bisher haben alle, mit denen ich gesprochen habe, entweder gemauert oder sich nicht sonderlich kooperativ verhalten. Mal ehrlich, dieser Direktor? Hätte der nicht mal einen Satz sagen können wie: ›Wir werden alles tun, um Ihnen bei der Klärung dieses schrecklichen Falls zu helfen?‹ Ich spüre hier überhaupt keine Empathie. Als wenn niemandem die Sache nahegeht.«

Charlotte empfand die Situation genauso. Sie hatte erwartet, dass jemand in der Eingangshalle oder wenigstens draußen vor dem Schlossportal Kerzen hingestellt hätte, Blumen und selbstgemalte Schilder auf denen »Warum?« oder »Wir werden dich nie vergessen« stand, so wie es normalerweise üblich war, wenn ein junger Mensch auf besonders tragische Art aus dem Leben gerissen wurde. Aber hier erinnerte nichts an die furchtbaren Geschehnisse vom letzten Abend. Merkwürdig.

»Die Klasse von Max möchte ich zunächst komplett befragen«, riss Käfer sie aus ihren Überlegungen. »Ich will die Reaktionen der Schüler auf meine Fragen sehen. Wir können später mit einer Einzel- oder Gruppenbefragung weitermachen, aber zuerst will ich sehen, wer wie reagiert.«

»Einverstanden. Den Lehrer sollten wir uns aber auf jeden Fall allein vornehmen.«

Zweiundzwanzig Schüler saßen in dem modernen, extrem sauberen und mit allen technischen Hilfsmitteln ausgestatteten Klassenraum. Alle trugen eine einheitliche Schuluniform, die Mädchen hatten graue Faltenröcke an, dazu eine weiße Bluse und einen grauen Pullunder mit dem Wappen des Schlosses auf der Brust. Die Jungs trugen das gleiche Outfit, anstelle des Rockes hatten sie eine graue Hose an.

Ein Beamer hing an der Decke des Raums, und seitlich neben den Schulbänken stand ein Computer mit einem großen Flachbildschirm. Charlotte fiel sofort auf, wie wenig dieses Klassenzimmer mit denen zu tun hatte, in denen sie früher gesessen hatte. Kein Tisch war beschmiert oder mit Sprüchen bekritzelt, kein Kaugummi klebte auf dem Fußboden oder an der Wand, und selbst die Schüler saßen anders auf ihren Stühlen, als Charlotte es von früher kannte: mit durchgedrücktem Rücken, aufrecht und konzentriert. Keiner lümmelte auf dem Tisch herum oder spielte mit seinem Handy.

»Guten Morgen. Schneidmann ist mein Name, das ist mein

Kollege Kommissar Käfer. Wir kommen von der Kripo Münster. Ihr könnt euch sicherlich denken, warum wir hier sind.«

Die Jugendlichen sahen sie aufmerksam an. Keiner nickte oder murmelte etwas Zustimmendes, alle blieben ganz ruhig.

»Ein paar von euch habe ich letzte Nacht schon gesehen«, sagte Käfer und zeigte auf einen Schüler und seinen Tischnachbarn. »Frederik, oder? Und Benjamin, richtig?«

Die beiden Jungs nickten kurz.

»Euer Klassenkamerad Max Wenke ist tot«, fuhr Charlotte fort. »Wie ihr sicherlich schon gehört habt, ist er sehr grausam ums Leben gekommen. Das ist bestimmt nicht einfach für euch. Wenn jemand von euch psychologische Hilfe in Anspruch nehmen möchte, sollte er sich nicht scheuen, das zu sagen. Ihr müsst es nicht jetzt tun, ihr könnt euch gern nachher bei mir melden. Ich werde das selbstverständlich vertrauensvoll behandeln.«

Charlotte hielt inne. In den langen Jahren, die sie schon bei der Polizei arbeitete, hatte sie sich häufig mit renitenten Jugendlichen auseinandersetzen müssen. Sie erwartete, dass gleich irgendjemand einen blöden Spruch ablassen würde, von wegen »Psychoquatsch« und so weiter. Doch sie wurde überrascht, denn nichts geschah. Es war so still im Klassenzimmer, man hätte ein Blatt Papier zu Boden segeln hören.

Sie räusperte sich und fuhr fort. »Von einigen von euch weiß ich ja schon, dass sie mit Max befreundet waren. Aber abgesehen von den engen Freunden, mit denen mein Kollege letzte Nacht gesprochen hatte: Wer von euch hatte außerdem etwas mit ihm zu tun?«

Es dauerte eine Weile, bis jemand etwas sagte. »Er war unser Klassensprecher«, meldete sich ein Mädchen zu Wort. »Dadurch hatten alle irgendwie etwas mit ihm zu tun.«

»Wie heißt du?«

»Sylvie Hamstetten. Ich habe gestern Nacht auch schon mit Ihrem Kollegen gesprochen.«

Käfer nickte zustimmend.

»Und Sie müssen mich siezen«, fügte das Mädchen hinzu, ohne eine Miene zu verziehen. »Ich bin siebzehn, daher sind Sie dazu verpflichtet.«

Charlotte lächelte freundlich. So eine Göre konnte sie nicht aus dem Konzept bringen. Da hatte sie in ihrer Karriere schon ganz andere Kaliber kennengelernt.

»Welche Aufgaben hatte er als Klassensprecher?«

»Er sollte unsere Interessen im Internat vertreten. Im Prinzip so wie der Kapitän einer Fußballmannschaft. Im Gegensatz zu Frederik wurde er auch von uns gewählt.«

Charlotte sah den Benannten fragend an. »Das verstehe ich nicht. Hatten Sie zwei Klassensprecher, oder wie?«

»Nein«, antwortete der Junge schlechtgelaunt. »Herr Kotte und Dr. Berg haben mich beauftragt, unser Internat im Netz zu vertreten. Also, was die Homepage angeht, den Facebook-Auftritt und so weiter. Es muss halt einen Deppen geben, der sich um den ganzen Kram kümmert. So 'n Job ist natürlich nicht so beliebt wie der des Klassenchefs.«

»Klassensprecher«, korrigierte Herr Kotte. »Man muss das unterscheiden, das sind ja zwei ganz andere Dinge«, erklärte er Charlotte. »Natürlich wird immer gern derjenige zum Klassensprecher gewählt, der auch am beliebtesten in der Klasse ist. Aber der Job, den Frederik macht, ist mindestens genauso wichtig. Sein technisches Knowhow war hier ausschlaggebend.«

Frederik grummelte etwas Unverständliches vor sich hin.

»Natürlich wäre Frederik auch gern Klassensprecher geworden«, warf Sylvie spöttisch ein. »Vielleicht klappt es ja beim nächsten Mal, jetzt, wo sein ärgster Konkurrent von der Bildfläche verschwunden ist.«

»Sylvie!«, ermahnte Herr Kotte seine Schülerin entsetzt. »Etwas mehr Pietät bitte.«

»Natürlich. Entschuldigung, Herr Kotte.« Sie lächelte ihn unschuldig an, als könnte sie kein Wässerchen trüben.

»Fühlten Sie sich gut von Max vertreten?«, fragte Charlotte in die Klasse hinein.

Keiner sagte etwas, alle schauten ratlos in der Gegend herum. »Geht so«, sagte Benjamin schließlich. »In letzter Zeit eigentlich immer weniger.«

»Können Sie das erläutern?« In Käfers Stimme schwang Ungeduld mit.

»Na ja. Früher hat sich Max wirklich für uns eingesetzt. Er hat für mehr Freiheiten auf dem Schloss und all so was gearbeitet. Damals wollte er wirklich was bewegen, und wir haben ihm vertraut, dass er das hinkriegen würde. Aber dann hat er sich verändert, und in der letzten Zeit hat er sich nur noch um andere Sachen gekümmert«, erklärte Benjamin.

»Sein Vater ist gestorben.«

Es war das erste Mal, dass das auffallend hübsche Mädchen sich zu Wort meldete. Es hatte lange dunkle Haare und verquollene Augen, was ihrer Schönheit jedoch kaum etwas anhaben konnte. Charlotte wusste sofort, dass es sich um Marie Sandlund handeln musste, die Freundin des Opfers.

»Glaubt ihr denn, das ging spurlos an ihm vorbei? Ihr habt doch alle keine Ahnung, wie es wirklich in Max aussah.«

»Sie sind Marie, richtig?«, fragte Charlotte, und das Mädchen nickte traurig. »Können Sie uns sagen, wie es Max in Wahrheit ging?«

»Der Tod seines Vaters hat ihn verändert«, sagte sie zögerlich, und ihre Stimme war so leise, dass Charlotte Probleme hatte sie zu verstehen. »Er hat das nie überwunden. Daran ist er zerbrochen …«

Maries Stimme war kaum noch zu hören. Ihr Blick wirkte merkwürdig gehetzt, fast ängstlich. Immer wieder schaute sie auf, als wollte sie sehen, ob jemand von ihren Klassenkameraden sie anstarrte. Es war vor allem Frederik, der sie nicht aus den Augen ließ, und Charlotte hatte das Gefühl, dass Marie das wusste. Offensichtlich schien sie sich dabei nicht besonders wohlzufühlen.

»Wollen Sie damit sagen, dass Max seine Lebensfreude verloren hatte?«, hakte sie vorsichtig nach.

Marie nickte. »Ja. Das Leben machte für ihn kaum noch Sinn.«

»Ich weiß nicht, Marie«, mischte Sylvie sich ein. »Auch nach dem Tod seines Vaters war er überall der Beste. Also ich hatte nicht den Eindruck, als wenn er so wahnsinnig darunter gelitten hätte.«

»Weil du keine Ahnung hast.« Marie flüsterte nur noch.

Vielleicht ist es besser, wenn ich mit dem Mädchen allein spreche, dachte Charlotte.

Käfer schien das Gleiche zu denken. »Was wissen Sie über Max' Privatleben?«, wandte er sich an die Klasse und schaffte es so, dass Marie aus dem Fokus ihrer Klassenkameraden rückte. »Für was hat er sich interessiert?«

Wieder dauerte es eine Weile, bis jemand etwas sagte. »Ausschließlich für sich selbst.« Frederik saß mit verschränkten Armen da und starrte sie feindselig an. »Für sich und seinen Erfolg«, fügte er noch hinzu.

»Du warst doch nur neidisch«, fuhr Sylvie ihn an. »Weil er besser aussieht als du, weil ihm alles leichter fällt und weil er der Anführer ist.«

»War.«

»Na schön, meinetwegen *war*. Trotzdem bist du doch nur neidisch und sagst deshalb so fiese Sachen.«

Charlotte sah Frederik an, dass er darauf etwas erwidern wollte, aber nun doch lieber den Mund hielt. Dann, nur eine Sekunde später, wirkte er fast traurig und wich dem Blick des Mädchens aus.

»Also, da möchte ich doch noch mal intervenieren«, mischte sich Herr Kotte erneut ein, doch Charlotte bremste ihn sofort aus. Sie wollte nicht, dass der Lehrer das Gespräch der Schüler blockierte, und hielt es für besser, die Befragung ohne ihn weiterzuführen. »Vielleicht kannst du dich draußen mit Herrn Kotte weiterunterhalten«, sagte sie deshalb zu Käfer. »Ich werde den Schülern noch ein paar Fragen stellen.«

Käfer verstand sofort. »Ja, kommen Sie, Herr Kotte. Draußen können Sie mir ausführlich berichten, was Sie gerade einwerfen wollten.« Er sagte das mit so einer ruhigen und unverfänglichen Stimme, dass der Lehrer gar nicht zu merken schien, wie er gerade von seinen Schülern weggelotst wurde.

»Okay, fangen wir noch mal von vorn an«, sagte Charlotte, als sie wieder allein mit den Jugendlichen war. »Wir gehen jetzt der Reihe nach durch, und jeder von euch – von Ihnen – sagt mir, was ihm zu Max einfällt. Bitte. Mit Ihnen fangen wir an.« Sie zeigte auf Sylvie.

Das Mädchen verzog keine Miene. Falls sie unsicher oder nervös war, ließ sie sich nichts anmerken. »Max war Mr. Perfekt«, sagte sie. »Er lebte nach einem strikten Plan, seine Trainingsphasen, das Lernen, alles war minutiös aufeinander abgestimmt. Ich glaube, alle mochten ihn. Manchmal geriet er mit seinem Erzieher aneinander, aber auch das kam nur selten vor.«

»Mit Sebastian Junglas? Worum ging es bei den Streitigkeiten?«

»Keine Ahnung. Einfach eine andere Wellenlänge.« Das Mädchen atmete tief durch. »Max war ein netter Kerl«, sagte sie dann, »aber irgendwie … Er wusste alles, er hatte alles, man konnte sich ihm kaum entziehen. Aber wenn jemand überhaupt keine Schwächen hat, ist es manchmal auch schwer, ihn richtig zu mögen.«

Marie schüttelte den Kopf. Es war ihr anzusehen, dass sie ganz anderer Meinung war als Sylvie.

»Ich weiß nicht, ob er wirklich so perfekt war«, mischte Frederik sich ein. »Klar, ihr dachtet immer, er wäre ein supertoller Typ, aber sein Ende war ja wohl nicht mehr so supertoll.«

Einige in der Klasse kicherten leise. Jetzt, wo der Lehrer weg war, trauten sich die Schüler wohl aus der Reserve.

»Wie müssen wir uns das eigentlich vorstellen?«, fragte Frederik Charlotte. »Ich meine, seinen Tod. Wie lief das ab?«

Sie hielt seinem provozierenden Blick stand. Aus der Erfahrung wusste sie, dass es für heranwachsende Jugendliche oft nichts Schöneres gab, als einen Erwachsenen auf die Palme zu bringen und sich an seiner Wut zu ergötzen. Sie sah Frederik an, wie er nur darauf wartete, dass sie die Fassung verlor. Natürlich würde sie ihm diesen Gefallen nicht tun.

»Warum interessiert Sie das?«

»Nur so. Darf mich das nicht interessieren?«

»Doch, natürlich«, sagte Charlotte und ermahnte sich, ruhig zu bleiben. »Aber wir wissen noch nicht, wie es genau abgelaufen ist.«

»Hatte er Schmerzen?«

»Vermutlich.«

»Na, dann weiß er jetzt ja, wie das ist.« Frederik sah zufrieden aus.

Was meinte der Junge damit? Wieso sagte er so was?

»Hatte er Ihnen schon mal Schmerzen zugefügt?«, fragte Charlotte.

Frederik wich ihrem Blick aus, sah betreten zu Boden und schwieg.

»Das war ungefähr vor einem halben Jahr«, mischte sich Sylvie wieder ein. »Wir sollten das Stanford-Prison-Experiment nachstellen. Ich weiß nicht, ob das einer Polizistin bekannt ist. Kennen Sie es?«, fragte das Mädchen mit unverhohlener Herablassung.

Charlotte nickte. Sie hatte Psychologie studiert – natürlich kannte sie dieses Experiment, das lange Zeit als Meilenstein in der psychologischen Erforschung menschlichen Verhaltens angesehen wurde. Dabei teilte man eine Gruppe von Studenten in Gefangene und Wärter auf und ließ sie einen vermeintlichen Gefängnisalltag nachstellen. Das Experiment aus den 1970er-Jahren hatte damals vorzeitig abgebrochen werden müssen, da die Wärter ihre Macht über die Gefangenen so brutal ausgelebt hatten, dass es zum Aufstand gekommen war.

»Max war einer der Wärter«, fuhr Sylvie fort. »Und er war der Schlimmste von allen. Er hat die Gefangenen von Anfang an gequält. Wenn Herr Kotte ihn nicht aufgehalten hätte, wäre womöglich noch viel Schlimmeres passiert.«

»So war es doch gar nicht!«, warf Marie empört ein.

»Oh doch, Marie. Du willst es nur nicht wahrhaben.«

»Und Sie waren einer von den Gefangenen?«, fragte Charlotte Frederik.

»Ja.« Der Junge zuckte scheinbar gelangweilt mit den Schultern. »Aber das war mir egal. Der konnte mich nicht fertigmachen, der nicht.«

»Aber er hat Ihnen Schmerzen zugefügt?«

Frederik nickte zögernd.

»Er war der Einzige, der es so durchziehen konnte«, meldete sich Benjamin zu Wort. »Wir kannten ja alle das Experiment, wir wussten, welche Verhaltensweisen man von uns erwartete. Und natürlich versuchten wir, nicht so zu reagieren wie die Studenten vor vierzig Jahren. Herr Kotte wollte unsere Disziplin testen, das war uns klar, also verhielten wir uns auch diszipliniert.«

»Bis auf Max«, unterbrach ihn Sylvie. »Der hat die Sache eiskalt ausgenutzt. Man merkte richtig, wie viel Spaß es ihm machte, die Gefangenen zu quälen. Wobei ... Eigentlich hat er in erster Linie dich gequält, Frederik.«

Charlotte sah, wie der Junge schluckte.

»Na und?«, brachte er gepresst hervor. »Wer zuletzt lacht, lacht am besten.« Er kicherte gezwungen. Dann verdunkelte sich seine Miene, und seine Stimme wurde rau und heiser. »Was er mit mir gemacht hat, hat bestimmt nicht so wehgetan wie sein jämmerlicher Tod in der Folterkammer. Aufgespießt wie ein Hühnchen ... Ganz allein in einem dunklen Eisensarg ...«

In der Klasse war es mucksmäuschenstill. Alle Augen waren auf Frederik gerichtet, der mit finsterem Gesichtsausdruck ins Leere starrte und immer noch grinste.

*

»Können wir hier irgendwo in Ruhe einen Kaffee trinken?« Käfer war froh, aus dem Klassenzimmer raus zu sein und sich mit einem erwachsenen Menschen zu unterhalten.

»Kaffee gibt es nur im Lehrerzimmer«, antwortete Herr Kotte. »Und ich möchte mich ungern so weit von der Klasse entfernen. Ich habe immerhin die Aufsichtspflicht.«

»Meine Kollegin ist doch bei den Schülern.«

Herr Kotte ging darauf nicht ein. »Wir können uns da vorn auf die Bank setzen«, sagte er stattdessen und zeigte auf eine hölzerne Truhe, die an der Seitenwand des Flures stand.

Ohne eine Antwort abzuwarten, ging der grauhaarige Lehrer voraus und setzte sich. Nervös rieb er seine Hände über die graue Flanellhose. »Dieser ganze Vorfall ist einfach furchtbar.«

Käfer nahm neben Kotte Platz und drehte sich so zur Seite, dass er den Lehrer anschauen konnte.

Kotte starrte seine Hände an, die aufgehört hatten, über die Hose zu reiben. »Seit über dreißig Jahren unterrichte ich jetzt schon an dieser Schule. Noch nie hat es hier so einen schlimmen Unfall gegeben.«

»Warum gehen Sie davon aus, dass es ein Unfall war?«

»Etwas anderes kann ich mir einfach nicht vorstellen.«

Käfer seufzte innerlich, als Herr Kotte all die scheinbar lobenswerten Eigenschaften aufzählte, die das Internat und seine Schüler auszumachen schienen und die er bei den vorherigen Befragungen bereits ausführlich zu hören bekommen hatte. Die ganze Schule mit ihrer absonderlichen Einstellung zu Disziplin und Leistung ging ihm inzwischen gehörig auf die Nerven.

»Herr Kotte«, unterbrach er ihn schließlich, »die Schüler haben ja eben ein ziemlich ambivalentes Bild von Max gezeichnet.«

»Natürlich war er nicht nur perfekt, so etwas gibt es doch auch gar nicht. Und dass ein Typ wie Max Neider hat, liegt doch in der Natur der Sache.«

»Einige Schüler sagten, dass ihn der Tod seines Vaters verändert habe. Wie haben Sie als sein Klassenlehrer das empfunden? Wie hat er diesen Schicksalsschlag verarbeitet?«

Der Mann nahm die randlose Brille ab und rieb sich die Augen. »Da sprechen Sie ein heikles Thema an.« Ohne Brille sah Herr Kotte plötzlich wie ein alter Mann aus, mit Tränensäcken und Falten um die Augen. »Sein Vater, Alexander Wenke, hat damals die Turnhalle hier auf dem Gelände neu gebaut und sich dabei nicht besonders beliebt gemacht.«

»Warum? Gab es Schwierigkeiten?«

»Ja. Die Halle konnte nur mit Spendengeldern modernisiert

werden. Da wir hier praktisch ausschließlich vermögende Eltern haben, war es kein Problem, das nötige Geld zusammenzubekommen. Zunächst lief auch alles nach Plan, aber dann wurde die Baustelle zu einem Fass ohne Boden. Angeblich war die alte Halle asbestverseucht, und die Entsorgung des kontaminierten Materials sollte zu einigen Zehntausend Euro Mehrkosten führen. Einer der Eltern war Bauingenieur und zweifelte die Asbesttheorie an. Er wollte ein unabhängiges Gutachten einfordern, wogegen sich Alexander Wenke aber massiv wehrte. Schnell wurden Stimmen laut, die behaupteten, dass nicht alles mit rechten Dingen zuging.«

»Sie meinen, Alexander Wenke hat Spendengelder unterschlagen?«

»Ich meine das nicht, aber es gab Leute, die das glaubten. Max sah sich damals jedenfalls vielen Anfeindungen ausgesetzt. Aber er hat seinen Vater immer bis aufs Blut verteidigt. Ich glaube, er hing sehr an ihm.«

»Bis aufs Blut verteidigt ... Hat er sich geprügelt?«

»Das gab es auch, ja. Aber so etwas wird hier nicht geduldet. Wer einmal bei einer Prügelei erwischt wird, bekommt einen Verweis. Max war aber viel zu schlau, um sich bei so etwas erwischen zu lassen. Anhand von blauen Flecken und Veilchen wusste ich natürlich trotzdem Bescheid.«

Herr Kotte erzählte ihm weiter, dass es vor allen Dingen Frederik war, mit dem Max diese Auseinandersetzungen gehabt hatte. Der Mitschüler hatte offenbar jede Gelegenheit genutzt, seinen Kontrahenten fertigzumachen. Was ihm aber nur selten gelungen war. Max Wenke hatte sich nicht so einfach fertigmachen lassen.

»Hatte er sich verändert, als sein Vater starb?«

Herr Kotte schüttelte den grauhaarigen Kopf. »Das kann ich nicht sagen. Sein Tod muss ihn unheimlich getroffen haben, gesprochen hat er aber nie darüber. Wirklich *nie*. Er hat einfach so weitergemacht wie sonst auch. Am Tag der Beerdigung stand eine Klausur an, selbstverständlich wäre er davon befreit gewesen, aber er bestand darauf, sie mitzuschreiben, bevor er zum Friedhof fuhr. Er hat die höchste Punktzahl bei dieser Arbeit erreicht, es war die beste Klausur des Jahres. Das sagt, glaube ich, alles.«

So was musste man erst mal schaffen, dachte Käfer. Und vor allem: wollen. Der Verlust eines Elternteils war für niemanden leicht zu ertragen, für einen Teenager musste es noch härter sein. Gerade in dem Alter brauchte man seine Eltern doch, als Sohn den Vater vielleicht sogar besonders. In einer solchen Ausnahmesituation musste man erst mal in der Lage sein, eine Bestnote zu schreiben. Das zeugte von einem besonderen Willen. Und von der außergewöhnlichen Fähigkeit, die eigenen Gefühle komplett zu unterdrücken. Aber konnte so etwas funktionieren? Emotionen ließen sich auf Dauer nur sehr schwer verdrängen, das hatte Käfer in seiner langen Laufbahn gelernt.

»Vielleicht war er danach etwas ruhiger«, fügte Kotte nachdenklich hinzu. »Etwas introvertierter möglicherweise. Das könnten die Schüler eben gemeint haben. Aber andere Veränderungen habe ich nicht an ihm bemerkt.«

»Es gab Gerüchte, dass Max schwul war.«

»Davon weiß ich nichts.«

Die Antwort kam für Käfers Geschmack etwas zu schnell.

»Wäre es ein Problem, wenn sich ein Schüler als schwul outen würde?«

Herr Kotte verdrehte die Augen. »Ganz ehrlich, mich nervt dieses Thema. Manchmal kommt es mir so vor, als wäre in unserer Gesellschaft ein Virus ausgebrochen. Es wimmelt ja geradezu von Homosexuellen. Die sollen das doch bitte alle für sich behalten und normale Menschen mit solchen Schweinereien in Ruhe lassen.«

Was für eine Einstellung!, dachte Käfer und erinnerte sich an den Ratschlag, den Charlotte ihm einmal gegeben hatte: Wenn du jemandem am liebsten eins auf die Fresse geben willst, zähle stumm bis zehn, bevor du ein weiteres Wort sagst.

»Ist das die Einstellung, die an dieser Schule vertreten wird?«, fragte er, nachdem er vorsichtshalber bis zwanzig gezählt hatte.

»Es gibt hier keine Meinung zu diesem Thema, eine öffentliche Diskussion darüber findet nicht statt. Wir haben hier die Einstellung, dass diese Sachen niemanden etwas angehen.«

»Hat sich Max Ihnen denn mal anvertraut?«

»Nein. Natürlich nicht. Ich hätte so ein Gespräch aber auch nicht mit ihm geführt. Vielleicht weiß Herr Franke da mehr. Er ist der Vertrauenslehrer hier an dieser Schule und ...« Herr Kotte verzog sein Gesicht zu einem verächtlichen Grinsen. »Und diesem Thema gegenüber sowieso viel aufgeschlossener. Wenn Sie verstehen, was ich meine.«

Käfer verstand durchaus. Er konnte kaum glauben, wie rückständig und konservativ dieser Lehrer, ja vermutlich die ganze Schule war. Falls sich Max wirklich für Männer interessiert hatte, musste es furchtbar für ihn gewesen sein, in diesem Klima seine sexuelle Orientierung auszuloten.

»Wo finde ich Herrn Franke?«

»Er ist Biolehrer. Wie passend, oder?« Herr Kotte lachte kurz auf. »Er hat heute seine AG in den Treibhäusern, die liegen hinter der Turnhalle.«

Käfer machte sich eine Notiz.

»Aber Sie wissen schon, dass Max mit Marie Sandlund zusammen war?«, fragte Kotte.

»Ja, das weiß ich.«

»Na, dann kann er ja wohl kaum schwul gewesen sein.«

»Es gibt genug Jugendliche, die mit siebzehn Jahren noch kein richtiges Bewusstsein über ihre Sexualität entwickelt haben«, entgegnete Käfer nüchtern.

Kotte verdrehte die Augen, und Käfer sah ihm an, dass er seine Bemerkung für esoterisches Gequatsche oder ähnlichen Schwachsinn hielt.

»Diese Clique, zu der Max gehörte. Was haben die so gemacht? Können Sie mir dazu etwas sagen?«

»Nein, nicht viel. Aus unserer Klasse und aus der Parallelklasse gehörten einige Mädchen und Jungs zu dieser Truppe. Ich kann Ihnen aber nicht genau sagen, was die in ihrer Freizeit so machen. Es gibt ja nur wenig Zeit, die zur freien Verfügung steht, und manchmal sieht man die Schüler im Aufenthaltsraum zusammensitzen und quatschen. Aber auch dazu dürfte Herr Franke Ihnen mehr sagen können. Oder die Erzieher. Als Lehrer wohne ich ja nicht im Internat und bekomme daher nicht so viel mit.«

»Was machen die Erzieher eigentlich, wenn die Schüler Unterricht haben?«

»Sie haben frei und kümmern sich um ihre privaten Dinge. Viele haben in Burgsteinfurt oder Münster eine Wohnung, in die sie fahren. Manche haben Familie.«

»Unter der Woche wohnen die Erzieher aber in der Regel im Internat?«

»Sie haben ein Zimmer hier, ja. Schließlich müssen sie ja auch nachts als Ansprechpartner zur Verfügung stehen. Aber natürlich sind nicht alle Erzieher jede Nacht hier. Es gibt Dienstpläne, und wer frei hat, fährt in der Regel nach Hause.«

Käfer ließ seinen Blick durch den Flur schweifen. Die weißen sauberen Wände, die Tür zum Klassenzimmer – nirgendwo fand sich ein Zeichen der Trauer oder Betroffenheit ob des grausamen Todes von Max Wenke.

»Mich würde noch Ihre persönliche Meinung interessieren. Ich habe die ganze Zeit schon den Eindruck, als wenn die Schüler nicht besonders geschockt oder mitgenommen wären, abgesehen von Marie Sandlund natürlich. Vielleicht reißen sie sich der Polizei gegenüber aber auch nur zusammen. Wie war das, als Sie heute Morgen in die Klasse kamen und mit den Schülern über den Tod von Max Wenke gesprochen haben? Wie würden Sie die Reaktion der Schüler beschreiben?«

Herr Kotte zögerte. Dann räusperte er sich. »Ich habe mit ihnen nicht darüber gesprochen«, sagte er mit etwas leiserer Stimme als zuvor, und Käfer dachte zuerst, er hätte sich verhört.

Das konnte doch nicht wahr sein. Was für eine emotionale Kälte herrschte in dieser selbst ernannten Kaderschmiede eigentlich? Das Klima auf Schloss Lemburg erschreckte ihn immer mehr.

»Die Lehrer, die gestern Abend nicht mehr im Schloss waren, sind heute Morgen nur kurz von Dr. Berg informiert worden.«

Wieder hüstelte Kotte, und Käfer hatte zum ersten Mal den Eindruck, dass dem Lehrer der schreckliche Tod seines Schülers vielleicht doch naheging. Oder es war ihm peinlich, wie die Schule das Unglück ignorierte.

»Wir waren alle der Meinung, dass es das Beste ist, wenn wir abwarten und die Sache erst thematisieren, wenn wir wissen, was wirklich passiert ist.«

Oh Mann!, dachte Käfer. Und solche Leute erzogen die vermeintliche Elite von morgen. Aber um das seelische Wohl kümmerte sich niemand. Käfer wusste, dass in vergleichbaren Fällen an öffentlichen Schulen Notfallseelsorger bestellt wurden, die mit den Schülern über das Vorgefallene sprachen. Dass es meistens wenigstens für einen Tag schulfrei gab. Und dass gemeinsam gebetet und Andacht gehalten wurde. Aber in dieser Einrichtung passierte einfach nichts. Hier wurde der schreckliche Tod eines Schülers fast totgeschwiegen. Und solche Leute schimpften sich Pädagogen.

Wieder zählte er stumm bis zehn.

»Warum halten Sie es für besser, erst dann mit den Schülern zu sprechen?«

»Weil wir dann ganz anders auf die Situation eingehen können. Wenn wir wissen, wie der Unfall passiert ist …«

»Oder der Mord oder Selbstmord.«

»… können wir die Schüler viel besser vor solchen Gefahren warnen.«

»Aha. Vor solchen Gefahren.« Käfer zögerte. Ob Kotte klar war, wie beknackt sich seine lahme Ausrede anhörte? »Aber mal unter uns, Herr Kotte. Man kann die Jugendlichen doch nicht mit so etwas alleinlassen.«

Der Lehrer schaute ihn erstaunt an. »Die sind doch nicht allein. Sie sind doch da! Sie und Ihre Kollegen.«

Bevor Käfer etwas erwidern konnte, öffnete sich die Tür des Klassenzimmers, und Charlotte kam raus. Sie sah blass aus, und Käfer sah ihr an, dass die Befragung der Schüler Kraft gekostet hatte. Fürsorglich hatte sie den Arm um Marie Sandlund gelegt, die immer noch sehr mitgenommen wirkte.

»Ich würde gern noch einmal allein mit Marie sprechen«, sagte Charlotte zu Herrn Kotte. Der nickte und verschwand eilig wieder im Klassenzimmer.

Stumm sahen sich Charlotte und Käfer für einen Moment an. Sie schienen beide dasselbe zu denken. Aber bevor er etwas sagen konnte, klingelte sein Handy.

»Wolske«, sagte er mit Blick auf das Display zu ihr. »Ja?«

»Wir sind im Zimmer von Max Wenke. Wäre ganz gut, wenn ihr mal hochkommt.«

7

Nachdem Käfer sie alleingelassen hatte, setzte sich Charlotte mit Marie in die gleiche Ecke, in der ihr Kollege und Herr Kotte zuvor gesessen hatten. Das Holz der Truhe war noch warm, und für einen winzigen Moment hoffte Charlotte, dass es Käfers Körperwärme war, die sie da spürte, und dass es nicht der Hintern von dem seltsamen Herrn Kotte war, der ihren Sitz erwärmt hatte. Schnell verwarf sie den albernen Gedanken.

»Ist es okay, wenn wir uns noch ein bisschen unterhalten?«, fragte sie das Mädchen einfühlsam.

»Ja. Klar.«

»Wann hast du Max das letzte Mal gesehen? Oh, Entschuldigung. Wann haben Sie Max das letzte Mal gesehen?«

»Schon okay, mich können Sie duzen.« Marie zuckte mit den Schultern. »Ich weiß nicht. Gestern halt. Wir waren eigentlich immer zusammen, wenn wir mal freihatten.«

»Warst du mit ihm zusammen in der Folterkammer?«

»Nein. Am späten Nachmittag sind wir zusammen gelaufen, ich wollte dann duschen gehen, und danach habe ich ihn nicht mehr gesehen.«

Wurde sie rot? Charlotte hatte den Eindruck, als wenn Maries Wangen leicht erröteten. Log sie etwa?

»Wie war er da drauf? Hattest du den Eindruck, als wenn er besonders deprimiert war?«

Marie nickte. »Ja. Er war schon seit einer ganzen Weile down. Er hat das alles nicht mehr ausgehalten.«

»Was hat er nicht mehr ausgehalten?«

»Das Internat, den Druck, den Tod seines Vaters – all das hat ihn in eine große Krise gestürzt. Die anderen haben das nie so gesehen, sie kannten ihn nicht richtig. Die sahen nur den Sonnyboy, dem alles zuflog. Aber so war Max gar nicht. Er hatte eine viel sensiblere und verletzlichere Seite, von der die anderen nichts ahnten.«

»Ist in der letzten Zeit irgendetwas vorgefallen, was Max besonders bedrückt hat?«

Marie zögerte. »Ja. Da gab es was. Ich ... ich weiß nicht genau was. Aber irgendwas hat ihn total fertiggemacht.«

Wieder errötete sie, und Charlotte hatte erneut das Gefühl, dass Marie ihr nicht die Wahrheit sagte oder ihr zumindest etwas verschwieg.

»Hatte es was mit dem Internat zu tun?«

»Ja. Ich glaube schon. Aber da war noch was anderes. Er hat nur Andeutungen gemacht, ich weiß nicht genau, um was es ging. Ich glaube, es hatte irgendetwas mit dem Tod seines Vaters zu tun. Aber immer, wenn ich nachgefragt habe, hat er total abgeblockt.«

»Er hat dir nie gesagt, was ihn wirklich bedrückt?«, fragte sie.

»Nein«, antwortete Marie leise und fügte kaum hörbar hinzu: »Und ich hätte nie gedacht, dass er sich deshalb wirklich das Leben nimmt.«

»Wir sind gar nicht sicher, dass es Selbstmord war.«

Marie zog ein Taschentuch aus ihrem Ärmel und wischte sich die Tränen weg. »Er hat zwar ein paar Mal gesagt, dass er nicht mehr so weiterleben will«, schluchzte sie, »aber ich hätte es nicht für möglich gehalten, dass er es wirklich macht.«

Offensichtlich hatte sie gar nicht gehört, was Charlotte gerade gesagt hatte.

»Marie«, sagte sie deshalb eindringlich, »es ist gut möglich, dass es gar kein Selbstmord war. Sehr gut möglich sogar.«

»Was?«

Charlotte sah dem Mädchen an, dass es einen Moment brauchte, um die Worte zu verstehen.

Plötzlich machte sie ein erschrockenes Gesicht. »Aber das würde ja bedeuten …« Sie sprach den Satz nicht zu Ende.

»Was würde das bedeuten?«, hakte Charlotte nach.

Marie schluchzte wieder in ihr Taschentuch und schüttelte den Kopf. »Nein«, weinte sie. »Er hat das tatsächlich durchgezogen. Er hat sich umgebracht. Und ich konnte es nicht verhindern.«

*

Frederik starrte aus dem Fenster. Die Worte von Herrn Kotte nahm er überhaupt nicht wahr. Zum Glück war der Lehrer so mit seinem stinklangweiligen Vortrag beschäftigt, dass ihm Frederiks geistige Abwesenheit nicht aufzufallen schien. Und wenn schon. Würde er eben einen Anschiss bekommen, war ihm mittlerweile auch schon egal.

Er wusste, dass er eben die Kontrolle über sich verloren hatte. Er hätte sich nicht so gehässig über Max äußern dürfen. Das war ein Fehler gewesen. Frederik war es scheißegal, was die Kommissarin von ihm hielt, die konnte ihm eh nichts. Aber Marie, nein, das war ihm nicht gleichgültig. Er wollte nicht, dass Marie schlecht über ihn dachte, ganz im Gegenteil. Frederik wusste, dass sie im Moment keine Augen für ihn hatte, weil sie zu sehr unter Schock stand und trauerte, aber genau das war seine Chance. Brauchte sie jetzt nicht besonders viel Zuneigung und Nähe? Sein Vater hatte früher immer über einen Typen aus der Nachbarschaft gelästert, der als Witwentröster unterwegs war, extrem erfolgreich, wohlbemerkt. Auch wenn Frederik weder sich selbst noch Marie mit diesem Kerl und seinen Eroberungen vergleichen wollte, war er sich dennoch sicher, dass jetzt genau der richtige Zeitpunkt war, sich dem trauernden Mädchen zu nähern.

Deshalb war seine Bemerkung ja auch so dumm gewesen. War womöglich der Eindruck entstanden, er würde sich an Max' Todeskampf aufgeilen? Wie konnte er nur den Vergleich mit dem Hühnchen bringen! Idiot. Er wollte auf keinen Fall, dass Marie ihn für einen unsensiblen Arsch hielt. Das nächste Mal musste er sich mehr zusammenreißen.

Frederik kaute an seinen Fingernägeln, bis das Nagelbett blutig war. Eine Verliererangewohnheit hatte Max sein Nagelkauen immer genannt. Klar, einer wie er hat so was natürlich nie gemacht. Max hatte keine schlechten Angewohnheiten, keine Pickel, keinen Mundgeruch. Max war perfekt, während er, Frederik, der ewig Zweite war. In allen Dingen war Max besser gewesen, er hatte einen besseren Notendurchschnitt, war beim Hundertmeterlauf eine Sekunde schneller gewesen, er hatte sogar das neue iPhone einen Tag vor ihm gehabt. Frederik war es teilweise fast unwirklich vorgekommen, dass Max Wenke ihm immer eine Nasenlänge voraus war. Mann, wie hatte er das gehasst!

Er betrachtete sein blutendes Nagelbett, und schlagartig dachte er wieder an das ganze Blut, das aus der eisernen Jungfrau geflossen war. Einerseits versuchte er, die Bilder aus dem Folterkeller zu verdrängen, er hatte keine Lust, jede Nacht von Albträumen geplagt zu werden, und es beängstigte ihn, wie oft ihm das Szenario aus dem Keller in den Sinn kam.

Andererseits gab es etwas, das ihn einfach nicht losließ. Pausenlos dachte er darüber nach, und er hatte das dringende Bedürfnis, Klarheit gewinnen zu müssen, Klarheit darüber, ob

Max noch etwas zu ihm gesagt hatte. Er wusste selbst nicht, warum ihm das so wichtig war, aber die Frage ließ ihn einfach nicht los.

Ungeachtet der Gefahr, dass er sich womöglich noch schuldiger fühlen würde als jetzt, versuchte sich Frederik zu erinnern. Er hatte vor der eisernen Jungfrau gestanden und gelauscht, weil er meinte, aus dem Foltergerät eine Stimme zu hören. Er erinnerte sich genau, dass er hatte aufpassen müssen, nicht in das Blut zu treten, das in hohem Tempo eine große Pfütze um das Foltergerät gebildet hatte. Er war mit seinem Ohr ganz nah an die eiserne Jungfrau herangerückt, immer darauf bedacht, sie nicht zu berühren. Und da hatte er gemeint, etwas gehört zu haben.

Frederik schloss die Augen und sah sich plötzlich wieder in der Folterkammer stehen. Der Geruch von Blut und Eisen drang ihm in die Nase. Und dann waren Max' Worte wieder in seinem Kopf.

Hilf mir.

*

»Du kommst ja genau zum richtigen Moment«, sagte Käfer zu Charlotte, als sie das Zimmer von Max Wenke betrat. »Hat die Befragung des Mädchens noch was ergeben?«

»Erzähl ich dir später«, sagte sie und schaute sich in dem Zimmer um. »Das ist ja mal spartanisch eingerichtet.«

Käfer konnte ihr nur recht geben. Das Zimmer erinnerte ihn fast an eine Gefängniszelle. Natürlich war es größer, und es standen auch mehr Möbel im Raum, als es Käfer aus der Justizvollzugsanstalt in Münster kannte, aber alles war sehr karg und nur wenig wohnlich eingerichtet.

Die dicken weiß getünchten Mauern sorgten dafür, dass eine

ungewöhnliche Stille in dem Zimmer herrschte. Die Geräusche von draußen waren nur in stark gedämpfter Form zu hören. Ein einfaches Holzbett stand in der einen Ecke, schräg gegenüber von einem Schreibtisch, der aus dem gleichen Holz gefertigt war. Ein Laptop und einige Bücher lagen darauf, alles sah sehr ordentlich aus. Über dem Schreibtisch hing ein großer Wandkalender, ohne Bildmotiv, nur mit Tagen und Daten versehen. Auch sonst waren keine Bilder an den Wänden zu sehen.

Die Spurensicherung war gerade mit dem Schrank neben der Tür beschäftigt, der vergleichsweise groß war und aus mehreren Schubladen und Fächern bestand. Berthold Wolske notierte jedes einzelne Kleidungsstück, das ihm Sascha, der junge Assistent, zeigte.

»Was habt ihr gefunden? Ist sein Handy endlich aufgetaucht?«, fragte Charlotte.

»Nein. Auf seinem Laptop ist aber eine Datei mit den runtergeladenen Handyrechnungen. Wir haben also zumindest alle Einzelverbindungsnachweise. Ein paar Nummern konnte ich schnell überprüfen, mit Marie hat er häufig telefoniert, auch mit seiner Mutter, manchmal mit seinem Erzieher, diesem Sebastian Junglas. Allerdings wurde er von seiner Freundin und auch von seiner Mutter in der Regel angerufen, von sich aus hat er sich nicht bei denen gemeldet. Anders sieht das mit dieser Nummer aus, die er in den Tagen vor seinem Tod sehr häufig angerufen hat.« Käfer zeigte auf den Bildschirm. »Hier, diese 0175er-Nummer, insgesamt zwölfmal, und das innerhalb von vier Tagen. Ich kann leider nicht rauskriegen, wem sie gehört. Wenn ich dort anrufe, kommt nur die automatische Ansage, dass der Anschluss vorrübergehend nicht zu erreichen ist. Unsere IT-Jungs werden das richten müssen.«

»Das ist doch was. Ob jemand das Handy absichtlich hat

verschwinden lassen? Wäre doch ein merkwürdiger Zufall, wenn es Max ausgerechnet an seinem Todestag verloren hätte.«

»Allerdings. Und schau dir das mal an.« Käfer reichte ihr ein Buch. »Stand im Regal.«

»Das Guinnessbuch der Rekorde«, las Charlotte. »Ja und?«

»Blätter mal durch.«

Charlotte schlug das Buch auf und sah ihren Kollegen verwundert an. »Was ist das?«

Nach den ersten Seiten waren fein säuberlich einige Dokumente eingeklebt. Käfer hatte sie noch nicht ausführlich betrachten können und sich bisher nur einen ersten Überblick verschafft.

»Kann ich dir noch nicht genau sagen. Einige haben Wenkebau als Briefkopf, dabei muss es sich also um Korrespondenz aus der Firma seines Vaters handeln. Andere tragen das Schlosswappen. Ich habe es nur kurz überflogen, aber es scheint sich um diesen Turnhallenbau zu handeln, von dem Herr Kotte mir eben erzählt hat.«

»Glaubst du, es hat etwas mit dem Tathergang zu tun?«

»Weiß ich nicht. Aber offensichtlich wollte Max Wenke nicht, dass jemand die Dokumente findet. Das ist in jedem Fall merkwürdig«, antwortete er. »Hätten die Kollegen nicht alles so akribisch abgesucht, hätte man das leicht übersehen können. Genau wie das mit dem Schrank.«

»Was ist mit dem Schrank?«

»Am besten schaust du es dir selbst an.«

Charlotte ging zu Wolske, der an der geöffneten Schranktür stand und die Kleidung zur Seite schob, die fein säuberlich an einer Stange hing. »Hier.« Er drückte gegen die Rückwand, die mit einem klickenden Geräusch nach hinten kippte. Nun stand sie wenige Zentimeter offen.

»Zuerst dachte ich, die Wand wäre einfach nur defekt und

würde lose an der Zimmerwand lehnen. Aber dann fiel mir auf, dass man sie bewegen kann.« Er schob die Rückseite des Schranks mit beiden Händen nach rechts. »Na, wie findest du das?«, fragte er triumphierend.

Charlotte ging einen Schritt vor und blickte ungläubig in den Kleiderschrank. »Ist das eine Tür?«, fragte sie verwundert.

Eine alte, massiv wirkende Holztür versteckte sich direkt hinter der Rückwand aus Pressspan. Eine Türklinke gab es nicht.

»Eine versteckte Tür.« Charlotte zuckte mit den Schultern. »Finde ich jetzt nicht so ungewöhnlich. Das kennt man doch aus Hotels. Wenn man die Durchgangstür nicht mehr braucht und lieber zwei Einzelzimmer haben will, stellt man halt einen Schrank davor.«

Käfer nickte. Grundsätzlich hatte sie recht. Ein Schrank vor einer Durchgangstür war noch keine große Sensation. »Schon richtig«, grinste er. »Das Problem ist nur: Nebenan ist kein Zimmer.«

Jetzt hatte er Charlottes ungeteilte Aufmerksamkeit. »Bist du sicher?«

»Ziemlich. Vom Flur aus führt jedenfalls keine Tür zu einem möglichen Nachbarzimmer. Viel Raum scheint da auch nicht mehr zu sein. Der Flur draußen geht jedenfalls nur noch zwei, drei Meter weiter, dann ist das Ende des Schlosses erreicht.«

»Irgendwo muss die Tür ja hinführen. Man wird sie ja nicht aus Dekorationsgründen eingebaut haben«, mutmaßte Charlotte.

»Hast du noch ein paar Handschuhe?«, fragte Käfer den Kollegen von der Spurensicherung.

»Ja, hier.« Wolske reichte ihm ein paar Plastikhandschuhe. »Ich kann mir aber nicht vorstellen, dass du sie aufkriegst. Ich schätze, da müssen wir mit schwerem Gerät ran.«

Käfer zog sich die Handschuhe an und tastete die Tür ab. Wenn sie irgendeinen Nutzen hatte, wenn sie mehr als nur ein Relikt aus vergangenen Zeiten war und wenn Max Wenke sie womöglich benutzt hatte, dann musste sie auch ohne Brechstange zu öffnen sein. Ein Türschloss gab es nicht, nach einem Schlüssel brauchte man also nicht zu suchen.

»Gib mal die Taschenlampe.« Käfer streckte die Hand nach der Lampe aus. Mit Licht konnte er die Tür besser absuchen. Aber so intensiv er sie auch betrachtete, er konnte keinen Mechanismus finden, mit dem man sie hätte öffnen können.

»Vielleicht ist sie auf den alten Bauplänen verzeichnet«, meinte Charlotte. »Wir sollten gleich noch mal bei Berg vorbeigehen. Inzwischen dürfte er sie ja rausgesucht haben.«

»Ja. Das will ich mir auf jeden Fall anschauen.« Er kam wieder aus dem Schrank heraus und blickte sich nachdenklich im Zimmer um.

»War das Siegel unbeschädigt, als ihr heute Morgen hierhergekommen seid?«, fragte Charlotte.

»Ja. Wir haben den Raum genauso vorgefunden, wie wir ihn gestern versiegelt haben. Außer uns war in den letzten Stunden niemand hier drin.«

Während Charlotte von Wolske wissen wollte, ob er sich schon einen Überblick über die persönlichen Sachen von Max gemacht hatte, ging Käfer zum Fenster. Konnte man von hier aus vielleicht sehen, wohin die geheimnisvolle Tür führte? Er öffnete es und beugte sich heraus. Aber links neben ihm war nur die fensterlose Schlossmauer zu sehen. Vielleicht war es ein alter Dienstbotenzugang, dachte er und sah auf den Parkplatz, der vor ihm lag. So etwas gab es doch früher häufig, damit sich die Wege von Personal und Herrschaft nicht allzu häufig kreuzten.

Sein Blick fiel auf Hammersbachs Wagen, der ungefähr an der Stelle stand, an der Käfer letzte Nacht auf das Taxi gewartet hatte. Ruckartig drehte er sich zu Charlotte um. »Kannst du mir einen Gefallen tun?«

»Was ist denn los?«

»Stell dich für einen Moment ans Fenster, okay?«

»Warum? Was ist los, Käfer?«

»Erklär ich dir gleich. Bin sofort wieder da!«

Im Laufschritt eilte er aus dem Zimmer, sprang die Stufen im Treppenhaus hinunter und stand keine fünf Minuten später auf dem Parkplatz.

Wusste ich es doch, dachte er, als er Charlotte oben am Fenster stehen sah. Sie war an derselben Stelle, an der letzte Nacht die unbekannte Person gewesen war und ihn beobachtet hatte. Es war also jemand im Zimmer des Toten gewesen, als dieses längst von der Spurensicherung versiegelt worden war. Also gab es nur eine Möglichkeit, wie der Unbekannte in Max Wenkes Zimmer gekommen war.

*

Sie durfte gehen. Kotte hatte sie vom Wochenendkurs befreit. Nach dem Gespräch mit der Kommissarin war sie so fertig gewesen, dass sie nur noch geweint hatte.

»Sollen wir deine Eltern anrufen, Marie?«, hatte Kotte sie besorgt gefragt. »Ich bin mir sicher, dass du dich krankschreiben lassen könntest, wenn es nötig ist. Dann können deine Eltern dich abholen.«

Doch sie hatte nur den Kopf geschüttelt. Ihre Eltern lagen irgendwo auf Bali in der Sonne oder schipperten auf einer Mietjacht im Pazifik herum, die konnte sie nicht anrufen. Sie waren nicht da, so wie sie noch nie in ihrem Leben da gewesen waren.

Marie hatte darum gebeten, sich ausruhen zu dürfen, und

Kotte hatte es ihr erlaubt – natürlich nicht, ohne einen Vermerk ins Klassenbuch zu machen, dass Marie die folgenden Kurse verpassen würde. So weit ging das Mitgefühl doch nicht.

Jetzt war sie auf ihrem Zimmer, und sie war sich nicht mehr so sicher, ob es wirklich eine gute Idee war, allein zu sein. Jetzt konnten die Gefühle sie überfluten, und es gab keine Schutzmauer mehr, die die Trauer von ihr fernhielt und dafür sorgte, dass Marie sich zusammenreißen musste. Jetzt waren alle Dämme gebrochen.

Schluchzend legte sie sich aufs Bett und weinte. Sie wusste nicht, wie lange sie so dalag. Eine halbe Stunde? Eine Stunde? Die Krämpfe in ihrem Unterleib lenkten sie für einen Moment von ihrer Trauer ab. Es waren typische Regelschmerzen, die sie spürte, ähnlich denen von gestern, nur nicht ganz so heftig. Wurde ja auch langsam mal Zeit, dass sie ihre Tage bekam. Ihre letzte Periode lag ja nun auch schon ein Weilchen zurück.

Marie stand auf und ging zu dem Regal, in dem sie ihre Sachen für die Körperpflege aufbewahrte. Sie nahm einen Tampon aus der Packung und zog sich die Hose herunter. Ihr Slip war blütenrein. Kein noch so winziges Blutfleckchen war zu sehen. Wie konnte das sein? Das Ziehen in ihrem Unterleib war doch ein eindeutiges Zeichen dafür, dass die Blutung längst eingesetzt hatte.

Marie wickelte ein Papiertaschentuch um ihren Zeigefinger und führte ihn tief in sich ein. Als sie ihn wieder rausgezogen hatte, sah sie sich das Papier genau an. Nichts. Es war weiß.

Sie warf es in den Mülleimer, zog ihre Hose wieder hoch und dachte nach. Sie hatte eindeutig Regelschmerzen, das stand fest. Sonst hatte sie diese Schmerzen nur, wenn die Blutung längst eingesetzt hatte. Marie nahm ihr Smartphone und gab »Regelschmerzen ohne Blutung« in die Suchmaschine ein. Die

Suchergebnisse, die innerhalb von Sekunden auf dem Display erschienen, waren alle gleich.

»Einnistungsschmerz?«, sagte sie ungläubig und las sich einen Link genauer durch. Wenn sich das befruchtete Ei in die Gebärmutter einnistete, konnte es zu Schmerzen kommen, die den Regelschmerzen ähnelten, las sie da.

Wie bitte? Sie schaltete das Handy aus und blieb für einen Moment wie versteinert stehen.

Erst als sie sich wieder aufs Bett setzte, merkte sie, wie ihre Unterlippe zitterte. Die Gedanken in ihrem Kopf rasten hin und her. Wann hatte sie ihre letzte Periode gehabt? Konzentrier dich, verdammt noch mal, wann war es? Die Pille, die sie nahm, sorgte eigentlich für eine regelmäßige Blutung. Aber Marie wusste, dass sie die nicht besonders zuverlässig genommen hatte. Wenn sie drauf war, vergaß sie schon mal die Einnahme, und dann bekam sie unregelmäßige Blutungen. Aber wann war die letzte Menstruation gewesen? Vor zwei Monaten? Oder waren es schon drei? Sollte das bedeuten … Hieß das etwa …?

»Max«, weinte sie laut, »Max, wo bist du nur?«

Mit voller Wucht wurde ihr der ganze Verlust wieder bewusst. Was war sie schon ohne ihn? Wenn sie jetzt wirklich schwanger sein sollte, wie sollte sie damit klarkommen? Max hätte eine Lösung gewusst, er hatte jedes Problem lösen können. Wie konnte er sie nur hier lassen, allein? Wie konnte er nur diese verfickte Scheißwelt verlassen, ohne sie mitzunehmen?

Sie musste einen Test kaufen. Ja, das war wichtig. Sie musste Klarheit bekommen. Vielleicht hatte sich ihre Periode ja auch nur verspätet, aus anderen Gründen, ein Zyste vielleicht, oder sonst irgendetwas, das ihren Zyklus durcheinanderbrachte. Das Internet war ja nicht allwissend, das konnte schließlich nicht in sie hineinschauen. Sie musste zu einem Drogeriemarkt, am besten schon morgen. Aber wie sollte sie so schnell nach Burgsteinfurt kommen? Unter der Woche bekam man nicht so einfach Ausgang, dafür war der Stundenplan viel zu eng getaktet, und ohne eine anständige Begründung kam sie hier sowieso nicht weg.

Junglas, schoss es ihr durch den Kopf. Für Geld machte der alles, er würde ihr auch einen Test besorgen, ohne viele Worte darüber zu verlieren. Montags fuhr er immer in die Stadt, da hatte er seinen freien Vormittag, das wusste sie. Ja, er würde ihn ihr mitbringen können.

Und dann? Was sollte sie machen, wenn er positiv war? Für einen Augenblick dachte sie daran, was ihre Eltern wohl sagen würden. Ihre Mutter würde in Ohnmacht fallen, vermutlich aber eher wegen der Tatsache, dass sie mit knapp vierzig schon Oma werden könnte. Wo sie sich doch so furchtbar jung fühlte. Und Papa? Der würde sie umbringen.

Auf keinen Fall durften sie etwas davon erfahren. Aber Marie war privat versichert, über ihren Vater, sie konnte nicht einfach zum Gynäkologen gehen. Jeder Arzt schickte seine Rechnung zu ihm nach Hause. Wie sollte sie die Sache geheim halten, wenn der Test positiv ausfiel? Ein positiver Test … O Gott! Wenn sie richtig gerechnet hatte, wäre der Zeitpunkt für eine legale Abtreibung womöglich schon vorbei.

Marie dachte an die Geschichtsstunde, die sie neulich gehabt hatten. Da hatten sie auch über die Engelsmacher gesprochen, die sich jahrhundertelang um die Abtreibungen gekümmert hatten. Mit spitzen Gegenständen hatten sie den Fötus in der Gebärmutter getötet. Natürlich gab es auch jede Menge Horrorgeschichten darüber, von verbluteten und schwerverletzten Frauen, aber es musste ja auch oft genug geklappt haben, sonst hätten die das doch nicht so lange machen können.

Marie hielt sich die Hände vors Gesicht. Wie viele Frauen auf diesem Schloss hatten in der Vergangenheit wohl Besuch von einem Engelsmacher bekommen? Womöglich sogar hier in diesem Zimmer? Die Vorstellung, dass sie vielleicht bald dazugehören könnte, versetzte sie in Angst und Schrecken.

8

Hatte er noch alles unter Kontrolle? Dr. Thomas Berg ging nervös in seinem Büro auf und ab. Er hatte die alten Baupläne für die Kommissare besorgt, danach hatte er den ganzen Vormittag mit Eltern telefoniert und versucht, die Presse in Schach zu halten. Niemandem hatte er gesagt, wie Max Wenke gestorben war. Doch, er hatte die Sache im Griff – oder? Die Sorge um den Ruf seiner Einrichtung trieb ihn um. Es hatte schon einmal eine Zeit gegeben, in der das Ansehen von Schloss Lemburg auf dem Spiel gestanden hatte. Das hatte ihm damals gereicht. Zum Glück hatte der Tod von Alexander Wenke das unsägliche Spiel beendet, bevor Schlimmeres passiert war.

Er erinnerte sich noch genau an den Moment, als er neben der verkohlten Leiche des Mannes gestanden hatte. Vermutlich würde er das niemals vergessen.

»Was machen Sie hier?«, hatte ein Polizist ihn gefragt, aber zum Glück hatte sich Berg herausreden können. Es gab nur diese Straße nach Burgsteinfurt, was sollte er machen, wenn er das Internat verlassen wollte? Das war nun mal sein Heimweg, auf dem der Unfall passiert war.

»Und ich wollte sehen, ob ich helfen kann«, hatte Berg zu dem Polizisten gesagt, der daraufhin nur meinte, dass es hier ja wohl nichts mehr zu helfen gebe.

Schwarz und verkohlt hatte der Körper dagelegen. Teilweise hatten die Knochen aus dem verbrannten Gewebe geguckt. Arme und Beine hatte der Tote angezogen gehabt, in Embryonalstellung hatte er auf der Plane neben dem noch rauchenden Gerüst des Wagens gelegen. Wie ein Fötus hatte die Leiche ausgesehen, der Mund weit aufgerissen, die Augenhöhlen leer. Zurück zum Ursprung, hatte Berg in dem Moment gedacht, das wusste er noch ganz genau.

»Jetzt deck ihn doch endlich zu!«, hatte der Polizist seinem Kollegen zugerufen, als er Bergs Blicke bemerkt hatte.

Es war ihm peinlich gewesen, so zu gaffen, aber er hatte einfach nicht anders gekonnt. Der Anblick der verkohlten Leiche hatte ihn magisch angezogen.

Ob Alexander Wenke hatte leiden müssen? Berg hatte mal gelesen, dass ein Feuertod recht schnell ging, da die Lungen als Erstes verbrannten. Na, ein bisschen wird er schon gelitten haben, dachte er. Er hatte es verdient. Sein alter Schüler, den er vor vielen Jahren selbst noch unterrichtet hatte, dem er Disziplin und Ehre beigebracht hatte, Anstand und Fleiß. Ihm hatte er doch seine enorme Karriere zu verdanken. Ihm und Schloss Lemburg. Und was war der Dank dafür gewesen? Dass er seine geistige Heimat in einen Korruptionsskandal hineingezogen hatte.

Berg schnaufte. Ein Jahr später war es wieder ein Wenke, der das Ansehen des Internats beschmutzte. Hoffentlich kramten die Zeitungsleute jetzt nicht wieder den Unfall von Alexander Wenke raus. Vor allen Dingen nicht den ganzen Skandal, der sich im Vorfeld abgespielt hatte. Er hatte keine Lust und keine Zeit, sich wieder mit der Behauptung herumärgern zu müssen, dass ein ehemaliger Schüler das Internat um mehrere Zehntausend Euro betrogen habe.

»Halt dich nicht mit den alten Sachen auf!«, ermahnte er sich laut und setzte sich wieder an den Schreibtisch. Das war Vergangenheit, abgeschlossen, kein Mensch hatte die Nummer mehr auf dem Schirm, vor allen Dingen die Presse nicht, und das war das Einzige, das jetzt zählte. Er hoffte, dass sie den alten Fall nicht noch einmal aufrollten, sonst würde schnell die Mär vom »Todesinternat« die Runde machen. Berg wusste doch, wie die Boulevardpresse tickte. Womöglich würden sie auch noch den Tod der Grafentochter rauskramen, die sich in den 1920er-Jahren in einem langen weißen Kleid im Karpfenteich ertränkt hatte. Nein, solche Geschichten konnte er jetzt wahrlich nicht gebrauchen.

Schon wieder klingelte das Telefon, und er sah auf dem Display, dass die Rufnummer unterdrückt war. »Das dürft ihr Schweine gar nicht mehr«, sagte er laut zum Apparat. Das konnte nur dieses regionale Käseblatt sein. Das waren die Einzigen, die noch mit unterdrückter Nummer anriefen. Berg beschloss, nicht ranzugehen. Egal was er denen erzählen würde, die würden doch sowieso ihre eigene dramatische Geschichte daraus stricken.

Er versuchte, das Klingeln zu ignorieren und sich zu konzentrieren. Es war wichtig, das Internat vor Negativschlagzeilen zu bewahren. Er wusste, wie diese Boulevardreporter vorgingen. Damals, als Alexander Wenke die Schule betrog, der er alles zu verdanken hatte, hatten einige Reporter provozierende Kommentare ins Gästebuch der Schloss-Homepage gesetzt, und tatsächlich hatte Franke, der die Homepage gemeinsam mit Frederik betreute, darauf reagiert. Der Idiot! Aus den Informationen, die er dadurch preisgegeben hatte, wurde dann ein absurder Artikel über die vermeintlichen Zustände auf Schloss Lemburg. So etwas durfte auf keinen Fall wieder passieren.

Berg surfte auf die hauseigene Homepage. Als Erstes kontrollierte er das Gästebuch. »We will miss you« hatte ein Schüler geschrieben, »R.I.P. Max« ein anderer. Von solchen Einträgen gab es einige. Die brauchte er nicht zu löschen. Es war bestimmt nicht schlecht, wenn nach außen hin der Eindruck entstand, die Schule würde gemeinsam trauern. So etwas machte sich immer gut.

Ein Signalton verriet ihm, dass es genau in diesem Moment einen neuen Eintrag im Gästebuch gab. Berg scrollte nach oben und erschrak, als er die Worte las: *Max Wenke hat einen Kommentar hinterlassen.*

»Was zur Hölle ...«, murmelte er und klickte das Bild an, das nun an oberster Stelle im Gästebuch erschien. Aber es war kein Bild, es war das Standbild eines Videos. Jemand hatte einen kurzen Filmclip ins Gästebuch der Internatshomepage gestellt. Und laut Absender war dieser Jemand Max Wenke.

Als Berg die ersten Sekunden des Videos gesehen hatte, drückte er auf Stopp und griff hektisch zum Telefonhörer. Einen Augenblick später hatte er seine Sekretärin dran.

»Frau Leffers? Sperren Sie sofort die Homepage. Niemand darf mehr Zugriff darauf haben, weder von außen noch vom Internat. Bitte, jetzt sofort!« Er knallte den Hörer auf und atmete tief durch.

Um Himmels willen, dachte er, als er wieder auf Play gedrückt hatte. Was er sah, ließ ihm die Sinne schwinden.

*

Charlotte traf Käfer in der Eingangshalle und staunte nicht schlecht, als er ihr von der unbekannten Person erzählte, die er in der vorherigen Nacht am Fenster gesehen hatte. Gemeinsam gingen sie ins Büro des Direktors. Die geheimnisvolle Tür im Zimmer des Toten ließ ihnen beide keine Ruhe.

Direktor Berg starrte auf seinen Computer und wirkte nervös. »Sie kommen genau richtig«, sagte er. »Schauen Sie sich das an. Es ist unglaublich. Ich schätze, Sie können Ihre Ermittlungen einstellen.«

Wovon sprach er? Charlotte warf Käfer einen verwunderten Blick zu. Doch der schien auch keine Ahnung zu haben, was der Direktor meinte.

»Ist irgendetwas passiert?«, fragte Käfer.

»Das kann man wohl sagen. Kommen Sie.«

Sie stellten sich hinter ihn und blickten auf den Bildschirm. Berg klickte auf einen Eintrag im Gästebuch, der laut Statusmeldung angeblich von Max Wenke stammte.

Ein makabrer Scherz, dachte Charlotte, aber bevor sie etwas sagen konnte, startete der Direktor ein Video, das sie für einen Moment sprachlos machte.

Sie sahen Max Wenke, wie er in der geöffneten eisernen Jungfrau stand. Das Bild wackelte, es schien mit einer Handykamera aufgenommen worden zu sein. Max war blass, wirkte irgendwie benommen. Hatte er getrunken? Oder irgendetwas genommen? Seine Haltung war leicht nach vorn gebeugt, wie man es von Betrunkenen kannte. Charlotte konnte Schweißflecken unter seinen Armen erkennen, auch sein Gesicht glänzte ölig. Er räusperte sich und schien Mühe zu haben, sich zu konzentrieren.

Dann begann der Junge zu sprechen. »Ich bin Max Wenke, und heute ist der Tag des heimlichen Gerichts.« Er hielt sich an der Innenwand der eisernen Jungfrau fest, als hätte er Gleichgewichtsprobleme. Das Foltergerät stand still und fest da und wackelte nicht. Es wirkte sehr stabil.

»Heimliches Gericht? Was soll das sein?«, fragte Käfer.

»Das ist eine der vielen Sagen, die um die eiserne Jungfrau kreisen«, erklärte Berg mit einem Seufzen. »Das heimliche Gericht hatte vor allen Dingen zur Aufgabe, Verbrecher hinzurichten, die nicht öffentlich getötet werden sollten. Man wollte das Böse ausmerzen, ohne viel Tamtam darum zu machen.«

»Oder man hatte Angst, die Öffentlichkeit würde einen daran hindern«, fügte Charlotte hinzu.

Berg wollte etwas entgegnen, doch er wurde von Max' Stimme im Video davon abgehalten.

»Das, was sich hier auf dem Schloss Lemburg abspielt ... ist so widerwärtig und folgenschwer, dass ich es nicht mehr länger für mich behalten kann«, fuhr er fort. Dann hielt er einen Moment inne, strich sich mit der Hand über die Stirn und wischte sich den Schweiß ab. »Und diese historische Kulisse ... wird der Wahrheit die Aufmerksamkeit bescheren, die sie braucht ... bevor ich dieses Leben für immer ... hinter mir lasse. Der Junge in der eisernen Jungfrau – das wird die Überschrift sein, unter der man das Video auf der Schulhomepage und später auf YouTube, Facebook und Co. finden wird. Wie ... wie ein Virus wird sich meine Botschaft im Netz verbreiten. Ein ... Aufschrei wird durch das ganze Land gehen.«

Max atmete tief durch und schien sich zu sammeln. Als er weitersprach, wirkte seine Stimme zittrig, fast lallend. »Denn ... die Schüler werden hier nicht nur mit ... unmenschlichem Druck zur Leistung gezwungen ...« Max keuchte. »... sondern auch gefügig gemacht, um den perversen Fantasien ihrer Lehrer ... zu dienen!«

»Der Junge muss total verwirrt gewesen sein«, murmelte Berg. »Unglaublich, mit was für Lügen er im Delirium um sich wirft.«

»Psst!«, machte Charlotte, die nichts von Max' Rede verpassen wollte.

Doch die Verfassung des Jungen schien sich von Minute zu Minute zu verschlechtern. Wieder schwankte er zur Seite, stöhnte kurz auf und hielt sich an der eisernen Jungfrau fest, ehe er weitersprach.

»Es wird Zeit, dass alle Schüler ... alle Eltern und alle Menschen in diesem Land … erfahren, dass Schloss Lemburg alles andere ist als ein Vorzeigeinternat … Hier wird eine junge Generation systematisch … kaputtgemacht! … Aus intelligenten und klugen Jugendlichen werden seelenlose Roboter, die dieser eisernen Jungfrau mehr ähneln als einem menschlichen Wesen …« Max' Augen waren nun blutunterlaufen, und Schweißperlen liefen ihm übers Gesicht.

»Ist der besoffen?«, fragte Käfer leise.

»Glaub ich nicht. Aber drauf ist er auf jeden Fall. Der kann ja kaum noch gerade stehen«, meinte Charlotte und wies auf das Video, in dem Max sich erneut an den Seiten des Foltergeräts festhalten musste.

»Die Schüler lassen alles über sich ergehen, nur um … erfolgreich zu sein«, sprach er mit lallender Stimme weiter. »Sie lassen sich … missbrauchen, nehmen Drogen, um das alles hier auszuhalten. Und wer ist dafür … verantwortlich? Ganz einfach …« Max hielt inne und schaute irritiert in die Kamera. »Was ist?«, fragte er dann offensichtlich die Person, die mit dem Handy filmte. »Ist alles okay? Können wir das zu Ende bringen? Ich kann bald nicht …«

Dann brach das Video abrupt ab.

Für einen Moment sagte niemand etwas. Käfer, Charlotte und Berg starrten auf das Standbild, das Max mit erschöpftem Gesichtsausdruck in der eisernen Jungfrau zeigte.

»Damit dürfte sich der Fall geklärt haben«, sagte der Direktor schließlich.

»Das sehe ich nicht so«, entgegnete Charlotte. »Ganz offensichtlich lebt Max auf diesem Video ja noch.«

»Aber das ist doch eindeutig so etwas wie ein digitaler Abschiedsbrief! Da dürfte es doch keinen Zweifel mehr geben, dass er Selbstmord begangen hat.«

»Also ein Abschiedsbrief sieht anders aus. Vielleicht macht

er in dem Video Andeutungen, aber er spricht mit keinem Wort aus, dass er wirklich sterben will«, stellte Käfer klar. »Außerdem ist im Moment noch vollkommen unklar, ob ein Selbstmord in der eisernen Jungfrau technisch überhaupt möglich ist.«

»Und umso wichtiger ist es für uns, dass wir herausfinden, wer die andere Person ist«, ergänzte Charlotte.

»Welche andere Person?«

»Na die, die das Video gedreht hat, natürlich.«

»Und es höchstwahrscheinlich auch post mortem im Gästebuch hochgeladen hat. Wer hat Zugriff auf die Website?«

»Wie Sie sehen, wurde die Nachricht im Gästebuch hinterlassen. Dort kann jeder etwas schreiben, der sich vorher beim Administrator angemeldet hat«, erklärte Berg. »Das Video wurde nachweislich von Max' Account hochgeladen. Irgendjemand muss also Zugriff auf seine Daten haben.«

»Wer ist Administrator der Seite und hat Überblick über die Accounts samt der Daten und Passwörter?«

»Der Vertrauenslehrer Martin Franke und unsere Sekretärin Frau Leffers kümmern sich darum. Als Schülervertreter hat Frederik Linnemann auch eine Vollmacht. Das sind die drei, die theoretisch Zugriff auf Max' Account hätten.«

Käfer machte sich eine Notiz. »Wir werden uns sofort darum kümmern. Löschen Sie das Video nicht, unsere IT-Spezialisten müssen sich das noch genau anschauen.«

Dr. Thomas Berg knirschte hörbar mit den Zähnen. »Selbstverständlich.«

»Max deutet in dem Video einen Missbrauch an ...«

»Das ist natürlich totaler Schwachsinn«, unterbrach Berg sie aufgebracht. »Diese Missbrauchsgeschichten sind eine wahre Plage! Und nur, weil auf anderen Internaten etwas passiert ist, heißt das noch lange nicht, dass auf Lemburg so etwas auch vorkommt. Aber für die Schüler bietet es sich natürlich an, das Thema aufzugreifen, wenn man wütend auf die Schule ist. Max wusste, welche Aufmerksamkeit er bekommt, wenn er angebliche Vorfälle anspricht. Unsere Gesellschaft ist doch total hysterisch bei diesem Thema!«

Da musste Charlotte ihm leider recht geben. Einige Eltern hatten mittlerweile eine fast irrationale Angst vor einem möglichen sexuellen Missbrauch ihrer Kinder, weshalb sie ihren Nachwuchs nicht mehr aus den Augen ließen und ihm jegliche Freiheiten und Selbstständigkeiten untersagten, um ihn so vermeintlich zu schützen. In Charlottes Augen ein Riesenfehler. Denn die Angst übertrug sich natürlich auf die Kinder. Mit Freunden durch den Wald zu tollen, wie es früher völlig normal gewesen war, gab es heute kaum noch. Der Wald wurde von vielen Eltern sowieso dämonisiert, obwohl die allermeisten Täter aus dem direkten Umfeld der Opfer stammten. Es war in der Regel nicht der böse schwarze Mann, der die Taten beging, sondern der liebe Onkel von nebenan. Nicht zu vergessen: Es gab nicht den geringsten Zuwachs an Sexualdelikten gegenüber Kindern und Jugendlichen. Im Vergleich zu den 1960er-Jahren fanden sogar weniger Straftaten in diesem Bereich statt. Da heute aber jedes Vergehen durch die Presse publikgemacht wurde, war der sexuelle Missbrauch von Kindern in den Köpfen der Menschen wesentlich präsenter als früher. Charlotte fand, dass der Gesellschaft dadurch ein Stück Leichtigkeit genommen wurde und dass eine Generation von Kindern heranwuchs, deren überbesorgte Helikoptereltern sie nicht selbstständig werden lassen wollten. Aber galt all das auch für Max? Oder war an seinen Vorwürfen wirklich etwas dran?

»Ihnen ist also nichts von irgendwelchen Übergriffen bekannt?«, wollte sie von Berg wissen.

»So etwas gibt es hier nicht. Dafür lege ich meine Hand ins Feuer.«

»Sie sagten gerade, dass Max wütend auf seine Schule war. Warum?«

Berg schwieg. »Darüber kann ich nur spekulieren«, sagte er schließlich. »Vielleicht hatte er Probleme mit seiner Freundin oder mit der Mutter, ich weiß es nicht. Aber ich finde es nicht so ungewöhnlich, wenn ein Siebzehnjähriger wütend auf seine Schule ist. Gilt das nicht für die meisten Siebzehnjährigen?«

Er lächelte sie schief an, aber Charlotte erwiderte sein Lächeln nicht.

»Natürlich sind viele Jugendliche wütend. Auf das Leben, auf die Welt, vermutlich auf alles«, sagte sie ernst. »Aber die wenigsten sterben deshalb in einem mit Dolchen bestückten eisernen Sarkophag. Was ist mit den Drogen, von denen Max sprach?«

Berg schüttelte den Kopf. »Schwachsinn! Wir sind eine Privatschule, und im Gegensatz zu staatlichen Schulen dürfen wir Drogentests durchführen. Das steht in unserem Schulvertrag, den alle Eltern und auch die schon volljährigen Schüler unterschreiben. Einmal im Quartal werden bei uns stichprobenmäßig Urintests gemacht, und bisher war noch kein Schüler mit einer Positivprobe dabei. Allein daran dürften Sie sehen, dass Max' Anschuldigungen komplett haltlos sind. Er hat sich da in etwas verrannt, vielleicht war er depressiv und brauchte so etwas wie einen Sündenbock, dem er seine Traurigkeit in die Schuhe schieben konnte. Und dafür musste dann halt Schloss Lemburg herhalten.«

Der macht es sich ja ganz schön einfach, dachte Charlotte.

»Aber Herr Dr. Berg, Max war in dem Video offensichtlich nicht ganz nüchtern«, warf Käfer ein. »Ich meine, der Junge war doch total fertig. Mit Sicherheit hatte der irgendein Rauschmittel intus.«

»Da gebe ich Ihnen recht. Und das ist noch ein weiterer Beleg, wie wenig man seine Aussagen ernst nehmen sollte. Im Drogenrausch erzählt der Junge diesen ganzen Humbug und bringt sich anschließend um. Klarer kann ein Fall doch nicht sein!«

Berg klang zufrieden, aber Charlotte ignorierte sein selbstgefälliges Gerede.

»Wer führt die Drogentests an der Schule durch?«, fragte sie.

»Der Vertrauenslehrer Herr Franke kontrolliert zusammen mit einem Erzieher die Urinabgabe. Die Proben werden dann eingeschickt.«

Käfer machte sich erneut eine Notiz. »Haben Sie die alten Baupläne inzwischen gefunden?«, fragte er.

»Ja. Warten Sie.« Berg stand auf und ging zu dem alten Schrank aus Eichenholz, der schräg hinter ihm an der Wand stand.

»Wie viele Einzelzimmer gibt es im Internat eigentlich?«, fragte Käfer.

»Im Moment wohnen nur acht Schüler in Einzelzimmern. Grundsätzlich werden sie nur den Senior-Schülern zugesprochen. Bis zur zehnten Klasse gibt es Zweibettzimmer. Danach auf Antrag auch Einzelzimmer.«

»Mit was für einer Begründung hat Max Wenke ein Einzelzimmer beantragt?«

»Nach dem Tod seines Vaters wollte er mehr Zeit für sich haben. Selbstverständlich haben wir seinem Antrag sofort stattgegeben.«

Berg holte eine Plastikrolle aus dem Schrank und öffnete sie. Vorsichtig zog er ein altes bräunliches Papier heraus und rollte es auf seinem Schreibtisch aus. »Es ist ein Faksimile der Originale aus dem 17. Jahrhundert. Hier müssten Sie alles finden.«

»Wo sind wir jetzt?«, wollte Käfer wissen.

Auch Charlotte beugte sich interessiert über die Karte.

»Moment, da muss ich mich kurz orientieren ...« Die Augen des Direktors suchten die alten Baupläne ab, bevor sein Zeigefinger über einem der eingezeichneten Zimmer in der Luft stehen blieb. »Hier müssten wir sein.«

»Okay. Dann sind das hier die Schlafräume im zweiten Stock, richtig?«

»Ja, das müssten sie sein. Früher waren das die Privaträume der Grafenfamilie. Die Zimmer sind heute allerdings nicht mehr so groß, viele sind geteilt worden, um mehr Platz zu schaffen. Das Schloss wurde in den 1950er-Jahren umgebaut, die Pläne dazu kann ich Ihnen natürlich auch noch raussuchen. Heute wären solche Umbaumaßnamen aus denkmalschutztechnischen Gründen wahrscheinlich gar nicht mehr möglich.«

Käfer beugte sich weit über die Pläne, sodass Charlotte kaum noch etwas sehen konnte.

»Ist das hier das Zimmer von Max Wenke?«, fragte er nach einem Moment.

Berg runzelte die Stirn und betrachtete die Zeichnung konzentriert. »Wenke ... Ja, also, das müsste sein Zimmer sein.«

Er zeigte mit dem Finger erneut auf die Zeichnung, und Charlotte sah eine Wendeltreppe, die neben dem Zimmer des Toten eingezeichnet war.

»Was ist das hier?«

»Ein alter Dienstbotenaufgang, nehme ich an.«

Dazu passte die Tür, die sie im Schrank gefunden hatten. Als sie Berg darauf ansprachen, zuckte er nur mit den Schultern.

»Ja, sicher gibt es hier so etwas. Sie werden im Schloss vermutlich einige Türen finden, die von Schränken verdeckt sind. Wie ich schon sagte, viele Zimmer mussten verändert werden, als das Internat eingerichtet wurde.«

»Warum lässt sich die Tür nicht öffnen?«

»Soviel ich weiß, konnten diese Türen nur von den Dienstboten geöffnet werden. Von der anderen Seite, also aus dem Gang, müsste man sie aufkriegen.«

»Wo führt der Dienstbotenaufgang hin?«

»Schauen Sie selbst.« Berg fuhr mit dem Finger die gezeichnete Treppe entlang. »Hier, sie geht bis in den Keller. Da waren früher die Vorratsräume, und das hier sieht mir nach der alten Küche aus.«

Käfer murmelte etwas Unverständliches, aber Charlotte wusste, was er dachte: Der Unbekannte, den sie letzte Nacht im Keller verfolgt hatten, hatte vermutlich den alten Dienstbotenaufgang genommen und sich dort vor ihnen versteckt. Auf diesem Weg war er später in das versiegelte Zimmer von Max Wenke gekommen und hatte sich dort ans Fenster gestellt. Aber was hatte er im Zimmer des Toten gewollt? Hatte er etwas gesucht und womöglich entwendet? Wer immer es auch gewesen war, er musste sich verdammt gut in dem alten Schloss auskennen.

»Sind diese ehemaligen Aufgänge den Schülern zugänglich?«, fragte Charlotte.

»Nein, natürlich nicht. Jedenfalls nicht, dass ich wüsste. Aber das will nicht viel heißen. Der Dachboden ist den Schülern auch nicht zugänglich, trotzdem haben wir dort vor ein paar Jahren ein Pärchen beim Knutschen erwischt.« Berg nahm seine Brille wieder ab und sah sie an. »Wir vertrauen unseren Schülern, und wir wissen, dass die meisten unser Vertrauen nicht missbrauchen. Aber natürlich können wir sie nicht immer und zu jeder Zeit kontrollieren. Das wollen wir auch nicht. Die meisten sind diszipliniert genug, um sich an die Regeln zu halten.«

»Wissen die Schüler denn von den Geheimgängen?«, fragte Käfer.

»Das kann ich Ihnen nicht sagen. Möglich ist es. Die Pläne hier sind nicht unter Verschluss. Theoretisch können die Schüler sie mit einer Genehmigung aus dem Archiv in die Bibliothek holen und dort einsehen. Sie können ja mal nachfragen, ob das in der letzten Zeit der Fall war.«

»Falls wir durch den Keller nicht in den alten Dienstbotenaufgang hineinkommen, werden wir die Tür aufbrechen müssen«, sagte Käfer.

»Wenn Sie für die Kosten aufkommen, bitte«, entgegnete Berg schnippisch. »Sie können die Pläne mitnehmen und sich unten im Keller umschauen. Vielleicht finden Sie ja den Zugang. Die Putzfrau macht gerade die Folterkammer sauber, Ihre Kollegen hatten sie zur Reinigung freigegeben. Frau Arrat wird Ihnen bei Fragen sicherlich helfen können. Kann ich sonst noch was für Sie tun?«

»Ja. Herr Kotte erzählte mir, dass es beim Bau der neuen Turnhalle Probleme mit den Finanzen gab.« Käfer erläuterte dem Direktor, was er vom Klassenlehrer erfahren hatte und dass Max Wenkes Vater in den Verdacht geraten war, Spendengelder veruntreut zu haben.

»In der Tat. Das war damals eine große Enttäuschung für mich. Besonders menschlich. Alexander Wenke war früher mein Schüler, müssen Sie wissen. Ich hatte ihm den Ehrenkodex der Schule beigebracht. Und dann betrügt er uns auf so abscheuliche Art und Weise.«

»Gibt es irgendwas Schriftliches über diesen Vorgang?«

Der Direktor fuhr sich mit den Händen durchs Gesicht und wirkte plötzlich wie jemand, der an einen unangenehmen Vorfall erinnert wurde. »Ja. Ich hatte einen Rechtsanwalt mit der Sache beauftragt, aber dann starb Alexander Wenke überraschend. Nach seinem Tod haben wir die Untersuchung natürlich fallen lassen. Aus Gründen des Anstands. Was sollten wir auch noch ermitteln? Die Halle war fast fertig, der Beschuldigte verstorben ... Wir haben alles auf sich beruhen lassen, um möglichen Schaden von der Schule abzuwenden.«

Der Ruf der Schule ging mal wieder über alles, dachte Charlotte und verdrehte innerlich die Augen. Auch wenn sie es mochte, dass im Internat Wert auf Disziplin gelegt wurde, ging ihr die ständige Sorge um den guten Ruf doch gewaltig auf den Wecker.

»Haben Sie die Unterlagen darüber aufbewahrt?«

»Vielleicht gibt es irgendwo noch Papiere dazu, aber eine richtige Akte ... nein, leider nicht.«

Charlotte kniff ihre Augen zusammen und starrte auf die zahlreichen Ordner, die links neben dem Schreibtisch im Regal standen. »Turnhallenbau«, las sie von einem Ordnerrücken ab. »Könnte da vielleicht was Interessantes für uns drinstehen?«

Wurde er rot? Der Direktor wirkte fast verärgert, als er sich zum Regal umdrehte.

»Was? Ach so, der ... Nein, nein, da stehen nur unwichtige Sachen drin.«

»Ich würde trotzdem gern einen Blick hineinwerfen.«

Mit zusammengepressten Lippen ging Berg zum Regal, zog den Ordner hervor und reichte ihn Charlotte mit hochrotem Kopf. »Bitte. Wenn Sie sich unbedingt unnötige Arbeit machen wollen ... Kann ich sonst noch was für Sie tun?« Er sah auf die Uhr und wirkte noch gehetzter als zuvor.

»Im Moment nicht«, antwortete Charlotte. »Aber unsere Kollegen sind noch im Haus. Da könnten noch einige Fragen kommen.«

»Verstehe.« Das Telefon klingelte, und Berg verdrehte seufzend die Augen. »Wahrscheinlich wieder die Presse.«

»Warum lassen Sie Ihre Sekretärin die Anrufer nicht abwimmeln?«

»Nein, nein. Die sagt nachher Sachen, die ... Nein, darum kümmere ich mich lieber selbst.«

Bevor er das Gespräch entgegennahm, verließ Charlotte mit Käfer den Raum.

»Was hältst du von dem Video?«, fragte Käfer sie, als sie im Flur standen. »Könnte ja tatsächlich für Selbstmord sprechen. Der Junge in der eisernen Jungfrau, so ein blutiges Video würde im Netz für Furore sorgen.«

»Aber es war nicht blutig.«

»Weil er es nicht zu Ende gedreht hat.«

»Vielleicht. Trotzdem glaube ich irgendwie nicht an Selbstmord.«

»Warum eigentlich nicht? Marie hat doch auch davon gesprochen, dass Max nicht mehr leben wollte.«

»Ja, aber du glaubst gar nicht, wie viele Selbstmorde angekündigt werden und niemals passieren. Eigentlich kannst du fast sagen: Je lauter die Ankündigung, desto unwahrscheinlicher, dass derjenige es wirklich durchzieht. Normalerweise wollen diese Leute alle gerettet werden. Wer wirklich sterben will, der zieht sich zurück und sorgt dafür, dass er nicht gestört wird. Max war ja noch nicht mal allein.«

»Denkst du, es war Marie, die das Video gedreht hat?«

Charlotte nickte. »Das halte ich für absolut wahrscheinlich.«

Sie klopfte an die Tür des Sekretariats und trat ein. Sie stellten sich der Sekretärin Frau Leffers kurz vor und befragten sie nach dem Video.

»Ich habe eben erst von Dr. Berg davon erfahren. Ich kann schließlich nicht ständig online sein und die Homepage im Auge haben. Hab ja auch noch anderes zu tun.« Sie rümpfte die Nase.

»Ist es richtig, dass Sie mithilfe eines anderen Accounts, zu dem Sie den Zugang haben, etwas unter falschem Namen auf die Homepage stellen könnten?«, fragte Käfer.

Frau Leffers sah ihn empört an. Auch Charlotte fand, dass in seiner Formulierung zu viel Anschuldigung mitschwebte.

»Theoretisch könnte ich das vielleicht. Aber ganz ehrlich, ich habe keine Ahnung, wie das funktioniert. Da sind Frederik und Herr Franke sicherlich kompetenter als ich. Ich betreue das alles mehr vonseiten der Verwaltung.«

»Wissen Sie, wo wir die beiden jetzt finden?«

»Franke und Frederik? Nein. Sie sind auf einer Exkursion, soviel ich weiß. Sie werden erst zum Abendessen zurückerwartet. Ich habe die Homepage erst mal vom Netz genommen. Im Moment können nur E-Mails bei uns eingehen.«

»Danke. Bitte sagen Sie uns Bescheid, falls es Neuigkeiten gibt. Wir werden noch eine Weile hier sein. Sie finden uns im Keller.«

»Da sieht es, glaube ich, immer noch schlimm aus. Frau Arrat hat eben erst angefangen. Ich habe nur kurz einen Blick in die Kammer geworfen ... Bah, ich könnte das nicht! Aber sie hat sich freiwillig dafür gemeldet. Warum auch immer.«

*

Dina Arrat wusste, dass Blut gerann, wenn es den Körper verließ. Aber sie hatte nicht gewusst, dass geronnenes Blut so aussah. Die dunkle Pfütze, die sie am Vortag in der Folterkammer entdeckt hatte, hatte sich zu einem gallertartigen Klumpen verwandelt, vielmehr zu unzähligen kleinen Klumpen, die wie eine ekelige schleimige Masse aussahen. Und der Geruch ... Es stank inzwischen einfach unbeschreiblich, nach Eisen, nach Fäulnis, nach Tod und Verwesung.

Dennoch: Sie wollte das hier wegmachen, sich nicht von

dem Erlebten traumatisieren lassen und womöglich für den Rest ihres Lebens Angst davor haben, in einen Keller zu gehen. Wenn sie als Kind vom Fahrrad gefallen war, hatte ihre Mutter immer darauf bestanden, dass sie sich sofort wieder draufsetzte und weiterfuhr. »Sonst bleibt die Angst in dir«, hatte sie immer gesagt und damit recht gehabt.

Eine Freundin von ihr war mit achtzehn Jahren in einen leichten Verkehrsunfall verwickelt gewesen, keine große Sache, nur ein geringer Schaden. Aber der Schock war groß gewesen, und seitdem hatte sich die Freundin nie wieder hinters Lenkrad getraut. Dina war sich sicher, dass sie es auch nie wieder tun würde.

Sich der Angst stellen, das war ihr Motto. Denn nur dann hatte man eine Chance, sie zu besiegen. Wer der Angst auswich, würde immer unter ihr leiden.

Dina versuchte den Gestank auszublenden und nicht daran zu denken, dass er von den verschiedenen Körpersäften stammte, die aus dem armen Jungen herausgelaufen waren. Wie sollte sie die Klumpen am besten entsorgen? Sie entschied sich für das Kehrblech und begann, mit einer Schaufel die stinkende Masse vom Boden zu kratzen und in den Müllbeutel zu kippen.

Stell dir vor, es ist Farbe, nichts weiter als Farbe und Spachtelmasse, dachte sie, und für eine Weile klappte das auch ganz gut. Nur einmal verlor sie beinahe die Fassung, als sie ein Stück Fleisch auf dem Kehrblech entdeckte. Es musste von einer der Klingen aus der eisernen Jungfrau gefallen sein, als sie den Jungen herausgeholt hatten. Schnell warf sie es in den Müllsack.

Schließlich blieb nur noch ein großer dunkler Fleck auf dem Steinboden übrig. Dina nahm ein Desinfektionsspray und sprühte die Steine damit großzügig ein.

»Hallo, Frau Arrat.«

»Bei Allah!« Dina hielt sich erschrocken die Hand auf die Brust. »Haben Sie mich erschreckt. Ich hätte fast einen Herzinfarkt bekommen.«

»Das tut uns leid«, sagte die nette Kommissarin, mit der sie gestern Abend schon gesprochen hatte. »Wie geht es Ihnen?«

»Na ja, so lala. Aber schon wieder einigermaßen.«

Kommissar Käfer hielt einen alten Bauplan in der Hand und kam damit zu ihr. »Sie kennen sich hier unten doch gut aus. Wissen Sie, wo dieser alte Aufgang ist?«

Dina sah sich den Plan genau an. »Ja, ich glaube, ich weiß, wo das ist. Und da soll eine Tür sein? Ist mir noch nie aufgefallen. Kommen Sie, lassen Sie uns nachschauen.«

Sie stellte die Flasche mit dem Desinfektionsmittel in den Putzwagen, nahm den alten Bauplan und verließ die Folterkammer, gefolgt von den beiden Kommissaren.

»Moment ... Nein, es muss noch ein bisschen weiter sein«, überlegte sie, während sie den nur spärlich beleuchteten Flur entlangliefen. »Ab hier ist der Bereich nicht mehr öffentlich zugänglich«, sagte sie und wies auf das Schild, das an der Wand hing. »Hier putze ich eigentlich auch nicht mehr, aber wenn ich das richtig sehe, muss der Aufgang da hinten irgendwo sein.«

Sie ging noch ein Stück weiter und blieb schließlich stehen, nur wenige Meter, bevor der Gang in einer Art Sackgasse endete. Wie im Rest des Flures hingen auch hier einige Teppiche an den Wänden. »Die hier sind nicht von Wert«, erklärte Dina den Kommissaren. »Das sind Nachbildungen der teuren Originale, die meisten stammen aus den 1980er-Jahren.« Sie zeigte auf einen Wandteppich zu ihrer Linken. »Hier muss es sein.« Dina hob einen Wandteppich an, aber dahinter war nichts zu sehen. »Hm. Da ist keine Tür.«

»Darf ich mal?«, fragte der Kommissar und sah sich die Wand genauer an. Er klopfte an verschiedenen Stellen gegen den Stein. »Hörst du das?«, fragte er seine Kollegin. »Hier ist massiver Stein«, er klopfte etwas weiter rechts, direkt hinter dem Teppich, »aber hier klingt es hohl.«

Dann drückte er mit flachen Händen gegen die Wand, erst oben, dann unten, und tatsächlich, plötzlich gab es ein klickendes Geräusch, eine Tür wurde sichtbar und öffnete sich. Dahinter war es stockdunkel.

»Okay. Keiner betritt diesen Raum. Ich will, dass hier als Erstes die Spurensicherung reingeht. Wir würden darin mehr Schaden anrichten als der Sache nützen. Sagst du Wolske Bescheid, Charlotte?«

»Mach ich.« Die nette Kommissarin ging eiligen Schrittes den Flur zurück.

»Ich klebe hier ein Siegel drauf, Frau Arrat. Dennoch möchte ich Sie bitten, niemandem zu erzählen, dass wir die Tür gefunden haben. Unsere Kollegen kommen zwar sofort, aber ich möchte trotzdem vermeiden, dass jemand von den Schülern hier unten auftaucht.«

»Ich werde niemandem etwas sagen.«

»Danke.«

»Wissen Sie inzwischen, wie das alles passiert ist?«, fragte sie, als der Kommissar sich bereits zum Gehen wandte.

»Nein. Aber mittlerweile bin ich mir ganz sicher, dass wir gestern Abend nicht allein bei der Leiche waren. Ich weiß jetzt, dass uns jemand beobachtet hat, der durch diese Tür verschwunden ist. Und ehrlich gesagt lässt mich das immer mehr daran zweifeln, dass Max freiwillig gestorben ist.«

Natürlich ist er das nicht, dachte Dina, als sie dem Kommissar nachschaute. Kein Mensch starb freiwillig einen solchen Tod, davon war sie überzeugt.

9

»Kommst du mit in die Gerichtsmedizin oder willst du hier weitermachen?«, fragte Käfer, als sie durch die große Eingangshalle gingen.

Charlotte hatte Wolske und seinem Assistenten Sascha Bescheid gegeben, und die Kollegen waren sofort in den Keller geeilt, um sich die Geheimtür anzuschauen. Sie hatte den Eindruck, dass sich die beiden über die Entdeckung geradezu gefreut hatten, was sie durchaus verstehen konnte. Ein Jahrhunderte alter Aufgang war eine schöne Abwechslung zu Mord und Totschlag, mit denen die Spurensicherung es normalerweise zu tun hatte.

»Nee, ich komme mit. Ich will Fakten haben und genau wissen, was hier vorgefallen ist, bevor ich mich weiter um irgendwelche Videos oder Geheimtüren kümmere.«

Kurz darauf lenkte Käfer seinen Wagen vom Parkplatz und fuhr auf die Bundesstraße Richtung Münster. Es war erst früh am Nachmittag, und Charlotte war sich nicht sicher, ob Krane überhaupt schon ein aussagekräftiges Ergebnis hatte. Sie versuchte, ihn auf dem Handy zu erreichen, erwischte aber nur die Mailbox.

Käfer bog von der Bundesstraße ab und lenkte den Wagen auf den Albersloher Weg, der Richtung Innenstadt führte.

»Glaubst du, Max ist wirklich missbraucht worden?«, fragte

er nachdenklich. »Oder geht es ihm um den Missbrauch an seinen Mitschülern?«

»Nein, dann hätte er vermutlich keine Hemmungen gehabt, die Übergriffe anzuzeigen.«

»Also siehst du ihn selbst als Opfer? Passt das zu dem starken, selbstbewussten Max, den man uns bisher beschrieben hat?«

Sie dachte nach. Charlotte hatte im Laufe der Jahre schon oft mit Missbrauchsopfern zu tun gehabt und es nicht selten erlebt, dass das Bild, das die Opfer von sich nach außen trugen, nichts mit ihrer wahren Persönlichkeit gemein hatte. Es gab kein klares Opferschema, sie hatte missbrauchte Mädchen kennengelernt, die sich freizügig kleideten und jedem Jungen in ihrer Schule an den Hals warfen, obwohl zuhause ihr Vergewaltiger auf sie wartete. Genauso hatte sie aber auch junge Frauen erlebt, die hundertfünfzig Kilo und mehr wogen, weil sie sich im wahrsten Sinne des Wortes einen Schutzpanzer angefressen hatten und hofften, für keinen Mann der Welt mehr attraktiv zu sein. Mit männlichen Missbrauchsopfern hatte sie deutlich weniger Erfahrungen gemacht, aber auch die, an die sie sich erinnerte, konnte man keineswegs über einen Kamm scheren.

»Ich glaube, wir können hier nicht von einem Missbrauch sprechen, der in Zusammenhang mit körperlicher Gewalt steht. Der Junge war siebzehn und ausgesprochen durchtrainiert. Gegen einen Vergewaltiger hätte er sich zu Wehr gesetzt, glaube ich. Aber bei Missbrauch geht es ja nicht nur um körperliche Gewalt, sondern auch um das Ausnutzen einer Machtposition. Während meines Studiums hatten wir es mal mit dem Fall eines Psychotherapeuten zu tun, der mit seinen Patientinnen schlief. Auch wenn er sie nicht vergewaltigt hat, hat er sie natürlich trotzdem missbraucht, da er sie in ihrer hilflosen

Situation ausgenutzt und manipuliert hat. Vielleicht hat einer der Lehrer oder Erzieher ja ebenfalls versucht, das Abhängigkeitsverhältnis auszunutzen, das zwischen ihm und dem Schüler besteht.«

»Ja. Vielleicht hat der Tod seines Vaters Max verwundbar gemacht, und der Täter hat diese Schwäche ausgenutzt. Vom Trösten zum Tatschen kann es ein sehr kurzer Weg sein«, sagte Käfer. »Könnte er deshalb sterben wollen?«

»Ich kann es mir nicht vorstellen. Wenn man in der Stimmung ist, sich umzubringen, egal aus welchen Motiven, und wenn man sich dann von der Welt verabschieden will, ist da eigentlich immer ein Moment der Besinnung und der Traurigkeit. Aber Max war in dem Video wütend.«

»Worauf willst du hinaus?«

Charlotte nagte auf ihrer Unterlippe. »In welcher Stimmung würdest du dich eher töten? Wenn du traurig oder wenn du wütend bist?«

»Na, traurig natürlich. Wütend würde ich jemandem die Fresse polieren.«

»Eben.«

»Du meinst, er wollte mit dem Video jemandem eins reinwürgen?«

»Ja. Er wollte abrechnen. Aber ich glaube nicht, dass er sterben wollte.«

*

Sie standen am Ufer des Tümpels, als Frankes Handy klingelte.

»Dass der hier Empfang hat«, sagte Sylvie und blickte im gleichen Moment auf ihr Smartphone. »Bei mir tut sich immer noch nichts.«

Marie zuckte nur mit den Schultern. Es gab nichts, was ihr mehr egal war, als der Handyempfang in diesem Waldstück.

»Danke, dass Sie mich informiert haben, Frau Leffers«, sagte Franke nach einer Weile. Seine Miene wirkte besorgt. »Wir werden direkt zurückkommen.« Dann drückte er das Gespräch weg und steckte das Handy in die Hosentasche. »Wir gehen zurück zum Schloss«, sagte er kurz darauf.

»Aber warum denn?«, fragte Benjamin, der gerade damit beschäftigt war, kleine Lurche aus dem Teich zu fischen. »Wir sind doch noch gar nicht fertig mit dem Experiment.«

»Weil ich es sage. Frederik, kommst du bitte mal?« Franke winkte ihn zu sich.

Sie wusste nicht warum, aber Marie ging automatisch ein paar Schritte näher, sodass sie den beiden zuhören konnte. Scheinbar teilnahmslos blickte sie in den Wald, damit niemand bemerkte, dass sie lauschte. Alles verstand sie trotzdem nicht.

»Was für ein Video?«, fragte Frederik leise, nachdem Franke ihm irgendetwas zugeflüstert hatte.

»Das frage ich dich!«

»Woher soll ich das denn wissen? Und heißt das jetzt, dass die Polizei glaubt, es wäre Selbstmord?«

Wieder flüsterte Franke etwas, das Marie nicht verstand. Dann wandte er sich an die anderen Schüler. »So, los geht's! Wenn wir zügig laufen, sind wir in einer halben Stunde am Schloss.«

Martin Franke ging mit gutem Beispiel voran und marschierte los, die Schüler folgten ihm murrend. Sylvie, Marie, Benjamin und Tom bildeten die Nachhut.

»Irgendetwas muss passiert sein«, überlegte Marie laut.

»Wie kommst du darauf?« Sylvie ging direkt neben ihr.

»Franke hat so komisch mit Frederik geflüstert. Und dass wir jetzt so schnell zurückmüssen ... So ganz normal ist das nicht.

Vielleicht haben die Bullen rausgekriegt, was mit Max passiert ist.«

»Fragen wir doch mal«, sagte Sylvie.

Marie hätte sie am liebsten zurückgehalten, aber da war es schon zu spät. Sylvie steckte Daumen und Zeigefinger in den Mund und pfiff einmal laut. »Freddy, komm doch mal!«, rief sie.

Er blieb stehen und wartete, bis sie ihn eingeholt hatten, während die restliche Klasse quasselnd durch den Wald lief. »Was ist los?«

»Das frage ich dich«, entgegnete Sylvie, und Frederik erzählte, dass auf der Internatshomepage ein Film aufgetaucht war, der unmittelbar vor Max' Tod aufgenommen worden war.

»Was ist darauf zu sehen?«, fragte Sylvie neugierig.

»Ich hab keine Ahnung. Franke sprach jedenfalls von einem bewiesenen Suizid. Irgendwie so hat er sich jedenfalls ausgedrückt.«

»Das heißt, man sieht auf dem Video ...« Sylvie nahm ihr Handy und versuchte auf die Homepage zu kommen. »Immer noch kein Empfang. Mist!«

»Nein, sieht man nicht. Aber die Bullen gehen wohl davon aus, dass Max jemand beim Krepieren geholfen hat. Hat wahrscheinlich nicht den Mumm gehabt, es allein durchzuziehen.« Frederik verzog das Gesicht.

Marie unterdrückte das Gefühl der Angst, das sie seit gestern Abend unweigerlich verspürte, wenn Frederik in ihrer Nähe war. »Hast du ihm geholfen?«, brachte sie mit brüchiger Stimme hervor.

»Schwachsinn!«

»Es würde zu dir passen«, stimmte Sylvie ihr zu. »Du hast immer gesagt, dass du dich für das Standford-Experiment noch rächen willst.«

»Ja, aber doch nicht so.«

Sylvie zuckte mit den Schultern. »Wie denn? Das war doch die beste Gelegenheit. Ich kenne niemanden, der sich mehr über seinen Tod freut als du. Und wenn er wirklich sterben wollte und du ihm nur den letzten Tritt gegeben hast, fühlst du dich vermutlich noch nicht mal besonders schuldig.«

»Halt's Maul, Sylvie!«

Frederiks Stimme klang bedrohlich, aber während Marie das Herz bis zum Hals schlug, schien ihrer Freundin der feindselige Tonfall nichts auszumachen. Jedenfalls hielt sie seinem funkelnden Blick stand.

»Wo warst du eigentlich gestern Abend?«, fragte Benjamin in dem Moment. »Auf unserem Zimmer jedenfalls nicht.«

»Das geht dich einen Scheißdreck an, du Stricher!« Frederiks Gesicht war rot angelaufen.

»Wenn du nichts damit zu tun hast, brauchst du nicht so auszuflippen«, sagte Sylvie. »Seitdem die ganze Sache passiert ist, benimmst du dich nicht normal. Aber wenn du nichts zu verbergen hast, kannst du doch sagen, wo du gestern Abend warst.«

»Es geht dich nichts an, kapiert?«

»Na, vielleicht werden ja die Bullen neugierig, wenn ich ihnen von deinem merkwürdigen Verhalten erzähle. Vor allen Dingen davon, dass niemand weiß, wo du dich gestern Abend rumgetrieben hast.«

Sylvie lächelte gefährlich, aber Marie sah genau, wie ihre Nasenflügel bebten. Respekt, dachte sie, sie konnte ihre Aufregung wirklich sehr gut verbergen.

Plötzlich blieb Frederik stehen und packte Sylvie am Arm. Er zog sie so ruckartig zu sich, dass sie erschrocken aufschrie.

»Pass auf, dass du dir nicht eine fängst, Bitch!«, zischte er ihr mit zusammengekniffenen Augen zu. »Du weißt, dass ich das ernst meine. Also halt endlich deine Fresse.«

Sylvie musste schlucken und brachte nur noch ein leises »Lass mich los!« hervor.

Doch, Frederik konnte einen einschüchtern, daran gab es keinen Zweifel. Nur Max, der hatte sich von seinen Ausbrüchen nie beeindrucken lassen, der hatte ihm immer Kontra gegeben und in seine Schranken verwiesen.

Marie holte tief Luft. Jetzt oder nie.

»Ich hab dich doch in der Folterkammer gesehen«, stieß sie hervor. Sie merkte, wie ihr die Tränen in die Augen schossen. »Du warst da.«

Frederik schien sichtlich aus dem Konzept gebracht. Nervös schaute er seinen Klassenkameraden hinterher, zu denen sie mittlerweile den Anschluss verloren hatten. »Marie ...«

Sylvie, Benjamin und Tom starrten ihn fassungslos an.

»Ich hab dich gesehen!« Jetzt liefen ihr die Tränen über die Wangen. »Ich hab dich in der Folterkammer gesehen. Was hast du nur getan, verdammt?! Was hast du getan.« Sie schluchzte auf. »Wäre ich ein paar Minuten eher gekommen, würde Max noch leben ...«

*

Der unverkennbare Geruch des Todes schlug ihnen entgegen, als sie die Gerichtsmedizin betraten. Eine Mischung aus Desinfektionsmittel und Formaldehyd, gemischt mit einem Duft, den Charlotte nicht beschreiben konnte und auch nicht immer wahrnahm. Manchmal dachte sie sogar, dass er nur auf Einbildung beruhte. Es war der Duft der Toten, den sie jedes Mal zu riechen glaubte, wenn sie in dieses Gebäude kam.

Die Leiche von Max Wenke lag auf dem Aluminiumtisch.

Zum Glück ist er schon zu, dachte Charlotte und starrte auf die dicken schwarzen Nähte, die auf seinem Oberkörper prangten.

»Ihr konntet es mal wieder nicht abwarten«, begrüßte Krane sie. »Ich hätte euch eh gleich angerufen, bin gerade fertig. Aber erst mit dem Jungen. Das Folterinstrument ist nebenan. Da muss ich noch ran.«

»Was hast du schon für uns?«

»Noch nicht viel ... Aber ein bisschen was.« Krane grinste vielsagend und wusch sich die Hände. »Ich nehme an, ihr wollt nicht auf meinen schriftlichen Bericht warten?«

»Krane!«

»Okay. Also, die Todesursache ist eindeutig. Der Junge ist verblutet. Er hat insgesamt sechsundzwanzig Dolchstiche erlitten, von denen mehrere tödlich waren. Wenn auch nicht sofort. Die Dolche im Bereich von Hals und Schultern sind kürzer als die anderen, daher sind die Verletzungen dort nicht so gravierend, wie sie aussehen. Aber Lunge, Leber, Magen, diverse Arterien in Rumpf und Beinen sind so stark verletzt worden, dass sie alle den Tod herbeigeführt haben können. Interessant dabei ist, dass die Stiche in zwei Schüben kamen, und erst der zweite Schub war tödlich.«

»Wie müssen wir uns das vorstellen?«

»Verschiedene Szenarien sind denkbar, genau weiß ich das erst, wenn ich die eiserne Jungfrau untersucht habe. Aber theoretisch könnte jemand die Tür erst geschlossen haben, was zu schweren, aber nicht tödlichen Verletzungen führte. Dann hat der Täter die eiserne Jungfrau umgeworfen, wodurch die Klingen so tief in den Körper eindrangen, dass die Verletzungen nun definitiv tödlich waren. Welche letztendlich die finale war, lässt sich nicht mehr rekonstruieren. Ich tippe auf die Lunge. Es könnten aber auch die Leber oder die Oberschenkelarterie gewesen sein.«

»Kann er sich die Verletzungen selbst zugefügt haben? Ist das möglich, die Tür so von innen zuzuziehen, dass er sich in dem Ding eingesperrt hat?«

»Theoretisch schon. Wie gesagt, ich habe die eiserne Jungfrau noch nicht richtig untersuchen können, aber bisher gehe ich davon aus, dass sie einen Schnappmechanismus hat. Das heißt, wenn der Tote die Tür bis zu einer gewissen Stelle zuziehen konnte, klappt sie automatisch ganz zu und fällt ins Schloss. So wie man das zum Beispiel von modernen Küchenschubladen kennt. Theoretisch könnte er diesen Mechanismus also ausgelöst haben. Hat er aber nicht.«

»Was denn nun?«

»Denkt an seine Arme.«

Krane nahm den linken Arm des Toten und hielt ihn hoch. An der Unterseite waren deutlich die Einstichlöcher der Dolche zu sehen.

»Schon beim Bergen der Leiche ist uns aufgefallen, dass der Junge die Arme vermutlich hochgehalten hat. Diese Verletzungen beweisen das nun eindeutig. Max hat beide Arme ungefähr so gehalten.« Krane legte die Arme über Kreuz auf die Brust des Toten. Tatsächlich waren die Austrittswunden an den Oberarmen identisch mit denen am Oberkörper. »Eine klare Abwehrhaltung. In dieser Haltung konnte er den Schließmechanismus des Geräts nicht betätigen oder die Tür schließen. Das ist unmöglich.«

»Du kannst einen Suizid also ausschließen?«

»Im Moment würde ich ihn ausschließen, ja. Zumal auch dagegen spricht, dass die Dolche in zwei Schüben in seinen Körper stießen. Das Einzige, was wir noch testen müssen, ist die Standfestigkeit des Foltergeräts. Die eiserne Jungfrau lag ja auf der Seite. Es wäre eventuell also möglich, dass der Tote in dem Ding stand und sich damit bewusst auf die Seite hat fallen lassen. Er könnte sich also in die eiserne Jungfrau hineingestellt haben, das Gerät dann so ins Wanken bringen, dass er damit umfällt und die Dolche ihn töten. Dagegen spricht aber ebenfalls die Armhaltung, die sich nicht dafür eignet, Schwung zu holen. Wir werden uns den Apparat jedoch ganz genau anschauen und ausprobieren, ob es trotzdem möglich wäre. Im Moment glaube ich aber nicht daran.«

»Also gehen wir von einem Fremdverschulden aus. Hast du Hinweise finden können, ob dem Jungen vorher Gewalt angetan wurde?«

Krane schüttelte den Kopf. »Nein. Keine Hämatome oder Ähnliches. Er ist vorher nicht verprügelt worden. Allerdings hat er kurz vor seinem Tod etwas genommen. Bisher konnte ich nur einen Schnelltest machen, aber es sieht so aus, als wenn er zumindest an diesem Tag Kokain und Opiate konsumiert hätte. Wobei die Opiatkonzentration deutlich höher war, was dafür sprechen würde, dass er das Koks sehr viel früher am Tag genommen hat.«

»Also morgens Koks zum Fitwerden, abends ein Opioid zum Runterkommen?«

»Das ist denkbar. Ein Klassiker in der Drogenszene. Morgens einen Upper, abends einen Downer. Wobei in fast allen Fällen auf Marihuana zurückgegriffen wird. Ein Opioid ist in der Regel nicht so leicht zu beschaffen. Und macht auch deutlich breiter.«

Das passte zu dem Eindruck, den sie in dem Video von Max gewonnen hatten.

»Kannst du herausfinden, ob er Dauerkonsument war?«, fragte Käfer.

»Ja, ich kann eine Haaranalyse machen. Dauert aber etwas.« Er sah sich die Haare von Max genauer an. »Ein Haar wächst im Schnitt zirka einen Zentimeter pro Monat. Das Deckhaar des Toten ist vielleicht zwanzig Zentimeter lang. Für die letzten zwanzig Monate kann ich also etwas über seinen Konsum sagen.«

»Hast du irgendwelche Spuren sexuellen Missbrauchs gefunden?«

Krane schüttelte den Kopf. »Nichts dergleichen, nein.«

Charlotte betrachtete nachdenklich den Leichnam. Auch am Hals war eine tiefe Stichverletzung zu sehen. »Hätte er noch schreien können, nachdem die Tür zu war?«

»Schwer zu sagen. Sein Kehlkopf wurde von den Dolchen knapp verfehlt, die Stimmbänder wurden aber verletzt. Vielleicht konnte er noch etwas flüstern, aber ich glaube nicht, dass er noch laut um Hilfe rufen konnte.«

Dazu passte, dass niemand etwas vom Todeskampf des Jungen mitbekommen hatte.

»Hätte man ihn denn noch retten können?«

»Ebenfalls schwer zu sagen. Wenn man ihn sofort da rausgeholt hätte, bevor die Dolche tiefer in den Körper eingedrungen sind, vielleicht schon. Danach wäre es schwierig geworden, man hätte innerhalb von kürzester Zeit das Bein abbinden und die Blutungen im Bauchraum stoppen müssen – und selbst dann wäre er wahrscheinlich verblutet.«

»Okay. Wir müssen also davon ausgehen, dass Max umgebracht wurde. Ob auf Verlangen oder nicht, steht erst mal nicht zur Diskussion.«

Krane nickte. »Ja. So sehe ich das im Augenblick. Alles Weitere morgen, wenn ich diesen Folterapparat unter die Lupe genommen habe.«

»Danke, Krane. Das bringt uns ein ganzes Stück weiter.«

»Freut mich.«

Als sie wieder vor dem Gebäude standen und die warme Frühlingsluft einatmen konnten, seufzte Käfer hörbar auf. »Er hatte also was genommen«, sagte er. »Ob er die Drogen im Internat bekommen hat?«

»Kann gut sein. So viel Ausgang haben die ja nicht.« Charlotte dachte nach. »Wer immer die Tür zugeschlagen hat, muss ein eiskalter Typ sein. Selbst wenn es auf Max' Verlangen hin passiert ist, musst du hart drauf sein, um so etwas durchzuziehen. Das ist was anderes, als jemanden zum begleiteten Suizid in die Schweiz zu fahren.«

Charlotte hatte das sichere Gefühl, dass Max Wenke nicht hatte sterben wollen, sondern dass ihn jemand beim Dreh des Videos überrascht und die Situation teuflisch ausgenutzt hatte.

»Nach unserem aktuellen Kenntnisstand: Wer hatte ein Interesse daran, dass Max Wenke stirbt?«

»Nun, die Person, die ihn missbraucht hat. Wenn wir seiner Aussage Glauben schenken dürfen. Trotzdem, wir müssen herausfinden, wer dafür infrage kommt.«

»Frederik konnte Max nicht ausstehen, den müssen wir uns mal vorknöpfen. Und dann sollten wir uns auf die Suche nach einem möglichen Dealer machen, der die Schüler mit Stoff versorgt. Vielleicht wollte Max auch ihn auffliegen lassen.«

»Dann muss es aber jemand sein, der mehr zu verlieren hat als ein gewöhnlicher Dealer am Hauptbahnhof. Wir sollten uns auf die Leute aus der Schule konzentrieren. Ich kann mir eh nicht vorstellen, wie die Schüler woanders an den Stoff kommen sollten. Die sind im Internat doch fast eingesperrt.«

»Kümmerst du dich darum? Und frag Marie Sandlund nach diesem Video. Ich fahre jetzt zu den Wenkes«, sagte Charlotte. »Vielleicht erfahre ich von Max' Mutter heute mehr.«

*

Am Morgen war sie mit dröhnenden Kopfschmerzen aufgewacht. Der Notarzt hatte sie in der Nacht schon vorgewarnt, dass das eine Nebenwirkung der Beruhigungsmittel sein könnte. Sie hatte zwei Ibuprofen genommen, aber die hatten die Schmerzen nur wenig gedämpft.

Was hatte sie den ganzen Tag über gemacht? Sie konnte sich nicht erinnern. Jetzt saß sie mit einem Kaffee in der Hand auf der untersten Treppenstufe, die zum Wohnzimmer führte, und starrte ins Nichts. Wie lange schon? Sie wusste es nicht. Vielleicht zwei Stunden? Möglich.

Sonja Wenke trug immer noch ihr Nachthemd, und der Kaffee war inzwischen kalt geworden. Aber sie schaffte es nicht, aufzustehen und sich einen frischen zu holen. Gedankenverloren strich sie sich über den Bauch. Die Wehen hatten damals mitten in der Nacht eingesetzt. Niemals würde sie das vergessen. Zuerst hatte sie geglaubt, sie hätte Blähungen, der Geburtstermin sollte erst drei Wochen später sein. Doch dann war ihre Fruchtblase geplatzt, und sie wusste, dass es losging.

»Alex, Liebling, wach auf. Ich glaube, das Baby kommt«, sagte sie ruhig zu ihrem Mann. Sie verspürte keine Panik, nur eine unglaublich große Freude.

Ihr Mann sprang sofort hektisch aus dem Bett und wusste vor lauter Aufregung nicht, was er als Erstes machen sollte.

»Zieh dich erst mal an«, sagte sie lachend zu ihm. »So schnell geht es nun auch nicht.«

Doch sie irrte sich, sie schafften es nur noch knapp ins Krankenhaus, so eilig hatte Max es, auf die Welt zu kommen. Und er war das niedlichste Baby, das man sich nur vorstellen konnte. Ganz viele dunkle Haare hatte er, und große braune Augen, mit denen er sie neugierig anschaute. Obwohl er drei Wochen zu früh gekommen war, trank er sofort an ihrer Brust, sein Hunger auf das Leben war schier unersättlich. Alex verliebte sich augenblicklich in seinen kleinen Sohn, er konnte gar nicht mehr aufhören, ihn anzuschauen, ihn zu streicheln und zu küssen.

Alle ihre Freundinnen hatten damals gesagt, dass die ersten Monate mit einem Baby die stressigsten seien, dass der ewige Schlafmangel sie fertigmachen und dass sie psychisch und körperlich zum Wrack würde. Für Sonja war es die schönste Zeit ihres Lebens gewesen. Alex blieb die ersten Wochen viel zuhause, und sie beschäftigten sich den ganzen Tag mit dem kleinen Kerl. Anderthalb Monate schlief Max nur auf ihrer Brust ein. Sie streichelte seinen Kopf und seinen Rücken, bis er einen kleinen Seufzer machte und selig schlummerte. Manchmal hatten sie stundenlang zu dritt im Bett gelegen, sie in Alexanders Arm, Max auf ihrer Brust. Und sie hatten nichts anderes gespürt außer Glück.

Der kalte Kaffee lief ihr an den Beinen herunter. Sie hatte nicht gemerkt, wie sehr ihre Hände zitterten und dass die Flüssigkeit aus dem Becher geschwappt war. Mühsam schaffte sie es, von der Treppenstufe aufzustehen und sich in die Küche zu schleppen. Sie stellte den Becher in die Spüle, nahm ein Handtuch und ließ sich auf den Küchenstuhl fallen. Bevor sie ihre Beine abwischen konnte, vergrub sie das Gesicht in dem Tuch und schluchzte laut auf.

Wieso hatte sie ihr Glück verloren?

Wie hatte ihr das perfekte Leben nur so entgleiten können?

Sonja Wenke blickte auf und starrte wieder ins Leere. »Es war schon lange nicht mehr perfekt«, sagte sie tonlos zu sich selbst.

Nein, das große Glück war schon lange vorbei. Es war ein schleichender Prozess gewesen, und sie konnte sich bis heute nicht erklären, wie es hatte passieren können. Max hatte nichts dafür gekonnt. Er war immer ihr Sonnenschein gewesen, ein liebenswertes Kleinkind, ein begabter Grundschüler, nein, er hatte nie Probleme gemacht. Aber was war aus ihrer glücklichen Ehe geworden? Alex hatte ihr manchmal vorgeworfen, sie würde Max mehr lieben als ihn. Was für ein idiotischer Vorwurf. Selbstverständlich liebte sie ihn mehr. Tat das nicht jede Mutter? Sonja musste zugeben, dass sie alles für Max getan hätte, nein, getan *hatte*. Sie las ihm jeden Wunsch von den Lippen ab. Wünschte er sich zu Weihnachten ein bestimmtes Modell von Lego, kaufte sie ihm die ganze Kollektion. Wollte er zum Geburtstag gern zwanzig Kinder einladen, machte sie es möglich, auch wenn das eigentlich jeden Rahmen sprengte. Ihre Urlaube richtete sie nur noch nach ihm aus, Freizeitparks, Zoos, Kinderbespaßung in jeglicher Form stand nun auf dem Programm. Aber war das nicht normal? Machten das nicht alle Eltern?

Nein, sagte Alex immer, das sei nicht normal. »Du erdrückst ihn noch mit deiner Liebe. Du musst ihn doch nicht überallhin kutschieren. So wird er nie selbstständig!«, warf er ihr vor, als sie ihn mit elf Jahren immer noch überall abholte und hinbrachte, obwohl die Wege zum Training oder zu Freunden nur kurz waren.

Aber sie war einfach gern mit ihm zusammen. Er war ihr einziges Kind, gern hätte sie noch ein weiteres bekommen, aber es hatte einfach nicht mehr klappen wollen. Da war es doch nur normal, dass sie mit ihrem einzigen Sohn so viel Zeit wie nur möglich verbrachte. Und sie wollte die wenigen Minuten im Auto nicht missen, wenn sie ein paar Worte mit ihm wechseln konnte und ihn zum Abschied innig drückte. Bis er neun Jahre alt war, kam Max jede Nacht zu ihnen ins Bett gekrabbelt. Sonja liebte die Kuschelstunden mit ihm, und als er irgendwann nicht mehr kam, konnte sie nicht mehr schlafen. Bis heute brauchte sie ein Schlafmittel. Heimlich, versteht sich, mit Alex hatte sie nie darüber gesprochen.

Als Max zum Mann reifte, merkte sie schmerzhaft, dass er ihre Liebe und Zärtlichkeit nicht mehr so brauchte wie früher. Sonja musste sich eingestehen, dass sie damit nicht zurechtkam, zumal Max immer häufiger die Nähe seines Vaters suchte. Die beiden machten Männerdinge, Kart fahren, Fußballstadion, all so was. Und Alex genoss es sichtlich, dass er immer mehr zur Bezugsperson wurde, während Sonja bei Max ins Abseits geriet. Manchmal kam es ihr fast vor, als würde Alex sie triumphierend angucken, wenn Max sich mit einem Problem an ihn wandte, anstatt zu seiner Mutter zu gehen.

Sie ertrug es nicht, diese offene Abwendung von Max, den Entzug seiner Zuneigung. Die Berührungen ihres Mannes konnte Sonja plötzlich nicht mehr ertragen. Er sollte sie bloß in Ruhe lassen. Wenn, dann wollte sie ihr Kind herzen und lieben, sehnte sich nach dieser unschuldigen und aufrechten Zuneigung, die ein erwachsener Mann nie ohne Hintergedanken haben konnte. Sie wollte ihren kleinen Sohn wiederhaben.

Das war der Zeitpunkt, an dem Alex darauf bestand, dass Max ins Internat kam. »Das ist genau das Richtige für ihn. Da kann er die wichtigen Kontakte knüpfen, lernt echte Kameradschaft und wahre Freundschaft kennen. Ich war doch selbst Schüler auf Lemburg. Glaub mir, Sonja, es ist das Beste für ihn«, sagte Alex, aber sie weigerte sich, seinem Vorschlag zuzustimmen. Sie wollte ihn nicht verlieren, dieses wunderbare Kind, das ihr einziger Lebensinhalt war, sie wollte nicht, dass er mit zwölf Jahren das Haus verließ und nur noch am Wochenende heimkam, mit allen Mitteln wollte sie das verhindern. Es war wie ein Stich ins Herz gewesen, als Max irgendwann sagte, dass er selbst gern nach Schloss Lemburg gehen wollte. Sonja hatte die ganze Nacht geweint, und wenn sie heute daran dachte, schossen ihr erneut die Tränen in die Augen. Max wollte weg. Von ihr.

Und jetzt war er für immer gegangen.

Sonja Wenke wischte sich die Tränen aus dem Gesicht und stand auf, als sie durch die großen bodentiefen Fenster sah, dass der Wagen ihres Schwiegervaters im Hof vorfuhr. Ines, ihre Nachbarin, hatte ihn am Morgen angerufen und ihm erzählt, was passiert war. Offensichtlich hatte ihre Freundin ihn nicht davon abhalten können, sich ans Steuer zu setzen.

Mein Gott, dachte Sonja. Paul. Wie willst du das nur aushalten? Alle sterben, und du lebst und lebst und lebst.

Er schaffte es kaum, aus dem Wagen zu steigen.

»Paul!«, rief sie, als sie ihm entgegenlief. Sie half ihm hoch, dann umarmte sie ihn.

Stumm standen sie für einen Moment einfach da. Intensiv roch sie den Geruch von Krankheit, von Medizin und Urin, der ihren Schwiegervater permanent umgab. Der Tumor hatte zuerst seine Blase befallen und schnell eine Inkontinenz ausgelöst. Inzwischen waren seine Leber, seine Nieren und sein Darm von Metastasen befallen.

»Ach, Paul.« Mehr brachte Sonja nicht über die Lippen. Sie strich dem alten Mann über seine runzelige gelbe Wange und begleitete ihn ins Haus. Es war ein Wunder, dass er immer noch lebte. Schon vor über einem Jahr hatten die Ärzte die letzte Chemotherapie abgebrochen, weil Paul Wenke als austherapiert galt. Aufgrund seines hohen Alters wuchs der Krebs aber doch langsamer, als alle Prognosen es vorhergesagt hatten. Und jetzt hatte er seinen Sohn und seinen Enkel überlebt.

Erst als sie im Wohnzimmer ankamen, fand er die Kraft, zu sprechen. »Warum, Sonja, warum?«

Sie konnte ihn kaum verstehen. Obwohl sie selbst voller Trauer war, rührte es sie, den alten Mann weinen zu sehen.

»Ich weiß es nicht. Die Polizei will gleich noch einmal vorbeikommen, vielleicht wissen sie schon mehr.«

»Warum kann ich nicht an seiner Stelle gehen?«, schluchzte der Alte. »Warum nimmt der Herrgott nicht mich?«

»Ach, Paul . . .«

Sie saßen lange nebeneinander auf dem Sofa, und sie hielt seine Hand, endlose Minuten lang. Mal weinte er, mal weinte sie, dann weinten sie zusammen. Sie wusste nicht, was sie tun sollte, war sie doch von ihrer eigenen Trauer so überwältigt, dass sie dem alten Mann nicht helfen konnte. Wie auch. Worte des Trostes gab es nicht. Die Zeit war stehengeblieben, das Leben zur Hölle geworden.

Sonja war geradezu erleichtert, als es klingelte und die Kommissarin vor der Tür stand, die ihr letzte Nacht die grauenvolle Nachricht übermittelt hatte. »Ich bin noch nicht angezogen.« Mehr fiel ihr zur Begrüßung nicht ein.

»Das ist kein Problem«, sagte Charlotte Schneidmann freundlich. »Ist das der Großvater von Max?«, fragte sie und wies mit dem Kopf ins Wohnzimmer, wo Paul immer noch zusammengesunken auf dem Sofa saß.

»Ja. Er ist von der Sache sehr mitgenommen. Es geht ihm sowieso nicht gut. Krebs im Endstadium.«

Die Kommissarin nickte verstehend, ging dann ins Wohnzimmer und gab Paul die Hand. »Mein aufrichtiges Beileid, Herr Wenke.«

Er nickte nur bekümmert, unfähig, ein Wort zu sagen.

Sonja setzte sich wieder neben ihn und griff nach seiner Hand. »Können Sie uns schon mehr darüber sagen, was passiert ist?«

»Wir wissen, dass Max an den Verletzungen gestorben ist, die er durch ein mittelalterliches Foltergerät erlitten hat«, begann die Kommissarin langsam.

Schlagartig musste Sonja daran denken, wie sie mit Alex das erste Mal Schloss Lemburg besichtigt und der Direktor ihnen die Räumlichkeiten gezeigt hatte, und wie schaurig ihr die alte Folterkammer damals vorgekommen war. Es hatte sie abgestoßen, dass solche Folterwerkzeuge in unmittelbarer Nähe zu den Schülern ausgestellt wurden. War das womöglich eine düstere Vorahnung gewesen?

Die Worte der Kommissarin rissen sie aus den Gedanken.

»Wie Max in das Gerät hineingekommen ist, wissen wir noch nicht genau. Das Ganze muss gestern gegen einundzwanzig Uhr passiert sein«, sagte Charlotte Schneidmann.

»Bestimmt bei einer dieser Mutproben«, murmelte Sonja, und ihr wurde fast schlecht, als sie an die Horrorgeschichten dachte, die Max ihr früher erzählt hatte. »Ich wusste, dass das irgendwann mal schiefgehen würde, ich habe es immer gewusst!«

Offenbar war die Kommissarin ahnungslos. »Was waren das für Mutproben, Frau Wenke?«

»Aufnahmerituale, die jüngere Schüler über sich ergehen lassen mussten. Wer dazugehören wollte, musste mitmachen, sonst haben die anderen ihm das Leben schwergemacht. Max hat mal erzählt, wie ein Mitschüler auf die Streckbank in der historischen Folterkammer geschnallt wurde. Einen Bandscheibenvorfall hat der Junge davon bekommen. Solche Sachen wurden dort gemacht. Und jetzt haben diese Bastarde meinen Max ...« Erneut konnte sie die Tränen nicht zurückhalten.

Die Kommissarin machte sich eine Notiz. »Aber Ihr Sohn war doch eine sehr starke Persönlichkeit, eher der Anführertyp. Ich kann mir kaum vorstellen, dass er sich widerstandslos so einer Mutprobe unterziehen würde.«

Sonja schüttelte verzweifelt den Kopf. »Max war ausgesprochen sensibel. Er brauchte enorm viel Aufmerksamkeit und Zuneigung. Nicht wahr, Paul?«

Sie sah ihren Schwiegervater besorgt an. Seine Unterlippe zitterte, und er sah aus, als würde er gleich zusammenbrechen.

»Paul, willst du dich hinlegen?«

»Nein … Sonja … Sonja!«

Sie sah ihm an, dass er ihr etwas Wichtiges sagen wollte, aber er war so aufgeregt, dass er kein Wort über die Lippen brachte.

»Paul, ganz ruhig, ist ja gut, ist ja gut …«

»Nein, nein, nichts ist gut.« Die Stimme ihres Schwiegervaters überschlug sich jetzt fast. »Sonja! Weißt du, was für ein Tag gestern war?«

Sie brauchte einen Moment, bis sie verstand.

Mein Gott.

Dass ihr das jetzt erst auffiel.

Das konnte doch nicht wahr sein.

»Der … der 14. Mai.«

»Damals war es auch neun Uhr«, flüsterte Paul, dem das Entsetzen ins Gesicht geschrieben war.

10

Es wurde schon dunkel, als sich Sebastian Junglas in den Keller schlich. Er war nervös, ach was, nervös war gar kein Ausdruck, seine Nerven lagen blank. Was hatte die Spurensicherung in dem alten Dienstbotenaufgang gefunden? Ob sie sein Drogenversteck entdeckt hatten? Eigentlich konnte er sich das nicht vorstellen. Die steinerne Platte auf der Stufe saß fest, man konnte sie nur hochheben, wenn man die kleine Eisenschraube löste, mit der die Platte hinten fest verschraubt war. Wer das nicht wusste, würde niemals auf die Idee kommen, dass sich in der Stufe ein Hohlraum mit ein paar Hundert Gramm bestem Amphetamin-Kokain-Gemisch befanden. Dafür müssten sie schon mit Spürhunden hier auftauchen.

Sebastian schlich durch den Flur und passierte die Folterkammer. Mit seiner Taschenlampe leuchtete er kurz in den dunklen Raum. Die eiserne Jungfrau fehlte nach wie vor, ansonsten sah man der Kammer die Tragödie nicht an, die sich hier abgespielt hatte.

Reiß dich zusammen, ermahnte er sich selbst und ging weiter. Du musst dich jetzt um was ganz anderes kümmern.

Der Wandteppich, hinter dem die Tür zum geheimen Dienstbotenaufgang versteckt war, lag auf dem Boden. Ein zerrissenes Polizeisiegel zeigte deutlich, wo sich die Öffnung befand. Aber warum war das Siegel aufgebrochen? War schon vor ihm jemand hier gewesen? Nein, die Spurensicherung war erst am frühen Abend gefahren. Vermutlich hatten die Bullen ein Siegel auf die Tür geklebt, nachdem sie sie gefunden hatten, und die Spurensicherung hatte es dann zerstört. Sebastian hoffte jedenfalls, dass es so war.

Vorsichtig öffnete er die Tür und leuchtete in den dunklen Raum. Es roch anders als sonst, nicht mehr so muffig, eher nach Chemikalien. Überall an den Wänden entdeckte er Spuren eines dunklen Pulvers. Wahrscheinlich hatte man versucht, Fingerabdrücke zu sichern.

Sebastian dachte kurz nach. Was berührte er normalerweise in diesem Raum? Die Tür draußen, natürlich, da hatten sie seine Abdrücke bestimmt gefunden. Aber er wusste auch, dass er nicht der Einzige war, der diesen Aufgang nutzte. Frederik hatte er schon mal hier erwischt, und auch Max hatte von dem Geheimgang gewusst. Es musste also viele verschiedene Abdrücke an der Tür geben, und er könnte immer noch behaupten, dass er den Wandteppich aufgehängt hätte oder so etwas, und dass daher seine Fingerabdrücke kämen.

Und hier drinnen, im Gang? Sebastian seufzte. Er konnte nicht ausschließen, dass er die Wände häufiger mal angefasst hatte. Mindestens einmal die Woche war er im Schnitt in seinem Versteck, da ließen sich Spuren kaum vermeiden. Egal. Es war nicht verboten, hier zu sein. Solange sie die Drogen nicht gefunden hatten, war er sicher. Denn auch wenn die Bullen jetzt im Besitz seiner Fingerabdrücke sein sollten, was konnten sie schon damit anfangen? Er war noch nie straffällig geworden beziehungsweise hatte sich noch nie bei irgendwas erwischen lassen. Seine Fingerabdrücke waren also nirgends registriert. Solange sie also nichts von ihm einforderten, hatten sie nichts gegen ihn in der Hand. Dennoch wäre es bestimmt nicht schlecht, wenn sich die Bullen erst mal auf eine andere Person konzentrierten. Ein kleiner Wink in die richtige Richtung konnte da nicht schaden.

Sebastian stieg die schmale Wendeltreppe hoch und blieb auf der fünften Stufe stehen. Er kniete sich nieder und befühlte die Stufe vor sich. Die Schraube war noch an ihrem Platz. Wenige Augenblicke später hatte er die Platte hochgehoben und blickte in den Hohlraum, in dem immer noch die Tüte mit den zahllosen kleinen Plastikbeuteln mit weißem Pulver darin lag.

Puh. Gott sei Dank.

Er nahm die Tüte aus dem Versteck und stopfte sie vorn in seine Hose. Dann verschraubte er alles wieder ordentlich.

»Scheiße!«, rief er erschrocken, als er sich umdrehte und die Stufen wieder hinuntergehen wollte. Sein Herz raste vor Schreck, als er das Mädchen unten an der Treppe stehen sah. Mit den offenen dunklen Haaren und dem weißen Jumpsuit erinnerte sie ihn fast an eine Figur aus einem Horrorfilm. »Marie, um Himmels willen! Du hast mich zu Tode erschreckt. Was machst du hier?«

»Ich bin Ihnen gefolgt.«

»Aber warum denn? Brauchst du schon wieder Nachschub? Ich weiß, dass das alles schrecklich für dich ist, und ich kann auch verstehen, dass du deinen Schmerz betäuben willst. Aber ehrlich, übertreib es nicht.«

Er meinte es ernst. Auch wenn er es war, der die Kids mit Stoff versorgte, war er noch lange kein eiskalter Dealer. Es gab Schüler, die ihm wirklich am Herzen lagen, die die Drogen nur nahmen, um funktionieren zu können, und mit denen hatte er durchaus Mitgefühl. Das galt bei Weitem nicht für alle. Die meisten waren ihm wirklich mehr als scheißegal. Aber nicht Marie. »Du weißt, dass ich für dich da bin«, fügte er deshalb hinzu.

»Ja, das weiß ich.«

Sie sah ihn dankbar an, und für einen Augenblick überlegte er, sie in den Arm zu nehmen.

»Deshalb bin ich ja auch hier. Ich brauche Ihre Hilfe. Es ist wirklich wichtig.«

*

Charlotte hatte den positiven Schwangerschaftstest in der Hand und starrte auf Bernd, der so etwas wie einen Freudentanz aufführte.

»Ich habe mir immer eine große Familie gewünscht. Immer! Und jetzt kriegt Sophie endlich ein Geschwisterchen. Ach, ich freu mich!«

Bernds Tochter aus erster Ehe war sein ganzer Stolz, und auch Charlotte hatte das Mädchen ins Herz geschlossen und eine enge Beziehung zu ihm aufgebaut, obwohl sie Sophie nur jedes zweite Wochenende sah.

»Hör mal bitte auf«, sagte sie ernst.

Der Schock saß immer noch tief. Sie war schwanger! Charlotte schlug das Herz bis zum Hals, und sie musste sich eingestehen, dass sie eine Scheißangst hatte. Die Freude von Bernd empfand sie als vollkommen übertrieben.

»Ich bin Asbach uralt. Das ist doch alles viel zu riskant!«

»Haben wir nicht gerade erst deinen neunundzwanzigsten Geburtstag gefeiert?«, grinste er und nahm sie in den Arm.

»Sehr witzig. Es war der vierzigste, wie du weißt, und im Ernst, das Risiko, dass es schiefgeht, ist tierisch hoch.«

Für einen Moment sah er sie schweigend an. »Um was geht es dir wirklich? Du weißt doch ganz genau, dass man auch mit vierzig noch ein Kind bekommen kann.«

»Wir brauchen das nicht schönzureden. Für eine erste Schwangerschaft bin ich alt. Ich weiß nicht, ob wir so ein Risiko überhaupt eingehen sollten.«

Bernd starrte sie an, als hätte sie ihm einen Schlag in die

Magengrube verpasst. »Was willst du damit sagen? Du denkst doch nicht ernsthaft darüber nach, das Kind abzutreiben?«

»Im Moment ist es ja nur ein kleiner Zellhaufen ...«

»Es lebt!«

»Ach komm. Bitte. Wir sollten versuchen, sachlich darüber zu reden. Wir sind beide nicht mehr die Jüngsten. Was ist, wenn das Kind behindert ist? Was machen wir dann? Auch wenn du es nicht wahrhaben willst, aber wenn man so alt ist wie ich, ist eine Schwangerschaft nun mal nicht so einfach wie bei einer Zwanzigjährigen. Dann muss man sich solchen Fragen stellen. Willst du mit einem behinderten Kind leben?«

Sie kannte seine Antwort schon, bevor sie den Satz zu Ende gesprochen hatte.

»Selbstverständlich. Ich würde niemals wollen, dass du es abtreibst. Niemals!«

Sie seufzte. Bernd war einfach ein hoffnungsloser Romantiker. Er hatte nicht die geringsten Vorstellungen davon, wie sich das Leben mit einem behinderten Kind ändern würde.

»Ich will das Risiko aber nicht eingehen«, sagte sie und merkte, wie brüchig ihre Stimme geworden war. Für einen Augenblick war sie selbst davon überrascht, wie mitgenommen sie von der ganzen Angelegenheit war.

Bernd schwieg, minutenlang. Dann sah er sie ernst an. »Dir geht es doch um etwas ganz anderes, oder? Du willst das Kind nicht, weil du Angst hast, dass du genauso werden könntest wie deine Mutter.«

Das saß. Bernd hatte voll ins Schwarze getroffen, das wurde Charlotte schlagartig bewusst. Natürlich war es nicht nur ihr Alter, das ihr Sorgen bereitete, es war vor allen Dingen ihre Vergangenheit, die sie daran zweifeln ließ, jemals eine gute Mutter zu sein.

»Quatsch! Das hat damit nichts zu tun«, sagte sie leise.

Bernd drückte sie an sich. »Ist schon gut, Charlotte. Vielleicht lassen wir das Ganze erst mal sacken.«

Aber sie wollte nichts sacken lassen. Und sie brauchte auch niemanden, der ihr sagte, was sie dachte und fühlte. Ein Kind hatte nie zu ihrer Lebensplanung gehört, wirklich nie. Nach den traumatischen Erlebnissen in ihrer eigenen Kindheit hatte sie nie den Wunsch nach Nachwuchs verspürt. Im Gegenteil. Familienleben war für sie in erster Linie mit negativen Gefühlen behaftet. Erst durch Bernd hatte sie gelernt, wie schön es auch sein konnte, einen Hafen zu haben, ein Zuhause, eine Beziehung, die das Wichtigste war. Vorher hatten flüchtige Affären und die Liebe zum Beruf ihren Alltag geprägt. Und das sollte sich jetzt alles ändern? Es hatte sie einige Mühe gekostet, sich auf eine feste Partnerschaft mit ihm einzulassen, selbst wenn sie nicht eine Sekunde bereut hatte. Bernd war der Mann ihres Lebens, da war sie sich sicher. Aber das Gesamtpaket? Kind und Kegel, Haus und Hund? War sie überhaupt in der Lage, Mutter zu sein? War sie geeignet dafür? In ihrer Obhut war schließlich ihr kleiner Bruder gestorben ... Auch wenn sie wusste, dass sie für seinen Tod nicht verantwortlich war, nagten die Schuldgefühle doch täglich an ihr. Vielleicht konnte sie auch ihr eigenes Kind nicht beschützen? Sollte sie das Schicksal wirklich auf diese Art herausfordern?

Sie löste sich aus seiner Umarmung. »Nein. Ich muss nicht darüber nachdenken. Ich habe mich entschieden, ich will das nicht, okay? Ich wollte nie ein Kind, und jetzt, in meinem Alter, will ich es schon mal gar nicht. Akzeptier das bitte. Und jetzt gehe ich ins Bett. Gute Nacht.« Sie stand auf und ging aus dem Raum.

»Charlotte.«

»Nein!« Sie knallte die Schlafzimmertür zu und setzte sich erschöpft auf die Bettkante.

Schwanger. Ausgerechnet sie. Nein, das war unmöglich.

Während sie sich auszog, versuchte sie krampfhaft an etwas anderes zu denken. Sie versuchte ihre Gedanken auf den Fall zu lenken, was ihr aber mehr schlecht als recht gelang. Dann stellte sie den Wecker ihres Handys auf sieben Uhr und legte sich ins Bett.

Für einen Moment überlegte Charlotte, Käfer anzurufen und ihm davon zu erzählen, was Sonja und Paul Wenke über Max' Todestag gesagt hatten. Aber sie fühlte sich so müde, dass sie es nicht mehr schaffte.

*

Käfer staunte nicht schlecht, als Charlotte ihm am nächsten Tag die Neuigkeiten erzählte. »Das heißt, der Vater von Max ...«

»Alexander Wenke.«

»... starb exakt ein Jahr zuvor?«

»Ja. Und zwar praktisch zur gleichen Uhrzeit.«

Er lehnte sich in seinem Bürostuhl zurück und sah sie ungläubig an. »Gleiches Datum, gleiche Uhrzeit«, murmelte er. »Wenn das nicht schräg ist.«

»Und es kommt noch besser.«

Charlotte stand auf und machte das Fenster zu, durch das haufenweise Pollen in ihr Büro geflogen waren. Draußen sah es fast aus, als würde es schneien, fand Käfer, überall flogen die weißen Blütenpollen durch die Luft.

Mit verschränkten Armen lehnte sie sich gegen die Fensterbank und sah ihn mit ihren wachen Augen an. »Kurz bevor Alexander Wenke letztes Jahr verunglückte, wurde bei Paul Wenke, dem Großvater von Max, die Krebstherapie abgebrochen. Er gilt als austherapiert und wurde sozusagen zum Sterben nach Hause geschickt. Damals gingen die Ärzte davon aus, dass er in ein paar Tagen tot sein würde.«

»Wow.« Käfer versuchte, die Informationen zu sortieren. »Daher hat Max vermutlich auch das Opiat.«

»Ja, das halte ich auch für sehr wahrscheinlich.«

Käfer nickte nachdenklich. »Der alte Mann hat seinen angekündigten Tod aber ganz schön lange überlebt.«

»Das kommt bei alten Leuten gar nicht so selten vor. Der Stoffwechsel, die Zellteilung, alles geht viel langsamer. Und damit manchmal auch so ein tödlicher Krebs. Das ist der Grund, warum manche Krebsarten im jungen Alter zu einem unglaublich schnellen Tod führen, während alte Leute noch Jahre damit leben können.«

»Okay. Alle rechnen mit dem Tod des Großvaters, dann stirbt der Sohn und ein Jahr später am gleichen Tag der Enkel. Merkwürdig ist das allemal. Da kann man ja kaum noch an einen Zufall glauben. Andererseits …« Er strich sich übers Kinn.

»Ich weiß, was du meinst«, sagte Charlotte und rollte einige der Blütenpollen zwischen ihren Fingern zusammen. »Einerseits kann man kaum an einen Zufall glauben, andererseits kann so was ja auch kein Mensch planen. Der Tod des Großvaters ist nicht kalkulierbar, der Unfall auch nicht. Es scheint keinen Sinn zu ergeben.«

»Vorausgesetzt, dass Alexander Wenkes Tod wirklich ein Unfall war.«

»Ich habe die Akten schon bestellt. Bisher weiß ich nur, dass die Ermittlungen von einem normalen Verkehrsunfall ausgingen. Aber ich schaue mir das noch mal genau an.«

»Wenn der Großvater nun auch bald stirbt, wer erbt denn alles?«

»Sonja Wenke, nehme ich an. Aber nein, die hat damit nichts

zu tun.« Charlotte schüttelte energisch den Kopf. »Zum einen macht sie beim besten Willen nicht den Eindruck, als wenn sie ihren Sohn in einer eisernen Jungfrau ermordet hätte, und zum anderen war sie am Abend seines Todes bei der Nachbarin, Ines. Wie hieß die doch gleich mit Nachnamen?« Sie ging zu ihrem Schreibtisch und warf einen Blick in das Notizbuch. »Stapelfeld. Nein, Käfer, falls sich die Mordtheorie bestätigen sollte, war es bestimmt nicht die Mutter.«

Er nickte nachdenklich. Auch er konnte sich nicht vorstellen, dass Sonja Wenke als Täterin infrage kam. Wenn sie ihren Sohn hätte umbringen wollen, hätte sie das kaum auf diese Art und Weise gemacht.

»Eigentlich spricht die Parallelität der Todestage für einen Selbstmord. Max ist nie über den Tod seines Vaters hinweggekommen und wollte am gleichen Tag sterben wie er.«

»Laut Krane ist ein Selbstmord aber unwahrscheinlich, wenn nicht sogar ausgeschlossen. Wenn, muss ihm jemand geholfen haben – falls er wirklich sterben wollte.«

»Lass uns diese Merkwürdigkeit im Hinterkopf behalten und uns zunächst auf die Fakten konzentrieren. Wenn du die Ermittlungsakten zu dem Unfall von Alexander Wenke hast, sehen wir weiter.«

Käfer holte eine der rosa-weißen Schachteln aus dem Regal, in denen Annette ihre süßen Köstlichkeiten verkaufte. Gedankenverloren stopfte er sich eines der Petit Fours in den Mund. Gott, war das lecker …

»Der Vater stirbt, als er vom Internat wegfährt, der Sohn stirbt genau ein Jahr später, diesmal im Internat selbst. Dieses Internat … Hast du den Ordner, den Berg uns mitgegeben hat? Den mit den Unterlagen zum Turnhallenbau?«

Charlotte zog einen schwarzen Aktenordner unterm Tisch hervor und schob ihn Käfer hin. »Hier. Ich hab selbst noch nicht reingeschaut. Hast du mit Marie Sandlund über das Video gesprochen?«

»Ja. Sie weiß von nichts. Sagt sie.«

»Kann ich mir kaum vorstellen. Was ist mit dem ›Guinnessbuch der Rekorde‹?«

»Richtig.« Käfer suchte das Buch hervor und schlug es auf. »Ich habe mit Wenkebau gesprochen. Max hat in den letzten Osterferien dort gearbeitet oder vielmehr ein Praktikum gemacht, sagte man mir. Dabei hat er wohl vor allen Dingen bei der Geschäftsführung hospitiert und in dem noch immer leerstehenden Arbeitszimmer seines Vaters gesessen. Ich schätze, dass er dort an die Briefe gekommen ist.«

»Und was sind das für Briefe?«

»Sie sind etwas älter, stammen aus der Zeit vor Alexander Wenkes Tod. In erster Linie ist es die Korrespondenz zwischen einem Herrn Helmer von Wenkebau und dem Internat. Es geht um das fehlende Geld für den Turnhallenbau. Ein Hin und Her, beide Seiten machen sich gegenseitig Vorwürfe. Und dieser Helmer streitet jede Verantwortung vonseiten seiner Firma ab, genau wie das Internat alle Fehler von sich weist. Warum Max die Briefe mitgenommen und auf so mysteriöse Art in das Buch eingeklebt hat, checke ich nicht. Bisher kann ich nichts besonders Verdächtiges an der Korrespondenz erkennen. Vielleicht kapiere ich es besser, wenn ich mir den Ordner von Berg vorgenommen habe.«

»Scheint so, als hätte sich Max intensiv mit der Affäre beschäftigt. Vielleicht gibt es irgendeinen Bezug zwischen der Unterschlagung von damals und Max Wenkes Tod heute?«

»Ausschließen können wir im Moment nichts.« Käfer schaute auf die Uhr. »In einer Dreiviertelstunde ist Teamsitzung. Bis dahin versuche ich mal, mich durch die Akten zu arbeiten«, sagte er und schlug den Ordner auf. Das Klingeln des Telefons hinderte ihn jedoch daran, die erste Seite zu lesen. Es war ein Kollege aus der IT-Abteilung, dessen Namen er sich nie merken konnte.

»Das Video auf der Internatshomepage wurde von Max Wenkes Handy aus hochgeladen«, sagte der Kollege. »Leider wurde die SIM-Karte danach sofort wieder entfernt, sodass wir es nicht orten können. Fakt ist, dass sich jemand mit seinem Handy ins Internet eingewählt und das Video über seinen Account hochgeladen hat.«

Käfer bedankte sich und legte nachdenklich auf. Derjenige, der im Besitz des Handys war, musste an dem Abend in der Folterkammer gewesen sein. Oder diejenige. Vermutlich hatte diese Person auch irgendetwas mit Max' Tod zu tun.

Als sie sich kurz darauf mit Subotik und den anderen Kollegen im Konferenzraum trafen, war Käfer noch weit davon entfernt, die Angelegenheit mit den Spendengeldern überblicken zu können. In der Akte waren die Ausgaben von Wenkebau den Einnahmen durch die Spenden gegenübergestellt worden, sehr viel mehr hatte der Direktor und die von ihm beauftragte Anwaltskanzlei offenbar nicht unternommen. Das Ganze kam ihm vor wie eine lose Blättersammlung, unvollständig und schlampig sortiert. Und so richtig wollte der Ordner auch nicht zu den Briefen passen, die sie bei Max gefunden hatten. Die Akten von Berg lasen sich für ihn jedenfalls so, als wenn Alexander Wenke etwas mit der Unterschlagung zu tun hatte, während Käfer die Briefe von Max eher als Anklage gegen diesen Helmer verstand. Oder hatte er etwas übersehen? Er beschloss, die Sache später mit Thomas Carstens zu besprechen, dem Kollegen, der im Präsidium für die Wirtschaftsdelikte zuständig war. Käfer wusste, dass Carstens mit seinem geübten

Blick viel schneller die wesentlichen Punkte erkennen würde als er.

Lars Krane schreckte ihn auf, als er schwungvoll die Tür zum Konferenzraum aufriss, gefolgt von Berthold Wolske, dem Kollegen von der Spurensicherung, der dank seiner Leibesfülle aber deutlich weniger dynamisch wirkte. Käfer fand es immer wieder erstaunlich, wie anders der Gerichtsmediziner aussah, wenn er in normaler Kleidung im Präsidium auftauchte. Statt seiner üblichen grünen Arbeitskluft trug er jetzt Jeans und ein ziemlich buntes Hemd, grün-orange kariert, das vor Käfers Augen flackerte, wenn er zu lange hinschaute. Sie wollten seit Wochen zusammen mit Charlotte ein Feierabendbier trinken gehen, das hatten sie verabredet, seitdem sie sich duzten. Aber bisher hatten sie es noch nicht geschafft.

»Sorry, wir sind spät dran.« Krane stellte seine Aktentasche neben einen Stuhl, aber bevor er sich setzen konnte, bat Charlotte ihn, seine Ergebnisse vorzutragen.

»Ja, klar, gern.«

Berthold Wolske setzte sich, und Krane stellte sich neben Käfer.

»Wir haben die Untersuchungen an der eisernen Jungfrau abgeschlossen.« Er öffnete seine Aktentasche und holte mehrere Fotos heraus. Dann pinnte er eins an die Korkwand hinter sich, es zeigte die Vorderseite des alten Foltergerätes. »Hier, im vorderen Bereich, haben wir zahlreiche Fingerabdrücke gefunden, darunter auch die des Toten. Insgesamt haben wir achtundvierzig verschiedene Abdrücke sichergestellt.«

Henry Schwarzer stöhnte auf. »Na super. Wahrscheinlich fasst jeder Besucher das Ding einmal an.«

Krane nickte. »Ja, danach sieht es aus, zumal wir auch an den anderen Foltergeräten viele Fingerabdrücke gefunden haben. Die Vielzahl der Abdrücke lässt in der Tat darauf schließen, dass eine Menge Leute dieses Ding einmal anfassen wollten. Sie werden uns bei der Tätersuche nicht weiterhelfen, nehme ich an.«

»Tätersuche?«, unterbrach Käfer ihn. »Hast du dich von der Selbstmordtheorie endgültig verabschiedet?«

»Ja.« Krane pinnte ein weiteres Foto an die Wand. Es war eine Nahaufnahme von der Tür der eisernen Jungfrau. »Seht ihr diesen Abdruck?«

Charlotte beugte sich vor. »Ich sehe, dass das Metall verbogen ist.«

Krane nickte. »Stimmt. Sehr gut, Charlotte. Und genau an dieser Stelle findet sich ein Abdruck. Die Formen sind nicht genau nachvollziehbar, aber es könnte sich um einen Fußabdruck handeln, der vor kurzer Zeit dorthin gekommen ist.«

»Moment mal, soll das etwas heißen, jemand hat die Tür mit dem Fuß zugetreten?«, fragte Charlotte.

»Oder die bereits geschlossene eiserne Jungfrau umgetreten. Ja. Jedenfalls kann der Tote das wohl kaum selbst gemacht haben. Ich gehe davon aus, dass die Dolche erst durch den Tritt beziehungsweise durch das Umfallen der eisernen Jungfrau so tief in Max' Körper eingedrungen sind, dass sie tödlich waren.«

Für einen Moment herrschte Stille im Konferenzraum, und Käfer sah den Kollegen an, dass sie konzentriert nachdachten. »Kannst du die Schuhgröße abschätzen?«, fragte er Krane.

»Nicht genau. Zwischen vierzig und vierundvierzig würde ich tippen. Da wir nur einen Teilabdruck des vorderen Fußes haben, lässt es sich leider nicht konkreter berechnen.«

»Okay. Die halbe Schule dürfte eine Schuhgröße zwischen vierzig und vierundvierzig haben. Gehen wir die verschiedenen Szenarien einmal durch. Max Wenke steht also in der eisernen Jungfrau. Er will mit der Schule abrechnen, vielleicht will er auch sterben. Eine andere Person ist anwesend und erklärt sich bereit, ihm beim Selbstmord zu helfen.«

»Glaube ich irgendwie nicht«, sagte Subotik. »Derjenige hätte die eiserne Jungfrau doch nicht umgetreten. Es hätte doch gereicht, die Tür zu schließen. Das Umtreten ist doch eindeutig ein aggressiver Akt.«

Käfer nickte. »Das sehe ich ähnlich. Max steht also in dem Foltergerät und nimmt seine Videobotschaft auf. Eine andere Person, vielleicht die, die filmt, nutzt die Gelegenheit, um ihn aus der Welt zu schaffen.«

»Dann haben wir einen Mord«, sagte Henry Schwarzer. »Oder zumindest Totschlag.«

»Die Frage ist, ob es wirklich die Person war, die das Video gedreht hat.«

Charlotte schüttelte den Kopf. »Das kann ich mir nicht vorstellen. Dann hätte Max sie ja auf sich zukommen sehen und hätte sich gewehrt oder wäre abgehauen.«

»Wenn er das noch konnte. Er war doch high, Krane, oder?«

»Ja. Im Blut konnten wir Spuren von Amphetaminen und Kokain nachweisen. Außerdem haben wir Morphium in einer höheren Dosierung gefunden. Und in seinem Magen haben wir Reste eines Opiats in Tablettenform entdeckt. Das bedeutet, dass die volle Wirkung des Morphiums noch nicht eingetreten war, der Junge aber schon ordentlich was gemerkt haben dürfte.«

»Das bestätigt den Eindruck, den wir auf dem Video von Max gewonnen haben«, ergänzte Charlotte. »Aber denkst du, er war schon handlungsunfähig?«

»Nein. Eingeschränkt ja, aber nicht völlig ausgeknockt. Wenn ihr mich fragt, ich denke, der Täter muss Max Wenke überrascht haben«, sagte Krane.

»Bleiben wir kurz bei den Drogen«, bat Charlotte. »Max hat

in dem Video angedeutet, dass viele Schüler Rauschmittel konsumieren. Habt ihr bei der Befragung etwas herausgefunden, das auf einen möglichen Drogenkonsum hinweisen könnte?« Sie sah Henry Schwarzer und Sven Pauly fragend an.

»Wir haben alle Schüler danach befragt«, antwortete Sven Pauly. »Natürlich hat keiner etwas zugegeben.«

»Bis auf einen. Ein Tom Bülter hat nach intensivem Nachfragen angedeutet, dass er sich ab und zu ein Näschen gönnt. Er wollte nicht richtig raus mit der Sprache, aber es hörte sich verdächtig an.«

»Wo kriegt er den Stoff her?«

Henry Schwarzer erklärte ihnen, dass der Schüler sich bei der Frage nach dem Dealer immer mehr in Ausreden geflüchtet hätte. Es wäre offensichtlich gewesen, dass er nicht darüber sprechen wollte. Stotternd hätte er schließlich ausgesagt, ab und zu nach Münster zu fahren und sich das Zeug dort am Bahnhof zu besorgen.

»Aber das kann eigentlich nicht stimmen, da die Kids ja kaum Ausgang bekommen. Leider war nicht mehr aus dem Jungen rauszukriegen.«

»Hat Berg nicht irgendwas von vierteljährlichen Drogentests gesagt?«, fragte Käfer.

Charlotte stimmte ihm zu. »Ja. Angeblich hat es noch nie eine Positivprobe gegeben. Wenn auf dem Internat aber wirklich regelmäßig konsumiert wird, kann das ja nur eins bedeuten …«

»Dass die Tests manipuliert wurden. Irgendjemand hat dafür seinen sauberen Urin hergegeben«, schloss Käfer. »Ich muss wissen, wer die Tests durchgeführt hat. Dafür kommen ja nur Lehrer oder Erzieher infrage. Und ich will genau wissen, wie der Ablauf bei diesen Tests aussieht. Könnte mir gut vorstellen, dass das nicht ganz so lupenrein über die Bühne geht. Wahrscheinlich gibt es zig Gelegenheiten, die Ergebnisse zu manipulieren. Habt ihr im Zimmer von Max Wenke Spuren von Drogen gefunden?«

»Nein, nichts«, sagte Wolske.

»Was hat die Untersuchung des Dienstbotenaufgangs ergeben?«

»Jede Menge Fingerabdrücke, die meisten aber in schlechter Verfassung. Wir müssen jetzt Abdrücke von allen Schülern und dem gesamten Personal nehmen, um Vergleichsmaterial zu haben. Ansonsten war es extrem schwierig, dort verwertbare Spuren zu sichern, weil das Mauerwerk recht porös ist. Eines fiel uns allerdings sofort auf: Es lag wenig Staub in dem Aufgang. Er wurde in der letzten Zeit definitiv häufiger benutzt«, erläuterte Wolske.

»Okay, Leute. Heute ist Sonntag, da ist selbst auf Schloss Lemburg frei. Von den Lehrern ist keiner da, die meisten Erzieher und Schüler sind ebenfalls nach Hause gefahren. Wir müssen leider trotzdem weitermachen. Ich will wissen, wer die Drogentests gemacht hat, und das bitte so schnell wie möglich.«

*

Sonja Wenke saß am Bett ihres Schwiegervaters und hielt seine gelbliche Hand. Seitdem die Kommissarin bei ihnen gewesen war, hatte er das Bett nicht mehr verlassen. Er hatte so etwas wie einen Nervenzusammenbruch erlitten und kaum noch auf die Fragen von Frau Schneidmann antworten können. Sonja hatte ihn schließlich ins Bett gebracht und den Hausarzt gerufen, war später in Pauls Wohnung gefahren und hatte seine Tabletten und etwas Kleidung geholt. Jetzt lag er seit vierundzwanzig Stunden in ihrem Gästezimmer, unfähig aufzustehen, und sie befürchtete, dass er ihr Haus nicht mehr lebend verlassen würde. Die letzten Tage hatten ihm massiv zugesetzt.

Er stöhnte auf.

»Paul, ich habe die Schmerzmittel aus deiner Wohnung geholt«, sagte sie leise. »Der Arzt hat gesagt, du sollst ruhig was nehmen, wenn du Schmerzen hast.«

»Aber ich habe heute Morgen doch schon eine Tablette genommen, und zu viel Morphium soll doch abhängig machen.«

»Ach, Paul. Das macht doch nichts. Darauf kommt es doch wirklich nicht mehr an.«

Sie lächelte liebevoll, und er erwiderte ihr Lächeln kurz. Sie wussten beide, dass der bevorstehende Tod des alten Mannes jeden Schrecken verloren hatte. Sonja beneidete ihn fast um seine Verfassung. Sie öffnete die Medikamentenpackung und drückte eine Tablette aus dem Blister. Dann legte sie sie ihrem Schwiegervater vorsichtig auf die Zunge und gab ihm einen Schluck Wasser, damit sie sich besser im Mund auflösen konnte.

»Wie wirst du allein zurechtkommen?«, fragte Paul.

Sie zuckte traurig mit den Schultern. »Ich komm doch schon eine ganze Weile allein zurecht«, sagte sie leise. »Alex ist jetzt schon ein Jahr tot, Max war immer im Internat, und du ...«

»Ich war mit meiner Krankheit beschäftigt«, ergänzte der alte Mann. »Trotzdem, das ist etwas anderes. Du konntest mit Max sprechen, und auch mit mir, aber bald gibt es keinen Wenke mehr, den du um Rat fragen kannst.«

Er lächelte mild, und es rührte sie, wie viel Mitleid dieser sterbende Mann mit ihr hatte, obwohl er es doch war, der bald gehen musste.

»Wenn man seine Eltern verliert, ist die Kindheit für immer abgeschlossen«, sagte er plötzlich leise. »Man verliert ein Stück seiner Vergangenheit. Aber wenn man als Eltern sein Kind verliert, verliert man seine Zukunft, seine Unsterblichkeit.« Er hatte Tränen in den Augen. »Es ist schwer, damit zu leben. Keiner weiß das besser als ich.«

Sie brauchte einen Moment, um seine Worte zu verstehen. Er hatte recht. Sonja konnte sich noch genau daran erinnern, wie ihre Mutter gestorben war. Die verwitwete Frau war im Kreis ihrer Kinder eingeschlafen, Sonja und ihr Bruder hatten an ihrem Bett gestanden und ihre Hand gehalten. Ihre Mutter hatte immer betont, dass ein Teil von ihr in ihren Kindern weiterleben würde. Das war ihr ein großer Trost gewesen. Sonja würde auf diesen Trost verzichten müssen.

»Ich werde schon zurechtkommen, Paul«, sagte sie mit zittriger Stimme. »Mach dir keine Sorgen, das wird schon. Vielleicht ziehe ich zu meinem Bruder nach New York und fange ganz neu an.«

Das Gesicht des alten Mannes veränderte sich. Mit einem Mal sah sie den alten Patriarchen vor sich, der Wenkebau nach dem Krieg gegründet und mit einigen cleveren Schachzügen zum größten Bauunternehmen der Region gemacht hatte. Ein knallharter Geschäftsmann, der für seine Ziele auch über Leichen ging.

»Du wirst doch nicht die Firma verkaufen?«, keuchte er.

Für einen Augenblick verschlug es ihr die Sprache. Wie konnte er jetzt an die verdammte Firma denken? Das war so typisch für diese Familie! Konnte er nicht einfach sagen, ja, verkauf alles, das ist egal, Hauptsache, du wirst wieder glücklich?

»Wenkebau ist mein Lebenswerk«, fügte er leise hinzu. »Diese Familie, die Wenkes aus Münster, werden aussterben. Die Firma ist das Einzige, das von uns bleibt. Das darfst du nicht verkaufen.«

»Natürlich, Paul«, beruhigte sie ihn. »Ich würde sie niemals verkaufen. Bestimmt nicht.«

Es würde das Erste sein, das sie nach seinem Tod tun würde, das wusste Sonja ganz genau. Aber sie wollte ihren Schwiegervater nicht unnötig aufregen.

Er lächelte. »Sonja«, sagte Paul Wenke. »Ich möchte dich um noch etwas bitten.«

»Natürlich. Sag ruhig.«

»In Trudes Grab ist ja noch Platz für mich.«

Ihre Schwiegermutter war vor über acht Jahren einen friedlichen Tod gestorben. Sie war abends gesund und munter ins Bett gegangen und nie wieder aufgewacht. Damals waren alle furchtbar erschrocken gewesen, heute dachte Sonja, was für ein Geschenk ein solcher Tod doch war. Die anderen Familienmitglieder, die nach ihr hatten gehen müssen, hatten es jedenfalls deutlich schwerer gehabt.

»Aber Alex hat ein Einzelgrab, und Max ...« Der alte Mann stockte. Dann atmete er hörbar aus. »Ich möchte dich bitten, eine große Grabstelle zu kaufen, in die wir alle reinpassen. Trude und Alex lassen wir umbetten, Max kommt dazu, und ich auch. Und du in vielen, vielen Jahren vielleicht auch«, fügte er leise hinzu. »Machst du das für mich?«

Sie nickte und war nicht in der Lage zu sprechen. Ja, sie würde ein großes Grab kaufen. Ein Grab für ihre ganze Familie.

11

Käfer parkte seinen Wagen in der Nähe von Annettes Wohnung und stieg aus. Von Berg hatte er erfahren, dass Sebastian Junglas für die Durchführung der vierteljährlichen Drogentests verantwortlich war. Käfer hatte sofort mit dem Mann telefoniert, seitdem gingen ihm die Worte des Erziehers nicht mehr aus dem Kopf.

»Ich habe die Tests zusammen mit dem Vertrauenslehrer Martin Franke durchgeführt«, hatte Junglas am Telefon gesagt. »Ich fand das schon immer komisch, wie das gelaufen ist, aber ich habe den Zusammenhang erst herstellen können, nachdem dieses Video von Max aufgetaucht ist. Max wurde fast jedes Mal für den Drogentest ausgewählt. Immer von Martin Franke.«

»Warum? Stand er unter dem Verdacht zu konsumieren?«

»Nein, gar nicht. Seine Tests waren immer negativ. Aber mir ist aufgefallen, dass Franke stets dabei sein wollte, wenn Max eine Urinprobe abgeben musste. Er ist sogar mit in die Toilettenkabine gegangen, wenn Sie verstehen, was ich meine.«

»Wollen Sie damit andeuten, dass es dort zu Übergriffen gekommen ist?«

»Ich weiß es nicht … Aber ja, ich glaube schon.«

Hatte der Vertrauenslehrer die Abhängigkeit von Max Wenke ausgenutzt? Nachdenklich ging Käfer durch die kleine Gasse, die zu Annettes Wohnung führte. Er kam an einem neuen Restaurant vorbei, das gerade seine Eröffnung gefeiert hatte. »Le Patron« hieß es, und Käfer blieb kurz stehen, um einen Blick auf die Speisekarte zu werfen, die neben der Eingangstür hing. Die Preise waren gesalzen, so viel stand fest. Aber der Laden sah toll aus, und die Gerichte hörten sich fabelhaft an. Kurzerhand betrat Käfer das Restaurant und reservierte einen Tisch für den nächsten Abend.

Zwei Stunden später lagen sie nackt nebeneinander im Bett, glücklich und erschöpft. Annette kuschelte sich in seinen Arm, und er streichelte über ihre kurzen Haare.

»Sag mal«, fiel ihm ein. »Du bist doch auch auf einem Internat gewesen, oder?«

»Ja. Genau wie mein Bruder Björn.«

»Wie war das Verhältnis zu euren Lehrern und Erziehern? Waren die so eine Art Elternersatz?«

»Na ja, so ein bisschen schon. Es kam natürlich auf die einzelnen Erzieher an. Mit dem einen kam man besser klar als mit dem anderen. Aber insgesamt hatten wir ein herzliches Verhältnis, und im Gegensatz zu den Lehrern waren sie viel verständnisvoller. Auf die Erzieher konnte man sich halt verlassen, auf die Lehrer nicht unbedingt.«

»Was hätten die Erzieher gemacht, wenn sie euch beim Kiffen oder Saufen erwischt hätten?«

Annette lachte. »Dann hätte es natürlich trotzdem Ärger gegeben. So weit reichte das Verständnis auch nicht. Nee, nee, bei Drogen und Alkohol drückte keiner ein Auge zu. Das konnten die nicht, und das wollten die auch nicht.«

Sie kuschelte sich noch enger an ihn, und er streichelte zärtlich ihren Rücken.

»Stören dich meine Narben eigentlich?«, fragte sie leise.

»Nein«, sagte er ehrlich. »Tun sie manchmal noch weh?« Er strich über eine kleine Erhebung an ihrer Schulter.

Sie schüttelte den Kopf. »Nein. Diese Narbe ist übrigens uralt«, lachte sie. »Die kommt von einer Mutprobe aus dem Internat.«

»Ach, du armes Ding. So was gab es bei euch?«

»Ja, klar. Ich glaube, das gibt es in fast jedem Internat. Die neuen Schüler müssen in der Regel irgendwas machen, und wenn sie das schaffen, gehören sie dazu. Ich musste aus dem Fenster des ersten Stocks pinkeln.« Annette kicherte.

Käfer sah sie erstaunt an. »Wie bitte? Als Mädchen?«

»Ja. Hat auch nicht besonders gut geklappt. Ich bin aus dem Fenster geplumpst und hab mir die Schulter gebrochen.«

Er lachte kurz auf, besann sich aber wieder. »So lustig ist das eigentlich gar nicht.«

»Nein.« Annette seufzte. »Weißt du, dieses ganze Prinzip Internat – ich halte nichts davon. Da werden Kinder von zuhause weggeschickt, meistens in der Pubertät, sowieso die schwierigste Zeit in ihrem bisherigen Leben. Die sind vierundzwanzig Stunden am Tag von ihrem Zuhause, von ihren Freunden und Eltern getrennt. Ich habe wirklich viele erlebt, die davon einen Knacks bekommen haben. Ich wahrscheinlich auch. Und mein Bruder sowieso.«

Käfer drückte sie an sich. Daran hatte er bisher noch gar nicht gedacht. Wie viele der jungen Leute unter der Trennung von ihrem Zuhause litten, sich einsam und verlassen fühlten und den Druck und Stress kaum ertragen konnten, das war ihm vorher nie so richtig bewusst gewesen.

Kurz bevor er einschlief, dachte er daran, wie das alles für Max Wenke gewesen sein musste. Ob es wirklich zu Intimitäten zwischen ihm und dem Vertrauenslehrer gekommen war? Vielleicht hatte Martin Franke herausgefunden, dass Max die Übergriffe öffentlich machen wollte? Und ihn dann beim Videodreh überrascht und umgebracht? Aber wie hatte er davon erfahren? Woher wusste die Person, die Max getötet hatte, überhaupt, dass er an diesem Abend in der Folterkammer sein würde?

Schlagartig war Käfer wieder wach, als ihm klarwurde, dass es darauf nur eine Antwort gab: Jemand musste Max Wenke an seinen Mörder verraten haben.

*

Marie hörte, wie jemand verzweifelt nach Luft schnappte. Kam das aus der Jungentoilette? Immer wieder vernahm sie das Rauschen der Toilettenspülung, vermischt mit Gelächter.

Obwohl sie eigentlich dringend musste, öffnete sie kurz entschlossen die Tür zur Jungentoilette. Sofort hörte sie laute Stimmen.

»Verräter.«

»Wichser!«

»Leg ihn um, Freddy, leg das Schwein um.«

Marie ging um die Ecke. Vor der letzten Kabine standen Frederik und einige der Jungs. Sie drückten den Kopf eines Mitschülers in die Toilette und traten ihm dabei von hinten zwischen die Beine. Frederik zog den Jungen an den Haaren aus der Schüssel. Es war Tom, der Schwächste von allen. Obwohl Marie ihn eigentlich immer gemocht hat, hatte sie in der Vergangenheit nie besonders viel mit ihm zu tun gehabt. Wie auch? Als Freundin des beliebtesten Schülers hatte sie für Leute wie ihn keine Zeit gehabt.

»Was hast du den Bullen erzählt, du mieser Penner? Los, rede endlich.«

Tom schnappte nach Luft. Er keuchte und versuchte zu sprechen. »Ich ... ich hab ... Ich hab nichts gesagt, ehrlich nicht. Ich habe über euch kein Wort verloren, nichts ...«

Frederiks flache Hand traf ihn klatschend im Gesicht. »Lüg mich nicht an! Wenn du mich noch einmal anlügst, brech ich dir die Nase.«

»Ich lüge nicht!«

»Sylvie hat genau mitgekriegt, dass du was vom Stoff erzählt hast. Also hör auf, uns für doof zu verkaufen.« Mit voller Wucht drückte Frederik den Kopf wieder in die Schüssel, sodass Tom mit seinen Schneidzähnen gegen die Keramik prallte.

Marie stürmte los. »Hör auf, verdammt noch mal! Hör auf!«

Sofort ließ Frederik von Tom ab.

Marie zog ihn vorsichtig zur Seite. »Bist du okay?« Sie stellte sich schützend vor ihn und blaffte Frederik an. »Was soll der Scheiß? Knallst du jetzt vollkommen durch?«

Frederiks Aggressivität schien schlagartig verschwunden. Er machte fast den Eindruck, als wäre es ihm unangenehm, dass Marie ihn hier angetroffen hatte.

»Er hat uns verraten«, sagte er etwas kleinlauter als zuvor. »Er hat den Bullen von den Drogen erzählt, und dafür muss er bestraft werden.«

Tom schien völlig benommen zu sein. Er saß neben der Toilette, wischte sich die nassen Haare aus dem Gesicht und tastete mit der Hand vorsichtig in seinem Mund herum. Der rechte Schneidezahn war abgebrochen, vermutlich als er mit dem Oberkiefer auf die Porzellanschüssel aufgeschlagen war.

»Lass ihn in Ruhe, Frederik«, sagte Marie mit bebender Stimme. »Oder willst du noch jemanden umbringen?«, fügte sie leise hinzu.

»Ich habe niemanden umgebracht. Hör auf damit, Marie!«

Frederiks Augen funkelten. Aber war da auch Verzweiflung in seinem Gesicht? Marie wusste genau, dass er auf sie stand, alle wussten das. Eigentlich schmeichelte es ihr, so verehrt zu werden … eigentlich.

»Hör du auf, dich wie ein Irrer zu benehmen, und lass Tom in Ruhe! Bist du inzwischen so abhängig von dem Zeug, dass du bei jeder Kleinigkeit durchdrehst?«

»Marie, ich tue das auch für dich.«

»Quatsch.« Sie drehte sich zu Tom um. »Hast du den Bullen was von Sebastian erzählt?«

»Nein. Ich hab den Bullen nur gesagt, dass ich ab und zu koksen würde. Mehr nicht.«

Idiot, dachte Marie, wieso plapperte er so was aus? Das war wirklich dumm gewesen, und sie konnte Frederik für einen Moment verstehen, dass er ausgerastet war. Keiner hier kam ohne den Stoff klar, und wenn sie eines nicht gebrauchen konnten, dann dass Sebastian verhaftet wurde.

»Und was hast du denen gesagt, woher du das Zeug kriegst?«

»Aus Münster. Vom Bahnhof.«

»Na also.« Marie sah Frederik und die anderen auffordernd an. »Dann könnt ihr euch jetzt ja wohl verpissen.«

»Er hätte besser gar nicht mit den Bullen geredet«, sagte Frederik grimmig.

»Ich weiß. Sei froh, dass er ihnen nicht gesagt hat, wo du am Freitagabend warst.«

Sie merkte, dass sie immer noch zitterte. Dennoch versuchte sie, Frederiks Blick standzuhalten. Er wirkte extrem aufgewühlt. Ohne ein weiteres Wort zu sagen, verließ er die Toilette. Die anderen Jungs folgten ihm zögernd.

Tom rappelte sich hoch. Nur mühsam konnte er aufstehen. Er musste sich am Rand der Kloschüssel abstützen und schien erst jetzt zu bemerken, dass vor nicht allzu langer Zeit noch sein Kopf in ihr gesteckt hatte. Angewidert schüttelte er sich. »Danke«, sagte er, als er sich neben Marie an die Wand lehnte.

»Alles klar?«

Er nickte, und für eine Weile standen sie stumm nebeneinander. Beide schienen ihre Gedanken ordnen zu müssen.

»Warum sagst du der Polizei eigentlich nicht, dass du Frederik in der Folterkammer gesehen hast?«, fragte Tom schließlich. »Wenn Frederik wirklich etwas mit Max' Tod zu tun hat, muss er dafür bestraft werden. Du bist die Einzige, die ihn gesehen hat. Warum sagst du es den Bullen nicht?«

Sie wich seinem Blick aus und schwieg.

»Sag der Polizei, was du gesehen hast!« Tom flehte sie fast an. »Dann passiert so etwas nie wieder, dann ist dieses Schwein endlich weg! Wenn du ihnen sagst, dass Frederik am Freitagabend in der Folterkammer war, nehmen sie ihn sofort fest. Du brauchst keine Angst zu haben, dass er dir was tut. Er ist so verknallt in dich, er würde dir sowieso nie was tun.«

Marie seufzte und strich mit den Händen durch die langen Haare. Sie ging ein paar Schritte auf und ab und überlegte, wie viel sie Tom erzählen konnte. Konnte sie ihm vertrauen? Sie glaubte schon. Auch wenn sie keine engen Freunde waren, so waren sie doch Teil derselben Clique.

»Das ist es doch gar nicht«, sagte sie nach einer Weile. »Frederik ist mir zwar wirklich nicht ganz geheuer, aber das ist nicht der Grund, warum ich den Bullen nichts von unserem Treffen am Freitagabend sagen will.«

»Sondern?«

Sie atmete hörbar aus. »Zum einen würde alles mit den Drogen rauskommen. Dann kriegen wir alle ein Verfahren, vermutlich fliegt die Hälfte von uns von der Schule. Weißt du, wie meine Eltern ausrasten würden?«

Tom nickte. »Ja, meine auch.«

»Siehst du. Und zum anderen ...« Sie zögerte. »Es käme mir vor, als würde ich Max verraten.«

»Wieso das denn? Kapier ich nicht.«

Wieder ging sie im Waschraum auf und ab. »Ich … Zuerst habe ich es nicht wahrhaben wollen, dass er wirklich sterben wollte. Aber inzwischen bin ich mir sicher, dass Max freiwillig gestorben ist. An dem Nachmittag war er völlig durch den Wind. Ich weiß nicht, wo er gewesen ist und was in den Stunden vor seinem Tod passiert ist, aber er muss irgendetwas gemacht haben.«

»Was soll er denn gemacht haben?« Tom verstand offenbar nicht, wovon sie sprach.

»Ich weiß es nicht. Ich weiß es wirklich nicht. Ich glaube, er hat Scheiße gebaut. Er wollte mir nicht sagen, was passiert ist, aber er deutete an, dass es an der Zeit wäre, reinen Tisch zu machen. Irgendetwas hat ihn total fertiggemacht. Er hat zu mir gesagt, dass er aus diesem Leben für immer verschwinden will. Ich glaube, er wollte mit der Schule abrechnen und sterben.«

»Ich denke, die Polizei schließt Selbstmord aus?«

Sie sah ihn ernst an. »Frederik hat bei der Exkursion doch mit Franke darüber gesprochen, erinnerst du dich?«

Tom nickte. »Stimmt. Er hat gesagt, dass die Bullen davon ausgehen, dass Max freiwillig gestorben ist.«

»Ich glaube, Frederik hat ihm beim Selbstmord geholfen«, sagte sie und fügte leise hinzu: »Und ich konnte es nicht verhindern.«

Tom war sichtlich geschockt. »Ich kann mir irgendwie nicht vorstellen, dass Max Frederik um so etwas gebeten hat.« Nachdenklich ging er zum Waschbecken und wusch sich den Dreck von den Händen. Mit einem Papiertuch trocknete er sich das Gesicht ab. »Warum sollte Max ausgerechnet Frederik bitten, ihm beim Sterben zu helfen? Die beiden sind doch nie besonders gut miteinander klargekommen. Max hat hundert pro gewusst, dass Frederik in dich verknallt ist. Warum sollte er ausgerechnet seinen schlimmsten Konkurrenten um so einen Gefallen bitten?«

»Weil er wusste, dass Frederik es durchziehen würde«, antwortete Marie. »Keiner von uns hätte den Mumm gehabt, so was zu machen. Außer Frederik.«

Tom schüttelte den Kopf. »Beihilfe zum Selbstmord ist in Deutschland immer noch verboten«, sagte er. »Dafür gehört Frederik bestraft.«

»Aber es war Max' Wille, verstehst du?« Marie merkte, wie aufgebracht sie klang. »Es war sein Letzter Wille, den kann ich doch nicht so einfach ignorieren. Ich kann doch nicht einfach den Menschen verraten, der ihm seinen Letzten Willen erfüllt hat.« Sie verbarg ihr Gesicht in den Händen und schluchzte.

»Schon gut, Marie, schon gut.« Tom nahm sie in die Arme und versuchte, sie zu trösten. »Wenn du ihn nicht anzeigen willst, ich werde niemandem davon erzählen.«

»Danke.« Sie zog ein Taschentuch aus der Hosentasche und putzte sich die Nase. »Es ist noch etwas, Tom.« Sie merkte, dass ihre Stimme immer leiser wurde. »Ich ... ich hab einen Schwangerschaftstest gemacht.«

Erstaunt sah er sie an.

Marie nickte.

»Scheiße«, sagte er tonlos.

Ja, dachte sie. Eine Schwangerschaft war wirklich das Letzte, was sie in dieser Situation gebrauchen konnte. Zumal sie genau wusste, was mit ihr passieren würde, wenn das rauskam. Vor zwei Jahren war schon einmal ein Mädchen auf Schloss Lemburg schwanger geworden. Als das bekannt wurde, musste sie innerhalb kürzester Zeit das Internat verlassen. Offiziell hieß es natürlich, sie sei freiwillig gegangen, aber alle hatten gewusst, welchen Druck der Direx auf das Mädchen ausgeübt hatte, wie er sie fertiggemacht hatte, damit sie endlich ihre Sachen packte.

Eine schwangere Schülerin war in dieser Einrichtung alles andere als erwünscht.

»Du musst mir helfen, Tom. Du bist der Beste in Bio, du musst mir helfen.« Sie wimmerte fast. Verstand er, was sie von ihm wollte?

»Ganz ruhig, Marie, ganz ruhig. Wir werden schon eine Lösung finden.«

»Du darfst mich nicht im Stich lassen, hörst du, Tom? Du musst es wegmachen. Es ist ganz einfach. Versprichst du mir, dass du mir hilfst?«

Die Panik in ihrer Stimme war nun nicht mehr zu überhören. Tom nahm sie in den Arm und drückte sie. Und als sie ihm erklärte, wie seine Hilfe aussehen sollte, spürte Marie, dass er noch mehr zitterte als sie.

*

Berg hatte ihnen gesagt, dass der Vertrauenslehrer Martin Franke gerade keine Unterrichtsstunde gebe, sondern Materialien aus dem Baumarkt beschaffe, die er für seine Treibhäuser brauchte.

»Dann haben wir ihn eben auf dem Parkplatz gesehen«, sagte Charlotte, als sie mit Käfer ein weiteres Mal durch die große Eingangshalle in Richtung Ausgang lief. Sie hatte ein paar Autos neben ihnen einen jungen Mann gesehen, der Sachen aus dem Kofferraum eines Wagens geschleppt hatte.

»Ich habe mir gestern übrigens noch die Ermittlungen zum Unfall von Alexander Wenke angeschaut. Der Wagen ist aus ungeklärten Gründen an der Ecke Landgrafenstraße von der Fahrbahn abgekommen und hat sich mehrfach überschlagen. Dabei ist der Tank zerstört worden, und als der Wagen auf dem Feld kopfüber liegengeblieben ist, ist er in Flammen aufgegangen.«

»War Wenke da schon tot?«

»Nein. Bei der Obduktion hat man Rußpartikel in der Lunge gefunden. Er hat also noch gelebt, als er verbrannte, und den Rauch eingeatmet. Die Spuren in der Lunge konnten eindeutig dem Benzin zugeschrieben werden, der brennende Tank hat also nachweislich das Feuer ausgelöst. Ein tragischer Unfall.«

»Schrecklich. Aber so was passiert leider.«

Zügig gingen sie die Stufen der großen Freitreppe hinunter, die sie wieder auf den Parkplatz führte.

»Martin Franke?«, sagte Käfer zu dem Mann, der gerade versuchte, einen Sack Erde aus dem Kofferraum zu hieven.

Charlotte schätzte, dass er noch keine dreißig war, ein ausgesprochen gutaussehender Mann, mit blonden, leicht gelockten Haaren, die ihm in sein gebräuntes Gesicht fielen. Er war groß, bestimmt ein Meter neunzig, und sah sehr sportlich aus. Unter den engen Ärmeln seines hellblauen Hemdes zeichnete sich ein ausgeprägter Bizeps ab.

»Ja, das bin ich.« Er ließ den Sack wieder los. »Mann, ist der schwer.« Dann musterte er Charlotte und Käfer skeptisch. »Sind Sie von der Polizei?«

Sie hielt ihm ihren Ausweis hin und stellte sich vor. »Und das ist mein Kollege Peter Käfer. Wir müssen Ihnen ein paar Fragen stellen.«

Martin Franke wischte sich die Hände an der Jeans ab. War er nervös? Er schluckte und atmete hörbar aus. Nach allem, was Charlotte wusste, hatte er auch Grund dazu, nervös zu sein.

»Wo waren Sie am Freitagabend zwischen zwanzig und zweiundzwanzig Uhr?«

»Wie bitte?« Sie sah ihm an, wie erschrocken er war. »Wollen Sie etwa wissen, ob ich ein Alibi habe?«

»Wir müssen Sie das fragen.« Charlotte ließ ihn keine Sekunde aus den Augen. Die Erregung ihres Gegenübers war nun nicht mehr zu übersehen.

»Ich ... ähm ... Ich war noch in der Schule. Und irgendwann auf dem Heimweg.«

»Kann das jemand bezeugen?«

»In der Schule, ja, klar, da haben mich bestimmt Schüler gesehen. Aber ich kann Ihnen nicht genau sagen wer.«

»Sie wissen, dass auf der Homepage des Internats ein Video hochgeladen wurde?«, fragte sie ihn.

»Ja, natürlich, die ganze Schule hat davon gesprochen.«

»Max Wenke berichtet in dem Video davon, dass Schüler auf Schloss Lemburg Opfer sexuellen Missbrauchs wurden«, sagte Käfer mit harter Stimme. »Was sagen Sie dazu?«

Schweißperlen bildeten sich auf Frankes Stirn. »Davon weiß ich nichts. Das sind doch nur Gerüchte.«

Charlotte entschied, in die Offensive zu gehen. »Sebastian Junglas hat ausgesagt, dass Sie bei der Durchführung der Drogentests Max Wenke gegenüber übergriffig geworden sind.«

Die Augen des Vertrauenslehrers weiteten sich. »Wie bitte?!«

»Sie haben mich richtig verstanden. Haben Sie intimen Kontakt zu Max Wenke gesucht?«

»Nein. Natürlich nicht. Was für eine infame Unterstellung!« Er knallte den Kofferraumdeckel zu und sah sie wütend an. »Ausgerechnet Junglas sagt so etwas? Der hat doch genug Dreck am Stecken.«

»Was soll das heißen?«

»Der würde selbst keinen einzigen Drogentest bestehen.«

»Wollen Sie damit sagen, Junglas konsumiert Drogen?«

Martin Franke nickte grimmig. »Und jetzt will er mir was anhängen, das Schwein.«

Will hier einer dem anderen eins auswischen?, überlegte

Charlotte. Um so von sich und den eigenen Taten abzulenken? Sie hatte den Eindruck.

»Hatten Sie eine intime Beziehung zu dem Jungen?«, hakte sie noch mal nach. Auch wenn Junglas etwas mit Drogen zu tun haben sollte, gerade waren sie wegen möglicher sexueller Übergriffe hier. Eins nach dem anderen.

»›Zu dem Jungen.‹ Das hört sich ja so an, als wäre er erst zehn. Ich höre schon das Gerede und Getratsche, die Verleumdungen, die Gehässigkeiten. Ich höre es jetzt schon. Aber Sie können mir nichts unterstellen, hören Sie, mir nicht!«

Martin Franke lief mit hochrotem Kopf um seinen Wagen herum und öffnete die Fahrertür. Wollte er wegfahren?

Charlotte ging einen schnellen Schritt auf ihn zu. »Moment, Herr Franke, wir sind noch nicht fertig.«

»Ich schon.« Mit diesen Worten schubste er sie von sich weg und setzte sich ans Steuer. Im gleichen Moment machte Käfer einen Satz auf ihn zu, aber da startete er schon den Wagen.

»Bleiben Sie hier!«, rief Käfer und riss an der Wagentür. Doch obwohl er sie mit aller Kraft festhielt, drückte Franke aufs Gas und raste los. Kafer wurde einige Meter mitgerissen und knallte auf den Schotterplatz.

Besorgt eilte Charlotte zu ihm. »Bist du okay? Nichts gebrochen?«

»Der hätte mich umbringen können!«, rief Käfer und rappelte sich auf. »Los, hinterher.«

»Bist du unverletzt?«

»Ja, sicher.«

Sie eilten zum Wagen. Als Käfer mit hohem Tempo hinter Franke herfuhr, sah Charlotte aus dem Augenwinkel, wie ein Schüler, gestützt von einem Mädchen, über den Parkplatz zur Schule humpelte. Beide trugen die grauen Schuluniformen, aber er sah mitgenommen aus, als hätte er einen Unfall oder Ähnliches gehabt.

»Kennst du den Jungen da vorn?«, fragte sie Käfer, der kurz den Kopf in Richtung ihres ausgestreckten Zeigefingers drehte.

»Äh was? Ja, glaube schon. Verdammt, was fährt der schnell! Ich bin mir nicht sicher, ob ich ihn einhole.«

Mit konzentrierter Miene steuerte er den Wagen über die Landstraße, während er über sein Funkgerät Verstärkung anforderte.

»Wie hieß der Junge?«, fragte Charlotte, nachdem Käfer die Funke wieder ausgeschaltet hatte.

»Weiß ich jetzt nicht. Guck dir diese Straße an, gerade wie ein Lineal.«

Der Tacho hatte die hundert Stundenkilometer inzwischen überschritten, aber Martin Franke hatte immer noch einen guten Vorsprung.

Charlotte verstand nicht, worauf er hinauswollte. »Und? Ist das so ungewöhnlich?«

»Das ist die Straße, auf der Alexander Wenke letztes Jahr tödlich verunglückt ist. Kannst du mir sagen, wie du dich hier totfahren willst?«

Sie blickte aus dem Fenster. Links und rechts war nur Ackerland, kein Graben, kaum Bäume. Sie zuckte mit den Schultern. »Er ist von der Straße abgekommen und hat sich überschlagen. Auf einsamen Landstraßen passieren doch häufig solche Unfälle.«

»Aber im Mai ist es abends um neun Uhr noch relativ hell, wie wir in den letzten Tagen eindrucksvoll sehen konnten, und ich fahre hundertzwanzig Sachen, ohne dass es irgendwie schwierig wird. Erlaubt sind hier allerdings nur siebzig.«

»Vielleicht hatte er einen Sekundenschlaf oder musste niesen, oder was weiß ich was. Käfer, auf Landstraßen dieser Art passieren doch immer die schlimmsten Sachen.«

»Ja, wenn rechts und links Bäume oder Gräben sind. Aber doch nicht, wenn alles von Wiesen umgeben ist.«

»Vorsicht, er biegt ab.«

»Verdammt!« Käfer musste eine Vollbremsung machen, um rechtzeitig um die enge Kurve fahren zu können. »Gleich haben wir ihn.«

*

Max, verdammt, was hast du dir nur dabei gedacht? Was sollte dieses Video? Martin Frankes Hände waren schweißnass und rutschten immer wieder vom Lenkrad ab. Im Rückspiegel sah er, dass die Kommissare ihm dicht auf den Fersen waren. Was machte er hier eigentlich? Warum rannte er schon wieder weg? Wie immer? Wie er es sein ganzes Leben lang getan hatte.

»Wie konntest du nur, Max? Wie konntest du nur?«

Ja, der Junge war genau sein Typ gewesen – ach was, der *Junge*. Max war doch kein Kind mehr! Er war ein junger Mann. Nicht mehr und nicht weniger. Und Franke war sich sicher gewesen, dass Max genau gewusst hatte, was er tat.

Er drückte aufs Gaspedal. Die Nadel auf dem Tacho war inzwischen gefährlich nah an der Hundertfünfzig.

Franke erinnerte sich noch genau, wie Max das erste Mal in seine Sprechstunde gekommen war. Es war kurz nach dem Tod seines Vaters gewesen, und er war tieftraurig über diesen tragischen Verlust. Er hatte ihn in den Arm genommen, und Max hatte die Umarmung akzeptiert, ja, er hatte sie sogar genossen, oder etwa nicht? Doch, da war er sich ganz sicher, Max wollte und brauchte diese körperliche Nähe damals. Die Sache hatte den Jungen verändert, das hatte er als Vertrauenslehrer ganz deutlich gespürt. Der gutaussehende Klassensprecher, dem alles zu gelingen schien, war verletzlich geworden, zeigte eine weichere Seite, die Franke so noch nicht an ihm kannte. Er wusste genau, wie sehr Max ihn in dieser Zeit gebraucht hatte und wie wenig ihm seine kleine Freundin helfen konnte, mit der er erst so kurz zusammen gewesen war.

»Missbrauch. Was für ein Schwachsinn!«, schimpfte er laut.

Er hatte ihn in den Arm genommen, ja, mehrfach. Gut, es war zu einigen Zärtlichkeiten gekommen, aber das war doch einvernehmlich gewesen. Dagegen hatte Max sich doch überhaupt nicht gewehrt. Und schließlich war er, Franke, doch der Ältere und der Erfahrenere, da war es ganz normal, dass er den Jüngeren in die Liebe einführte. Außerdem hatte er ihn ja auch nicht vergewaltigt. So was würde er doch niemals tun.

»Dir war das doch alles ganz recht«, sagte Martin Franke grimmig und dachte an den Moment, an dem ihm Max sein wahres Gesicht gezeigt hatte. Es war ein Nachmittag gewesen, an dem mal wieder die Drogentests auf dem Programm gestanden hatten.

»Kannst du für mich in den Becher pinkeln?«, flüsterte Max Franke ins Ohr und legte die Hand auf sein Knie. Dann rutschte er ganz nah an ihn heran, streichelte ihm den Nacken, küsste seine Wange, und kurz bevor Franke den Kuss erwidern konnte, wiederholte Max die Frage.

»Ich dachte, du nimmst nichts?«, fragte er ihn und erfuhr erst da, dass Max nach dem Tod seines Vaters zum ersten Mal zu Drogen gegriffen hatte.

Sie würden ihm guttun, sagte er, ihm helfen, mit der Trauer umzugehen. Es sei nur eine kurzfristige Sache, beteuerte er, Franke solle sich keine Sorgen machen, dass Max abhängig werden könnte, die Gefahr bestehe nicht.

»Und was krieg ich dafür, wenn ich dir helfe?«, fragte Franke ihn, und ja, er stellte diese Frage nicht ohne Hintergedanken.

Na und? Vor ihm hatte ein fast erwachsener Mann gesessen, mit dem man Klartext reden konnte. Außerdem war Max hinreißend und mit einem Adoniskörper gesegnet, der ihm schon den einen oder anderen heftigen Traum beschert hatte. So jung und schon so schön …

»Wenn du willst, hol ich dir jedes Mal einen runter, wenn du dafür sorgst, dass die Tests negativ sind«, hatte Max gesagt und grinsend hinzugefügt, dass er die Minute gern opfern würde.

Natürlich war das falsch gewesen, das wusste Franke mittlerweile auch. Aber Missbrauch war es beim besten Willen nicht. Max hatte ihm ein Angebot gemacht. Vielleicht hätte er nicht darauf eingehen dürfen, aber er war schließlich auch nur ein Mann. Und für sie beide war dieser Handel doch von Vorteil gewesen. Max hatte danach nicht nur in Ruhe weiter Drogen nehmen, sondern sich vor seinen Mitschülern auch noch als Held darstellen können, der die Drogenscreenings unter Kontrolle hatte, der alle anderen schützte. Franke wusste, wie sehr Max diese Heldenrolle genossen hatte. Die Bewunderung, den Neid, all das, was nur dem Star der Schule zustand: Max Wenke.

Im Rückspiegel sah er den Wagen der Polizei dicht hinter sich. Er berührte fast seine Stoßstange. Für einen Augenblick überlegte er, eine Vollbremsung zu machen und die Kommissare einfach auffahren zu lassen.

Was machst du hier eigentlich, was machst du hier?

Die Gedanken rasten wild durch seinen Kopf. Wo sollte diese Flucht bloß enden? Es war vollkommen sinnlos, weiter durch die Gegend zu brettern. Aber konnte er jetzt einfach so anhalten? Was würde dann passieren? Vielleicht würde er sie ja doch noch abhängen können – und dann?

Weg, erst mal weg!

Er dachte an den Streit, den Max und er am Morgen seines Todes gehabt hatten. »Ich werde der ganzen Welt erzählen, was für ein perverses Schwein du bist!«, hatte Max ihn angeschrien und im gleichen Moment wütend von sich weggestoßen.

Warum wollte er plötzlich nicht mehr? Okay, vielleicht war es in letzter Zeit zu oft vorgekommen, dass Franke den kleinen Dienst von seinem Schüler eingefordert hatte. Er musste zugeben, dass er sich Max nicht mehr nur bei den Drogentests genähert, sondern auch bei anderen Gelegenheiten versucht hatte, mit ihm intim zu werden. Aber niemals mit Gewalt. Nie. Warum hatte er ihm gleich so drohen müssen?

Niemand dürfe etwas davon erfahren, das hatte er Max deutlich gesagt. Sonst wäre Franke nicht nur seinen Job los, sondern auch für immer und ewig geächtet. Dann wäre er einer dieser Lehrer, die sich an Schülern vergreifen, und würde in einem Atemzug mit den Pädophilen vom Odenwald genannt werden. Das durfte er auf keinen Fall riskieren. Und das hätte Max auch kapieren müssen, verdammt.

Plötzlich sah er von rechts einen dunklen Schatten. Wie aus dem Nichts tauchte ein Traktor am Straßenrand auf. Erschrocken riss Franke das Lenkrad nach links, kam von der Straße ab und raste auf das Feld.

Scheiße, war's das jetzt? War's das?

Panisch versuchte er, den Wagen zum Stehen zu bringen, was ihm nach ein paar Metern schließlich gelang. Erschöpft ließ er seinen Kopf auf das Lenkrad sinken.

»Scheiße«, stöhnte er. Das hätte schiefgehen können. Sein Nacken schmerzte, aber ansonsten war ihm nichts passiert.

Als er die Wagentür öffnete, standen die Kommissare schon neben ihm, die Waffen in der Hand.

»Was sollte das denn?« Der Kommissar sah ihn wütend an. »Steigen Sie aus, sofort! Hände hinter den Kopf.«

Jetzt war alles vorbei, dachte Franke verzweifelt. Das halbe Münsterland würde sich das Maul über ihn zerreißen und ihn als Sexualverbrecher brandmarken.

»Ich wollte das alles nicht«, brachte er mit zitternder Stimme hervor.

Er wusste selbst, dass das nur die halbe Wahrheit war, und er war froh, dass ihm die Kommissare keine Handschellen anlegten, als sie ihn zu ihrem Wagen brachten.

12

»Kotte hat gesagt, du kannst morgen früh zum Zahnarzt, dann lässt er uns offiziell für ein paar Stunden weg«, sagte Marie.

Tom saß neben ihr auf der Bettkante und kühlte seine geschwollene Lippe. Er sah sie skeptisch an.

»Ich bin mir sicher, dass er uns zu zweit fahren lässt«, fuhr sie fort. »Hier ist noch nie jemand mit einer Sportverletzung allein zum Arzt gefahren.«

»Das sieht ja nun nicht wirklich nach einer Sportverletzung aus«, meinte Tom und zeigte ihr die Zähne. Der rechte Schneidezahn war abgebrochen, die Oberlippe stark geschwollen.

»Na und? Er hat es geglaubt, das reicht. Beim Lauftraining zu stolpern und mit dem Gesicht voll aufzuschlagen kommt doch nicht so selten vor. Das klappt schon alles, bestimmt.«

Bitte, Tom, jetzt sag schon ja, dachte Marie. Sie wollte ihn nicht anbetteln, aber sie wusste, dass sie es ohne ihn nicht schaffen würde. Junglas hatte ihr den Schwangerschaftstest besorgt und ihr gleich noch ein bisschen von seiner Spezialmischung gegeben, damit sie den Eingriff besser aushalten würde. Aber mehr wollte er nicht für sie tun. Er hatte sich energisch geweigert, die Abtreibung selbst durchzuführen, hatte ihr geraten, unbedingt zu einem Arzt oder zu Pro Familia zu gehen, die würden ihr helfen, ohne dass ihre Eltern etwas erfahren würden, hatte er gemeint. Aber sie gab nichts auf Sebastian Junglas' Ratschläge. Er war ein Dealer. Inwiefern konnte man sich auf die Tipps eines Drogendealers verlassen? Sie wusste, dass alle

Rechnungen an ihren Vater gingen. Daher kam eine legale Abtreibung nicht infrage. Ihre Eltern würden sie umbringen, enterben lassen, rausschmeißen … Nein, sie musste das selbst in die Hand nehmen. Und dafür brauchte sie Tom. Unbedingt.

»Außerdem merken die doch, dass ich nicht beim Zahnarzt war, wenn ich mit der Fresse wieder hier auftauche«, gab er zu bedenken.

»Da lassen wir uns eine Ausrede einfallen. Das mache ich schon!«

Für eine Weile saßen sie schweigend nebeneinander. Sollte sie noch weiter auf ihn einreden? Oder brauchte er einen Moment, um in Ruhe nachdenken zu können?

»Wo sollen wir das überhaupt anstellen?«, fragte Tom und wirkte dabei sehr unsicher. »Wir können das doch nicht auf deinem Bett hier machen. Marie, das geht doch alles nicht!«

»Mach dir darüber keine Sorgen. Ich weiß ein sicheres Versteck.«

»Aber wie soll das funktionieren? Ich bin zwar gut in Bio, aber ich bin doch kein Arzt!« Er klang immer verzweifelter.

Marie seufzte. Tom war nicht gerade bekannt dafür, mutig und entschlossen zu sein. Max hatte immer gesagt, dass er ein klassischer Mitläufertyp sei, und damit hatte er recht gehabt. Aber tat Tom sonst nicht immer das, was man ihm sagte? Konnte er diesmal nicht auch einfach funktionieren?

Sie stand auf und holte ihren Laptop vom Schreibtisch. »Es ist wirklich ganz einfach«, sagte sie und klappte den Computer auf. »Früher wurde das immer so gemacht. Schon im alten Ägypten haben Frauen so abgetrieben.«

Sie öffnete den Browser, und wenige Augenblicke später hatte sie die Seite geöffnet. Der Querschnitt eines weiblichen Unterleibs war dort zu sehen, in den ein langer schmaler Gegenstand eingeführt war.

»So eine Stricknadel hat sich als geeignetes Werkzeug dafür herausgestellt, damit geht es ganz einfach. Du musst sie nur einführen und ein paar Mal vorsichtig drehen, dann hat sich das Ganze erledigt.«

Sie spürte, wie ihr Herz pochte, als sie Tom den Ablauf der Abtreibung erklärte. Marie versuchte, sich ihre Nervosität und Angst nicht anmerken zu lassen.

Mit gerunzelter Stirn schaute Tom auf den Bildschirm. »Aber hier steht, dass es häufig zu Todesfällen kam, weil die Nadel die Gebärmutter durchstoßen hat. Marie, das ist doch saugefährlich!«

»Nein. Die hatten doch damals gar nicht diese Bilder, das hier ist doch quasi eine Anleitung! Das gab es damals doch gar nicht. So etwas passiert nicht, wenn man vorsichtig ist.«

Tom studierte intensiv die Abbildung. »Okay, es sieht nicht unmöglich aus«, murmelte er schließlich. »Trotzdem wäre es mir lieber, wenn du zum Arzt gehen würdest.«

»Aber dann erfahren es meine Eltern! Tom, bitte, die dürfen das niemals erfahren. Bitte, Tom, hilf mir ...«

Jetzt musste sie doch betteln, und das gefiel ihr gar nicht. Sie hatte immer Max an ihrer Seite gehabt, er hatte sich um alles gekümmert. Als seine Freundin hatte sie einen gewissen Status gehabt; allein um Max zu gefallen, hatten die anderen sie stets zuvorkommend behandelt. Dass sie jemanden wie Tom anbetteln musste, wäre vor nicht allzu langer Zeit noch undenkbar gewesen.

Andererseits bittest du ihn ja auch nicht um eine Zigarette, dachte sie. Der Gefallen, den er ihr tun sollte, war nicht gerade ohne.

»Pass auf, ich geb dir was von Sebastians Zeug, okay? Damit bist du hochkonzentriert und hast keine Angst. Wäre das eine Möglichkeit?«

Sie holte den Plastikbeutel hervor und hielt ihn Tom vor die Nase. Wurde sein Blick gierig? Es kam ihr fast so vor.

»Krieg ich den ganzen Beutel?«

»Meinetwegen. Ich will nur eine kleine Portion währenddessen haben. Ich hab keinen Bock auf die Schmerzen.«

Er nickte.

Gott sei Dank. Sie waren sich einig, er würde ihr helfen. Er würde den Fötus aus ihrem Bauch holen.

*

Es war das erste Mal seit Langem, dass sie an Bernds Tür klingelte, anstatt den Wohnungsschlüssel zu benutzen, den sie schon seit einem knappen Jahr an ihrem Schlüsselbund trug.

Warum tat sie das? Sie wusste es nicht. Doch, natürlich. Sie wollte es sich nur nicht eingestehen. Sie wollte ihn nicht einfach so überraschen, sie wollte, dass er wusste, dass sie nach Hause kam. Die Unbeschwertheit, die ihre Beziehung immer ausgemacht hatte, war von den Sorgen um ihre Schwangerschaft verdrängt worden. Von ihren Sorgen. Für Bernd schien es ja keine Probleme zu geben, dachte Charlotte und spürte, wie sie sofort wieder gereizt war.

»Wieso klingelst du denn?« Bernd stand in der offenen Tür und ließ sie rein.

»Ich hab den Schlüssel nicht gefunden«, log Charlotte.

Bernd drückte ihr einen Kuss auf den Mund und ging zügig in Richtung Küche. »Sorry, das Fleisch muss raus, sonst ist es hin. Essen ist gleich fertig.«

Der Geruch von Zwiebeln und Gebratenem stieg ihr in die Nase, als sie die Tür hinter sich schloss und durch den kleinen Flur in die Küche ging. Anders als sonst konnte sie diese Essensgerüche kaum ertragen. Schnellen Schrittes eilte sie zum Fenster und riss es etwas zu energisch auf. »Hier erstickt man ja.« Sie atmete die frische Abendluft tief ein.

Bernd warf ihr einen besorgten Blick zu, konzentrierte sich dann aber wieder auf den Herd. »Ich hab dein Steak richtig durchgebraten. Blutig ist jetzt ja leider nicht mehr.« Er legte ihr ein Stück Fleisch auf den Teller, das sie an eine alte Schuhsohle erinnerte, während er sich selbst ein saftiges Stück auftat, aus dem der rote Bratensaft herauslief.

Zärtlich küsste er sie auf die Stirn. »Ist ja nur vorübergehend«, sagte er tröstend und setzte sich.

»Das soll ich essen? Kommt gar nicht infrage.« Sie nahm seinen Teller und tauschte ihn gegen ihren aus. »Ich werde ja wohl noch ein blutiges Steak essen können. Ist ja lächerlich!«

Charlotte merkte, wie trotzig und albern sie klang. Sie wusste selbst, dass Schwangere kein rohes Fleisch essen sollten, aber sie weigerte sich, diese Tatsache für sich zu akzeptieren.

Bernd sagte nichts, sondern reichte ihr den Salat. Das machte sie noch wütender. Als sie ihr Steak anschnitt, und der Bratensaft wie frisches Blut aus dem Fleisch lief, brachte sie es nicht fertig, sich auch nur ein Stück davon in den Mund zu stecken. Genervt ließ sie ihre Gabel fallen und schob den Teller von sich.

»Alles okay, Charlotte?«

»Nein. Nichts ist okay!«

»Willst du lieber ein Brot essen oder so?«

»Nein. Ich will ein Steak essen. Ein blutiges Steak! So wie ich es liebe. Und ich will, dass es mir schmeckt.« Sie war erstaunt darüber, wie hart sie klang.

Bernd nahm ihre Hand. »Das ist doch bestimmt nur eine Phase. In ein paar Wochen kannst du sicher wieder Fleisch essen, ohne dass es dich ekelt.«

Sie atmete hörbar aus. »Bernd, ich will das alles nicht«, sagte sie nach einem Moment. »Ich will nicht, dass sich mein Körper in ein unkontrollierbares Etwas verwandelt, ich will nicht schwanger sein, und ich will auch kein Baby bekommen. Ich bin nicht dafür geschaffen, Mutter zu sein.«

Nun war es raus. Sie hatte es endlich einmal auf den Punkt gebracht.

»Du hast Angst davor. Das ist doch normal«, entgegnete Bernd. »Ich will mich hier nicht als großer Frauenversteher aufspielen, aber wenn ich schwanger wäre, hätte ich auch einen Heidenrespekt vor der Sache. Ich bin mir sicher, dass jede Frau Angst davor hat. Bei Sabine war das damals genauso.«

»Komm mir bitte nicht mit deiner Exfrau!«, stöhnte Charlotte.

»Tut mir leid, ist halt die einzige Schwangerschaft, die ich aus nächster Nähe kenne.« Bernd zuckte mit den Schultern und schnitt sich ein Stück von seinem Steak ab.

»Bei mir ist das aber anders. Ich habe keine Angst davor, Mutter zu sein, ich *weiß*, dass ich das nicht kann. Das ist alles. Und wenn man etwas nicht kann, sollte man es bleiben lassen.«

»Mensch, Charlotte! Elternsein ist doch nichts, was man kann oder nicht kann. Da wächst man doch rein. Das geht jedem so.« Bernd schüttelte den Kopf und klaute sich das blutige Steak von ihrem Teller zurück. »Du sorgst dich, dass du so wirst wie deine Mutter. Das ist es doch.«

Er schnitt sich ein große Stück von dem Fleisch ab und steckte es sich in den Mund. Kauend sah er Charlotte an, als wartete er darauf, dass sie seine These bestätigte.

Natürlich hatte er recht, das wusste sie selbst. Ihre verkorkste Kindheit war der Grund, weshalb sie sich nie nach einer eigenen Familie gesehnt hatte. Das System Familie hatte sie schließlich nur als gescheitert kennengelernt, warum sollte sie sich ausgerechnet daran abmühen? Und womöglich selbst als Mutter scheitern?

»Meine Kindheit war eine Katastrophe. Und meine Mutter war vollkommen überfordert.«

»Das weiß ich. Aber bei uns wird es anders sein«, sagte Bernd, nachdem er den Bissen runtergeschluckt hatte. »Ich bin Lehrer, Charlotte, und es gibt keinen Beruf, der sich besser zum Kinderkriegen eignet als dieser. Bei Sophie habe ich damals meine Stunden reduziert, das ist überhaupt kein Problem. Elternzeit gab es früher leider noch nicht, aber jetzt würde ich sie gern nehmen. Du kriegst das Kind doch nicht allein, Liebling. Wir machen das zusammen!«

Er lächelte sie aufmunternd an, und für einen Augenblick war sie versucht, sich seinem Optimismus anzuschließen. Aber es gelang ihr nicht.

»Bernd«, sagte sie und zwang sich, ihm direkt in die Augen zu schauen. »Du verstehst das nicht. Ich kann das nicht. Und das meine ich ganz ernst. Ich werde das Baby nicht bekommen.«

Er wollte sich gerade ein weiteres Stück Fleisch in den Mund stecken, hielt aber auf halbem Weg inne und legte die Gabel auf den Teller zurück. Auch seine Miene war sehr ernst. »Und was soll das heißen?«

»Das dürfte ja wohl klar sein.«

Energisch schüttelte er den Kopf und trank einen Schluck Wasser. »Ganz und gar nicht, Charlotte. Eine Abtreibung ist nämlich keine Option.«

»Für mich schon.«

In Bernds Blick lag eine Mischung aus Entsetzen und Wut. »Es ist nicht nur dein Kind, wenn ich dich daran erinnern darf. Ja, du musst es austragen, das hat die Natur nun mal so vorgesehen, aber es ist auch mein Kind. Und ich bin bereit, mich darum zu kümmern, ich nehme gern ein Jahr Elternzeit, stehe nachts auf und mache alles, was nötig ist. In meinem Beruf kann ich danach super Teilzeit arbeiten und mich auch weiterhin um unser Kind kümmern. Aber eine Abtreibung ... Nein, Charlotte. Eine Abtreibung werde ich nicht akzeptieren.«

Sie hatte ihn noch nie so aufgebracht erlebt. Normalerweise ruhte Bernd immer in sich, war gut gelaunt und optimistisch, verständnisvoll und immer auf ihrer Seite. Das war nun anders.

»Was soll das heißen, du würdest eine Abtreibung nicht akzeptieren?«, fragte sie und ärgerte sich, dass ihre Stimme zitterte. Sie wusste ganz genau, was das bedeuten sollte.

»Ich weiß nicht. Ich würde damit nicht klarkommen, wenn du so etwas tust.«

Er würde mich verlassen, dachte Charlotte und wurde mit einem Mal sauer. »Willst du mich unter Druck setzen?«

Er verdrehte die Augen, zerknüllte die Serviette und warf sie wütend auf den Tisch. »Mein Gott, Charlotte! Unter Druck setzen? Was redest du denn da? Ich meine es so, wie ich es sage. Wir sind keine Teenager mehr. Wir sind erwachsen. Natürlich würden wir es schaffen, ein Baby großzuziehen.« Er stand auf und hielt sich mit den Händen am Tisch fest. »Wenn du es abtreiben würdest, hätte ich das Gefühl, als würdest du unsere kleine Familie, die gerade erst am Entstehen ist, zerstören. Ich bin ein Familienmensch, Charlotte, ich könnte das nicht akzeptieren!«

»Ein Familienmensch, soso«, sagte sie spöttisch. »Deshalb bist du ja auch geschieden und siehst Sophie nur jedes zweite Wochenende.«

Sie bereute sofort, dass sie das gesagt hatte. Gott, wie konnte sie nur! Er hatte seine Exfrau damals in flagranti erwischt und wahnsinnig unter der Trennung gelitten, so wie er heute noch daran zu knabbern hatte, dass er seine Tochter nur so selten sah.

Das wusste sie doch alles. Wie konnte sie ihm nur eine solche Gemeinheit an den Kopf werfen?

Bernd war ganz offensichtlich tief verletzt und starrte sie fassungslos an.

Entschuldige dich, los, entschuldige dich!

Sie schluckte. »Tut mir …«

Aber er ließ sie nicht ausreden. »Ich muss an die frische Luft«, presste er mühsam hervor und lief eilig aus der Küche.

Einen Augenblick später hörte Charlotte die Tür ins Schloss knallen.

*

Dr. Thomas Berg hatte extrem schlecht geschlafen. Albträume hatten ihn immer wieder aus dem Schlaf gerissen. Gegen halb fünf in der Früh war er ein letztes Mal schweißgebadet wach geworden und hatte nicht mehr einschlafen können. Die Gedanken hatten ihn wachgehalten, die Sorgen um sein Lebenswerk gequält.

Ja, Schloss Lemburg war sein Lebenswerk. Als er vor nunmehr dreißig Jahren die Leitung des Internats übernommen hatte, war die Einrichtung beim besten Willen nicht das gewesen, was sie heute war. Es waren die 1980er-Jahre, Friedensdemonstrationen und Öko-Bewusstsein hatten bei den Schülern damals ganz hoch im Kurs gestanden. Körner fressen und Joints rauchen, ja, darin waren sie gut gewesen, aber Disziplin hatte keiner von denen gekannt. Das hatte sich geändert, als Berg Schulleiter auf Schloss Lemburg wurde. Er hatte für Zucht und Ordnung gesorgt. Hatte aufgeräumt und in mühevoller Arbeit aus dem Internat die Schule gemacht, die heute einen so vorbildlichen Ruf genoss.

Kurz nach seinem Amtsantritt hatte er die Schuluniformen

eingeführt – wohlgemerkt gegen den Widerstand der Lehrerschaft, in der selbst genug Alternative hockten. Aber er hatte es satt, dass die jungen Leute mit Palästinensertuch und kaputten Jeans im Unterricht saßen, und er war überzeugt davon, dass auch ein äußeres Erscheinungsbild Disziplin und Leistung förderte.

Als Nächstes trennte er sich von den aufmüpfigen Lehrern und ersetzte sie durch diejenigen, die die gleichen Ansichten vertraten wie er. Natürlich bedeutete das auch, dass die Lehrerschaft insgesamt etwas älter und konservativer wurde, aber ein erfahrener Lehrer hatte schließlich noch keinem geschadet. Insgesamt dauerte es zwei Jahre, bis die Schule auf Linie war. Achtundvierzig Schüler und sieben Lehrer verließen in dieser Zeit das Internat, die Gebühren wurden hochgesetzt, die Regeln verschärft, dann stand Schloss Lemburg plötzlich ganz oben auf der Liste der Elite-Internate Deutschlands. Und spätestens als Ende der 1990er-Jahre ein ehemaliger Schüler Ministerpräsident von Nordrhein-Westfalen wurde, hatte Schloss Lemburg seinen Ruf als Kaderschmiede gefestigt.

Und dabei sollte es gefälligst auch bleiben.

Ob er die Podiumsdiskussion nicht absagen wolle, hatte Frau Leffers, seine Sekretärin, ihn gefragt, als er am Morgen in sein Büro gekommen war.

»Um Himmels willen! Natürlich nicht«, hatte er sie angeblafft.

Alles musste so normal wie nur irgend möglich weiterlaufen. Gerade in diesen schweren Zeiten musste er Präsenz zeigen und den anderen Direktoren beweisen, wie gut es auf dem Schloss lief, trotz des Todes von Max Wenke. Absagen. Was für eine absurde Idee! Und was für ein Zeichen von Schwäche.

Berg saß an seinem Schreibtisch und arbeitete an seinen Argumenten, die er auf der Podiumsdiskussion vorbringen wollte.

»Ich halte Ordnung, Selbstüberwindung und Gehorsam für wichtige Stützen junger Menschen auf dem Weg zur inneren Freiheit«, murmelte er, während er die Wörter in seinen Computer eingab.

Ja, das hörte sich gut an, das klang nach etwas Großem, nach einem höheren Ziel. Zufrieden las er sich den Satz noch einmal durch, als es an der Tür klopfte.

Bevor er »Jetzt nicht!« rufen konnte, stand die Kommissarin bereits im Zimmer. Er bemühte sich, nicht allzu genervt zu wirken, aber wenn er ehrlich war, ging ihm die Frau gewaltig auf den Keks. Was musste sie denn dauernd hier herumschnüffeln? Hatten die etwa immer noch Zweifel daran, dass es Selbstmord gewesen war?

»Hatte ich schon ›Herein‹ gesagt?« Er lächelte sie mit verkniffenen Lippen an.

»Ich glaube schon.«

Na, die wirkte auch nicht besser gelaunt als er. Blass sah sie aus, mit dunklen Ringen unter den Augen. Es freute ihn ein wenig, dass die Kommissarin offensichtlich auch keine bessere Nacht gehabt hatte als er.

»Was kann ich denn nun wieder für Sie tun, Frau Schneidmann?«

Ohne eine Aufforderung abzuwarten, setzte sich die Kommissarin auf einen der Lederstühle, die vor seinem Schreibtisch standen. Höflichkeit war eben nicht jedermanns Sache.

»Ich habe heute Morgen neue Ergebnisse aus der Gerichtsmedizin bekommen. Max Wenke hatte ein Opioid genommen, bevor er starb. Außerdem wurden in seinem Blut Spuren von Kokain und Amphetamin gefunden. Die Haaranalysen beweisen, dass er diese Drogen häufiger konsumiert hat. Ganz offensichtlich hat er erst nach dem Tod seines Vaters mit dem Konsum begonnen, das geht aus der Analyse deutlich hervor.

Vor ungefähr zwölf Monaten muss er damit angefangen haben. Können Sie sich erklären, woher er sie bekommen hat?«

»Nein. Darüber weiß ich nichts.«

»Es besteht der dringende Verdacht, dass er hier auf der Schule mit Drogen versorgt wurde.«

Berg hatte Mühe, nicht laut loszulachen. Na klar, dachte er. Vermutlich habe ich selbst die Mittel vor Schulbeginn verteilt.

»Das ist Blödsinn. Wir haben kein Drogenproblem auf Schloss Lemburg. Sie wissen, dass wir regelmäßig Tests durchführen.«

»Wir halten es für möglich, dass die Drogentest manipuliert wurden.«

»Ach ja? Von wem denn?«

»Martin Franke steht unter dem Verdacht, die Urinproben verstauscht zu haben. Die Frage ist nun, woher die Schüler die Drogen überhaupt hatten. Der Name Sebastian Junglas ist in diesem Zusammenhang gefallen.«

Das wurde ja immer besser. Wen würden sie als Nächstes verdächtigen, die Putzkolonne?

»Unsinn! Junglas hat damit garantiert nichts zu tun.«

»Warum schließen Sie das so kategorisch aus?«

Berg schüttelte energisch den Kopf. »Für den lege ich meine Hand ins Feuer. Ich bin mir sicher, dass er mit Drogen nichts am Hut hat. Das passt gar nicht zu ihm.«

»Was macht Sie da so sicher?«

Meine Güte, hatte die Frau eine zickige Stimme heute.

»Sebastian Junglas ist ein herausragender Pädagoge und Erzieher, der immer um das Wohl seiner Schüler besorgt ist. Er ist aufrichtig und vertrauenswürdig. Die jungen Leute haben ein sehr herzliches Verhältnis zu ihm, es erscheint mir vollkommener Quatsch, dass er etwas mit Drogen zu tun haben könnte. Jedenfalls mit solchen harten, von denen Sie da erzählen. Er war früher so etwas wie ein Hippie, auch wenn es die Ende der Siebziger gar nicht mehr so richtig gab. Sie wissen schon, ein Linker halt, mit Palästinenserschal und langen Haaren und gegen die Wohlstandsgesellschaft und so. Wenn Sie gesagt hätten, er würde ab und zu mal einen Joint rauchen, dann hätte ich das durchaus geglaubt. Aber Kokain? Opiate? Amphetamin? Ich versichere Ihnen, dass Sie sich da in etwas verrannt haben.«

»Das überlassen Sie mal besser mir. Wo finde ich Herrn Junglas?«

»Er hat heute frei. Vermutlich ist er in seiner Wohnung in Münster.«

Die Kommissarin bat ihn, ihr die Adresse zu geben, und Berg suchte sie genervt heraus. Warum muss ich hier eigentlich den Job von Frau Leffers machen?, dachte er verärgert. Als wenn er nicht Wichtigeres zu tun hätte.

»Wir mussten Herrn Franke gestern übrigens kurzfristig mit aufs Präsidium nehmen. Falls er heute Unterricht haben sollte, müssten Sie eine Vertretung für ihn finden.«

»Wie bitte?« Berg sah sie erstaunt an. Was kam denn bitte jetzt? »Weil er eine Urinprobe vertauscht haben soll?«

»Nein. Der Verdacht des sexuellen Missbrauchs steht im Moment noch im Raum. Ich bin unter anderem hier, um herauszufinden, ob Max das einzige Opfer war oder ob noch mehr Schüler belästigt worden sind. Wissen Sie etwas darüber?«

Er stöhnte laut auf. Das durfte doch nicht wahr sein! »O bitte, kommen Sie mir nicht mit dem Kram! Wissen Sie, wie viele meiner Kollegen in der letzten Zeit mit dem Thema Missbrauch zu tun hatten? Sobald ich auf einen anderen Internatsdirektor treffe, kommt dieses elendige Thema auf den Tisch. Aber hier bei uns? Nein, hier gibt es so was nicht. Ich habe von Herrn Frankes sexueller Neigung zwar durchaus schon mal gehört, aber soviel ich weiß, bezog sie sich nicht auf Kinder.«

»Ich würde Max auch nicht als Kind bezeichnen. Ihnen ist nie etwas Merkwürdiges zwischen den beiden aufgefallen? Oder zwischen Herrn Franke und anderen Schülern?«

Berg sah sie fast flehend an. »Liebe Frau Schneidmann, reicht es nicht, dass wir einen toten Schüler im Internat haben? Müssen Sie da auch noch eine sexuelle Komponente reinbringen? Wissen Sie, wie sich die Leute darüber das Maul zerreißen werden?«

»Das ist mir ehrlich gesagt ziemlich schnuppe. Ich muss einen Mord aufklären«, sagte Charlotte Schneidmann pampig.

»Ja, aber es war doch ganz offensichtlich Selbstmord.«

»Danach sieht es im Moment nicht aus. Und es wäre schön, wenn Sie Ihre Energien darauf verwenden würden, uns bei unserer Arbeit zu unterstützen, Herr Dr. Berg. Denn eventuell läuft in Ihrer fabelhaften Einrichtung zurzeit noch ein Mörder frei herum. Wollen Sie es verantworten, wenn er ein zweites Mal zuschlägt?« Die Kommissarin wurde fast laut.

»Ein Mörder? Sie sind ja hysterisch.«

»Nein. Bin ich nicht.« Charlotte Schneidmann stand auf und sah ihn wütend an.

Meine Güte, was ist denn mit der los?, dachte Berg. Bisher hatte er die Kommissarin immer nur sehr kontrolliert erlebt, emotionale Ausbrüche hätte er eher ihrem Kollegen, diesem Käfer, zugetraut.

Als Charlotte Schneidmann gerade wieder ansetzen wollte, etwas zu sagen, wurde die Bürotür aufgerissen, und Herr Kotte eilte in den Raum. Er war außer Atem, als wäre er den Weg von den Klassenräumen bis hierher sehr schnell gegangen. »Dr. Berg …«

»Herr Kotte«, unterbrach Thomas Berg ihn streng. »Ich befinde mich mitten in einem Gespräch!«

Sodom und Gomorrha, dachte er. Kann sich denn hier niemand mehr benehmen?

»Tut mir leid. Aber Tom Bülter und Marie Sandlund sind verschwunden! Zuerst dachte ich, sie hätten sich nur verspätet. Aber jetzt tauchen sie gar nicht mehr auf. Angesichts der Umstände dachte ich, Sie sollten das wissen.«

Berg sah ihn tadelnd an. »Auch in einer Schule wie der unseren kann es mal vorkommen, dass Schüler den Unterricht schwänzen. Deshalb müssen Sie doch nicht gleich so ein Fass aufmachen!«

»Richtig. Aber die zwei haben sich gestern für den heutigen Unterricht abgemeldet. Tom ist beim Sport gestürzt, er hat sich einen Zahn ausgeschlagen und musste zum Zahnarzt nach Burgsteinfurt. Zur dritten Stunde sollten sie eigentlich wieder da sein. Als sie nicht auftauchten, habe ich beim Arzt angerufen und erfahren, dass sie gar nicht da waren. Sie hatten noch nicht mal einen Termin!«

Was ist denn nun schon wieder los?, dachte Berg verärgert. Tanzte etwa schon wieder jemand aus der Reihe?

»Das ist in der Tat merkwürdig«, mischte die Kommissarin sich ein. »Ich werde mich mal nach ihnen umschauen. Wohin ziehen sich die Schüler denn am liebsten zurück?«

Berg überlegte einen Moment und nannte ihr dann den Schuppen hinter der Turnhalle sowie eine steinerne Bank am Wegesrand. »Das sind jedenfalls die klassischen Treffpunkte für Liebespaare. Trotzdem, das Schloss ist groß, hier gibt es jede Menge Verstecke. Allerdings frage ich mich, warum sie sich überhaupt verstecken sollten. Ist es nicht viel wahrscheinlicher, dass sie in Burgsteinfurt shoppen sind oder so etwas?«

Die Kommissarin sah ihn mit einem Gesichtsausdruck an,

als hätte er etwas besonders Dummes gesagt. Es ärgerte ihn, dass diese Frau, die um so viele Jahre jünger war als er, ihn von oben herab behandelte. Das gehörte sich nicht.

»Der Freund von Marie Sandlund ist gerade gestorben. Tom Bülter, der zu Max' Clique gehörte, hat einen Zahn verloren. Glauben Sie wirklich, die beiden sind shoppen?«

Ja, gut, er musste zugeben, dass das unwahrscheinlich war.

»Ich könnte mir eher vorstellen, dass ein trauerndes Mädchen und ein wodurch auch immer verletzter Junge ihren Schmerz betäuben wollen.«

»Kommen Sie mir doch nicht wieder mit Ihrer Drogentheorie!«

Die Kommissarin ignorierte ihn und bat Herrn Kotte, sie anzurufen, falls die Jugendlichen in der Zwischenzeit wieder auftauchen sollten. Dann verabschiedete sie sich endlich.

»Es ist vermutlich alles ganz harmlos«, sagte Berg zu Kotte, als die Kommissarin gegangen war. »Vielleicht haben sie die Zeit vergessen und sitzen irgendwo ganz gemütlich herum.«

Doch ihm war klar, dass er mit dieser Annahme falschlag. Keiner seiner Schüler würde es wagen, den Unterricht ohne einen triftigen Grund zu verpassen.

*

Sie durften nicht noch mehr Zeit verlieren. Alles hatte viel länger gedauert, als sie es geplant hatten. Junglas hatte gesagt, es wäre ein Kinderspiel, die versteckte Tür zu öffnen. Das Gegenteil war der Fall gewesen. Sie hatten ewig gebraucht, bis sie endlich in den alten Dienstbotenaufgang hineingehen konnten. Die Tür hatte sich viel schwerer öffnen lassen, als er gesagt hatte, sie hatten einfach nicht kapiert, wie der Mechanismus funktionierte.

Max wäre so etwas niemals passiert. Er hätte die Tür garantiert in zehn Sekunden aufgehabt.

Max.

Es musste schnell gehen. Wenn sie noch eine Stunde verpassten, würde Kotte das bestimmt melden. Und eine Strafarbeit war das Letzte, was sie noch gebrauchen konnte. Die Noten am Jahresende mussten stimmen, egal wie tief sie in der Scheiße steckte. Und sie steckte ziemlich tief drin, das wusste Marie ganz genau.

Der Ort, den sie ausgewählt hatte, war nicht gerade ideal, aber sie hatten keine Alternative. Zum Glück hatte Junglas nicht wissen wollen, was sie hier vorhatten. Es war ihm egal. Wie immer. Oder er konnte es sich denken, nach all dem, worum sie ihn gebeten hatte. Den Schwangerschaftstest. Die Stricknadeln. Und natürlich den Stoff.

Drei große Stabtaschenlampen hatten sie dabei, und gerade zog Tom noch eine Line. Sie selbst hatte auch schon etwas genommen. Es war nicht viel gewesen, würde aber reichen, um ihr die Schmerzen zu nehmen.

Sie hatte den Rock ihrer grauen Schuluniform und den Slip ausgezogen. Mit gespreizten Beinen saß sie auf der dritten Stufe und leuchtete mit zwei Taschenlampen in ihren Schoß, während Tom mit der dritten Lampe etwas verschämt vor ihr hockte. Marie konnte sich nicht erinnern, jemals in einer so entwürdigenden Situation gewesen zu sein. Es war schrecklich, ein wahrgewordener Albtraum. Sie kam sich vor wie die Hauptdarstellerin in einem mittelalterlichen Film.

»Mach schon!« Sie bemühte sich, mit besonders aufmunternder Stimme zu sprechen, um Tom die Angst zu nehmen. »Es ist nur eine Muschi, nicht das Zentrum der Macht«, versuchte sie zu scherzen.

Sie wollte auf keinen Fall, dass Tom einen Rückzieher machte.

»Ich weiß wirklich nicht, ob ich das kann«, stotterte er.

Keine Frage, er hatte genauso viel Angst wie sie. Aber sie mussten das jetzt durchziehen. Es gab keinen anderen Weg.

»Du kannst das. Wir haben doch alles ganz genau besprochen.«

»Scheiße, ich weiß echt nicht ...«

»Es ist alles gut, Tom«, sagte sie betont sanft und hoffte, dass er das Zittern in ihrer Stimme nicht hörte. »Die Stricknadel habe ich bereits desinfiziert. Geh noch mal mit dem Feuerzeug drüber, und gut ist. Du führst sie vorsichtig in mich ein, langsam und so tief, wie es geht. Mach dir keine Sorgen, ich merke schon, wenn sie in der Gebärmutter ist. Dann fährst du ein paar Mal von links nach rechts und von oben nach unten, und dann wieder raus damit. Du wirst sehen, es geht ganz einfach.«

»Und wenn ich dich verletze?«

»Wenn du vorsichtig bist, wird nichts passieren.«

Während Tom mit dem Feuerzeug die Stricknadel abflammte, musste sie an ihre Mutter denken. Natürlich hatte sie Marie nie aufgeklärt – wann auch, sie war ja nie da gewesen. Trotzdem war es immer ihre Sorge gewesen, dass die Tochter ungewollt schwanger werden könnte. Schon früh hatte sie ihr deshalb die Pille besorgt. Nun war es trotzdem passiert. Und das alles nur, weil sie ein, zwei Mal die Pille vergessen hatte. Oder war es doch häufiger gewesen? Wenn sie drauf war, wusste sie manchmal nicht mehr genau, ob sie sie geschluckt hatte oder nicht.

Nun war es eh egal. Marie wünschte sich, sie hätte mit ihrer Mutter über alles reden können. Aber wie hätte so ein Gespräch überhaupt ablaufen sollen? Sie konnte sich an keine persönliche oder intime Unterhaltung mit ihr erinnern.

»So, fertig.« Tom steckte das Feuerzeug wieder in seine Hosentasche.

»Dann fang an. Das wird schon.« Sie lächelte aufmunternd, obwohl es in ihrem Inneren ganz anders aussah. Ihr Herz raste, und sie hatte Mühe, die Taschenlampen ruhigzuhalten.

Tom seufzte und nahm seine Lampe schließlich in den Mund. Dann leuchtete er ihr direkt zwischen die Beine. Mit der linken Hand öffnete er vorsichtig ihre Schamlippen, nicht ohne vorher mindestens dreimal zurückzuzucken.

»Du kannst sie ruhig anfassen«, sagte Marie betont gelassen. »Wenn es wehtut, sage ich Bescheid, okay?«

Marie spürte, wie er ihre Vagina spreizte. Dann führte er vorsichtig die Stricknadel ein.

Max, ging es ihr durch den Kopf, wo bist du nur? Wie hatte sich ihr Leben verändert, seitdem er gegangen war. Vor wenigen Tagen war sie noch eines der angesehensten Mädchen der Schule gewesen, sie war mit dem Jungen zusammen, den alle anderen auch haben wollten. Ihre Noten waren gut, und eine wunderbare Zukunft schien vorprogrammiert. Und jetzt? Jetzt hockte sie in einem muffigen Treppenaufgang, in einer entwürdigenden Position und war auf die Hilfe eines Jungen angewiesen, den sie noch vor einer Woche kaum wahrgenommen hatte. Was wusste sie eigentlich über Tom? Konnte sie ihm überhaupt vertrauen?

»Ideal wäre es, wenn ich den Fötus direkt aufspießen könnte«, nuschelte er undeutlich. »Und dann einfach wie am Spieß rausziehen.« Er kicherte.

Sie war nicht in der Lage, auf diese Geschmacklosigkeit zu reagieren. Er war auf Koks und Amphetaminen, das durfte sie nicht vergessen. Hatte er sich noch im Griff? Marie hatte oft genug erlebt, wie sich jemand durch die Droge veränderte. Klar, alle nahmen ab und zu was, um den Druck auf dem Internat auszuhalten, um überhaupt funktionieren zu können und die hohen Erwartungen, die die Lehrer und Eltern an sie stellten, zu erfüllen. Selbst Max hatte nach dem Tod seines Vaters etwas gebraucht.

Tom nahm mit der einen Hand die Taschenlampe aus dem Mund, während er mit der anderen die Stricknadel festhielt. »Ist sie drin?«, fragte er und grinste anzüglich.

Für einen Moment hatte Marie das Gefühl, die Kontrolle zu verlieren. Sie hatte immer über Tom gestanden, war wichtiger und einflussreicher als er gewesen. Aber jetzt, so breitbeinig, ihr Intimstes entblößend, fühlte sie sich mit einem Mal hilflos, ja ausgeliefert. Fand er es womöglich geil, an ihr rumzufingern? Würde er die Situation etwa ausnutzen?

Reiß dich zusammen, ermahnte sich Marie. Denk daran, wer Tom ist und wer du bist.

»Hör auf zu grinsen, du Wichser!«, sagte sie mit aller Wut, die sie in sich spürte.

Es wirkte. Sofort war Tom wieder ernst.

»Du musst noch etwas tiefer, vorsichtig durch den Muttermund durch … ah!«

Ein Schmerz durchfuhr sie, nicht besonders schlimm, sie kannte das vom Sex. Wenn Max zu wild gewesen war, war er schon mal gegen den Muttermund gestoßen. Jetzt war die Nadel wenigstens da, wo sie sein sollte.

»Okay.« Marie versuchte, normal zu sprechen und ihre Atmung zu kontrollieren. »Mach eine leichte Drehung. Einmal mit der Stricknadel im Kreis herum.« Sie bemühte sich, wieder etwas freundlicher zu sein, aber trotzdem die Oberhand zu behalten. »Einfach vorsichtig drehen.«

Doch anstatt die Nadel zu drehen, stocherte Tom in ihr herum. Marie biss die Zähne zusammen. Jetzt erinnerten sie die Schmerzen beim besten Willen nicht mehr an wilden Geschlechtsverkehr, eher an Regelschmerzen, nur tausendfach stärker. Was machte Tom da nur?

»Nicht so doll, Tom, nicht so ... Drehen, nicht zustechen! Scheiße!«

Die Schmerzen waren kaum noch auszuhalten, und Marie brauchte ihre ganze Willenskraft, um nicht laut loszuschreien.

»Zieh das Scheißding raus«, brachte sie mühsam über die Lippen.

»Ja, okay. Warte ... Irgendwie hat es sich ein bisschen verhakt ... Ich hab es.« Er hielt ihr die Stricknadel vors Gesicht, an der blutiges Gewebe hing. »Sieht so aus, als wäre es raus. Vielleicht sollte ich Gynäkologe werden«, fügte er noch grinsend hinzu.

Marie atmete hektisch ein und aus. Den Schmerz wegatmen, dachte sie, einfach wegatmen. »Gut.« Sie keuchte. »Scheint alles ... geklappt zu haben ...«

Sie konnte kaum sprechen. Die Schmerzen waren immer noch unerträglich. Sie griff zu der Tasche, die neben ihr auf der Stufe lag und in der sie eine Packung Tampons aufbewahrte.

»Willst du dir die da reinstecken?«, kicherte Tom.

Das ist alles so demütigend, ging es ihr durch den Kopf. Konnte er sich nicht wenigstens mal umdrehen?

Als sie ihn gerade darum bitten wollte, sah sie, wie sich sein Gesichtsausdruck mit einem Mal veränderte. »Ma... Marie?« Er war totenbleich, und seine Unterlippe zitterte.

»Was ist denn?«, stöhnte sie.

Was war los mit ihm?

Warum starrte er ihr immer noch so zwischen die Beine?

»Da kommt Blut.«

»Keine Sorge, das ist normal«, sagte sie leise. »Du hast gerade 'ne Abtreibung bei mir durchgeführt. Das blutet immer ein bisschen. Stand auch so im Internet.«

»Das … das ist nicht ein bisschen.«

Und dann hörte sie selbst, wie etwas aus ihr herauslief und die Treppenstufen hinunterplätscherte, in einer Geschwindigkeit und Menge, als würde sie pinkeln.

13

Käfer las sich noch einmal das Protokoll durch, das er von der Vernehmung von Martin Franke angefertigt hatte. Keine Frage, der Vertrauenslehrer hatte große Schuld auf sich geladen. Auch wenn er dem Mann glaubte, dass es zwischen ihm und Max nicht zum Geschlechtsverkehr gekommen war, so hatten seine Annährungsversuche und Fummeleien doch das Abhängigkeitsverhältnis, in dem Max sich befunden hatte, ausgenutzt. Und damit war es Missbrauch.

»Ich habe ihn höchstens geküsst«, hatte Franke verzweifelt ausgesagt. »Mehr war da nicht! Und wenn er mich berührt hat, war das doch alles freiwillig. Außerdem bin ich nur ein paar Jahre älter als er. Wenn ich nicht sein Lehrer gewesen wäre, wäre das doch alles kein Problem gewesen.«

»Aber Sie waren sein Lehrer, Herr Franke.«

Mit hängenden Schultern hatte der Lehrer vor ihm gesessen, und schließlich war der Mann in Tränen ausgebrochen. Käfer konnte kein Mitleid mit ihm haben. Er wusste noch nicht mal, ob er Franke glauben sollte, dass Max ihm sexuelle Gefälligkeiten angeboten hatte, wenn der Lehrer im Gegenzug die Drogentests manipulierte. Und selbst wenn das stimmen sollte, hätte Franke auf so ein Angebot niemals eingehen dürfen.

Eine Sache stimmte ihn allerdings nachdenklich.

»Wenn er sich missbraucht fühlte, warum hat er nicht alles bei Dr. Berg gemeldet?«, hatte Franke gesagt.

Ja, dachte Käfer, warum hatte sich Max Wenke nicht dem

Schulleiter oder irgendjemand anderem anvertraut? Scham mochte ein Motiv sein, konnte aber nicht alles erklären. Immerhin hatte der Junge vorgehabt, den Missbrauch durch das Video öffentlich zu machen. Dafür musste er seine Scham ja auch überwinden. Wenn ihn jemand umgebracht hatte und Max wirklich nicht hatte sterben wollen, dann musste ihm bewusst gewesen sein, dass der Missbrauch einer breiten Öffentlichkeit bekannt werden würde. Hätte er es vorher dem Direktor gemeldet, hätte das vermutlich sofort Konsequenzen für Franke gehabt, und der grabschende Lehrer wäre aus dem Verkehr gezogen worden.

Nachdem Käfer die Fingerabdrücke des Mannes gesichert hatte, um sie mit denen auf der eisernen Jungfrau zu vergleichen, war Franke abgeführt worden. Wegen der großen Fluchtgefahr und weil das Ausmaß seines Missbrauchs noch nicht abzuschätzen war, kam er zunächst in Untersuchungshaft. Seine Karriere als Lehrer war damit definitiv beendet.

Käfer dachte an das, was Franke ihm über den Erzieher Sebastian Junglas gesagt hatte. Sollte er die Schüler wirklich mit Drogen versorgt haben? Warum machte ein Erzieher so etwas? Natürlich mochte Geld eine Rolle spielen, aber konnte das alles sein? Nein, vermutlich nicht. Die Fallhöhe war eine ganz andere als bei einem »gewöhnlichen« Kriminellen. Pädagogen sollten sich dem Wohl ihrer Schützlinge normalerweise doch besonders verpflichtet fühlen, aber Junglas schädigte sie ganz bewusst, indem er ihnen Drogen gab. Käfer wusste von seiner Arbeit bei der Polizei, dass meistens mehr dahintersteckte, wenn ein Kollege auf die schiefe Bahn geriet. Die pure Geldgier ließ kaum einen Beamten straffällig werden, in der Regel waren die Gründe komplexer. Ein normaler Dealer, Räuber oder Mörder konnte meist auf eine kriminelle Karriere zurückblicken. Man fing klein an, drehte immer mehr krumme

Dinger, und am Ende war der Sprung zum richtig großen Verbrechen nur noch minimal. Käfer hielt es für unwahrscheinlich, dass Junglas eine solche Karriere hinter sich hatte. Im System hatte er jedenfalls nichts über ihn gefunden.

War er vielleicht selbst drogenabhängig? Was bewegte Sebastian Junglas sonst dazu, gegen sein Berufsethos zu verstoßen und seine Schützlinge bewusst zu schädigen? Abneigung und Hass kamen Käfer als Erstes in den Sinn. Aber war es wirklich der Hass auf die Schüler? Oder nicht eher auf die Schule und ihre Ideale, die Junglas durch seinen Drogenverkauf ebenfalls sabotierte? Aber weshalb verließ er die Einrichtung nicht einfach? Berg hatte ihn als Hippie oder eher noch als Linken bezeichnet, der vielleicht mal kiffen würde. So einer passte doch überhaupt nicht auf dieses Internat.

»Warum haben Sie Junglas nie angezeigt?«, hatte Käfer Martin Franke gefragt, und seine Antwort hatte ihn erschüttert.

»Wissen Sie, auf dieser Schule ist es immer ganz gut, wenn Sie noch einen Trumpf im Ärmel haben«, hatte der Lehrer gesagt. Franke hatte also das Wissen um die kriminellen Machenschaften seines Kollegen verschwiegen, damit dieser den Mund hielt, wenn er ihm einmal auf die Schliche kommen sollte. Was für ein Sumpf, dachte Käfer und griff zum Telefon.

»Ich habe von Ihrer Kollegin schon erfahren, dass Sie Herrn Franke festgenommen haben«, sagte Berg am anderen Ende der Leitung. Er klang genervt.

»Können Sie sich erklären, warum Max Wenke den Missbrauch durch seinen Lehrer nicht bei Ihnen angezeigt hat?«

»Ich nehme an, weil es keiner war«, sagte Berg schnippisch, und Käfer unterdrückte ein genervtes Stöhnen.

Dieser Typ war in seiner Borniertheit einfach unerträglich! Doch dann wurde er hellhörig.

»An Max' Todestag hatten Franke und er morgens einen Riesenstreit«, erzählte der Direktor widerwillig. »Ich habe das durch Zufall mitbekommen. Max war wütend, und ich hörte, wie er ›Ich mach dich fertig!‹ oder so etwas Ähnliches schrie. Ich weiß nicht, um was es ging, aber Max war wohl wegen irgendetwas sauer. Deshalb hat er sich diese ganze Missbrauchsnummer wahrscheinlich ausgedacht. Aus Rache.«

Das glaubte Käfer nicht. Dennoch beendete er das Gespräch. Es gab keinen Zweifel daran, dass Max missbraucht worden war, das hatte Franke im Prinzip selbst zugegeben. Aber warum hatte der Lehrer ihm nichts von dem Streit erzählt, den Berg eben erwähnt hatte? Warum hatte er ihm das verschwiegen?

Nachdenklich blickte Käfer auf das Protokoll. Was war Max Wenke nur für ein Typ gewesen? Auf der einen Seite der Star der Schule, auf der anderen das Missbrauchsopfer. Wütend hatte er mit allem abrechnen wollen und für seinen Showdown ein vollkommen gruseliges Szenario entworfen. Doch das war von jemandem auf brutalste Art und Weise ausgenutzt worden. Von jemandem, dem Max mit seinen Enthüllungen hätte schaden können. Aber wer war dieser Jemand? Es kamen mittlerweile so viele infrage.

Das Klingeln des Telefons riss Käfer aus seinen Überlegungen. Thomas Carstens war am anderen Ende der Leitung, der Kollege, der für die Wirtschaftsdelikte zuständig war. Käfer hatte ihm den Ordner mit den Unterlagen über den Bau der Turnhalle mit der Bitte zukommen lassen, diesen zu prüfen. »Das Guinnessbuch der Rekorde« aus Max' Zimmer hatte er dazugelegt.

»Es wundert mich überhaupt nicht, dass du da nicht durchgestiegen bist«, sagte Carstens, als Käfer ihn fragte, ob er sich schon alles angesehen habe. »Weder eine Anwaltskanzlei noch sonst irgendjemand würde jemals so einen Ordner ablegen. Das ist die allerletzte Schlamperei. Oder Manipulation.«

»Was soll das heißen?«

»Da fehlen wichtige Unterlagen, und wenn du mich fragst, hat die jemand im Nachhinein entfernt. Jedenfalls sind Schriftwechsel in dem Ordner, bei denen nur die erste Seite abgeheftet ist, Seite zwei und drei fehlen, Seite vier ist wieder da. Entweder war da jemand ausgesprochen nachlässig oder hat etwas gezielt verschwinden lassen.«

Der Direktor, schoss es Käfer durch den Kopf. Der hatte doch sogar die Existenz des Ordners geleugnet, obwohl er direkt im Regal neben ihm stand. Hatte er die Dokumente entfernt?

»Konntest du aus dem Wenigen, was da war, trotzdem etwas herausfinden?«

»Ja, gerade im Zusammenhang mit den Dokumenten, die in diesem Rekordebuch klebten, konnte ich mir das ein oder andere zusammenreimen. Die alte Turnhalle und die daran grenzende Hausmeisterwohnung waren angeblich asbestverseucht. Ein Gutachter der Firma Wenkebau hatte das festgestellt. Jürgen Helmer heißt der Mann.«

»Der Name taucht auch in den Dokumenten auf, die wir bei Max gefunden hatten. Die im Rekordebuch.«

»Genau. Die Gutachten selbst fehlen aber, und dieser Herr Helmer ist telefonisch nicht zu erreichen. Bei Wenkebau arbeitet er seit dem Theater vor einem Jahr nicht mehr, und sein Handy scheint abgemeldet zu sein, oder er hat die Nummer gewechselt. Die Adresse, die die Firma von ihm hat, ist nicht mehr aktuell. Ich konnte noch nicht beim Einwohnermeldeamt eine Anfrage stellen, das müsstet ihr dann machen.«

»Klar. Gib mir mal Adresse und Telefonnummer.«

Thomas Carstens nannte ihm eine Straße in Münster, in der

Helmer leben sollte, und begann dann, eine Ziffernfolge durchzugeben: »0175-334-44 …«

Käfer stutzte. »Warte mal eben.« Er wühlte sich durch den Zettelberg, der auf seinem Schreibtisch lag. Dann fand er den Ausdruck von Max Wenkes Handyrechnung. Er suchte nach der 0175er-Nummer, die der Junge vor seinem Tod so oft angerufen hatte, und las sie dem Kollegen laut vor. Es war dieselbe, sie gehörte Helmer. Aber warum hatte Max kurz vor seinem Tod so viel mit dem ehemaligen Angestellten seines Vaters telefoniert?

»Mich wundert das nicht«, sagte Carstens, nachdem Käfer ihm von der Anrufliste erzählt hatte. »Aus den Dokumenten, die ihr bei Max gefunden habt, geht hervor, dass Helmer damals die Spendengelder unterschlagen hat. Das steht natürlich nicht wortwörtlich da, sondern ist kompliziert verklausuliert. Helmer rechtfertigt die Entnahme der Gelder damit, dass die Asbestentsorgung angeblich so viel kostete, wohingegen das Internat darauf beharrt, dass überhaupt kein Asbest verbaut worden sei.«

»Und die Gutachten sind verschwunden?«

»So sieht es aus. Max dürfte während seines Praktikums in der Firma dahintergekommen sein, dass Helmer die Spendengeldaffäre zu verantworten hatte und sein Vater in Wahrheit unschuldig war. Vermutlich hat er Helmer vor seinem Tod deshalb so oft angerufen. Er wollte ein Geständnis von ihm.«

Hatte der Junge diesen Helmer womöglich ins Internat bestellt?, überlegte Käfer. Hatte dieser Helmer etwas mit Max' Tod zu tun?

»Wo ist das ganze Geld eigentlich geblieben?«, fragte er nach einem Moment.

»Ich habe mit der Buchhaltung von Wenkebau gesprochen, die übrigens sehr kooperativ war. Die sagten mir, dass dieser

Herr Helmer die fehlenden Kosten für das Turnhallenprojekt auf hunderttausend Euro beziffert habe. Er habe den Betrag direkt von den Spendengeldern genommen, angeblich, um die Entsorgungsfirma davon zu bezahlen. Aber im Moment lässt sich nicht nachvollziehen, wohin das Geld tatsächlich geflossen ist.«

»Das kann doch nicht einfach verschwunden sein!«, rief Käfer.

»Offenbar schon. Allein auf den Kontoauszügen, die mir vorliegen, gibt es Barentnahmen von über dreißigtausend Euro. Theoretisch kann damit alles Mögliche passiert sein.«

»Ach komm! Das ist doch gar nicht erlaubt.«

Carstens lachte. »Wenn ich es dir doch sage!«

»Das gibt es doch gar nicht. Da muss es doch Kontrollmechanismen geben, die so was verhindern!«

»Jemand vom Internat war wohl für die Verwaltung der Spendengelder zuständig. Das Geld wurde auf ein eigens dafür eingerichtetes Konto eingezahlt, sagt die Buchhalterin, und auf das hatte Wenkebau beziehungsweise dieser Helmer Zugriff, um die laufenden Kosten zu decken. Barzahlungen sind bei einem solchen Projekt zwar nicht die Regel, sagte sie mir, aber sie kommen vor. Wenn dann die Belege verschwinden, kann keiner mehr nachvollziehen, was mit dem Geld tatsächlich passiert ist.«

»Konnte sie dir einen Namen nennen, wer im Internat der Ansprechpartner war?«

»Nein. Aber sie will mir die Unterlagen raussuchen, jedenfalls das, was sie noch haben.«

»Okay. Was ist mit den Kosten für die Turnhalle? Also das, was sie wirklich gekostet hat, tutto completti? Darüber muss es doch Belege geben, und da muss doch auch die Asbestentsorgung dabei sein.«

»Auch da fehlt eine Menge. Wie gesagt, ich habe den Eindruck, dass jemand gezielt Belege vernichtet hat. Auch bei Wenkebau haben sie Probleme, die Sachen zu finden. Die Buchhalterin, mit der ich sprach, äußerte den Verdacht, dass Helmer nach seiner Kündigung eventuell Daten gelöscht hat. Im Moment könnte ich dir nicht mal mit Sicherheit sagen, ob auch wirklich ein Gramm Asbest in der Turnhalle war. Möglich wäre auch, dass Helmer das Gutachten gefälscht hat und mit den Spendengeldern abgehauen ist. Dafür würde auch sprechen, dass er verzogen und nicht erreichbar ist.«

»Für einen Einzeltäter ist das doch kaum machbar. Wenn das wirklich stimmt, hatte er Komplizen. So einfach kann man keinen Astbestbefund inszenieren. Gibt es denn niemanden mehr, der etwas über die alte Turnhalle und diese Hausmeisterwohnung nebendran sagen kann? Der damals selbst vor Ort war und weiß, ob die Gebäude wirklich verseucht waren?«

»Die Turnhalle ist abgerissen und entsorgt worden. Die Unterlagen über die Entsorgung fehlen. Abgesehen von den Bauarbeitern haben sich ausschließlich Alexander Wenke und Jürgen Helmer von Wenkebau um das Projekt gekümmert. Der eine ist tot, der andere vom Erdboden verschluckt. Dr. Berg sollte natürlich Bescheid wissen, behauptet aber, dass er nichts anderes weiß als das, was in den Akten steht. Also nichts. Ich habe versucht, den alten Hausmeister ausfindig zu machen. Einen ... Warte, wie hieß er gleich?«

Käfer hörte den Kollegen in Papieren blättern.

»Hier: Karlheinz Junglas. Er wohnte dort mit seiner Frau und seinem Sohn. Aber der alte Hausmeister ist längst tot und seine Frau im Altersheim. Demenz. Da ist also auch nichts zu ...«

»Moment mal.« Käfer glaubte, nicht richtig gehört zu haben. »Wie war der Name des Hausmeisters?«

»Karlheinz Junglas. Wieso?«

»Sebastian Junglas ist sein Sohn«, murmelte er irritiert in den Hörer.

»Ja, genau, das ist der Sohn des Hausmeisters. Steht hier in einem Dokument. Kennst du ihn?«

»Er arbeitet als Erzieher im Internat.«

»Na, das ist ja ein Zufall. Vielleicht kannst du ihn nach der ganzen Sache befragen.«

Geistesabwesend legte Käfer auf. Sebastian Junglas war als Hausmeistersohn auf Schloss Lemburg aufgewachsen. Das war sicher nicht leicht gewesen, so als Underdog zwischen all den Schönen und Reichen. Und trotzdem heuerte er Jahre später als Erzieher auf dem Internat an. Das war ungewöhnlich. Versorgte er die neureichen Schüler deshalb mit Drogen? Weil er sich aufgrund seiner eigenen Erfahrungen der Schule nicht verpflichtet fühlte?

Käfer dachte an die erste Unterhaltung zurück, die er mit ihm geführt hatte. »Die werden doch alle ins Butterfass getunkt«, hatte der Erzieher irgendwann gesagt. Käfer erinnerte sich noch genau daran, weil er die Formulierung so ungewöhnlich gefunden hatte, und weil er glaubte, in der Stimme des Erziehers Ablehnung, ja fast so etwas wie Ekel gehört zu haben.

Du wächst als einfacher Hausmeistersohn unter stinkreichen Schnöseln auf, dachte Käfer. Warum sich nicht später an solchen Leuten bereichern? Oder ihnen Drogen verkaufen?

*

Als Charlotte Marie fand, war es schon fast zu spät. Tom war ihr schreiend im Keller entgegengekommen, blutbeschmiert und völlig aufgelöst. Zuerst hatte sie befürchtet, dass sich ein weiterer Mord ereignet hätte. Sie konnte kaum verstehen, was der Junge rief. Doch als sie Marie sah, war ihr schnell klar, was hier passiert sein musste.

Jetzt saß sie im Notarztwagen hinter ihr und beobachtete, wie der Arzt verzweifelt versuchte, die Blutung zu stoppen.

Zwischendurch war Marie immer mal wieder bei Bewusstsein und starrte Charlotte ängstlich an. »Bitte helfen Sie mir«, flüsterte sie.

»Mach dir keine Sorgen, alles wird gut«, versuchte Charlotte sie zu beruhigen.

»Ich habe solche Angst!«

»Ich weiß. Aber jetzt wird alles gut.«

»Meine Eltern … Sie bringen mich um, wenn sie davon erfahren.«

»Nein, keine Sorge. Ich kümmere mich darum. Du brauchst keine Angst zu haben.«

Marie verlor andauernd das Bewusstsein. Mit einer Stricknadel hatte ihr Klassenkamerad versucht, eine Abtreibung durchzuführen, das hatte Charlotte dem Stottern und Stammeln von Tom wohl entnehmen können. Sie konnte es kaum glauben. Sie hatte die Handtasche des Mädchens auf dem Schoß und drückte sie unwillkürlich gegen ihren Bauch. Auch wenn es für die Pille danach zu spät gewesen war und Marie einen Gynäkologen nicht hatte aufsuchen wollen, damit ihre Eltern nichts von der Schwangerschaft erfuhren, hätte es doch noch zig andere Möglichkeiten gegeben. Bei Pro Familia hätte man sich um sie gekümmert, hätte einen Abbruch durchführen lassen, ohne ihre Eltern darüber zu informieren. Dass das wirklich so anonym klappte, wussten immer noch viel zu wenig Jugendliche. Charlotte fand es erschreckend, wie hilflos und allein sich das Mädchen gefühlt haben musste, um all diese Möglichkeiten außer Acht zu lassen und lieber zu so mittelalterlichen Methoden zu greifen.

Maries Eltern waren nicht zu erreichen gewesen. Sie befanden sich auf einer Asienreise und wurden erst am Wochenende wieder in Deutschland erwartet. Für Charlotte war es selbstverständlich, Marie ins Krankenhaus zu begleiten.

In der Tasche brummte es. Wahrscheinlich besorgte Mitschüler, dachte Charlotte und suchte das Handy in der überdimensionalen Designertasche. *Frederik ruft an*, stand auf dem Display, aber im gleichen Moment sprang schon die Mailbox an.

Charlotte hielt das Handy nachdenklich in der Hand. Sollte sie einen Blick riskieren? Ohne Durchsuchungsbefehl war das eigentlich nicht erlaubt. Andererseits … Sie wollte nur sehen, ob Marie etwas mit dem Tod von Max zu tun hatte, mehr nicht.

Sie seufzte, dann hielt sie das Handy so gegen das Licht des Krankenwagens, dass sie die Spur eines Fingers auf dem Display erkannte. Seit man bei diesen tastenlosen Handys nicht mehr nur eine Zahlenkombination eingeben musste, sondern den Code zum Entsperren einfach in Form eines Musters oder Buchstabens wischen konnte, war es noch einfacher geworden, Handys zu knacken. Ganz deutlich war auf dem Display ein verschmiertes N zu erkennen. Also begann Maries PIN vermutlich mit der 7, ging hoch zur 1 und weiter zur 9 und endete mit der 3. Charlotte wischte der Spur nach. Prompt wurde das Handy entsperrt.

Sie brauchte einen Moment, um sich in dem für sie fremden System zurechtzufinden, dann fand sie die Anruferliste. »Fredrik, Tom, Sylvie, Max«, las sie, und sie scrollte tiefer. Es folgte unzählige Male der Name Max, auch am Tag seines Todes hatte Marie ihn mehrfach angerufen. Insofern stimmte alles mit den Verbindungsnachweisen von seiner Nummer überein.

Charlotte klickte sich durch das SMS-Postfach. Auch hier stammten die Nachrichten überwiegend von ihm. Sie klickte eine an und las den Verlauf, der am Nachmittag vor seinem Tod endete.

15.41 Uhr
wo steckst du?
16.05 Uhr
egal. gleich da.
16.05 Uhr
was ist los? ärger mit frederik?;)
16.06 Uhr
du weißt wirklich nichts von mir.
16.06 Uhr
:(
16.12 Uhr
sorry. aber es sind schlimme sachen passiert.
16.12 Uhr
erzähls mir doch.
16.17 Uhr
okay. heute Abend nach dem letzten kurs.
16.17 Uhr
mein zimmer?
16.20 Uhr
nein. keller.

Das war die letzte SMS, die Marie von ihm bekommen hatte. Laut Anrufliste hatten sie später noch mal miteinander telefoniert, um kurz vor sechs endete dieses Gespräch. Drei Stunden vor seinem Tod.

Nachdenklich schaltete Charlotte das Handy aus und legte

es wieder in Maries Tasche. Sie hatte nun keinen Zweifel mehr daran, dass das Mädchen an dem Abend im Keller war, als Max in der eisernen Jungfrau starb. Hatte sie etwas mit seinem Tod zu tun? Nein, das konnte sich Charlotte nicht vorstellen. Hatte Marie mit Max' Handy die Videobotschaft des Jungen gefilmt? Ja, alles deutete darauf hin. Was hatte Max damit gemeint, als er von den »schlimmen Sachen« schrieb? Meinte er damit nur den Missbrauch durch Martin Franke? Oder hatte diese Schule noch mehr dunkle Geheimnisse?

Als sie im Krankenhaus angekommen waren, wurde Marie sofort in den OP gebracht. Sie hatte das Bewusstsein wiedererlangt und klammerte sich panisch an Charlottes Hand.

»Bitte kommen Sie mit!«

»Das kann ich nicht, Marie. Du wirst gleich operiert werden, und dann ist alles gut.« Sie entzog dem Mädchen die Hand und berührte tröstend ihren Arm.

»Lassen Sie mich nicht allein. Bitte ...«

Die Schwester nickte ihr zu und schob Marie mit beruhigenden Worten in den OP. Charlotte sah ihr nach, dann war das Mädchen im OP-Bereich verschwunden.

»Wenn Sie wollen, können Sie hier warten«, sagte eine junge Ärztin zu ihr. »Es wird allerdings ein bisschen dauern. Wir können Sie auch anrufen, wenn wir fertig sind.«

»Ja, okay.« Charlotte hinterließ ihre Nummer und sah der Ärztin nach, die ebenfalls durch die Schwingtür in den OP-Bereich verschwand.

Mein Gott, das arme Ding, dachte Charlotte. Sollte sich ein Mädchen wie Marie, das in eine solche Situation geriet, nicht vertrauensvoll an seine Mutter wenden können? Sollten Eltern ihren Kindern in einer solchen Lage nicht beistehen? Charlotte wusste aus eigener Erfahrung, dass die Realität häufig anders aussah. Auf ihre eigene Mutter hätte sie auch nicht zählen können, falls sie jemals in eine solche Notlage gekommen wäre.

Unwillkürlich musste sie an den Streit von gestern Abend denken, den sie mit Bernd gehabt hatte. Der erste richtige Krach in ihrer Beziehung. Sie musste sich eingestehen, dass sie das ganz schön mitnahm. Bernd hatte schweigend die Wohnung verlassen, und als er nach zwei Stunden immer noch nicht zurückgekommen war, hatte sie sich ins Bett gelegt. Obwohl sie die ganze Nacht kaum geschlafen hatte, hatte sie nicht gehört, wie er in die Wohnung zurückgekehrt war, und heute Morgen hatte sie erschrocken festgestellt, dass er auf dem Sofa geschlafen hatte und schon wieder gegangen war. Charlotte hatte sich für ihren verbalen Ausrutscher immer noch nicht entschuldigen können, und sie litt mehr unter der Situation, als sie jemals gedacht hatte. Hatten sie eine Beziehungskrise? Oder war das nur ein bisschen dicke Luft, die sich schon bald wieder verziehen würde? Sie wusste es nicht, und es fiel ihr schwer, die Situation richtig einzuschätzen.

Sie sah auf und begriff plötzlich, wo sie war. Als sie mit dem Krankenwagen hier angekommen waren, war sie so voller Sorge um Marie gewesen, dass sie nicht weiter darauf geachtet hatte. Nun aber wurde ihr klar, wohin die Sanitäter sie gebracht hatten. Die gynäkologische Abteilung des Krankenhauses war aufgeteilt in die Geburtsstation und in den OP-Bereich, in dem auch ambulante Operationen durchgeführt wurden.

Charlotte ließ den Blick schweifen und sah in die Gesichter der wartenden Frauen, die im Gang saßen. Alle hatten irgendwelche Papiere in der Hand, vermutlich zur Aufklärung über den bevorstehenden Eingriff. Ihr fiel auf, dass sich die Patientinnen in zwei Gruppen einteilen ließen. Die einen waren junge Mädchen im Alter von Marie, die mit ihrem Teenagerfreund oder ihrer Mutter dasaßen, manche waren auch etwas älter, zwanzig oder fünfundzwanzig Jahre alt. Die anderen Frauen waren eher in Charlottes Alter, warteten allein oder wurden von ihrem Partner begleitet. Alle hatten ernste Mienen – doch die älteren Frauen wirkten durchweg verzweifelt, während den Jüngeren eine gewisse Unbekümmertheit ins Gesicht geschrieben stand.

»Das war unsere letzte Chance«, sagte eine Frau in ihrer Nähe leise, die Charlotte auf vielleicht fünfundvierzig schätzte. Der Mann neben ihr streichelte über ihren Rücken und flüsterte: »Vielleicht klappt es ja doch noch mal.«

In diesem Moment verstand sie, worauf die Frauen warteten. Ihnen stand derselbe Eingriff bevor, aber aus unterschiedlichen Gründen. Die einen waren ungewollt schwanger und fühlten sich nicht in der Lage, ein Baby auszutragen. Bei den anderen, meist Älteren, wollte es einfach nicht klappen, und sie waren hier, um ihre Fehlgeburt ausschaben zu lassen.

Charlotte merkte, wie ihre Knie zu zittern begannen. Sie ließ sich auf einen Stuhl fallen und atmete tief durch. Was war mit ihr selbst? Würde sie womöglich auch bald hier sitzen? Wegen einer Abtreibung? Oder weil die Natur es so wollte? Sie war genauso alt wie ein Teil der Frauen hier, und sie wusste, wie hoch das Risiko einer Fehlgeburt war. Merkwürdigerweise kam ihr das noch viel schlimmer vor als eine Abtreibung.

»Alles in Ordnung mit Ihnen?« Eine Schwester stand vor ihr und sah sie mit besorgter Miene an.

»Ja, danke. Alles gut.«

»Haben Sie schon die Aufklärungsbroschüre bekommen? Eine Ausscha...«

»Oh nein, nein«, unterbrach Charlotte sie schnell. »Ich bin keine Patientin.«

Sie lächelte die Schwester schief an und sah in ihr ungewöhnlich schönes Gesicht, das von langen blonden Locken eingerahmt wurde und sie unwillkürlich an einen Engel denken ließ.

Die Frau erwiderte ihr Lächeln. »Schön. Sagen Sie Bescheid, wenn Sie etwas brauchen.« Und damit war sie wieder verschwunden.

Eine Frau Raderschatz wurde aufgerufen, und Charlotte sah, wie ein junges Mädchen aufstand und von ihrer Mutter begleitet in ein Sprechzimmer ging. »Gleich hast du es hinter dir, Schatz«, sagte die Mutter leise. »Und die Pille lassen wir uns direkt im Anschluss verschreiben, damit so was nicht noch mal vorkommt.« Mit diesen Worten verschwanden sie hinter einer Tür.

Die Mittvierzigerin starrte mit großen Augen ins Leere. Auch sie schien die Worte der Mutter gehört zu haben. Sie wurde von ihrem Partner fest in den Arm genommen. »Liebling. Wir dürfen die Hoffnung nicht aufgeben«, sagte er leise.

Ich muss hier raus, dachte Charlotte. Diese Mischung aus Frauen, von denen die einen etwas Gewünschtes abgeben mussten und die anderen etwas Ungewolltes weghaben wollten, machte sie fertig. Sie nahm das Handy aus der Tasche und rief Bernd an.

Gott sei Dank drückte er sie nicht weg.

»Ich weiß, du bist sauer, aber ... Bitte, kannst du mich abholen? Bitte ...«, schluchzte sie in den Hörer.

Eine halbe Stunde später saß sie in seinem Wagen.

»Charlotte, was ist denn los? Du bist ja ganz aufgelöst. Ist was passiert?«

Sie schüttelte den Kopf. Nein, es war nichts passiert. Und sie war froh darüber, froh, nicht zu den Frauen zu gehören, die dort oben auf einen Eingriff warteten, weder zu der einen Gruppe noch zu der anderen.

Eine Weile saßen sie schweigend nebeneinander.

»Es tut mir leid, was ich gestern gesagt habe«, murmelte sie schließlich.

»Okay«, antwortete er nur.

»Wirklich, es war saublöd von mir. Tut mir wirklich leid.«

Bernd sah sie an und lächelte. »Ja, es war blöd.«

»Verzeihst du mir?«

Er nahm sie in den Arm und drückte sie. »Logisch.«

Während er sie festhielt, meinte sie, seine Gedanken erahnen zu können. Sie wusste genau, welche Frage ihn umtrieb.

»Wenn wir zuhause sind, mache ich einen Termin bei meiner Gynäkologin«, sagte sie deshalb und lehnte ihren Kopf an seine Schulter.

Bernd nickte und schien zu warten, ob sie noch etwas hinzufügen würde.

»Ich will wissen, ob alles in Ordnung ist«, fügte sie hinzu und lächelte unsicher. Sie konnte selbst kaum glauben, was sie da gerade gesagt hatte.

Bernds Erleichterung war nicht zu übersehen. »Wir schaffen das«, sagte er, zog ihr Gesicht zu ihm hoch und küsste sie innig. »Ich liebe dich!«

Und obwohl sie immer noch durcheinander war, fühlte auch Charlotte plötzlich die Erleichterung. Oder war sie einfach nur froh, dass der Streit vorüber war? Nein. Es war mehr. Die Last, sich entscheiden zu müssen, war von ihr abgefallen.

Bernd nahm ihre Hand, während er den Wagen auf die Straße lenkte. »Und nun ruhst du dich erst mal aus. Im ersten Trimester sind Schwangere häufig extrem erschöpft, das kann später besser werden, aber am Anfang solltest du dich öfter mal ausruhen.«

Sie sah ihn erstaunt an.

»Ich bin Lehrer!«, lachte er und zwinkerte ihr zu. »Du siehst, du bist bei mir in den besten Händen. Und jetzt bringe ich dich ins Bett.«

Charlotte lächelte. Ich liebe dich, dachte sie und fragte sich im gleichen Augenblick, ob sie ihm das schon so deutlich gesagt hatte.

»Ich sage Käfer kurz Bescheid«, sagte sie schnell, um diesen Moment der Emotionalität zu unterbrechen. Sie war einfach nicht der Typ für große Gefühlsausbrüche.

Nach zweimaligem Klingeln ging Käfer ran, ließ sie aber gar nicht erst zu Wort kommen. »Gut, dass du dich meldest. Ich habe was Interessantes herausgefunden«, sagte er und wirkte dabei fast aufgeregt. »Sebastian Junglas ist als Hausmeistersohn auf dem Schloss aufgewachsen und hat nach seinem Studium als Erzieher dort angefangen zu arbeiten. Berg meinte, es wäre selbstverständlich gewesen ihn einzustellen, er gehöre doch quasi zur Familie.«

»Ist er dort auch zur Schule gegangen?«

»Ja, und es kommt noch besser. Ich habe mir die Personaldaten von Junglas rausgesucht. Er wurde am 20. März 1965 geboren. Dann habe ich mir die Unfallakte von Alexander Wenke angesehen. Er wurde am 4. April 1965 geboren.«

»Ein Jahrgang«, sagte Charlotte erstaunt. »Wenke und Junglas waren also zur gleichen Zeit auf Schloss Lemburg.«

»Ja, der eine als privilegierter Sohn aus reichem Hause, der andere als Spross des Hausmeisterehepaars. Die beiden müssen sich gekannt haben. Wenn die Schüler früher schon so drauf waren wie die heute, kann ich mir ungefähr vorstellen, wie Junglas' Kindheit ausgesehen hat.«

»Er hat es vermutlich nicht leicht gehabt.«

Charlotte musste daran denken, wie sie Max' Klasse befragt

und eine der Schülerinnen gesagt hatte, Sebastian Junglas und Max Wenke seien nicht miteinander klargekommen. Der Erzieher selbst hatte nie von Problemen mit dem Schüler gesprochen. Hatte er das absichtlich verschwiegen?

»Seine Wohnung ist nicht weit weg. Er hat heute seinen freien Tag, hat Berg erzählt. Ich fahre zu ihm. Treffen wir uns dort?«

Charlotte zögerte. »Ich fühle mich nicht besonders. Ich mache für heute Feierabend.«

Zum Glück schien Käfer so unter Strom zu stehen, dass er nicht weiter nachfragte. »Alles klar. Ich ruf dich an, wenn ich bei Junglas raus bin«, sagte er nur und legte auf.

14

Es wird Zeit, dass du auf andere Gedanken kommst, dachte Sebastian Junglas und zog an einem Joint. Kurt Cobains Stimme drang aus dem Lautsprecher, und die Lavalampe, die vor ihm auf dem Couchtisch stand, tauchte das ganze Zimmer in ein buntes Farbenmeer. Schon unter normalen Umständen brauchte er diese Auszeiten vom Internat, sonst würde er durchdrehen. Aber jetzt brauchte er sie ganz besonders.

Das Gras, das er seit Jahren heimlich in seinem Arbeitszimmer anpflanzte, würde ihm dabei helfen, für ein paar Stunden abzuschalten. Es war gutes Zeug, nicht so ein genmanipulierter Scheiß, der heute am Bahnhof angeboten wurde, wo er auch den anderen Stoff kaufte. Nein, sein Gras war soft, es entspannte und ließ ihn den ganzen Mist vergessen. Und es brachte ihn runter von der aufputschenden Wirkung der Amphetamine.

Er hätte nie gedacht, dass er das Scheißzeug mal so regelmäßig nehmen würde. Wie hatte es nur so weit kommen können? Sich ständig mit Koks und Amphetaminen vollzudröhnen, wie es die Kids im Internat machten, war eigentlich überhaupt nichts für ihn. Upper waren früher nie seine Sache gewesen. Er hatte nie was gebraucht, um durch den Tag zu kommen, nur manchmal was, um abends abzuschalten. Aber dann hatte sich alles geändert.

Als Hippie und Linken hatte Berg ihn mal beschimpft, und Junglas hatte das als Kompliment aufgefasst. Ja, in seinem Herzen war er ein Hippie, selbst wenn er die echten 68er gar nicht mitbekommen hatte. Aber Junglas nahm es diesem Spießer übel, dass er das Internat so krass verändert hatte, dass von dem alten Geist nichts mehr übrig geblieben war. Was hatten sie früher gekifft auf der Schule! Gekifft und diskutiert, über den Sozialismus, die Atomkraft, freie Liebe und was weiß ich. Es hatte sogar einen Lehrer gegeben, mit dem er mal einen durchgezogen hatte. Alles natürlich vor Bergs Zeit. Der Arsch hatte alles kaputtgemacht.

In der Küche piepte es. Die elektrische Eieruhr war abgelaufen. Junglas legte seinen Joint in den Aschenbecher und ging zum Ofen. Zehn handtellergroße Cookies strahlten ihn goldgelb an. Heute würde er keinen mehr davon essen können, selbst ein halber Space Cake war so intensiv, dass er am nächsten Tag noch etwas davon spüren würde. Auch wenn er sich morgen früh wieder mit Amphetaminen pushen würde, war es zu riskant, dermaßen in den Seilen zu hängen.

Andererseits ... Wenn er einen Cookie essen würde, würde er garantiert nicht mehr an das denken, was passiert war, dann wäre er definitiv in einer anderen Sphäre. Dann könnte er sich in Ruhe von der Glotze berieseln lassen und sich so fühlen, als wäre er noch einmal zwanzig. Im Internat war im Moment sowieso nicht viel los. Seit der Sache mit Max ließ Berg ihn mit seinen pädagogischen Blödsinnigkeiten weitestgehend in Ruhe. Warum also nicht?

Er legte die Cookies auf einen Teller und ging damit zurück ins Wohnzimmer, wo er in einen noch heißen Keks biss. Es würde eine Weile dauern, bis die Wirkung einsetzte. In einer guten halben Stunde würde er in der lustigen bunten Welt der Haschkekse versinken. Dann würde er für ein paar Stunden an nichts anderes denken als an Süßigkeiten und Chips, und alles, was mit Blut, Tod und Folterkammer zu tun hatte, würde aus seinem Kopf verschwinden.

Junglas hing seinen Gedanken nach. Wie hatte er nur zum Dealer der Schüler werden können? Er war da hineingerasselt, wie immer, er rasselte ja dauernd in irgendwas rein. Er erinnerte sich noch genau, wie er vor ein paar Jahren diesen Schüler gefunden hatte. Wie hieß er noch gleich? Ach, egal. Unfassbar reich war er, oder vielmehr seine Eltern. Jedenfalls lag er kotzend in der Ecke, hatte Nasenbluten und Krämpfe und war kaum noch ansprechbar. Er flehte Sebastian an, nicht den Notarzt zu rufen, und erzählte ihm, warum es ihm so schlecht ging: Offenbar hatte er sich eine Ladung gestrecktes Billigzeug durch die Nase gezogen.

Sebastian redete auf ihn ein, erklärte ihm, dass harte Drogen nicht gingen. Kiffen sei okay, aber alles andere ein Unding, und wenn, dürfe man nur sauberen Stoff nehmen, dozierte er. Und dann kam irgendwie eins zum anderen. Der Schüler gab ihm zwei Fünfhunderter, mein Gott, er drückte ihm wirklich einfach so Tausend Euro in die Hand, als wäre das ein Trinkgeld. Dann bettelte er ihn an, Sebastian möge ihm doch bitte was von dem guten Stoff besorgen. Tja. Er hatte Mitleid mit dem Jungen, der den Druck von Eltern und Schule nicht mehr ausgehalten hatte, er konnte verstehen, dass die Kids was brauchten, um hier durchzuhalten. Außerdem hatte Sebastian das Geld gut gebrauchen können.

Das war der Anfang gewesen. Soviel er wusste, hatte der Schüler von damals noch richtig Karriere gemacht, er sah ihn manchmal im Fernsehen, wenn die Wirtschaftsnachrichten kamen. Also hatte ihm das Zeug nicht allzu sehr geschadet. Junglas wusste ja von sich selbst, dass alles nur eine Frage der Dosierung war. Er hatte alles im Griff. Oder?

Scheiße, ist mein Mund trocken, dachte er und wurde im nächsten Moment durch die Türklingel aufgeschreckt. Wer war denn das? Er erwartete niemanden, und außerdem war er allein von dem Joint schon viel zu breit für Besuch. Es sei denn, es wären Mädels. Ja, bisschen bumsen wäre jetzt eine feine Sache.

Wieder klingelte es. Unwahrscheinlich, dass es was Weibliches war. Wer wusste überhaupt, dass er hier war? Seine Freunde gingen davon aus, dass er im Internat Dienst schob, so wie immer. Vielleicht war es der Nachbar? Der sich wieder mal beschweren wollte, weil er dauernd vergaß, die Mülltonne rauszustellen? Oder roch es im Hausflur womöglich nach Gras?

Sebastian riss das Fenster auf und wedelte ein wenig frische Luft in den Raum. Als es ein drittes Mal klingelte, ging er mit leichten Schritten zur Tür. Vielleicht hatte sich auch ein Pizzadienst in der Adresse geirrt, dachte er. Boah, Pizza wäre so gut …

Mit einem erwartungsvollen Grinsen im Gesicht öffnete er die Tür. »Sie?«, fragte er überrascht.

Vor ihm stand dieser Kommissar. Wie hieß er gleich? Es war irgendein Insekt … Kommissar Fliege? Reiß dich zusammen, ermahnte er sich selbst. Sonst merkt der noch was.

»Hallo, Herr Junglas. Kann ich reinkommen? Ich habe etwas Dringendes mit Ihnen zu besprechen.«

Du musst ihn abwimmeln, du musst ihn unbedingt loswerden.

»Ist im Moment ein bisschen schlecht. Ich wollte gerade …« Er verstummte, weil ihm keine Ausrede einfiel.

»Es dauert nicht lange. Bestimmt nicht. Darf ich?«

Was soll's, dachte er. Alles Eigenbedarf, dafür konnte der Bulle ihm nichts. Und die Tür vom Arbeitszimmer war zu, die Pflanzen konnte er sowieso nicht sehen.

»Kommen Sie rein«, sagte er munter. »Mi casa es … egal. Aber ich warne Sie vor, ich habe heute meinen freien Tag und hab für ein bisschen Entspannung gesorgt.«

Der Kommissar – Mücke? Spinne? – kam in die Wohnung und schnupperte. »Ich riech es«, sagte er. »Können Sie mir trotzdem ein paar Fragen beantworten?«

»Ja, klaaar«, sagte Junglas gedehnt. »Alles kein Problem. Setzen Sie sich.«

Der Kommissar nahm den kokelnden Joint aus dem Aschenbecher und roch daran. »Puh. Da wird einem ja schon vom Riechen schwindelig.« Er legte ihn zurück und setzte sich aufs Sofa. »Warum verkaufen Sie den Schülern nicht so etwas? Warum ausgerechnet harten Stoff?«

Verdammt. Damit hatte er nicht gerechnet. Woher konnte der Bulle das wissen? Hatte man ihn beim Einkaufen am Bahnhof beobachtet? Nein, das konnte nicht sein, er war seit dem Tod von Max nicht mehr shoppen gegangen. Und er war sich sicher, dass keiner von den Schülern geredet hatte. Oder doch? Nein, die würden doch niemals ihre Quelle zum Versiegen bringen, so doof waren die doch nicht. Blufft der Bulle vielleicht nur?

»Ich … ich weiß beim besten Willen nicht, wovon Sie sprechen. Es stimmt, ich rauche ab und zu mal einen Joint. Das ist nicht verboten, das fällt alles unter die Eigenbedarfsregelung. Mit anderen Drogen habe ich nichts zu tun …«

»Lassen wir diese Spielchen doch. Wir wissen, dass in der Schule regelmäßig Drogen konsumiert werden, und wir haben eine Aussage, die Sie belastet.«

»Ach ja? Von wem denn?«

»Das darf ich Ihnen nicht sagen.«

Er blufft, die können dir nichts beweisen, dachte Junglas zufrieden. Jetzt bloß nichts anmerken lassen.

»Tut mir leid, aber Sie täuschen sich. Ein bisschen Gras rauchen … das ist mein einziger Kontakt zu Drogen.«

Der Kommissar – Käfer, ja, er hieß Käfer! – seufzte laut.

»Okay. Fangen wir anders an. Sie sind auf dem Internat aufgewachsen, richtig?«

»Ja, das stimmt.« Er nahm einen Schluck aus der Wasserflasche, die neben dem Sofa stand. Wie lange war sie schon offen? Er wusste es nicht. Aber das Wasser schmeckte scheußlich, abgestanden und alt. Sein Mund war so trocken, dass er kaum sprechen konnte. Er versuchte sich zu sammeln und seine Gedanken zu sortieren.

»Als ich noch ein Kind war, ging es auf dem Internat ganz anders zu als heute. Ich durfte von Anfang an am Unterricht teilnehmen. Ich hatte gute Noten, und der Direktor damals sah das nicht so eng, denn bezahlen konnten wir die Schule natürlich nicht. Als der Berg die Leitung übernahm, änderte sich alles. Es kamen andere Schüler und Lehrer, von da an war der Spaß vorbei.«

Er erzählte, wie er plötzlich als Sohn des Hausmeisters gehänselt worden war. Während die ganzen reichen Kids am Ende des Tages in ihren Schlosszimmern verschwunden waren, war er zu seinen Eltern in die bescheidene Hausmeisterwohnung gegangen. Freunde hatte er kaum noch gehabt. Seine Mitschüler hatten keine Gelegenheit ausgelassen, ihm seine Herkunft unter die Nase zu reiben.

»Allein unter Snobs. Es war die beschissenste Zeit meines Lebens.«

»Das kann ich mir vorstellen. Kannten Sie Alexander Wenke, den Vater von Max?«

Alex. Verdammt! Sie hatten es herausgefunden.

»Ja. Früher waren wir befreundet. Aber unter Bergs Regime ging das kaputt.«

Er erzählte ihm, dass seine Herkunft für Alexander Wenke zunächst kein Problem gewesen war. Als Zehnjährige waren sie die besten Freunde gewesen und durch dick und dünn miteinander gegangen. Sogar ihren ersten Joint hatten sie im Internat zusammen geraucht, mit vierzehn. Dann kam Berg, und schon bald gab es keine normalen Schüler mehr auf dem Internat, nur noch Kinder aus gutem Hause wurden aufgenommen.

»Tja, und dann hatte ich plötzlich auch nichts mehr mit Alex zu tun.«

»Warum nicht? Hat er Sie fallenlassen?«

»Ja, ich glaube, das kann man so sagen. Ihm war bewusst geworden, dass er zu den oberen Zehntausend gehörte, während ich nur einer vom Fußvolk war. Teenager sind da ja manchmal extrem, das habe ich später in meinem Studium gelernt.«

Aber Junglas wusste genau, dass es bei Alex etwas anderes war. Ihre Freundschaft war nicht einfach so auseinandergegangen, wie es häufig in der Pubertät der Fall war, wenn zwei Teenager sich in unterschiedliche Richtungen entwickelten. Nein, Alex hatte die Macht gespürt, die er besaß, und er hatte es genossen, den kleinen Hausmeistersohn von oben herab zu behandeln. Er hatte Sebastian gebraucht, um sich selbst immer wieder zu beweisen, dass er etwas Besseres war.

»Warum sind Sie nach Ihrem Examen wieder zurückgekehrt?«

Junglas seufzte. Dann schilderte er dem Kommissar, wie sein Vater seinen Job verloren hatte und einfach rausgeschmissen wurde, weil es keinen Bedarf mehr für einen Hausmeister vor Ort gab. Die Anwesenheitspflicht war aufgehoben worden, ein mobiler Hausmeisterservice, der verschiedene Einrichtungen versorgte, war viel billiger als sein Vater mit der kleinen Familie. Als sie ihn rausgeschmissen hatten, war er schon krank. Er starb nur wenige Monate später.

»Ich weiß, dass es paradox klingt, aber ich hatte nicht nur

meinen Vater verloren, sondern auch mein Zuhause. Ich bin auf Schloss Lemburg aufgewachsen, und ich habe da ja auch schöne Jahre erlebt. Als meine Mutter auch noch krank wurde und ich nach dem Studium dringend einen Job brauchte, bewarb ich mich dort. Vielleicht auch weil ich hoffte, etwas verändern zu können.«

»Aber das konnten Sie nicht.«

Junglas schüttelte den Kopf. Nein, das konnte er nicht. In dieser Einrichtung konnte man nichts verändern. Der Druck auf die Schüler sei so massiv, dass man mit pädagogischen Ansätzen nichts erreichen könne, erzählte er. Leistung sei das Einzige, was zähle.

»Und dann haben Sie sich eines Tages gedacht, dass die armen Schüler für vermeintlich leistungsfördernde Drogen doch bestimmt recht anfällig sind, oder?«

Nichts zugeben, bloß nichts zugeben! Mann, wenn er daran dachte, wie viel Kohle er damit verdient hatte. Am Anfang hatte er richtig kassiert. Die Riesenglotze stammte aus der Zeit, genau wie das iPad. Endlich hatte er sich etwas leisten können, endlich war er nicht mehr nur der arme kleine Hausmeistersohn gewesen, der nichts hatte.

»Nein, ich habe nichts mit Drogen zu tun.« Nicht grinsen!, ermahnte er sich selbst. Ernst bleiben. Immer schön ernst bleiben. Er sah dem Kommissar an, dass er ihm nicht glaubte. Egal, er würde ihn nicht aus dem Konzept bringen.

»Bleiben wir bei Ihrer Beziehung zu Alexander Wenke. Kann man sagen, dass er vom besten Freund zum ärgsten Feind wurde?«

Gott sei Dank ritt der Bulle nicht mehr auf dem Drogenthema herum. »Ja, das kann man so sagen. Wir haben einige Kämpfe ausgefochten. Manchmal hatte ich fast den Eindruck, dass Alex nur darauf wartete, mir eins reinzuwürgen.«

»Und einige Jahre später kommt sein Sohn in Ihre Obhut. Sie hatten nicht das beste Verhältnis zu Max, oder?«

Junglas zuckte mit den Schultern. Nein, er war mit Max nie besonders gut klargekommen, er hatte ihn immer als manipulativen Widerling wahrgenommen. Der Junge hatte um seine Wirkung gewusst und sie gezielt eingesetzt. Er erinnerte sich noch genau, dass es ihm überhaupt nicht recht gewesen war, als Max nach dem Tod seines Vaters plötzlich auch Stoff hatte haben wollen. Nicht aus Sorge um ihn, nein. Junglas war nicht scharf auf einen Kunden wie Max, er war ihm zu schlau, zu durchtrieben. Und Max merkte sofort, wenn Sebastian den Stoff mal etwas strecken musste. Wenn man Leute wie Max zum Kundenkreis zählte, musste man aufpassen, dass man keinen Ärger bekam. Aber sollte er das dem Kommissar unter die Nase reiben? Besser nicht.

»Ich war froh, dass ich nichts … mit seinem Vater zu tun hatte«, sagte er stattdessen langsam.

»Ich stelle es mir besonders bitter vor, dass die Person, die Sie als Jugendlicher wegen Ihrer Herkunft gemobbt und fertiggemacht hat, Jahre später die Wohnung abreißt, in der Sie aufgewachsen sind.«

Jetzt hatte der Bulle ihn doch aus dem Konzept gebracht. Junglas sprang auf und musste sich im gleichen Moment wieder hinsetzen, denn sein Kreislauf spielte verrückt. Das Marihuana entfaltete langsam, aber sicher seine volle Wirkung, und er war kaum noch in der Lage, kontrolliert zu antworten. Aber anstatt lustig und albern zu sein, von Lach- und Fressflashs gejagt, war er nun auf dem besten Weg in den Horrortrip.

»Ja … Das war … heftig«, stotterte er. Er hatte im Vorfeld alles getan, um den Abriss zu verhindern, aber er hatte Berg nicht umstimmen können. »Ich weiß noch, wie ich ein letztes Mal durch die leere Wohnung gegangen bin …«

Und wie Alex hereingekommen war und nur spöttisch gelacht hatte. Gott hatte er diesen Typen gehasst!

Er starrte auf die Uhr, die über der Tür hing. Der Zeiger hatte sich kaum vorwärtsbewegt. Sollte der Kommissar tatsächlich erst seit zehn Minuten hier sein? Es kam ihm vor, als wäre dieser Käfer schon seit Stunden in seiner Wohnung.

»Sorry ... Ich muss mich hinlegen«, sagte er leise und streckte sich auf dem Sofa aus. Er konnte nicht mehr sitzen. »Ich höre Ihnen aber weiter zu, das ist kein Problem.«

»Können Sie sich bitte noch mal zusammenreißen, Herr Junglas?« Die Stimme des Kommissars klang streng. Und genervt.

»Ich bin da, wirklich. Nur mein Kreislauf ist etwas schlapp. Der Joint ... Wissen Sie, ich bin Drogen nicht sooo gewöhnt.«

Es fiel ihm schwer, nicht in lautes Gelächter auszubrechen. Er presste die Lippen aufeinander und wich dem Blick des Kommissars aus. Wieder sah er auf die Uhr. Ging der Zeiger rückwärts? Vielleicht war er auch in ein Zeitloch gefallen, so was sollte es doch geben. Und jetzt befand er sich in einer anderen Zeitzone als dieser Kommissar. Ja genau. Deshalb ging die Zeit auch nicht um.

»'tschuldigung, was haben Sie gesagt?«

Reiß dich zusammen! Reiß dich zusammen!

»Sie haben die Spendengelder verwaltet, die für den Bau der Turnhalle gesammelt wurden, richtig?«

Er hörte den Kommissar nur noch dumpf, als hätte er Kopfhörer auf den Ohren. »Ja. Ich hab das organisiert ...«

»Und dann haben Sie einen Teil der Spendengelder unterschlagen, war es nicht so? Um Ihrem Erzfeind Alexander Wenke eins auszuwischen, ebenso wie der Schule mit ihren elitären Mitgliedern. Habe ich recht?«

Junglas spürte die Wirkung des Space Cakes nun mit aller

Wucht. Die Zunge klebte ihm am Gaumen, so fest, dass er sie nicht mehr lösen konnte. Sein ganzer Mund schien voll trockenem Staub zu sein. Und woher kam dieses merkwürdige pochende Geräusch? Laut war es, und schnell. Poch, poch, poch! Arbeiteten Handwerker in der Nachbarwohnung? Das Pochen wurde immer schneller. Nein, kein Mensch konnte so schnell mit einem Hammer gegen die Wand schlagen ... Ah, ja, sein Herz. Das war es. Es schlug noch. Gut.

Sebastian versuchte tief ein- und auszuatmen, damit sein Puls sich beruhigte. Die Stimme des Kommissars nahm er kaum noch wahr. Er hatte den Eindruck, als wenn er wirklich durch die Zeit fliegen würde. Er starrte auf seine Hand und hob den Zeigefinger an, was aber nur in Zeitlupe möglich war. Tatsächlich, es war vollkommen unmöglich, den Finger schnell zu heben und zu senken. Hatte das was mit der Erdanziehungskraft zu tun? Und was war eigentlich mit den Bildern an der Wand? Wieso wackelten die alle? Gab es ein Erdbeben? Und warum starrte dieser Kommissar so auf seine Schuhe?

»Ich ... hab Bock auf ... was Süßes ...«, stieß Junglas hervor. »Sie ... sollten unbedingt die Kekse probieren ... Köstlich!« Er versuchte sich aufzurappeln.

»Herr Junglas, ist das Ihr Ernst? Könnten Sie sich bitte noch einmal konzentrieren?« Die Stimme des Kommissars klang nun mehr als genervt.

»Eiscreme wäre gut ... Sorry, ich hol mir mal ein bisschen ... Eis aus dem Kühlschrank. Wegen der Erdanziehungskraft. Dann geht es gleich ... besser.« Er konnte kaum aufstehen, aber die Gier nach was Süßem war stärker. »Wollen Sie einen von den Keksen? Rezept meiner Oma.«

Er schob dem Kommissar den Teller mit den Cookies hin und ging mit wackeligen Beinen aus dem Zimmer. Aus dem Augenwinkel sah er, wie sich der Kommissar mit frustrierter

Miene einen Keks in den Mund steckte. »Mhm, wirklich lecker«, hörte er ihn sagen, und Junglas fand, dass seine Stimme nun etwas versöhnlicher klang.

Als er aus der Küche zurückkam, einen Zweiliter-Eimer Vanilleeis in der Hand, den er für Fälle wie diesen im Eisfach bunkerte, sah er, wie sich der Kommissar einen weiteren Keks schnappte und in den Mund schob. Wie viele Kekse hatte er schon gegessen? Für eine Millisekunde erinnerte sich Sebastian daran, dass das Rezept für die Kekse nicht ausschließlich von seiner Oma stammte.

Doch im nächsten Augenblick hatte er es schon wieder vergessen.

*

Die Suppe hatte ihr gutgetan. Keiner machte eine bessere Tomatensuppe als Bernd.

»Das ist echt keine große Kunst«, betonte er immer wieder, wenn er die geschälten Tomaten pürierte, mit Pfeffer, Salz und Sahne abschmeckte und mit ein paar Glasnudeln servierte. Jetzt lag sie auf dem Sofa in seinem Wohnzimmer und hörte der Ärztin zu, die sie aus dem Krankenhaus angerufen hatte.

»Das Mädchen ist über den Berg«, sagte sie. »Wir konnten die Blutung stoppen. Die Föten haben die ganze Prozedur allerdings nicht überstanden.«

»Sie war mit Zwillingen schwanger?«

»Ja. Ich dachte, das wussten Sie. Konnten Sie die Eltern inzwischen erreichen?«

»Nein. Die sind im Ausland. Aber ich habe ihnen eine Nachricht zukommen lassen. Wann ist Marie vernehmungsfähig?«

»Nun, wenn es heute Nacht zu keinen Komplikationen

kommt, dürfen Sie morgen schon kurz mit ihr sprechen. Sie hat bereits nach Ihnen gefragt und Sie auch als die Person genannt, die wir in Notfällen informieren sollen. Sie hat uns Ihnen gegenüber sogar von der Schweigepflicht entbunden. Ich wusste gar nicht, dass Sie eine Freundin sind. Ich dachte, Sie sind von der Polizei?«

»Ja, das bin ich auch.« Charlotte bedankte sich und legte auf. Sie nahm sich vor, Marie morgen schon in der Früh zu besuchen und sich ein bisschen um sie zu kümmern. Es berührte sie, was die Siebzehnjährige alles durchgemacht hatte, allein, ohne ihre Eltern, die irgendwo durch Asien reisten. Charlotte musste an ihre eigene Jugend denken, in der ihre Eltern auch nie da gewesen waren, wenn sie sie gebraucht hatte.

Unwillkürlich strich sie sich über den Bauch. Marie wäre fast verblutet, nur um das ungeborene Leben in ihrem Körper loszuwerden. Charlotte verurteilte das Mädchen nicht – hätte sie mit siebzehn Jahren anders entschieden? Vermutlich nicht. Selbst heute war sie doch voller Zweifel, ob die Entscheidung für ein Kind die richtige war.

Sie hielt einen Moment inne und lauschte dem Klappern des Geschirrs, das Bernd in der Küche abwusch. Hatte sie wirklich noch Zweifel?

Sie schloss die Augen und horchte in sich hinein. Ich werde Mutter, sagte sie sich ganz bewusst und wartete einige Sekunden, als würde sie mit einer Reaktion aus ihrem Innersten rechnen. Auf irgendetwas, das ihr sagen würde, ob ihre Entscheidung falsch war. Unbewusst schüttelte sie den Kopf. Nein, dachte sie und lächelte. Ich werde Mama. Und bei aller Sorge, die sie umtrieb, ob sie das auch wirklich schaffen würde und ob sie die Verantwortung für ein Kind tragen konnte, wurde ihr plötzlich klar, dass sie sich freute. Aus ganzem Herzen.

»Bernd?«

»Ja, Schatz?«

»Kannst du morgen mitkommen, wenn ich zum Frauenarzt gehe?«

Er kam ins Wohnzimmer und setzte sich neben ihr aufs Sofa. »Na klar.«

»Vielleicht kriegen wir ein erstes Foto von unserem Baby.«

Bernd lachte laut auf, und im selben Augenblick wurde ihr klar, wie absurd diese Vorstellung war.

»Du weißt schon, dass unser Kind so groß ist wie ein Gummibärchen, oder?«, lachte er.

»Vielleicht winkt es ja«, sagte sie grinsend.

Er nahm sie in den Arm und drückte sie innig. Es fühlte sich gut an, alles war richtig. Charlotte hatte das Gefühl, dass sie gerade einen der glücklichsten Momente ihres Lebens erlebte. Ich werde es nicht versauen. Ich werde es nicht so machen wie meine Mutter.

Das Klingeln ihres Handys zerstörte die romantische Stimmung.

»Geh nicht ran«, flüsterte Bernd und küsste ihren Hals.

»Ich muss. Es könnten die Eltern von Marie sein. Ich warte auf ihren Rückruf.«

Nur widerwillig ließ Bernd von ihr ab und reichte ihr das Handy. Zu Charlottes Überraschung war aber jemand ganz anderes in der Leitung.

»Annette Steinkamp hier, hallo. Tut mir leid, wenn ich Sie störe. Aber ich kann Peter nicht erreichen. Ich sitze schon seit über einer Stunde im ›Le Patron‹ und warte auf ihn. Normalerweise sagt er immer ab, wenn ihm was dazwischenkommt, aber ich habe seit Stunden nichts von ihm gehört, und an sein Handy geht er auch nicht. Sind Sie bei ihm?«

Charlotte warf einen Blick auf die Uhr, die über dem Fernseher hing. Es war Viertel nach neun. Vor vier Stunden hatte sich

Käfer auf den Weg zur Wohnung von Sebastian Junglas gemacht.

»Nein, ich bin nicht bei ihm. Könnte er die Verabredung vielleicht vergessen haben?«

»Das ist so gar nicht seine Art. Er hatte erst gestern den Tisch im Restaurant bestellt. Ich weiß, ich bin wegen der Sache vor ein paar Wochen noch ein bisschen ängstlich, aber ehrlich gesagt mache ich mir Sorgen.«

Dass Annette Steinkamp psychisch noch angeschlagen war, wunderte Charlotte nicht. Der Mord an ihrem Vater lag erst ein paar Monate zurück. Und dass sie dann auch noch in die Gewalt des Mörders gekommen war und sie fast im Feuer umgekommen wäre …

»Ich glaube, ich weiß, wo er ist«, sagte Charlotte mit ruhiger und hoffentlich vertrauenserweckender Stimme. »Wahrscheinlich ist der Akku von seinem Handy leer. Ich fahre zu ihm und sag ihm, er soll sich gefälligst sofort bei Ihnen melden. Machen Sie sich nicht so viele Gedanken.«

Wenn Charlotte ehrlich war, war sie selbst alarmiert. Es war tatsächlich nicht Käfers Art, seine neue Freundin einfach irgendwo sitzenzulassen. Sie selbst hatte es während ihrer gemeinsamen Zeit noch nie erlebt, dass sie Käfer nicht auf dem Handy erreichen konnte. Selbst nachts ging er ran, genau wie im Urlaub oder wenn er im Kino saß. Peter Käfer ging *immer* ans Telefon, das war im Präsidium fast schon ein Running Gag.

Sie probierte es selbst bei ihm. Es klingelte bestimmt zehnmal, bevor die Mailbox ansprang. Also war der Akku nicht leer. Charlotte probierte es bei ihm zuhause und unter seiner Büronummer, aber auch da gingen nur die Anrufbeantworter dran. Dann wählte sie die Nummer von Sven Pauly.

»Ich brauche die Adresse von Sebastian Junglas«, sagte sie

ohne Umschweife und notierte sie, als er sie durchgab. »Wir treffen uns dort in zwanzig Minuten, okay?«

Sven Pauly akzeptierte diesen späten Einsatz, ohne nach dem Warum zu fragen. Das mochte sie so an dem jungen Kollegen. Er war da, wenn man ihn brauchte, ohne zu murren.

Bernd sah sie skeptisch an. »Bist du sicher, dass du das schaffst?«

Sie küsste ihn. »Ja, es geht schon. Aber jetzt muss ich los. Bis später!«

Keine halbe Stunde später stand sie vor dem Mehrfamilienhaus, in dem Sebastian Junglas wohnte. Der rote Klinkerbau hatte bestimmt zehn Stockwerke und war umgeben von anderen Hochhäusern. Der Nordwesten von Münster zählte sicherlich nicht zu den feinsten Gegenden der Stadt, aber Charlotte fand, dass er besser war als sein Ruf. Das Haus machte zwar einen einfachen, aber nicht ungepflegten Eindruck.

Sven Pauly wartete schon auf sie. Als sie aus dem Wagen stieg, fragte er: »Ist was mit Käfer passiert?«

»Ich hoffe nicht. Aber er ist nicht zu erreichen, und vor mehr als vier Stunden wollte er hierhin. Wir sollten mal nachgucken, ob er noch da ist.«

Verdammt. Plötzlich hatte sie ein beschissenes Gefühl. Ein richtig beschissenes.

Sven Pauly leuchtete mit seinem Handy auf die zahlreichen Klingelschilder, bis er den Namen Sebastian Junglas gefunden hatte. Er hielt die Taste eine Weile gedrückt.

Nichts passierte.

»Klingel bei den Nachbarn. Sie sollen uns reinlassen.«

Er klingelt bei vier, fünf anderen Namen, und nach einem Moment erklangen verschiedene Stimmen aus der Gegensprechanlage. Nachdem Charlotte erklärt hatte, wer sie waren, summte der Türöffner.

»Fünfter Stock«, sagte Sven Pauly. »Nimm du den Fahrstuhl, ich das Treppenhaus.«

Während sie in dem muffigen Fahrstuhl nach oben fuhr, dachte sie fieberhaft nach. Was konnte passiert sein? Wenn Käfer wirklich noch in der Wohnung war, würde er wohl kaum noch ein Verhör führen. War ihm etwas zugestoßen?

Als sie vor der Wohnungstür standen, zogen sie ihre Waffen. Charlotte klingelte, und als nichts passierte, klopfte sie.

»Herr Junglas? Machen Sie die Tür auf! Kripo Münster. Öffnen Sie die Tür!« Sie wartete und zählte lautlos bis zehn. »Käfer? Bist du da?« Dann trat sie einen Schritt zurück. Sie wollte keine Zeit mehr verlieren. »Eintreten!«

Sven Pauly trat die Tür mit einer solchen Leichtigkeit ein, als wäre sie aus Pappe.

»Käfer?« Charlotte hielt die Waffe mit beiden Händen fest, den Lauf gen Boden gerichtet. »Käfer? Alles klar?«

Keine Antwort. Vorsichtig gingen sie in die Wohnung, Schritt für Schritt. In der Luft hing der schwere Geruch von Marihuana.

»Scheiße«, sagte sie, als sie die beiden Männer auf dem Boden fanden.

Käfer lag auf der Seite, eine kleine Lache Erbrochenes neben ihm. Er wirkte vollkommen leblos.

»Sven, ruf den Notarzt!«

Der Kollege tippte bereits die Nummer in sein Handy. Mit einem Seitenblick registrierte Charlotte, dass es Junglas offenbar besser ging als Käfer. Er lag ebenfalls auf dem Boden, schien aber tief und fest zu schlafen, jedenfalls machte er schnarchende Geräusche. Hatte er Käfer vergiftet? Sie fühlte seinen Puls, der hektisch ging. Wenigstens schlug sein Herz, wenn auch beängstigend schnell. War das ein Vorhofflimmern? Hatte Käfer einen Herzinfarkt? Vorsichtig nahm sie seinen Kopf und bettete ihn auf ein Kissen.

»Hey, Peter, hörst du mich? Alles okay?«, fragte sie sanft und war unendlich erleichtert, als nach einigen Sekunden seine Lider flatterten. Dann öffnete er die Augen. Sie waren feuerrot. Was war nur mit ihm passiert?

»Du hast mich noch nie Peter genannt«, sagte er schwach.

»Was ist passiert?«

»Ich ... weiß ... nicht.«

Im Aschenbecher lag ein halb gerauchter Joint, und auf dem Tisch stand ein leerer Teller mit ein paar Krümeln darauf. Als der Notarztwagen kam, hatte Käfer bereits wieder das Bewusstsein verloren. Junglas reagierte dagegen auf die Ansprache des Arztes, schien aber in einem verwirrten Zustand zu sein. Jedenfalls war er nicht in der Lage, die einfachsten Fragen zu beantworten.

»Was ist mit ihnen passiert?«, fragte Charlotte den Notarzt.

Doch der war ebenfalls ratlos. »Kann ich nicht genau sagen. Bei Ihrem Kollegen kann es das Herz sein. Erbrechen, kalter Schweiß, der rasende Puls – hm. Und der andere ... Auch eine Vergiftung kann ich nicht ausschließen.«

»Hier stinkt es total nach Gras.«

»Ist mir auch aufgefallen. Aber von dem halben Joint kann es Ihrem Kollegen eigentlich nicht so schlecht gehen. Ich hoffe, er hat keinen Infarkt.«

Erst als sie im Krankenhaus ankamen, fiel Charlotte ein, dass sie Annette Steinkamp noch nicht über Käfers Zustand informiert hatte.

»Sie haben ihm den Magen ausgepumpt und ihn an den Tropf gelegt. Er liegt auf der Überwachungsstation, dort ist er mit Sicherheit gut aufgehoben.«

»Was ist denn um Himmels willen passiert?« Annette Steinkamp klang aufgeregt.

»Sie wissen es noch nicht genau. Im Moment können sie einen Herzinfarkt nicht ausschließen.«

Charlotte hörte, wie Annette Steinkamp laut aufstöhnte. »O mein Gott, das kann doch nicht wahr sein! Bitte, nicht auch noch Peter ...«

Sie wusste, was Annette Steinkamp in den letzten Monaten durchgemacht hatte, und wollte ihr unbedingt etwas Tröstendes sagen. Aber was? Beinahe wäre ihr »Unkraut vergeht nicht« herausgerutscht, aber sie konnte die Worte im letzten Moment noch herunterschlucken.

»Er ist stark, Annette.«

Am anderen Ende der Leitung war nur noch ein Wimmern zu hören. »Ja, das ist er«, flüsterte Annette Steinkamp dann. »Ist er ansprechbar?«

»Nicht richtig.«

»Kann ich ihn sehen?«

»Natürlich. Es ist vielleicht wirklich besser, wenn Sie kommen.«

15

»Frau Sandlund, machen Sie sich keine Sorgen. Das war, glaube ich, alles recht harmlos«, flötete Berg ins Telefon. Die Verbindung nach Bali war extrem schlecht, und er konnte Maries Mutter kaum verstehen. Umso wichtiger, dass Sie alles mitbekam, was er sagte. »Ich würde das als eine Art verspätete Doktorspiele ansehen, wenn Sie mir diesen Ausdruck erlauben. Sie brauchen sich keine Sorgen zu machen.«

Aber so ganz konnte er die Frau nicht beruhigen. Immerhin hatte jemand von der Polizei sie angerufen und ihr gesagt, dass ihre Tochter ins Krankenhaus gekommen sei. Als sie mit den behandelnden Ärzten gesprochen hatte, hatte man ihr von einer Notoperation erzählt.

»Na ja, Notoperation würde ich das nicht nennen«, wiegelte Berg ab. »Es gab wohl einen kleinen Eingriff, und wahrscheinlich wird Marie für ein paar Tage nicht beim Sportunterricht teilnehmen können, aber ansonsten sehe ich da keine Einschränkungen. Sie wird bestimmt nicht viel vom Unterricht verpassen. Ich sehe keine Gefahr für die Klausuren.«

»Aber wird sie ihren Schnitt halten können, ja? Wenn sie ein paar Tage ausfällt, dann verpasst sie doch eine Menge Stoff.«

»Das werden wir mit ihr natürlich nachholen. Die Zeit, die sie durch den ausfallenden Sportunterricht gewinnt, wird sie für Nacharbeiten nutzen können.«

Frau Sandlund wirkte immer noch aufgeregt, geradezu wütend. »Das will ich auch hoffen, Herr Dr. Berg! Und zwar für Sie und Ihre Einrichtung. Mein Kind war in Ihrer Obhut, als diese Dinge passiert sind. Wir zahlen viel Geld dafür, dass Marie die beste Ausbildung bekommt, und dann passiert so etwas. Wenn sie das Abitur nicht schaffen sollte, mache ich Sie dafür persönlich verantwortlich.«

Er unterdrückte den aufsteigenden Zorn. Wie redete die Person eigentlich mit ihm? Doch er riss sich zusammen. »Sie wird es schaffen, Frau Sandlund.«

»Das will ich hoffen!« Und dann legte sie einfach so auf.

Unerhört. Wieso glaubte eigentlich jeder, er könnte ihn wie den letzten Dreck behandeln? Berg spürte, wie wütend er war. Konnte es denn wahr sein? Was war hier eigentlich los? Wenn Marie verblutet wäre, hätte er das Internat womöglich dichtmachen können, dann hätte ihm doch niemand mehr seinen Nachwuchs anvertraut.

Diese verdammten Wenkes ... Erst Alexander Wenke, der seine intellektuelle Heimat um Tausende von Euros betrog, dann Max Wenke, der mit irgendwelchen irrsinnigen Anschuldigungen den Ruf des Internats beschädigen wollte, und dann auch noch die kleine Wenke-Freundin, die sich dämlicherweise hatte schwängern lassen und das Balg auch noch selbst hatte wegmachen wollen. Deren arrogante Mutter war sich wirklich nicht zu blöde, ihn für den ganzen Schlamassel verantwortlich zu machen. Als Nächstes tauchte wahrscheinlich Sonja Wenke hier auf und stürzte sich vor Verzweiflung vom Schlossdach. Es reichte ihm langsam. Er hatte diese Einrichtung doch nicht von Grund auf saniert, damit nach dreißig Jahren alles kaputtging!

Berg stand auf und ging nervös im Raum auf und ab. Konzentrierte dich, denk nach, such eine Lösung! Als Erstes musste er dafür sorgen, dass keiner mehr Drogen nahm. Es würde kein Pardon geben – wenn er einen beim Konsum erwischte, würde er ihn eigenhändig von der Schule schmeißen. Monatliche Drogentests würde er auf die Agenda setzen, von ihm eigenhändig kontrolliert, damit es für niemanden mehr die Chance gab, irgendetwas zu manipulieren.

Dann musste er zusehen, dass er den Ruf des Internats wieder aufpolierte. Ja, es war eine Menge passiert, aber das Schloss sollte nicht darunter leiden müssen. Konnte er es nicht so hinbiegen, dass die Öffentlichkeit denken würde, die Wenkes hätten den ganzen Mist hier zu verantworten? Wenn er das irgendwo glaubhaft lancieren könnte, hätte die Presse einen Sündenbock, und Lemburg wäre aus dem Gröbsten raus.

»Wo habe ich denn die Nummer von diesem Käseblatt?«, überlegte er und marschierte zu seinem Schreibtisch.

Eigentlich hatte er sich geschworen, dieser piefigen Regionalzeitung niemals ein Interview zu geben. Er wusste, dass so etwas in seinen Kreisen nicht gut ankam. Außerdem war es riskant – diese vermeintlichen Journalisten konnten einem schnell das Wort im Mund umdrehen. Andererseits gab es keine Zeitung in der näheren Umgebung, die heißer auf Skandale war und lieber die schmutzige Wäsche anderer Leute wusch, ohne das eigene Vorgehen zu hinterfragen. Seine konservativen Ansichten zum Thema Erziehung mussten doch auf Gegenliebe bei diesem Wald- und Wiesenjournalismus stoßen, da war er sich sicher. Er musste die Wenkes nur in eine bestimmte Ecke stellen, als Verräter des Guten, der Tugend und Disziplin, und das Ganze als Angriff auf das wertstabile Internat beschreiben – ein Angriff, der natürlich gründlich schiefgegangen war. Die Zeitungsleute würden ihm glauben, für sie war er eine moralische Instanz.

Endlich hatte er die Nummer gefunden. Es war schon spät, eigentlich würde er um diese Uhrzeit niemanden mehr anrufen. Aber darauf konnte er keine Rücksicht nehmen.

»Dr. Thomas Berg ist am Apparat«, sagte er mit fester Stimme ins Telefon, als die Person am anderen Ende der Leitung abgehoben hatte. »Es tut mir leid, wenn ich Sie so spät noch störe, aber Sie hatten ja neulich angerufen und darum gebeten, dass ich Ihnen ein paar Fragen beantworte.«

»Und Sie haben gesagt, mit Leuten wie mir reden Sie nicht.«

»Tut mir leid. Das war aus der Situation heraus einfach so dahingesagt. Das meinte ich nicht so. Ich spreche natürlich sehr gern mit Ihnen über das, was auf unserem Internat vorgefallen ist.«

»Dann mal los. Wenn die Geschichte gut ist und wir uns beeilen, kriegen wir es vielleicht noch in die morgige Ausgabe. Was können Sie über den mysteriösen Todesfall sagen?«

Berg holte tief Luft. Dann begann er zu erzählen.

*

Sonja Wenke stieg wie gelähmt aus dem Taxi. Sie hätte auf eine Identifizierung verzichten können, da Max' Identität eindeutig nachgewiesen worden war. Aber sie hatte ihren Jungen noch einmal sehen wollen, unbedingt.

Langsam ging sie auf ihr Haus zu. Es war noch nicht mal neun Uhr morgens, und die Luft war noch kühl und klar von der kalten Nacht. Seit fünf Uhr war sie wach gewesen, die Aufregung, bald Max zu sehen, war einfach zu groß gewesen. Wie ein gefangener Tiger war sie im Haus auf und ab gegangen, hatte ab und zu nach ihrem Schwiegervater geschaut, der aber tief und fest geschlafen hatte. Schließlich war es spät genug gewesen, um in die Gerichtsmedizin zu fahren.

Sie schloss die Tür auf und ging ins Haus. Als sie hinter ihr zufiel, stand sie für eine ganze Weile einfach nur da, unfähig sich zu bewegen.

Weiß war Max gewesen, unnatürlich weiß, so wie sie es noch nie bei einem Menschen gesehen hatte. Er war bis zum Hals mit einem Tuch abgedeckt, an seinem Kopf waren nur ein paar schmale Schnitte zu sehen gewesen, das hatte ihn nicht entstellt. Aber diese Blässe, nein, dieses Weiß, das war vollkommen unmenschlich gewesen. Als sie danach gefragt hatte, hatte der Gerichtsmediziner irgendetwas von einem großen Blutverlust gesagt, und ihr war schlagartig klargeworden, dass ihr Junge ausgeblutet war. Ihr war es so vorgekommen, als hätte man ihm etwas gestohlen, als wäre ihm etwas Elementares genommen worden, das nun fehlte und nicht mit ihm beerdigt werden konnte. Fast so, als müsste sie ihn ohne Beine begraben, ja, so war es ihr vorgekommen. Wo war denn sein ganzes Blut? Die Flüssigkeit, die einen am Leben hielt, die einen Körper warm und lebendig machte? Die Vorstellung, dass es mit dem Wischwasser in einem Abfluss gelandet war, fand sie unerträglich.

Sonja wusste nicht, wie lange sie im Eingangsbereich ihres Hauses stand. Schließlich schaffte sie es, ihre Jacke auszuziehen und auf einen Stuhl zu legen. Dann ging sie in die Küche und setzte sich auf die Holzbank gegenüber der Kücheninsel. Langsam strich sie über das Material. Es war kalt.

Kalt war Max auch gewesen, eisig kalt. Klar, er kam ja auch direkt aus dem Kühlfach. Trotzdem. Diese Kälte hatte ihr am meisten zu schaffen gemacht, diese Kälte, als sie seine Hand in ihre nahm, als sie ihn streichelte und küsste. Kaltes, blutleeres Fleisch. Es war furchtbar gewesen.

Dann dachte sie an Max' Gesichtsausdruck, und plötzlich wurde sie ruhiger. Trotz der Stichverletzungen hatte er friedlich ausgesehen. Nicht so, als würde er schlafen, so wie Tote manchmal angeblich aussehen sollten, nein, mit schlafen hatte das nichts zu tun gehabt. Trotzdem hatte er den Eindruck erweckt, als hätte er seinen Frieden gefunden.

Nach Alex' Unfalltod hatte Max eine ausgeprägte Sorgenfalte zwischen den Augen gehabt. Dadurch hatte er immer sehr angespannt ausgesehen, was er ja auch häufiger gewesen war. Aber diese Falte war verschwunden, seine Stirn war glatt, seine Lippen entspannt und nicht zusammengekniffen, seine Gesichtszüge ebenmäßig. So hatte er früher ausgesehen, als Alex noch lebte und Max auf der Sonnenseite des Lebens gestanden hatte. Es kam ihr so vor, als läge diese Zeit hundert Jahre zurück.

Sonja starrte auf den überdimensionalen Messerblock, der auf der Arbeitsfläche stand. Es wäre so einfach, Alex und Max zu folgen. So leicht. Ihr Schwiegervater würde nicht mehr lange leben, ihre eigenen Eltern waren seit Jahren tot. Und auch wenn Sonja wusste, dass sie nicht allein war, dass sie genug Freunde hatte, die sich um sie kümmerten, kam es ihr in diesem Moment so vor, als wäre sie die einzige Überlebende auf einer einsamen Insel, ohne Hoffnung auf Rettung.

Weshalb sollte sie dieses Leben weiterleben?

*

Er saß in seinem Krankenbett und fühlte sich immer noch ein bisschen komisch. Sein Mund war merkwürdig trocken, und es fiel ihm schwer, klar zu denken. Aber er hatte großen Appetit, und das wertete er als gutes Zeichen.

Die Tür ging auf, und der Chefarzt betrat den Raum, gefolgt von einem jungen Arzt und einer Schwester. »Guten Morgen, Herr Käfer. Wie fühlen Sie sich?«

»Eigentlich ganz gut. Wissen Sie inzwischen, was mit mir passiert ist?«

Unterdrückte der Chefarzt ein Grinsen? Der jüngere Arzt lächelte breit, und auch die Schwester schien amüsiert. Was war denn bitte so lustig?

»Ja, ich glaube, wir wissen, was mit Ihnen los ist. Mit Herrn Junglas konnten wir schon letzte Nacht sprechen, danach haben wir einige Tests mit Ihnen gemacht. Sie hatten eine gehörige Dosis THC intus.«

»Wie bitte?« Käfer konnte kaum glauben, was er da hörte.

»Herr Junglas sagte, Sie hätten sich an seinen Haschkeksen vergriffen?«

Käfer schlug sich die flache Hand gegen die Stirn. Die Kekse! Verdammt. Wie konnte ihm nur so etwas passieren?

»Er sagte, er habe ein Gramm Marihuana pro Keks verbacken, und er glaubte, dass Sie mindestens zwei davon gegessen haben.«

»Ich glaube, es waren fünf...« Er konnte nicht fassen, dass ihm so etwas Dämliches passiert war.

»Fünf. Meine Herren!« Der Chefarzt pfiff anerkennend, die beiden anderen kicherten leise. »Kein Wunder, dass Sie sich übergeben mussten. Wir haben Ihren Magen zwar ausgepumpt, aber ein Teil des THC war natürlich längst in Ihrem Blut.«

»Na toll.« Käfer freute sich schon auf das Gerede im Präsidium. Das war doch ein gefundenes Fressen für die Kollegen.

»Sehen Sie es positiv. Es war kein Herzinfarkt, kein Schlaganfall und auch sonst nichts Schlimmes. Wir beobachten heute noch ein bisschen Ihren Kreislauf, und dann können Sie morgen schon nach Hause gehen. Auto fahren würde ich die nächsten zwei Tage vielleicht noch nicht, lassen Sie es ein bisschen ruhiger angehen.«

Es klopfte an der Tür, und Annette kam herein. »Stör ich?«

»Nein, nein, wir sind gerade fertig«, sagte der Chefarzt. Er gab Käfer die Hand. »Alles Gute. Und denken Sie daran: Keine Macht den Drogen.« Er grinste breit und verließ mit seinen feixenden Kollegen den Raum.

Annette setzte sich zu Käfer ans Bett. »Was sollte der Spruch denn?«

Er verdrehte seufzend die Augen. Dann erzählte er ihr, was der Chefarzt herausgefunden hatte.

»Du hast *was?*«

»Ich wusste ja nicht, dass es Haschkekse waren. Sonst hätte ich die natürlich niemals gegessen!«

»Aber das schmeckt man doch.«

Nun war es an ihm, entsetzt zu gucken. »Kennst du dich damit aus?«

»Na ja, ich hab als Zwanzigjährige mal welche ausprobiert. Der Geschmack war total intensiv.« Annette sah ihn kopfschüttelnd an und grinste. »Du bist verfressen«, stellte sie lakonisch fest.

»Ja, ja. Ich weiß. Wer den Schaden hat, braucht für den Spott nicht zu sorgen. Ein bisschen mehr Mitgefühl wäre auch ganz schön. Ich werde in Zukunft nur noch deine Kekse essen, versprochen.«

Sie lachte und öffnete ihre Handtasche. »Ich hab dir was mitgebracht.«

»Ah, eine Leckerei?« Er hatte einen unglaublichen Appetit auf was Süßes und war fast ein bisschen enttäuscht, als sie ihm eine Zeitung hinhielt.

»Seite fünf«, sagte sie nur, und als Käfer die Stelle gefunden hatte, dachte er zuerst, die Drogen würden ihm immer noch einen Streich spielen.

»Kriminelle Machenschaften an Elite-Internat beendet«, las er ungläubig die Überschrift. »Wie bitte?«

»Es kommt noch besser«, meinte Annette, die offensichtlich schon den ganzen Artikel gelesen hatte.

»Eine Schule steht unter Schock«, las Käfer laut. »Ein ehemaliger Schüler, sein Sohn und dessen leichtgläubige Freundin haben versucht, eine der anerkanntesten Schulen der Gegend zu erpressen. Die Folge: zwei Tote und eine Schwerverletzte.«

Er schüttelte entsetzt den Kopf und betrachtete die Fotos, die groß neben dem kurzen Artikel montiert waren. Auf dem einen war Schloss Lemburg zu sehen, auf den anderen Alexander und Max Wenke, beide nur mit einem kleinen schwarzen Balken über den Augen unkenntlich gemacht – jeder, der sie kannte, würde sie sofort erkennen. Darunter war ein Bild von Marie platziert worden, ihr Gesicht war immerhin verpixelt, aber allein anhand ihrer auffälligen langen schwarzen Haare würden ihre Mitschüler sie sofort erkennen können.

»Das ist ja unglaublich!«, murmelte Käfer und las weiter.

Alexander W. genoss in den 1980er- und 1990er-Jahren die beste Ausbildung auf Schloss Lemburg. Der Schule hatte er seine steile Karriere und seinen außerordentlichen Wohlstand zu verdanken. Aber Dankbarkeit war W. unbekannt. Direktor Dr. Thomas Berg muss heute bitter feststellen, dass sich der Reichtum der Familie W. vermutlich auf betrügerischen Machenschaften von Alexander W. gründete, die sich in erster Linie gegen die Schule richteten. Nach einem vermutlich unter Alkoholeinfluss verursachten tödlichen Unfall setzte der fast erwachsene Sohn von Alexander W. die betrügerischen Machenschaften fort. Auch er ließ nichts unversucht, um die Schule zu schädigen. »Er wollte uns ebenfalls erpressen«, sagte der Direktor unserem Reporter gegenüber. »Aber offensichtlich war er nicht ganz so skrupellos wie sein Vater und konnte mit der Schuld nicht leben.« Max W. beging Selbstmord. Auch seine schöne Freundin, die ebenfalls in die Machenschaften der Familie verwickelt zu sein scheint, wollte diesen Weg gehen. Das Mädchen, das gerade ihren männlichen Mitschülern gegenüber als sehr zugewandt galt, konnte in letzter Sekunde per Notoperation gerettet werden. »Jetzt kehrt endlich wieder Ruhe im Internat ein«, stellte der Direktor zufrieden fest. »Das Abitur steht vor der Tür, und ich bin mir sicher, dass unsere Schüler wieder mit einem Notendurchschnitt von mindestens 1,8 abschneiden werden.« Dafür drücken wir ihm und den Schülern natürlich die Daumen.

Käfer las den Artikel noch einmal, um sicherzugehen, dass er ihn richtig verstanden hatte. Konnte es wirklich sein, dass Berg so ein Interview gegeben hatte? Was hatte diesen elitären Schwachkopf nur dazu verleitet?

»Der macht wirklich alles, um den Ruf der Schule zu retten«, murmelte Käfer und schlug die Bettdecke zur Seite. »Aber diesmal ist er zu weit gegangen. Viel zu weit!«

Als er aufstand, schwankte er noch ein wenig, aber er fühlte sich besser, als er es noch vor ein paar Stunden gedacht hatte. »Kannst du mich zum Präsidium fahren?«

»Darfst du denn schon das Krankenhaus verlassen?«, fragte Annette besorgt.

»Natürlich. Stell es dir vor wie eine Nacht in der Ausnüchterungszelle. Ich bin jetzt wieder clean«, kicherte er.

*

»So, dann wollen wir mal nachschauen.« Frau Dr. Bender lächelte sie freundlich an und griff nach dem Stab des Ultraschallgeräts.

Charlotte lag auf dem gynäkologischen Stuhl und atmete tief durch. Bernd stand hinter ihr und starrte gebannt auf den Monitor, auf dem bisher nichts zu sehen war.

Ist er nervös?, dachte sie. War sie selbst nervös? Was würde passieren, wenn dort gleich nur ein mutierter Zellhaufen auftauchen würde, ohne Herzschlag, ohne Leben? Würde sie dann erleichtert sein? Oder unglücklich? Wenn sie richtig gerechnet hatte, müsste sie in der achten Woche sein. Da musste das Herz schlagen, sonst war was schiefgegangen. Und was, wenn dort zwei Herzen schlagen würden? Wie bei Marie?

Ihr lief ein Schauer den Rücken hinunter, als sie an das Mädchen dachte. Eine Siebzehnjährige, die alles richtig machen wollte, die eine gute Schülerin war, sich auf einem so anspruchsvollen Internat wie Schloss Lemburg über alle Maßen anstrengte, um die hohen Erwartungen ihrer Eltern zu erfüllen. Und dann wurde sie ungewollt schwanger. Sie hatte keine Chance gehabt, einen Blick auf das Leben in ihrem Bauch zu werfen, und ihr hatte auch niemand zur Seite gestanden – der Freund war tot, die Eltern weit weg.

»So, die Gebärmutterschleimhaut ist schön aufgebaut. Das ist das Dunkle, was Sie hier sehen«, riss Frau Dr. Bender sie aus den Gedanken. Jetzt blickte auch Charlotte auf den Monitor. »Und Moment ... Was haben wir denn ... Der hat sich ganz schön versteckt. So. Sehen Sie hier? Das ist Ihr Baby. Und der kleine Punkt, der hier so schön flackert, das ist der Herzschlag.«

»Wahnsinn!« Bernd starrte auf den Bildschirm, als würde dort gerade der spannendste Film aller Zeiten gezeigt werden.

Charlotte dagegen war völlig benommen. Sie hätte sich niemals vorstellen können, dass eine medizinische Untersuchung sie so berühren würde. Wenn sie früher beim Friseur in einer Frauenzeitschrift davon gelesen hatte, wie Frauen beim Gynäkologen in Tränen ausbrachen, wenn sie ihr Kind zum ersten Mal auf dem Monitor sahen, hatte sie das immer albern gefunden. Sie hatte gedacht: Meine Güte, das ist ein Klumpen Gewebe, der durchblutet wird. Was soll die Aufregung? Das ist doch noch kein Mensch.

In diesem Moment sah sie das schlagartig anders. Bernd hatte recht gehabt, es war ein kleines Gummibärchen, das dort auf dem Bildschirm zu sehen war. Arme und Beine waren gut zu erkennen, genau wie der viel zu große Kopf. Und das Herz. Es schlug und schlug. Charlotte schluckte. Sie wollte auf keinen Fall weinen.

»Sie sind bei acht plus vier, wenn ich das richtig gemessen habe, also in der neunten Woche. Und so wie es aussieht, ist alles in Ordnung. Herzlichen Glückwunsch, Frau Schneidmann.«

Dr. Bender druckte das Ultraschallbild aus und reichte es ihr. Während Charlotte sich wieder anzog, erklärte ihr die Ärztin, welche Untersuchungen noch auf sie zukommen würden.

»Und lassen Sie es erst mal ein bisschen ruhiger angehen«, sagte sie zum Abschluss. »Sie müssen sich zwar nicht schonen, und wenn Sie sich gut fühlen, können Sie auch alles machen wie bisher. Aber Sie sollten bedenken, dass gerade im ersten Trimester Erschöpfung und Müdigkeit sehr häufig auftreten.«

Bernd grinste sie von der Seite an und zwinkerte ihr vergnügt zu. Charlotte erwiderte sein Lächeln und verdrehte die Augen.

»Haben Sie noch Fragen?«

Charlotte überlegte kurz. »Ja. Es klingt vielleicht ein bisschen merkwürdig, aber haben Sie Erfahrungen mit Abtreibungen?«

Dr. Bender klappte vor Erstaunen der Mund auf. Sie war sichtlich irritiert.

»Nein, nein«, beeilte Charlotte sich zu sagen. »Ich meine, haben Sie Erfahrung mit jungen Mädchen, die abgetrieben haben? Mich würde interessieren, wie die psychischen Folgen für diese Mädchen sind. Aus rein beruflichem Interesse.«

Die Ärztin atmete erleichtert auf. »Ach so! Ich dachte schon. Nun, ja, natürlich habe ich auch solche Patientinnen bei mir in der Praxis, obwohl ich selbst keine Abtreibungen durchführe. Aber in der Vor- und Nachbetreuung sind sie bei mir. Grundsätzlich kann man sagen, dass sehr viele Frauen nach einer Abtreibung unter psychischen Problemen zu leiden haben. Einige bekommen sie direkt nach dem Eingriff, einige erst fünf bis zehn Jahre später.«

»Mit welchen Problemen haben die meisten zu kämpfen?«

»Depressionen, Aggressionen, aber auch Persönlichkeitsstörungen können vorkommen. Gerade bei jungen Patientinnen. Das Umfeld ist hierbei sehr wichtig. Wird die Patientin mit ihren Gefühlen, ja mit ihrer Trauer alleingelassen, besteht die Gefahr, dass sie ein sogenanntes Post-Abortion-Syndrom entwickelt. Viele unterschätzen die psychischen Auswirkungen einer Abtreibung. Besonders bei jungen Mädchen ist es wichtig, dass sie aufgefangen werden, Unterstützung und Hilfe erfahren. Leider ist das in der Praxis nicht immer der Fall. Viele sind froh, wenn es vorbei ist, und wollen nichts mehr damit zu tun haben, verdrängen den Eingriff förmlich.«

Charlotte nickte. »Ja, verdrängen ist nie gut. Irgendwann kommt es wieder hoch, das kenne ich aus eigener Erfahrung.« Sie musste an ihren kleinen Bruder denken und wie lange sie ihre Schuldgefühle ignoriert hatte. Bis alles explosionsartig wieder hochgekommen war, als sie an dem Fall um den verschwundenen kleinen Jungen gearbeitet hatte.

»Kann man einem solchen Mädchen als Außenstehende helfen?«, wollte Charlotte noch wissen.

Frau Dr. Bender machte ein abwägendes Gesicht. »Das ist schwer zu sagen. Wenn Familie und Freunde nicht für das Mädchen da sind, ja, vielleicht. Wenn Sie Zugang zu ihm finden, können Sie ihm vielleicht helfen. Sie können es jedenfalls versuchen. Es gibt aber auch gute Selbsthilfegruppen. Wenn Sie möchten, gebe ich Ihnen ein paar Adressen mit.«

Als sie die Praxis verlassen hatten und wieder in Bernds Wagen saßen, nahm er sie in die Arme und drückte sie. »Ich freu mich wie verrückt!«

Sie zögerte einen Moment. »Ich mich auch«, sagte sie dann. Ja, das tat sie wirklich. Sie freute sich.

»Willst du dich wirklich um dieses Mädchen kümmern?«, fragte er. »Du kennst sie doch gar nicht.«

»Ich weiß. Aber eben, als ich auf diesem Stuhl lag, da habe ich Dinge gefühlt, die ich noch nie zuvor in meinem Leben empfunden habe. Ich will nicht sagen, dass du ein anderer Mensch wirst, wenn du schwanger bist, das ist bestimmt übertrieben. Aber es macht dich viel verletzlicher. Und die Vorstellung, dass Marie auf dieser strengen Schule und mit vermutlich genauso strengen Eltern solche Gefühle hatte wie ich, und dabei auf einer Treppenstufe in einem stillgelegten Aufgang hockt und sich von einem Mitschüler mit einer Stricknadel die Gebärmutter perforieren lässt – ehrlich, Bernd, das lässt mich nicht kalt.«

Er lächelte und küsste sie. »Du wärst bestimmt auch eine gute Lehrerin geworden.«

Sie lachte auf. »O nein. Das glaube ich nicht. Kannst du mich beim Präsidium absetzen, bevor du zur Schule fährst?«

»Na klar.« Er startete den Wagen und lenkte ihn auf die Straße. »Hast du eigentlich schon über die Feindiagnostik nachgedacht?«, fragte er.

Sie schüttelte den Kopf. Nein, dazu hatte sie sich noch kein abschließendes Urteil gebildet. Vier Wochen hatte sie dafür noch Zeit, dann musste sie sich entscheiden, ob sie die Nackenfalte des Embryos und alle anderen wichtigen Körperteile ausmessen lassen wollte oder nicht, um Behinderungen und andere Entwicklungsfehler auszuschließen. Aber was sollte sie tun, wenn bei dieser Untersuchung herauskommen würde, dass etwas nicht in Ordnung wäre, ein Chromosomenfehler oder eine Behinderung vorläge? Würde sie irgendwann doch in dem Krankenhausflur sitzen, von dem aus sie Marie in den OP begleitet hatte?

16

Frederik kam vom Morgenlauf zurück in sein Zimmer. Er fühlte sich beschissen. Es hatte sich wie ein Lauffeuer an der Schule herumgesprochen, dass Marie versucht hatte abzutreiben. Sie und Max hatten also miteinander geschlafen. Klar, logisch hatten sie das. Es war ihm immer klar gewesen, dass die beiden Sex hatten, aber im tiefsten Inneren seines Herzens hatte er doch gehofft, dass sich Marie vielleicht aufsparen wollte, für den Richtigen. Für ihn.

»Du bist so ein Idiot!«, schimpfte er sich wütend und trat gegen die Wand. Vermutlich hatten es die beiden dauernd getrieben, wahrscheinlich hatte er sie zigmal davor und danach getroffen. Max war so ein Schwein! Niemals hatte er Marie wirklich geliebt, da war sich Frederik sicher. Wie hätte er das sonst mit Franke durchziehen können?

Nachdem Max damals groß verkündet hatte, dass sich niemand mehr Sorgen um die Drogentests machen müsse, hatten die anderen ihn gefeiert wie einen Superstar. Dabei war doch klar gewesen, dass da was im Busch war. Der schwule Franke würde die Tests sicher nicht ohne Gegenleistung manipulieren, das war sonnenklar. Aber das hatten die anderen Idioten nicht gesehen, für sie war Max der Held gewesen, der die Sache geregelt hatte.

Und wie dieser Arsch seinen Ruhm genossen hatte ... Unerträglich.

Dass es ihm so leichtgefallen war, sich von der Schwuppe

betatschen zu lassen, war für Frederik jedenfalls ein klares Zeichen, dass Max Marie nicht liebte. Vermutlich gefiel es diesem kranken Penner sogar, was Franke mit ihm gemacht hatte. Und wahrscheinlich fickte er danach jedes Mal Marie, um sich zu beweisen, dass er nicht schwul war, dieser Wichser.

Reiß dich zusammen, dachte Frederik. Max ist tot, vielleicht hat ein Dolch sogar seinen Schwanz durchbohrt, der wird nie wieder jemanden vögeln.

Jetzt musste er alles tun, um Marie für sich zu gewinnen.

Die Tür ging auf, und Benjamin, sein Zimmergenosse, trat ein. »Ey, Alter, heute schon online gewesen?« Er hielt ihm grinsend sein Handy hin. »Berg dreht total durch.«

»Was 'n los?« Frederik schnappte sich das Handy und las die Onlineversion eines Zeitungsartikels über Schloss Lemburg. »What the fuck …?«

»Unfassbar, oder?«, grinste Benjamin. »Geil ist vor allem der Part mit ›männlichen Mitschülern gegenüber sehr zugewandt‹. Das heißt doch nichts anderes, als dass Marie für jeden die Beine breitmacht, oder?«

Frederik sah Benjamin grimmig an. »Halt's Maul! Schlimm genug, dass so ein Scheiß in der Zeitung steht. Das brauchst du nicht auch noch zu posten.«

»Mach ich ja auch nicht.« Benjamin war sichtlich beleidigt. »Ich find's nur oberkrass, dass Berg so einen Müll absondert.«

»Ich weiß nicht, was daran oberkrass ist. Wir wissen doch beide, dass das pure Verleumdung ist. Marie ist alles andere als eine Matratze.«

»Puh, hast du 'ne Laune.« Benjamin nahm ihm das Handy aus der Hand und verließ augenrollend das Zimmer.

Frederik brauchte einen Moment, um die Neuigkeiten richtig einzuordnen. Dann grinste er. Das ist meine Chance, dachte er.

Marie lag hilflos und verletzt im Krankenhaus, während draußen eimerweise Dreck über sie geschüttet wurde, in einer Zeitung, die kein Pardon kannte und die jeder Idiot in der Region las. Im Moment hatte sie keine Möglichkeit, sich gegen Bergs absurde Äußerungen zu wehren, das ganze Internat würde sich das Maul über sie zerreißen. Sie brauchte jemanden, der sie beschützte, der sich darum kümmerte, dass dieser Schwachsinn so schnell wie möglich aus dem Gedächtnis der Mitschüler verschwand. Sie brauchte jemanden, der sie tröstete und ihr sagte, dass Bergs Rechnung nicht aufgehen würde, und der ihr versicherte, dass niemand an ihrer Persönlichkeit zweifelte. Was sie jetzt brauchte, war ein starker Mann an ihrer Seite, kein Weichei wie Max, der einen jämmerlichen Tod gestorben war, sondern einer, der wirklich für sie einstand. Und dieser Jemand war er. Es war die Gelegenheit, um Marie endlich für sich zu gewinnen. Jetzt würde er ihr zeigen können, was in ihm steckte. Und dann würde sie ihn schätzen für das, was er für sie tat. Dann würden sie sich endlich näherkommen.

Eigentlich musste er Berg dankbar sein.

*

Käfer saß auf dem Beifahrersitz. Charlotte bog in die Straße ab, in der Sonja Wenke wohnte.

»Wir müssen die Frau über diesen absurden Artikel informieren. Die Presse wird sich vermutlich auch an sie ranmachen.«

»Ja. Davon müssen wir ausgehen. Außerdem will ich wissen, was sie über diesen ominösen Turnhallenbau weiß.«

»Sonja Wenke hat nie in der Firma ihres Mannes gearbeitet. Ich kann mir kaum vorstellen, dass sie darüber Bescheid weiß«, gab Charlotte zu bedenken.

»Aber sie müsste Jürgen Helmer kennen. Er war immerhin einer der engsten Mitarbeiter ihres Mannes. Wäre doch ein Ding, wenn sie uns nichts zu ihm sagen könnte.«

»Könnte er was mit dem Mord an Max zu tun haben?« Sie parkte den Wagen vor einem Einfamilienhaus und sah ihn erwartungsvoll an.

»Dafür sehe ich im Moment kein Motiv. Aber er hat lange auf dem Gelände gearbeitet, er muss das Internat also gut kennen. Vielleicht kann er uns etwas über die Einrichtung sagen, was uns weiterhilft. Falls wir ihn finden ...« Er starrte nachdenklich aus dem Fenster. »Dieses Internat ... Irgendwie ist es fast so, als habe es Vater und Sohn den Tod gebracht. Der eine stirbt dort im Keller, der andere auf der Zufahrtsstraße. Und beide am gleichen Datum, sogar fast zur gleichen Uhrzeit, nur ein Jahr auseinander. Irgendwie lässt mich dieser makabre Zufall nicht los.« Käfers Handy klingelte. »Ja, Hammersbach, was gibt's?«, sagte er, nachdem er rangegangen war.

»Wir haben zwei Handys gefunden, die wir Max Wenke zuordnen können. Ein iPhone war eingeschlossen in seinem Spind in der Turnhalle, nach ersten Erkenntnissen ist dort nichts Fallrelevantes drauf. Ein Smartphone lag in einem Mülleimer hinter dem Sportplatz. Einige seiner Mitschüler konnten es als das Handy von Max identifizieren.«

»Großartig, Hammersbach.«

»Geht so, Chef. SIM- und SD-Karte fehlen. Ich gebe das Handy trotzdem an die IT-Jungs weiter, aber ohne die Datenträger können die damit vermutlich nicht viel anfangen.«

»So eine kleine SD-Karte lässt sich natürlich überall verstecken«, sagte Charlotte, nachdem Käfer aufgelegt und ihr von Hammersbachs Neuigkeiten erzählt hatte.

»Und leider auch gut vernichten.«

Sie nickte, stieg aus, ging um das Auto herum und öffnete

die Beifahrertür. Wollte sie ihm etwa aus dem Wagen helfen? Tatsächlich hielt sie ihm die Hand hin.

»Charlotte!«

»Reg dich nicht auf. In ein paar Wochen stehst du vermutlich so vor mir.« Sie grinste ihn vielsagend an.

»Soll das heißen …?«

Sie nickte, und Käfer ließ sich von ihr aus dem Wagen helfen und nahm sie in die Arme. »Wusste ich doch, dass du schwanger bist!«, lachte er. »Herzlichen Glückwunsch. Wie toll. Hast du schon irgendwelche Gelüste? Saure Gurken mit Erdbeereis?«

»Erzähl du mir bitte nichts über Fressflashs, Mr. Ich-fresse-mich-in-die-Bewusstlosigkeit.« Sie lachte.

»Witzig. Ich werde bei passender Gelegenheit ein paar Entbindungwitze raushauen, wenn's recht ist.« Dann sah er sie ernst an. »Wir müssen gucken, inwiefern du überhaupt noch im Außendienst arbeiten kannst.«

»Es ist noch ganz früh.« Charlotte verdrehte die Augen. »In sechs Monaten kannst du mich an den Schreibtisch verbannen, aber jetzt bitte noch nicht.«

»Lass uns später in Ruhe über alles sprechen«, sagte er und drehte sich Richtung Haus. »Wie findest du Peter als Jungenname?«

Nur wenige Minuten später war ihnen nicht mehr zum Spaßen zumute. Sie saßen bei Sonja Wenke in der Küche und sahen sich einer völlig aufgelösten Frau gegenüber. Die Neuigkeiten aus der Zeitung waren für ihre Stimmung erwartungsgemäß ebenfalls nicht gerade förderlich gewesen.

»Frau Wenke«, sagte Charlotte sanft und drückte die Hand der Frau. »Ich glaube, es wäre wirklich das Beste, wenn wir noch mal einen Arzt kommen lassen.«

»Keine Sorge, ich schaffe das schon.«

»Trotzdem, ein Arzt kann Ihnen etwas verschreiben, damit Sie diese schwere Zeit besser durchstehen.«

»Psychopharmaka? Nein, so etwas nehme ich nicht. Davon wird man abhängig.«

»Davor müssen Sie keine Angst haben. Wenn Sie für ein paar Wochen Ihren Serotoninspiegel erhöhen, werden Sie noch lange nicht abhängig. Sie sollten das mit einem Arzt besprechen«, sagte Charlotte einfühlsam.

Sonja Wenke zuckte mit den Schultern, und Käfer überlegte, wie er die Befragung unter diesen Umständen am besten beginnen sollte. Am besten direkt und ohne Umschweife. »Kennen Sie einen Jürgen Helmer?«, fragte er.

Ihre Reaktion überraschte ihn, und er sah an Charlottes Gesichtsausdruck, dass sie nicht minder verblüfft war. Sonja Wenke wurde mit einem Mal puterrot. Sämtliche Blässe und alle Spuren der Trauer schienen wie weggewischt. Stattdessen wirkte sie wie ein ertapptes kleines Mädchen, das sich für irgendetwas schämte.

»Warum wollen Sie das wissen?«

»Kennen Sie ihn denn?«

Sonja Wenke zögerte, nickte dann aber. »Ja. Er hat bei uns in der Firma gearbeitet.«

»Kennen Sie alle Mitarbeiter von Wenkebau?«

»Nein, natürlich nicht. Da sind ja auch jede Menge einfache Arbeiter dabei, die ich nie zu Gesicht kriege. Aber Jürgen war Projektleiter. Ich hatte ihn bei einer Firmenveranstaltung kennengelernt.«

»Warum hat er die Firma verlassen?«

»Äh … Das weiß ich nicht. Ich habe mich nie mit Personalfragen befasst.«

»Ein enger Mitarbeiter Ihres Mannes verlässt das Unternehmen, und Ihr Mann hat Ihnen nichts davon erzählt?« Käfer konnte sich das beim besten Willen nicht vorstellen, jedenfalls nicht, wenn die Ehe der Wenkes einigermaßen intakt gewesen war.

»Ich kann es Ihnen wirklich nicht genau sagen. Die beiden hatten wegen irgendetwas Streit ... Es hatte mit dem Bau der Internatsturnhalle zu tun, aber was genau, weiß ich nicht.«

»Wissen Sie, wo wir Herrn Helmer finden können?«

Erneut zögerte sie. »Konnte Ihnen die Buchhaltung keine Adresse geben?«

»Doch. Aber die ist veraltet. Von dort muss er spätestens vor sechs Monaten weggezogen sein. Jedenfalls ist er dort nicht bekannt.«

Sonja Wenke stand auf und ging zum Regal, wo eine Packung Marlboro Light lag. Zitterten ihre Hände, als sie sich eine Zigarette anzündete? Es sah ganz so aus. Käfer unterdrückte den Impuls, der Frau zu sagen, dass sie bitte nicht in Anwesenheit einer Schwangeren rauchen sollte. »Kann ich das Fenster aufmachen?«, fragte er stattdessen.

»Ja, sicher.«

»Wann haben Sie das letzte Mal Kontakt zu Jürgen Helmer gehabt?«, fragte Charlotte.

Nervös zog Sonja Wenke an ihrer Zigarette. »Weiß ich nicht genau. Es liegt schon ein ganzes Weilchen zurück.«

»Wissen Sie, ob er vorhatte, Münster zu verlassen?«

»Nein, das kann ich mir nicht vorstellen. Seine Eltern haben eine Ferienwohnung auf den Kanaren, wo sie die Hälfte des Jahres verbringen. Schon früher hat er während dieser Zeit in ihrer Wohnung gewohnt, weil die viel größer und zentraler ist als die zwei Zimmer, in denen er wohnt. Es würde mich nicht wundern, wenn er dort ist. Seine Eltern haben eine sehr schöne Altbauwohnung im Kreuzviertel.«

Ach nee, dachte Käfer. »Und woher wissen Sie das alles so genau?«

Sonja Wenke sah geradezu erschrocken aus. »Ich ... ähm ... Ich glaube, er hat das mal erzählt.« Sie drückte ihre Zigarette aus und steckte sich sofort eine neue an.

»Hören Sie«, sagte Charlotte in ihrer sensiblen, aber bestimmten und unmissverständlichen Art, die Käfer an ihr so schätzte. »Wir sind hier, um den Tod Ihres Sohnes aufzuklären. Dafür brauchen wir Informationen, die eventuell auch Ihr Privatleben betreffen. Wir sind nicht hier, um über Sie zu urteilen, verstehen Sie, was ich meine?«

Die Frau schluckte, und Käfer sah ihr an, dass sie Charlotte durchaus verstanden hatte.

»Wie gut kannten Sie Jürgen Helmer wirklich?«, hakte sie nach. »Hatten Sie eine Affäre mit ihm?«

Seufzend ließ sich Sonja Wenke auf den Stuhl fallen und zog hektisch an ihrer Zigarette. »Es hatte nichts zu bedeuten«, sagte sie dann leise. »Jedenfalls nicht für mich. Ich habe Alexander geliebt, wirklich, ich habe ihn aufrichtig geliebt. Aber nach all den Jahren ...« Sie stockte.

»War ein bisschen Routine in Ihre Ehe gekommen«, half Charlotte ihr auf die Sprünge.

Sonja Wenke nickte. »Ja. Es war einfach nicht mehr so wie früher. Er lebte nur noch für die Firma, manchmal hatte ich fast den Eindruck, er würde sich dahin flüchten.«

»Flüchten? Wovor?«

»Wir ... wir hatten uns irgendwie verloren. Nachdem Max geboren wurde, war ich ... nun, wie soll ich sagen, vielleicht war ich ein bisschen zu sehr auf ihn fixiert. Jedenfalls hat Alex mir das häufig vorgeworfen. Ich liebte den Jungen so sehr.«

»Und Ihr Mann kam sich manchmal ein bisschen vernachlässigt vor?«, schlug Charlotte vor.

»Ja. Und als Max aufs Internat kam, zog irgendwie die große Sprachlosigkeit bei uns ein. Wir redeten nicht mehr miteinander. Die Gespräche drehten sich höchstens um die Frage, ob es Reis oder Nudeln zum Mittagessen geben sollte. Wir schwiegen beim Essen, wir schwiegen abends vor dem Fernseher, und wenn wir in den Urlaub fuhren, war die Stille kaum noch auszuhalten. Jeder von uns schien heilfroh zu sein, wenn wir zurück nach Münster kamen.«

»Und in dieser Situation lernten Sie Jürgen Helmer kennen«, sagte Charlotte.

Sie nickte. »Ja. Er schenkte mir sehr viel Aufmerksamkeit, er hörte mir zu, er redete mit mir. Es war ... O Gott, ich brauchte das so.«

»Sie haben sich in ihn verliebt und sich auf eine Affäre eingelassen.«

»Nein. Das stimmt so nicht. Also, schon, aber ...« Sie schien nach den richtigen Worten zu suchen. »Ich hatte mich nicht verliebt. Jürgen tat mir einfach wahnsinnig gut. Vielleicht war ich ein bisschen verknallt ... Aber mehr war es nicht. Ja, irgendwann hatten wir sicherlich so etwas wie eine Affäre, aber für mich war es nie etwas Ernstes. Das habe ich ihm auch gesagt. Ich habe immer gesagt: ›Jürgen, ich liebe dich nicht. Ich liebe meine Familie.‹«

»Und das hat er einfach so akzeptiert?«, fragte Käfer.

»Ich glaube, er wollte schon mehr. Insgeheim hat er wahrscheinlich gehofft, dass ich mich irgendwann von Alex trenne. Aber dann ...« Sie drückte die Zigarette aus. »Als mein Mann starb, habe ich mit Jürgen Schluss gemacht. Ich konnte das nicht mehr. Ich liebte ihn nicht und wollte in Ruhe trauern.«

»Wie hat Herr Helmer darauf reagiert?«

»Er hat versucht, mit mir in Kontakt zu bleiben, aber ich habe irgendwann nicht mehr auf seine Anrufe und SMS reagiert. Seit ein paar Monaten habe ich nichts mehr von ihm gehört.«

»Können Sie uns die Adresse der Eltern im Kreuzviertel geben?«

Kurz darauf saßen Charlotte und Käfer wieder im Wagen.

»Lass uns direkt zu diesem Helmer fahren«, sagte er. »Ich will jetzt wissen, wie das mit den Spendengeldern gelaufen ist. Wenn der Helmer da seine Finger im Spiel hatte, muss er einen Verbündeten im Internat gehabt haben. Anders konnte er an die hohen Summen Bargeld doch gar nicht kommen.«

»Und dieser Jemand ist vermutlich Sebastian Junglas. Er hat die Spendengelder verwaltet, er könnte sie an Helmer weitergereicht haben.« Charlotte lenkte den Wagen auf die Straße.

»Max Wenke hat alles herausgekriegt. Vielleicht hat er sich gedacht: Mein Vater starb nach dem Streit um diese verdammten Spendengelder, der Verantwortliche im Internat soll dafür bezahlen.«

»Du meinst, falls Junglas etwas mit der Sache zu tun hatte, hat Max ihn vielleicht erpresst?«

»Wäre möglich. Vielleicht wollte er auch nur Klarheit haben. Oder Rache nehmen.«

»Und Junglas hatte irgendwann die Nase voll und hat Max umgebracht«, überlegte Charlotte. »Das wäre durchaus ein denkbares Szenario.«

»Aber wenn Max wirklich hinter irgendwelche kriminellen Machenschaften gekommen ist – warum ist er dann nicht einfach zur Polizei gegangen?«, fragte Käfer.

»Ich glaube, die Antwort liegt in seiner Persönlichkeit. Ein behütetes, vielleicht sogar überbehütetes Einzelkind, das keine Probleme hatte. Genug Geld, eine nette Freundin, Eltern, die alles für ihn tun, Großeltern, die ihn verwöhnen – wie reagiert so einer, wenn seine heile Welt plötzlich einstürzt? Bisher lief es immer rund für ihn, und plötzlich kommt es richtig dicke. Die Situation dürfte ihn völlig überfordert haben.«

Käfer nickte. »Er hatte keine Ahnung, wie das Leben wirklich läuft. Bis zum Tod seines Vaters stand er immer auf der Sonnenseite. Er war es gewohnt, dass alles für ihn positiv verlief, ohne zu begreifen, dass das kein Dauerzustand sein kann. Dazu passt auch die Sache mit dem Vertrauenslehrer. Er wusste, wie anziehend er auf Franke wirkte, und nutzte das hemmungslos aus, allerdings ohne abschätzen zu können, was das im Endeffekt für ihn bedeuten würde.«

»Ganz genau. Deshalb ist es für Kinder und Jugendliche ja auch so wichtig, dass man ihnen Grenzen setzt, auch wenn das für sie zunächst ein Problem darstellt. Aber nur so lernen sie von Anfang an, dass eben nicht alles geht und dass sie Frust und Probleme bewältigen können.«

»Du meinst, Bergs Prinzip von Disziplin und Strenge hat auch was Gutes?« Käfer sah sie skeptisch an. Er konnte diesem bescheuerten Moralkodex von Schloss Lemburg einfach nichts Positives abgewinnen. Er wollte es auch nicht. Dafür war ihm seine Freiheit immer zu wichtig gewesen.

»Ich mag Berg genauso wenig wie du, und ich finde auch, dass sie im Internat übertreiben. Aber diese Eltern, die ihren Kindern jeden Wunsch von den Lippen ablesen und sie ständig von A nach B kutschieren, das halte ich auch für falsch.«

»Ich sehe, du bist schon voll drin im Thema«, grinste Käfer. »Bin gespannt, was du in ein paar Jahren dazu sagst.«

»Blödmann«, sagte Charlotte grimmig, sah dabei aber trotzdem vergnügt aus, wie er fand.

*

Marie lag im Bett und starrte an die Zimmerdecke. Man hatte ihre Eltern informiert, als sie im OP gewesen war. Das war eine Katastrophe. Was sollte sie ihnen nun erzählen? Papa würde ausrasten, so viel stand fest. Und Mama würde mit ihrer typischen Art aus Betroffenheit und Entsetzen reagieren. Betroffen wegen der schweren OP, aber entsetzt, weil das Töchterchen sich hatte schwängern lassen. Und natürlich war das viel schlimmer. Wahrscheinlich machten sie sich auch noch Sorgen um ihre Noten – obwohl nein, das musste sogar für ihre Eltern jetzt zweitrangig sein. Oder? Vielleicht auch nicht. Sie hatte sich selbst schon Gedanken darüber gemacht, wie viel vom Schulstoff sie verpassen würde. Hoffentlich verlor sie nicht den Anschluss.

Marie konnte sich kaum bewegen. Sie hatte eine dicke Binde zwischen den Beinen, außerdem hatte man sie mit einem Blasenkatheder versorgt. Man hatte ihre Bauchdecke aufschneiden müssen, um die Gebärmutter flicken zu können. Und so ein Bauchschnitt hatte es ganz schön in sich. Die Schmerzen waren heftig.

»Leider können wir dir heute noch nicht sagen, ob alles wieder in Ordnung kommt und du später einmal Kinder bekommen kannst«, hatte die Ärztin zu ihr gesagt. »Dafür ist es noch zu früh. Jetzt ist erst mal entscheidend, dass alles ganz normal verheilt.«

Kein Problem, hatte Marie nur gedacht, denn wenn sie eines nicht mehr wollte, dann jemals wieder schwanger sein. Nein. Nie wieder. Sie konnte sich sowieso nicht vorstellen, irgendwann einmal mit einem anderen Jungen als mit Max zu schlafen. Sie hatte die Liebe ihres Lebens verloren, und sie war davon überzeugt, dass sie nie wieder jemanden so lieben würde wie Max.

Das Gefühl von Schuld kam plötzlich aus dem Nichts und

war so überwältigend, dass ihr die Tränen in die Augen stiegen. Jetzt hatte sie auch noch Max' Zwillinge umgebracht. Damit hatte sie jegliches Recht auf eigene Kinder verloren. Was ihr passiert war, war ihre Strafe. Dafür, dass sie Max nicht hatte retten können, und dafür, dass sie seine Kinder abgetrieben hatte.

Marie unterdrückte ein Schluchzen und versuchte sich zusammenzureißen. Sie begriff, dass sie sich selbst bemitleidete, und das wollte sie auf keinen Fall. Max hatte Selbstmitleid immer gehasst. Für ihn war es ein Zeichen von Schwäche, wenn man sich selbst und sein Schicksal beklagte.

Sie drückte die Klingel, und kurz darauf stand eine Schwester im Raum. »Alles in Ordnung?«

»Könnte ich noch etwas bekommen? Ich hab immer noch heftige Schmerzen.«

Die Schwester warf einen Blick auf ihren Medikamentenplan. »Die letzte Einnahme liegt sechs Stunden zurück ... Ja, eine kann ich dir noch geben«, sagte sie nach einem Moment, verschwand dann aus dem Zimmer, um kurz darauf mit einem kleinen Plastikbecher wiederzukommen, in dem eine Tablette lag.

»Danke«, flüsterte Marie. »Ich weiß nicht, was ich ohne Sie machen würde.«

Die Schwester sah sie mitfühlend an. »Sind es die Schmerzen der Operation, oder tut es mehr hier weh?« Sie hielt ihre Hand auf die linke Brust.

Maries Unterlippe zitterte. »Beides«, sagte sie leise.

Die Schwester nickte verständnisvoll. »Mit dem Medikament wirst du etwas schlafen können. Der Doktor kommt nachher noch mal vorbei und guckt sich alles an. Das wird schon wieder.«

»Wann werde ich entlassen?«

»Nun, das dauert noch ein bisschen. Ein paar Tage wirst du noch hierbleiben müssen. Vielleicht in einer Woche? Aber das entscheidet der Arzt.«

Nachdem die Schwester das Zimmer verlassen hatte, nahm Marie die Tablette mit etwas Wasser ein. Unser letzter Trip, Max, weißt du noch?, dachte sie, als sie das Medikament herunterschluckte. Es war ein ähnliches Präparat wie das, das sie zusammen genommen hatten, am Abend, als Max starb. Er hatte es heimlich von seinem totkranken Opa mitgehen lassen, um ruhiger zu werden und von den scheiß Amphetaminen runterzukommen. Die hatten ihn viel zu nervös gemacht, geradezu aggressiv war er manchmal von dem Zeug geworden.

Marie wusste genau, wie das Medikament gleich wirken würde. Zwanzig bis dreißig Minuten, dachte sie, dann waren die Schmerzen im Unterleib verschwunden, und dann würde sie auch nicht mehr so down sein, da war sie sich sicher. Im Vergleich zu Sebastians Spezialmischung hatten Opiate den Vorteil, dass sie nicht mehr so viel nachdenken musste. Und das war genau das, was sie im Moment wollte. Vielleicht konnte ihr Sebastian auch so was besorgen, sie würde ihn bei nächster Gelegenheit danach fragen.

Jemand klopfte an ihre Zimmertür, zaghaft und leise. Konnte das schon die Visite sein? Nein, dafür war es noch zu früh. »Ja?« Eigentlich hatte sie keine Lust auf Besuch, andererseits würde sie dadurch vielleicht etwas abgelenkt.

Es war Frederik. Blass sah er aus, müde und irgendwie dünn. Was wollte er hier? Sie hatte keine Lust, sich mit ihm zu unterhalten. Aber komischerweise war die Angst, die Marie in letzter Zeit vor ihm gehabt hatte, kaum noch zu spüren. Lag es an dem Opioid? Wirkte es schon?

»Hi.« Mehr sagte er nicht. Unschlüssig stand er vor ihrem Bett.

»Warum bist du nicht in der Schule?«, wunderte sie sich.

»Es fällt total viel aus. Der Franke ist irgendwie nicht da, deshalb haben wir kein Bio. Und bei den Betreuungsstunden mit den Erziehern herrscht auch Chaos. Der Berg ist total aufgeregt und nervös. Ich glaube, da geht gerade alles drunter und drüber.« Er nahm sein Handy aus der Tasche und drückte auf dem Display herum. Dann hielt er es ihr hin. »Hier, ich denke, das solltest du wissen. Sei froh, dass deine Eltern nicht da sind.«

Fassungslos scrollte sich Marie über den Artikel. Wie konnte so ein Mist veröffentlicht werden? Der Bericht diffamierte sie, sie und Max und seinen Vater. Wer steckte der Presse solche Lügen? War es Berg selbst gewesen? Nein, das konnte sie sich nicht vorstellen. Sie war doch immer gut mit ihm ausgekommen. Marie war sich sicher, dass der Direktor sie als gute Schülerin schätzte, das hatte er ihr doch auch immer gesagt.

»Ich ... o Gott! Ich weiß nicht, was ich dazu ...«, stammelte sie fassungslos. »Zum Glück ist es nur dieses Regionalblatt. Das liest doch kaum einer.«

»Na ja, die Auflage ist ganz schön hoch«, sagte Frederik mit besorgter Miene.

Marie stiegen die Tränen in die Augen. »Aber ... warum ... Was soll denn jetzt werden?«

Frederik setzte sich auf die Bettkante und nahm ihre Hand. »Mach dir keine Sorgen, Marie«, sagte er, und seine Stimme klang merkwürdig rau. »Ich werde mich darum kümmern, dass dieser Mist nicht weiter verbreitet wird. In der Kanzlei von meinem Vater arbeiten die besten Anwälte. Ich habe schon mit einem gesprochen, und die wollen sich sofort darum kümmern.«

Marie sah ihn ungläubig an. »Das hast du für mich getan?«

»Ja, natürlich. Ich regle das. Keine Sorge. Das verschwindet aus dem Netz, und eine Gegendarstellung gibt es bestimmt auch.«

»Das verschwindet aus dem Netz?« Sie wurde traurig. »Wir wissen doch beide, dass das fast unmöglich ist. Ich möchte nicht wissen, wie viele meiner Facebookfreunde den Artikel schon gelesen haben und was auf Twitter darüber geschrieben wird. Warum macht Berg so etwas?«

Sie konnte ihre Tränen nicht mehr zurückhalten. Ihr Leben schien mit einem Mal noch kaputter als vorher. Jetzt konnte sie sich noch nicht mal mehr auf die Schule und ihre Zukunft nach dem Abitur konzentrieren, man würde mit ihrem Namen für immer das Wort »Flittchen« in Verbindung bringen. Wenn ein zukünftiger Arbeitgeber ein wenig im Internet über sie recherchierte, war die Chance groß, dass er irgendwann auf diesen Artikel stieß. Spätestens dann wäre ihr Ruf ruiniert.

Sie zuckte zusammen, als Frederik sie in den Arm nahm.

»Ich kümmere mich um dich«, flüsterte er ihr ins Ohr. »Du kannst mir vertrauen.«

»Wie könnte ich?«, keuchte sie und versuchte, sich aus seiner Umarmung zu lösen. »Nach allem, was du mit Max gemacht hast!«

Er ließ sie los und sah sie ernst an. »Marie, ich habe Max nicht umgebracht. Das schwöre ich dir!«

»Aber ich habe dich doch unten in der Folterkammer gesehen.«

»Ja und? Ich dich doch auch.«

»Aber da war Max doch schon tot.«

»Als ich kam doch auch!«

Sie sahen sich für einen Moment schweigend an.

»Überleg doch mal«, sagte Frederik fast flehend. »Ich bin doch nur ein, zwei Minuten eher wieder reingegangen als du. Da hätte ich doch niemals …«

»Die Tür der eisernen Jungfrau kriegt man in zwei Sekunden zu«, unterbrach sie ihn.

»Ja, das mag ja sein. Aber weißt du noch, wie viel Blut auf dem Boden war, als du gekommen bist? Eine riesige Pfütze. Das geht nicht so schnell. Die bildet sich doch nicht in zwei Minuten. Nein, Marie. Jemand muss ihn umgebracht haben, als wir beide draußen waren. Anders kann es nicht sein.«

17

Dreimal hatten sie an der Haustür des aufwendig sanierten Mehrfamilienhauses im Kreuzviertel geklingelt, als eine ältere Frau den Kopf aus dem Fenster der Nachbarwohnung steckte.

»Zu wem wollen Sie denn?«

»Zu Jürgen Helmer, kennen Sie ihn?«, fragte Charlotte.

»Ja, natürlich. Und wer sind Sie?«

»Wir sind von der Polizei.« Charlotte hielt ihren Ausweis hoch, aber die alten Frau schüttelte den Kopf.

»Ich kann nichts erkennen. Warten Sie, ich lasse Sie rein.«

Kurz darauf standen sie vor einer gepflegten alten Dame, die sich ihnen als Amelie Belger vorstellte.

»Rosemarie und Hardy sind verreist, aber der Sohn, also Jürgen Helmer, der sollte eigentlich da sein. Ich habe ihn aber schon seit einer Weile nicht mehr gesehen. Ist irgendetwas passiert?«

»Nein, alles ist gut. Wir wollen nur mit Herrn Helmer sprechen.«

»Ah, da fällt mir etwas ein. Ich habe vor ein paar Tagen so komische Geräusche aus der Wohnung gehört, vielleicht können Sie ihn gleich danach fragen.«

»Was für Geräusche?«, fragte Charlotte, aber die alte Dame konnte es ihnen nicht genauer beschreiben, sprach von Kampfgeräuschen und betonte, dass sie sich nicht sicher sei, ob die Geräusche vielleicht aus dem Fernseher gekommen waren.

»Seitdem die das Haus renoviert haben, ist alles viel besser isoliert. Früher hat man jeden Schritt aus der Nachbarwohnung gehört, aber heute kann ich die Geräusche nicht mehr richtig einordnen. Deshalb bin ich mir nicht sicher, ob es wirklich ein Kampf war.«

»Wann war das?«, fragte Käfer.

»Am Wochenende. Oder am Freitag, glaube ich. Oder doch Samstag? Tut mir leid, ich bin mir nicht mehr ganz sicher.« Die alte Dame machte ein zerknirschtes Gesicht. »In meinem Alter ...«

»Kein Problem, Frau Belger.«

»Aber wissen Sie, Rosemarie hat mir schon vor Jahren einen Ersatzschlüssel für die Wohnung gegeben, und ich wollte heute sowieso mal nach dem Rechten sehen, weil ich Jürgen schon so lange nicht mehr gesehen habe. Warten Sie.«

Mit wackeligen Schritten verschwand sie in ihrer Wohnung, um nach einigen Minuten wieder vor Käfer und Charlotte aufzutauchen. Sie drückte ihr den Schlüssel in die Hand.

»Können Sie die Tür aufschließen? Meine Augen sind nicht mehr so das Wahre, es dauert ewig, wenn ich das mache.«

»Natürlich. Am besten warten Sie hier. Wir kommen gleich noch mal zu Ihnen.«

Als Amelie Belger wieder in der Wohnung verschwunden war, sah Käfer Charlotte fragend an. »Haben wir genug Verdachtsmomente, um ohne Durchsuchungsbefehl in die Wohnung zu gehen?«

»Eindeutig. Außerdem durchsuchen wir nichts. Die alte Frau hat uns gebeten, nach dem Rechten zu schauen. Hast du da Bedenken?«

»Nicht die geringsten.«

Charlotte schloss die nagelneue Wohnungstür auf. Als sie sie einen Spaltbreit geöffnet hatte, wusste sie sofort, was sie im Inneren erwarten würde. Wie eine Abgaswolke flog ihnen der Gestank zu.

»Scheiße«, stöhnte Käfer. »Und das bei dem Wetter!«

Charlotte wusste, was er meinte. Der Geruch war eindeutig: In dieser Wohnung lag eine Leiche. Je nachdem, wie lange sie da schon lag, dürfte ihr Zustand dank der hohen Temperaturen des vergangenen Wochenendes mehr oder weniger miserabel sein.

»Mach bloß die Tür wieder zu«, sagte Charlotte, als sie in der Wohnung standen.

Die Wohnungstür war offenbar gut isoliert, im Hausflur hatten sie noch nichts von dem fauligen Gestank wahrgenommen. So etwas war nicht selten. Vor allen Dingen bei neuen Türen und Fenstern war die Isolierung oftmals so gut, dass sie nicht nur die Wärme in der Wohnung hielt, sondern auch Gerüche, die die Nachbarn hätten stutzig werden lassen.

Sie warfen einen Blick in das Wohnzimmer, das als erster Raum vom Flur abging. Die Möbel erinnerten daran, dass hier eigentlich ein altes Ehepaar wohnte. Die gesamte Einrichtung stammte aus den 1970er-Jahren, schätzte Charlotte. Auf dem Wohnzimmertisch standen ein paar leere Bierflaschen, genau wie der volle Aschenbecher passten sie nicht in den ansonsten aufgeräumten Raum. Auch das Schlafzimmer, das gegenüber vom Wohnzimmer lag, war ordentlich und aufgeräumt. Auf dem Doppelbett lagen ein paar Zierkissen, offensichtlich war es das Zimmer von Rosemarie und Hardy Helmer.

Daneben lag ein ehemaliges Kinderzimmer, ebenfalls eingerichtet im Stil der 1970er-Jahre, mit einem braunen Holzbett und orangefarbenen Vorhängen. Eine Männerjeans lag auf dem alten Schreibtischstuhl, Turnschuhe standen auf dem Boden, und an einem Bücherregal hing ein kariertes Hemd. Die Zimmer waren alle sehr großzügig, altes Parkett und hohe Decken erinnerten daran, dass die Einrichtung vor hundert Jahren eine andere gewesen war. Was Charlotte sofort auffiel:

In der Wohnung war es übertrieben warm. Die Heizkörper waren trotz der sommerlichen Temperaturen draußen aufgedreht und erinnerten sie daran, dass es vor gut einer Woche draußen noch ganz schön kalt war.

Eine Leiche war in keinem der Räume zu sehen.

»Bleiben nur noch Küche und Bad«, sagte Käfer und verzog das Gesicht. Sie standen vor einer verschlossenen Tür, neben der ein vertrockneter Ficus mit welken Blättern stand. Der Gestank war nun stärker als im vorderen Bereich der Wohnung.

»Hier könnte es sein«, sagte Charlotte. »Der Raum ist am weitesten von der Wohnungstür entfernt, deshalb hat man draußen nichts gerochen.«

Käfer nickte nur und zog sich sein T-Shirt halb übers Gesicht, sodass Mund und Nase bedeckt waren. Vorsichtig drückte er die Tür auf.

Ein lautes Summen war das Erste, das sie wahrnahm.

Na toll, dachte Charlotte. Die große Menge an Fliegen war kein gutes Zeichen. Sie tat es Käfer gleich und hielt sich ihr Halstuch vor Mund und Nase.

Dann betraten sie die Küche.

»Verfluchte Scheiße«, murmelte Käfer.

Der Gestank war unerträglich, obwohl das Küchenfenster gekippt war – und so den Fliegen Einlass gewährt hatte. Sie brummten und surrten und ließen sich nur widerwillig von Käfer verscheuchen.

Neben einem alten Küchenschrank stand ein Tisch mit zwei Stühlen, dahinter befand sich die Küchenzeile. Auch hier war alles in Braun und Orange gehalten. Boden und Wände waren in einem hellen Gelb gefliest, und in der Spüle stapelte sich das schmutzige Geschirr. Der ganze Raum hatte höchstens fünfzehn Quadratmeter, und in seiner Mitte lagen die Überreste eines menschlichen Körpers. Die Leiche war braun, teilweise schwarz verfärbt, und auf den ersten Blick konnte man fast denken, dass sich der Körper noch bewegte. Aber Charlotte wusste genau, was die Bewegung im toten Fleisch ausmachte. Es waren die Maden, die sich zu Tausenden über den verwesenden Leichnam hermachten. An der Bauchhöhle hatten sie sich bereits so weit zu schaffen gemacht, dass sie offenstand, bis zum Rand der zerfaserten Bauchdecke mit Fäulnisflüssigkeit gefüllt. Im Gegensatz dazu waren die Gliedmaßen des Toten vertrocknet, fast schon mumifiziert. Trotzdem war deutlich zu erkennen, dass er keines natürlichen Todes gestorben war. Ein langes Messer steckte in seinem rechten Auge.

»Was für eine Sauerei«, stöhnte Käfer, zog sein Handy aus der Tasche und lief in den Flur.

Charlotte konnte hören, wie er die Kollegen von der Spurensicherung anrief. Ja, was für eine unglaubliche Sauerei, dachte sie. In den letzten Tagen war es sehr warm gewesen, die Fünfundzwanzig-Grad-Marke war nicht nur einmal überschritten worden. Die Küche lag zur Südseite, den halben Tag knallte also die Sonne auf das Fenster. Trotzdem war auch hier der Heizkörper an, sodass es in dem Raum unerträglich warm war. Charlotte schätzte, dass der Mann vor dem Temperaturanstieg gestorben war, sonst hätte er die Heizung sicher runtergedreht. Sie wusste, wie schnell die Zersetzung eines Körpers bei so warmen Temperaturen vonstattenging. Niemals würde sie die vier Männer vergessen, die sie tot in der Sauna gefunden hatten. Sie hatten die halbe Nacht gefeiert und in den Morgenstunden noch einen gemeinsamen Saunagang machen wollen, zum Ausnüchtern quasi. Einer von ihnen musste dann auf die tolle Idee gekommen sein, einen Schnapsaufguss zu machen, der den Männern schließlich den Rest gab. Vollalkoholisiert schliefen sie ein und wurden in den nächsten vier Stunden geradezu gekocht. Erst dann stellte sich die hundert Grad heiße Sauna automatisch ab. Als sie die Leichen fanden, sahen sie nur vier braune und zum Bersten aufgeblähte Körper, die jeden Moment zu platzen drohten. Der Geruch, der in der Sauna war, war einfach unbeschreiblich gewesen. Im Vergleich dazu war der Gestank hier in der Küche ein Witz.

Charlotte sah sich im Raum um. Die Leiche brauchte sie im Moment nicht genauer zu untersuchen, Krane würde anhand der Maden genau berechnen können, wann der Mann zu Tode gekommen war. Dass es ein Mann war, konnte sie an seiner Kleidung erkennen, allein die dunklen Stiefel waren bestimmt in Größe sechsundvierzig. Aber war es Jürgen Helmer, der da vor ihr lag? Das mussten die Kollegen herausfinden. Sie würde die Leiche jedenfalls nicht freiwillig nach Papieren absuchen.

Auf dem Küchentisch standen zwei Gläser, ihr Inhalt war längst eingetrocknet. Hatte der Tote mit seinem Mörder noch etwas getrunken? Hatten die beiden einen Streit gehabt, und der eine hatte den anderen im Affekt ermordet?

Im Messerblock, der neben dem Herd stand, fehlte eine Klinge. Charlotte warf einen Blick auf die Leiche und stellte fest, dass die Tatwaffe den gleichen schwarzen Plastikgriff hatte wie die Messer im Block. Das sprach dafür, dass der Täter spontan gehandelt hatte und es kein geplanter Mord gewesen war. Jedenfalls auf den ersten Blick. Der Täter konnte natürlich trotzdem mit einer klaren Tötungsabsicht in die Wohnung gekommen sein und nur das Messer spontan genommen haben.

Da sie keine Spuren am Tatort zerstören wollte, ging Charlotte zu Käfer in den Flur.

»Ich würde sagen, wir überlassen die Küche erst mal der Spusi«, sagte sie, »und sehen uns im Rest der Wohnung um.«

»Ich nehm das Wohnzimmer, fang du doch mit dem Kinderzimmer an. Hier.« Er warf ihr ein paar dünne Plastikhandschuhe zu.

»Danke. Wann kommen die Kollegen?«

»Asap«, antwortete Käfer, und sie musste einen Moment überlegen, was er damit meinte: as soon as possible.

Sie betrat das Kinderzimmer und blieb für einen Augenblick regungslos stehen, ließ den Raum auf sich wirken. Keine Frage, für einen erwachsenen Mann musste es ein niederschmetterndes Gefühl sein, wenn er wieder in das Zimmer ziehen musste, in dem er aufgewachsen war, zurück in die elterliche Wohnung. Ein deutlicheres Zeichen des Scheiterns gab es kaum. Welche Pläne hatte Helmer hier geschmiedet? Wie hatte er versucht, wieder auf die Beine zu kommen? Wenn er etwas mit den unterschlagenen Spendengeldern zu tun gehabt hatte, konnte er sich von hier aus in Ruhe überlegen, was er damit anstellen wollte. Mit so viel Bargeld gab es eigentlich nur eines: ab ins Ausland.

Charlotte ging zu dem Bücherregal, das neben dem Bett stand. Neben ein paar Jugendromanen, die aus einer anderen Zeit zu stammen schienen, standen dort auch Reiseführer und Sachbücher. Sie überflog die Buchrücken: Luxembourg, Schweiz, Liechtenstein. Er hatte sich also über Steuerparadiese informiert, in die man auch heute noch einigermaßen gut einen Haufen Bargeld bringen konnte. Dann stutzte sie. »Die Kunst, einen Menschen zu töten«, las sie auf dem Einband eines Buches, das neben den Reiseführern stand. »Die Fehler der Mörder«, stand auf dem nächsten. Insgesamt acht Bücher waren in dem Regal, die sich alle mehr oder weniger mit dem Töten beschäftigten.

Das ist zumindest ungewöhnlich, dachte Charlotte, vor allen Dingen, wenn nur zwei Zimmer weiter ein Toter auf dem Küchenboden lag. Sie wollte Krane bitten, dass er ihr die Bücher ins Präsidium mitbrachte.

Neben den Büchern stand eine schwarze Box, auf die in großen Buchstaben »PRIVAT« geschrieben war. Vorsichtig nahm sie die Kiste aus dem Regal, stellte sie auf den Schreibtisch und öffnete sie. Mehrere Kladden befanden sich darin, und als Charlotte sie aufschlug, glaubte sie so etwas Ähnliches wie ein Tagebuch gefunden zu haben. Richtig schlau wurde sie aus den handschriftlichen Notizen aber nicht. Die Einträge waren allesamt mit Datum und Uhrzeit überschrieben und extrem kurz gehalten, bestanden praktisch nur aus Abkürzungen. Auch das wollte sie sich im Büro genauer anschauen.

Es klingelte an der Tür, und kurz darauf betraten Krane, sein junger Assistent Sascha und Berthold Wolske die Wohnung. Als Charlotte den jungen Assistenten des Gerichtsmediziners sah, schüttelte es sie. Der arme Kerl. Sein erster Mord war eine ausgeblutete und von Dolchen durchlöcherte Leiche, sein zweiter Fall ein von Maden zerfressener, matschig-stinkender Körper. Hoffentlich kam der junge Mann damit klar.

Kam er nicht, wie sich wenige Minuten später herausstellte. Kurz nachdem Krane mit seinem Team die Küche betreten hatte, stürmte Sascha wieder heraus und erbrach sich in den Ficus.

*

Sebastian Junglas zog seine Sachen an. Er fühlte sich wieder einigermaßen fit und durfte das Krankenhaus verlassen. Was war in den letzten vierundzwanzig Stunden genau passiert? Er versuchte, sich zu konzentrieren, um den Schaden abschätzen zu können. In was war er schon wieder hineingerasselt? Warum entglitten ihm die Dinge eigentlich dauernd? Er versuchte, den gestrigen Abend zu rekonstruieren.

Der Kommissar war in seiner Wohnung und er selbst total

breit gewesen. Wenn ihn die Erinnerung nicht trog, hatte dieser Käfer auch irgendwann Haschkekse gegessen. Ja, so war es gewesen. Gut, das war nicht so schlimm. Die Staatsanwaltschaft würde vielleicht ein Ermittlungsverfahren anstreben, das jedoch schnell eingestellt werden würde. Wegen so ’n bisschen Hasch passierte normalerweise nichts.

Aber was war mit den anderen Drogen? Was hatte der Kommissar herausgekriegt? Wenn sich Sebastian richtig erinnerte, hatte die Polizei nichts gegen ihn in der Hand. Die hatten einen Verdacht, na schön, aber das reichte natürlich nicht.

Eigentlich müsste er seinen Job verlieren – eigentlich. Aber würde Berg ihn wirklich rausschmeißen, sobald die Sache mit den Haschkeksen bekannt wurde? Nein, vermutlich nicht. Der würde alles dafür tun, damit der Vorfall geheim blieb. Aber vielleicht war es ohnehin an der Zeit, einen Cut zu machen und zu verschwinden. Es war einfach zu viel passiert, und Sebastian hatte das Gefühl, dass ihm die Sache langsam über den Kopf wuchs. Zu viele Geheimnisse, die drohten aufgedeckt zu werden, zu viele Lügen, in die er verstrickt war …

Hinzu kamen die Schuldgefühle, die er verspürte, sobald er nüchtern war. Er war kein schlechter Kerl, das wusste er. Er hatte sich nur verzettelt, so wie immer. Vielleicht sollte er ins Ausland gehen? Eigentlich hatte er das doch schon immer gewollt, und so würde er einigen Problemen aus dem Weg gehen können, bevor die Staatsanwaltschaft irgendwelche Ermittlungen anstrebte. Allerdings wäre es gut, wenn er vorher noch etwas erledigen könnte, immerhin hatte er es versprochen.

Konnte er die Schüler überhaupt allein lassen? Es war ein paradoxer Gedanke, das wusste er selbst. Schließlich war er ihr Dealer und demnach niemand, von dem man denken würde, dass er den Schülern guttäte. Dennoch fühlte er sich für sie verantwortlich, er wusste schließlich genau, warum sie die Drogen nahmen. Das waren doch alles keine dämlichen Kids, die sich nur zudröhnen wollten, nein, das waren junge Erwachsene, die krampfhaft versuchten, den Druck auszuhalten, der auf ihnen lastete. Und er half ihnen kurzfristig dabei, nur für ein, zwei Jahre, bis sie ihr Abi in der Tasche hatten. Keiner der Schüler, die regelmäßig bei ihm kauften, war jünger als sechzehn. Niemals würde er das Zeug an Jüngere verkaufen, niemals. Und er war sich sicher, dass sie alle davon loskommen würden, wenn sie erst mal in Freiheit waren, raus aus dem Internat, weg von ihren überehrgeizigen Eltern, irgendwo, wo sie eine eigene Wohnung hatten und ihr Leben selbstbestimmt leben konnten. Ja, davon war Sebastian Junglas überzeugt.

Oder redete er sich nur alles schön?

Als er den Flur betrat, bemerkte er, dass sein Kreislauf noch nicht wieder ganz da war. Das helle Neonlicht blendete ihn. Und es war laut auf dem Flur, viel zu laut. Die ganzen Menschen machten ihn nervös. Patienten, Angehörige, Schwestern, Pfleger – es kam ihm so vor, als würden Hundertschaften über den Flur laufen.

Plötzlich sah er sie. Sie saß in einem Rollstuhl, die langen dunklen Haare wellten sich auf dem weißen Bademantel. Marie sah blass und mitgenommen aus. Was war bloß mit ihr passiert? Junglas hatte ein düstere Ahnung und machte sich Sorgen um sie, fühlte sich dafür verantwortlich, dass es ihr offensichtlich nicht besonders gut ging.

Er ging zu ihr und hockte sich neben sie. »Marie. Was machst du hier? Du hast doch nicht wirklich …?«

»Doch«, sagte sie tonlos.

»Mensch, Mädchen! Ich hätte nie gedacht, dass du diesen Mist wirklich durchziehst. Wie geht es dir?«

»Geht schon.« Sie zögerte einen Moment. »Ohne Stoff halte ich das alles nicht aus«, sagte sie dann leise.

Er nickte verständnisvoll, und für eine Sekunde hatte er so etwas wie ein schlechtes Gewissen. Er hätte sich mehr um sie kümmern müssen, dann wäre das vermutlich alles nicht passiert.

»Aber du kriegst hier doch bestimmt was gegen die Schmerzen«, sagte er.

»Das meine ich nicht. Ich meine alles. Ich halte alles nicht mehr aus. Die Schule, das Leben.«

Er schob ihren Rollstuhl in eine Ecke, in der einige Sitzgelegenheiten an der Wand angebracht waren und wo sie ungestört sprechen konnten. Dann setzte er sich neben sie und legte ihr beruhigend eine Hand auf den Arm.

»Ich kann dich verstehen, wirklich«, sagte er. »Diese Schule hat sich so verändert, der Druck, den ihr heute habt – so was gab es damals bei uns ja gar nicht. Jedenfalls nicht in der Form.«

Marie sah ihn erstaunt an. »Ich wusste gar nicht, dass Sie selbst Schüler auf Schloss Lemburg waren.«

»Die Schule hat sich in den letzten Jahrzehnten arg verändert. Wir konnten noch Spaß haben und rumexperimentieren, ihr müsst immer funktionieren und Leistung bringen.«

»Ohne Stoff schaffe ich das nicht … Bitte!«

Junglas war hin- und hergerissen. Der Wille, etwas zu verändern und Schluss mit seinem bisherigen Leben zu machen, war durchaus vorhanden. Er wollte nicht die Schuld daran haben, wenn eine so begabte Schülerin wie Marie womöglich vor die Hunde ging. Und Tatsache war nun mal, dass er die Jugendlichen mit Stoff versorgte, also trug er doch auch Schuld, oder nicht? Andererseits, das Geld vom Drogenverkauf brauchte er dringend für sich selbst, um seinen eigenen Konsum zu finanzieren. Und wenn er selbst clean werden würde? Aber war das so einfach? Er spürte jetzt schon wieder die Sehnsucht nach der

Droge in sich aufkeimen. Es war wie ein Durstgefühl, ja, so wie es ihn nach drei Saunagängen nach Wasser dürstete, so sehnte er sich nach einem kleinen Näschen. Außerdem hatte er ein Versprechen zu halten. Vielleicht konnte er das eine mit dem anderen verbinden?

»Okay, ich werde dir etwas geben. Aber ich kann es dir nicht ins Krankenhaus bringen. Wo versteckst du das Zeug in deinem Zimmer? Ich fülle dein Depot auf.«

Marie lächelte dankbar. »Ich habe zwei Verstecke. Entweder klebe ich es unter die Schublade meines Nachttisches oder, wenn es mehr ist: Die Fußleiste hinter meinem Bett kann man abnehmen. Dort könnten Sie auch etwas deponieren. Danke. Ich weiß das wirklich zu schätzen.«

Er nickte ihr aufmunternd zu. »Ich werde dort etwas für dich hineinlegen.« Dann wurde er wieder ernst. »Aber es wird das letzte Mal sein. Marie, ich werde nicht mehr auf Schloss Lemburg arbeiten, wenn du wieder zurückkommst. Vielleicht bin ich noch eine Weile da, aber über kurz oder lang werde ich die Schule verlassen.«

»Will Berg Sie feuern?«

»Nein. Ich muss etwas ändern, verstehst du? Es ist allerhöchste Zeit, dass ich mein Leben in den Griff kriege. Ehe ich mich versehe, bin ich fünfzig und habe immer noch nichts erreicht. Es wird Zeit für mich. Ich will mit den Drogen aufhören, mit Schloss Lemburg, mit allem, was mein bisheriges Leben ausgemacht hat. Und dann will ich neu anfangen.«

Es fühlte sich gut an, diese Worte auszusprechen. Ja, es war an der Zeit, einen Neuanfang zu wagen. Er würde die restlichen Drogen verkaufen und dann verschwinden.

Junglas sah, wie das Mädchen schluckte. Die Vorstellung, auf Schloss Lemburg zu leben und nichts zu konsumieren, schien ihr nicht zu gefallen. Väterlich legte er ihr den Arm um die Schulter. »Überleg doch mal, so kann es doch nicht weitergehen. Wir haben früher gekifft, um uns einen lustigen Abend zu machen. Ihr nehmt Amphetamine, damit ihr in der Schule mitkommt. Das ist doch absurd! So sollte das Leben nicht laufen.«

Sie sah ihn ungläubig an. »Dass ausgerechnet Sie das sagen ...«

»Ich weiß. Ich will ja auch gar nicht so tun, als wäre ich geläutert oder so, der Moralapostel, der mahnend den Zeigefinger hebt. Aber ganz ehrlich: Ich habe euch auch deshalb mit Stoff versorgt, weil ich wusste, dass ihr es euch sowieso irgendwoher beschafft hättet. Und dann wollte ich lieber, dass ihr es von mir bekommt, anstatt dass ihr euch irgendein verschnittenes Zeug durch die Nase zieht, an dem ihr womöglich krepiert.«

Er sah die Zweifel in ihren Augen und fühlte sie plötzlich auch in sich selbst. War es nicht vielleicht doch die Geldgier gewesen, die ihn zum Dealer hatte werden lassen? Machte er sich nur etwas vor? Nein, nein. Natürlich war das alles ein großer Fehler gewesen, aber hätte er sich nur bereichern wollen, hätte er auch andere Dinger drehen können. Nein, er hatte Verständnis für die jungen Leute, er fühlte sich an seine eigene Jugend und Schulzeit erinnert. Denn wenn er ehrlich war, hatte er als Jugendlicher eben nicht nur gekifft und gesoffen, um einen lustigen Partyabend zu haben. Er hatte es auch getan, um zu vergessen. Seine Herkunft und sein Dasein als Underdog unter all den Superstars, die ihn auf Schloss Lemburg umgeben hatten.

»Ich mag dich, Marie, und ich finde, du hast in letzter Zeit genug durchgemacht. Drogen helfen dir nicht mehr weiter, du musst dein Leben von Grund auf ändern. Vielleicht ist Schloss Lemburg auch nicht das Richtige für dich. Vielleicht kannst du dein Abitur auch auf einer anderen Schule machen, auf der der Druck nicht so groß ist.«

»Glauben Sie wirklich?«

Er zuckte mit den Schultern. »Warum nicht? Man muss nicht an der vermeintlich besten Schule des Landes sein. Es gibt, Alternativen. Aber jetzt erhol dich erst mal von dem ganzen Mist.«

Er drückte sie zum Abschied, und sie lächelte ihn dankbar an.

»Füllen Sie mein Versteck trotzdem noch mal auf? Ein allerletztes Mal?«, fragte sie.

Schlagartig erinnerte er sich wieder an sein Versprechen. »Ja. Das mach ich. Versprochen ist versprochen.«

*

Martin Franke saß auf der harte Pritsche in seiner Zelle. Sie hatten ihm die Schnürsenkel abgenommen und seinen Gürtel. Viele hielten die Einzelzelle während der Untersuchungshaft nicht aus, daher mussten Vorsichtsmaßnahmen getroffen werden, hatte man ihm erklärt. Der Spiegel in seiner Zelle war aus Metall, genau wie die Toilettenschüssel und das Waschbecken. Zum Pulsadern Aufschneiden fand sich hier nichts.

Er hatte versagt. Wie sein Vater es prophezeit hatte. »Bist du wahnsinnig?«, hatte er ihn angeschrien, als er sich nach dem Abitur für ein Lehramtsstudium entschieden hatte. »Mit deiner Neigung willst du Kinder unterrichten?«

»Ich bin nicht pädophil, Papa!«, entgegnete er. »Ich bin einfach nur schwul, verstehst du?«

Nein, sein Vater verstand das nicht, bis heute. Für ihn, den konservativen Beamten, den Vorsitzenden im Schützenverein, war das ein und dasselbe. Martin hatte es nie gewagt, einen seiner schwulen Freunde mit nach Hause zu bringen. Wozu auch? Er hatte doch gewusst, wie seine Eltern reagiert hätten. Sein Schwulsein war für sie ein Makel, eine Perversion, eine Last für die ganze Familie. Und als er die Stelle auf Schloss Lemburg antrat, drohte sein Vater sogar damit, ihn zu enterben. »Wir müssen doch die Kinder vor ihm schützen!«, sagte er zu seiner Mutter, die nur traurig den Kopf schüttelte.

»Papa, ich bin kein krankes, perverses Schwein. Ich liebe einfach nur Männer, das ist alles«, versuchte er ein letztes Mal zu erklären. Aber es war sinnlos. In den zwei Jahren, die er auf dem Schloss arbeitete, hatte er keinen Kontakt mehr zu seinem Vater gehabt.

Und jetzt sollte er auch noch recht behalten.

Martin lehnte sich verzweifelt gegen die kalte Wand. Ja, natürlich war es falsch gewesen, er hätte niemals etwas mit Max anfangen dürfen, das war der Fehler seines Lebens! Aber auch er sehnte sich nun mal nach Nähe und Zärtlichkeit – wer war dagegen schon gefeit? Max war ein Siebzehnjähriger gewesen, der wie ein Zwanzigjähriger aussah. Dieser definierte maskuline Körper hatte nichts Kindliches mehr gehabt, er war ein junger Mann. Ein wunderschöner junger Mann, genau sein Typ. Und er war sich sicher gewesen, dass Max genau wusste, was er tat. Max hatte ihn doch viel mehr ausgenutzt, als es umgekehrt der Fall gewesen war.

Doch nun stand der Vorwurf des Missbrauchs im Raum. Wie hatte das nur passieren können? Warum hatte Max nicht mit ihm geredet? Warum hatte er die Umarmungen, die Zärtlichkeiten, warum hatte er das alles zugelassen, wenn es für ihn angeblich so schlimm gewesen war? Max war es doch schließlich, der ihm den Deal mit den Drogentests angeboten hatte. Das war doch seine Idee gewesen!

Martin Franke versuchte, Ordnung in seine Gedanken zu

bringen. Die Drogentests. Ja, Max hatte die anderen Schüler gedeckt, er hatte Martins sauberen Urin genommen und damit allen den Rücken freigehalten. Max war dadurch eine gewisse Heldenrolle sicher gewesen, Martin Franke wusste, wie sehr ihn die anderen für diesen Einsatz schätzten – und wie wohl der Junge sich in dieser Rolle gefühlt hatte.

Aber hätte er das wirklich alles getan, wenn es ihm keinen Spaß gemacht hätte? Das konnte sich Martin Franke nicht vorstellen, das *wollte* er sich auch gar nicht vorstellen. Nein, es muss Max Spaß gemacht haben, denn sonst ... sonst wäre es Missbrauch, dachte er und bekam einen ganz trockenen Mund.

Es war sowieso egal, jetzt. Denn das Einzige, was die Öffentlichkeit interessieren würde, war der Vorwurf des Missbrauchs. Er, Martin Franke, hatte einen Jungen missbraucht, der kurz darauf gestorben war. Es lag auf der Hand, was die Leute denken würden – und erst recht, was seine Eltern nun von ihm halten würden.

Ich wollte niemandem wehtun, dachte Martin und merkte, wie die Tränen in seine Augen stiegen. Immer hatte er jemandem wehgetan, sein ganzes Leben lang. Er hatte seine Eltern enttäuscht, besonders seinen Vater, der sein Schwulsein nie hatte akzeptieren können, der das krank und pervers fand und extrem darunter litt, so einen missratenen Sohn zu haben, die Schande der Familie. Dann seine Mutter, die nicht damit zurechtkam, dass ihre kleine Familie zerbrochen war, dass der Vater nicht mehr mit dem Sohn sprach und dass sie niemals Großmutter werden würde. Darunter litt sie besonders.

Franke dachte nach. Selbst in der Uni hatte er eine Kommilitonin so sehr verletzt, dass sie das Studium abgebrochen und in eine andere Stadt gezogen war. Er hatte viel Zeit mit Julia verbracht, hatte sie nett und sympathisch gefunden und nicht geahnt, dass sie sich immer mehr in ihn verliebte. Für sie brach eine Welt zusammen, als er ihr in einem Nebensatz erzählte, dass er nichts an Frauen finden könne.

Und dann, als Nächstes, hatte er Max Wenke verletzt, weil er dachte, er hätte in ihm einen Gleichgesinnten gefunden, jemanden, mit dem man ein bisschen Spaß haben könnte, ein harmloser Flirt, an dem nichts Schlimmes war. Er hatte nicht kapiert, dass Max das nur gemacht hatte, um sich und die anderen vor den Drogentests zu schützen. Wie hatte er das nicht bemerken können? Dass der Junge sich prostituierte? Mein Gott, genauso hätte Max sagen können, ich blas dir einen, wenn du mir dafür die Abiturthemen gibst. Auf so etwas hätte er sich doch auch niemals eingelassen. Wieso hatte er das nicht früher kapiert?

»Weil du nur noch mit dem Schwanz gedacht hast, wenn du Max gesehen hast«, flüsterte er und ekelte sich vor sich selbst.

Ja, genauso war es. Die anderen hatten recht. Er hatte seine Position als Lehrer tatsächlich ausgenutzt.

Er hatte total versagt.

Wie würde das Leben weitergehen, wenn er wieder draußen war? Als Lehrer würde er nirgendwo mehr arbeiten können, seine Eltern würden ihm die Tür vor der Nase zuschlagen, und seine Freunde würden sich kopfschüttelnd von ihm abwenden.

Martin Franke fühlte sich leer. Traurig und abgestumpft. Alles hatte seinen Sinn verloren.

Sein Blick fiel auf den grauen Bettbezug. Ohne zu zögern knöpfte er ihn auf und zog ihn von der Decke.

18

Die Kollegen von der Spurensicherung hatten ihr die Bücher und die Kiste mit den Kladden ins Büro gebracht, nachdem sie alle Spuren in der Wohnung von Rosemarie und Hardy Helmer gesichert hatten. Charlotte saß mit einer Tasse Tee an ihrem Schreibtisch und reichte Käfer die Kladden.

»Kannst du schon wieder klar lesen, oder wackeln die Buchstaben noch?«

»Ich bin so froh, dass keiner meiner lieben Kollegen über meine THC-Vergiftung Witze macht«, sagte er, und seine Stimme troff nur so vor Ironie.

Charlotte kicherte. »Ich frag ja nur.« Sie zeigte auf die Kladden. »Fängst du damit an? Dann nehme ich zuerst die Bücher.«

Käfer nickte grimmig und widmete sich den Heften, während Charlotte die Bücher aus der Kiste nahm, die sie in Helmers Wohnung sichergestellt hatten. Es kam ihr so vor, als wenn das Papier und die Einbände den verwesten Geruch aus der Wohnung mit ins Präsidium gebracht hätten, aber wahrscheinlich bildete sie sich das nur ein.

Es waren allesamt Sachbücher, geschrieben von Forensikern und Pathologen, die Einblicke in ihre Arbeit gaben. Sie begann mit »Die Fehler der Mörder« und studierte aufmerksam das Inhaltsverzeichnis. Einige Kapitel waren mit Bleistift markiert worden, während andere durchgestrichen waren. »Giftmord«, »Sabotage« und »Vorgetäuschter Selbstmord« waren sogar umkringelt worden.

Sie schlug das Kapitel »Giftmord« auf. Der Autor beschrieb zunächst, dass es ein Mythos sei, dass Giftmorde traditionell von Frauen verübt wurden, und ging dann über zu den gängigen Giften, die meistens zum Einsatz kamen. »Man kann fast jedes Gift in einer Leiche nachweisen, vorausgesetzt allerdings, man testet gezielt daraufhin. Ansonsten bleibt ein solcher Mord unentdeckt. Kaum nachzuweisen sind flüchtige Stoffe, also etwa Gas oder Inhalationsnarkosemittel. Damit ließe sich vermutlich der perfekte Mord inszenieren«, schrieb der Autor. Neben diesem Satz hatte jemand in krakeliger Handschrift »schwer zu beschaffen« geschrieben.

Hatte sich hier jemand über die perfekten Mordmethoden informiert? Oder war da nur jemand interessiert an Kriminalfällen und wollte dem sonntäglichen »Tatort« hinterherrecherchieren?

Sie blätterte weiter zum Kapitel »Sabotage« und staunte nur wenig darüber, was Menschen sich alles einfallen ließen, um andere aus dem Weg zu räumen. Der Autor beschrieb, wie Täter Steckdosen manipulierten, Bremsleitungen zerschnitten und Autos ansteckten, alles nur mit dem Ziel, einen tödlichen Unfall vorzutäuschen. Sie wusste aus eigener Erfahrung, dass der mörderischen Kreativität kaum Grenzen gesetzt waren. Wenn sie an den letzten Mord dachte, bei dem das Opfer verbrannt war, oder an den Fall um den verschwundenen kleinen Jungen, sah sie ganz deutlich, wie raffiniert Täter zuweilen vorgingen. Eigentlich hatte sie es noch nie mit einem dummen Mörder zu tun gehabt. Dumme Totschläger gab es ohne Ende, aber wer wirklich einen Mord plante, der hatte meistens etwas auf dem Kasten. Fehler machten solche Leute natürlich trotzdem. Sonst wäre die Aufklärungsquote nicht so hoch.

Charlotte blätterte weiter und las einen Satz, der sie nachdenklich stimmte: »Die meisten Täter verwenden Brandbeschleuniger, um bei einem vorgetäuschten Unfall den Wagen ihres Opfers anzuzünden. Gängig sind hier Methanol, Isopropanol und andere Alkohole. Da das Opfer in dem Moment, in dem der Wagen in Flammen aufgeht, in der Regel noch atmet, können wir diese Stoffe in Lunge oder Hirn nachweisen und so einen vermeintlichen Unfall als Mord enttarnen.«

Auch dieser Satz war dick unterstrichen. Charlotte musste sofort an Alexander Wenke denken, der in seinem Auto verbrannt war. Allerdings war die Leiche damals obduziert worden, das wusste sie genau. Sie suchte noch einmal die Unfallakte heraus. Ja, alles hatte dafür gesprochen, dass der Wagen von allein in Flammen aufgegangen war. Der Tank war durch den Unfall zerstört worden, und jede Menge Benzin war ausgelaufen, das sich im Anschluss vermutlich durch den kaputten Motor entzündet hatte. So stand es in dem Bericht.

Und wenn doch einer nachgeholfen hatte?

Käfer riss sie aus den Gedanken. »Ich glaube, ich hab was gefunden.«

»Schieß los!«

»Wenn ich das richtig sehe, hat Helmer nach Feierabend seinen Chef beobachtet. Er hat sich notiert, wann Wenke mit dem Wagen das Internat verlassen hat und wann er auf welcher Höhe die Landstraße passierte.«

»Wie bitte?« Charlotte stand auf und stellte sich hinter ihn. Tatsächlich, er hatte recht. »20.12 Uhr, A.W. verlässt I. 20.14 Uhr, Höhe Scheune. 20.18 Uhr Ecke Landgrafenstraße«, las sie erstaunt. »Was soll das?«

»Das geht über mehrere Tage so. Er hat alles ganz genau aufgeschrieben. Offenbar hat Wenke immer zwischen acht und neun Uhr abends das Internat verlassen. Die Einträge variieren ein bisschen, bleiben aber meistens in diesem Zeitraum.« Er blätterte ein paar Seiten weiter. »Jetzt guck hier.«

»Ecke Landgrafenstraße am besten«, las sie. »Autofrequenz um diese Uhrzeit bei fast null.« Sie sah Käfer nachdenklich an. »Der hat was geplant.«

»Ja, das würde ich auch sagen. Er hat den Unfall von Alexander Wenke geplant. Und der ist tatsächlich genau an der Ecke Landgrafenstraße passiert.«

»Aber wie hat er das angestellt?«

»Keine Ahnung. Vielleicht ist er auf die Straße gesprungen, sodass Wenke auf die Wiese ausweichen musste und sich überschlug. Vielleicht hat er ihm einen Stein in die Scheibe geschmissen, irgendetwas auf die Fahrbahn geworfen oder ihn geblendet. Das werden wir vermutlich nicht mehr herausfinden können. Als der Wagen erst mal verunglückt war, hat er ihn in aller Seelenruhe angezündet.«

»Aber einen Brandbeschleuniger hätte die Obduktion nachweisen müssen.«

»Vielleicht hat er ja keinen benutzt? Wenn er ein Streichholz an das auslaufende Benzin hält, reicht das doch für einen ordentlichen Wumms.«

Grübelnd ging Charlotte zurück zu ihrem Schreibtisch und ließ sich wieder auf den Stuhl fallen. »Er hat eine Affäre mit Wenkes Frau, will sie für sich haben.«

»Außerdem kassiert er die Spendengelder, wovon sein Chef nichts weiß«, fiel Käfer in ihre Überlegungen ein. »Wahrscheinlich hatte Wenke mit der Unterschlagung gar nichts zu tun. Helmer hatte einen anderen Komplizen.«

»Sebastian Junglas.«

»Ja. Er verwaltet die Spendengelder für die Turnhalle und schleust sie an Berg vorbei zu Helmer.«

»Alexander Wenke findet heraus, dass sein wichtigster Mitarbeiter ihn betrügt«, überlegte Charlotte.

»Vielleicht kriegt er auch von der Affäre Wind.«

»Er will Helmer entlassen, vielleicht sogar anzeigen. Das lässt der sich nicht bieten, er will alles: die Frau, das Geld, und durch Sonja Wenke womöglich auch noch an das gesamte Vermögen kommen.«

»Er provoziert einen Autounfall und zündet seinen verletzten Chef an. Doch danach will seine Geliebte ihn nicht mehr. Sie trauert so stark um ihren toten Mann, dass sie mit seinem Mörder Schluss macht.«

Charlotte nickte nachdenklich. »Ja. Aber Frau Wenke wusste zu dem Zeitpunkt nicht, dass ihr Mann ermordet wurde – und ihr Verflossener der Mörder ist«, überlegte sie. »Wenn sie mit ihrem Geliebten gemeinsame Sache gemacht hätte, hätte sie ihn danach vermutlich kaum verlassen.«

Charlotte erzählte Käfer von den Büchern, die in ihr den Eindruck erweckt hatten, jemand würde sich über einen perfekten Mord informieren.

»Das passt ja zu den Aufzeichnungen. Falls Helmer Alexander Wenke wirklich umgebracht hat, hat er dann auch etwas mit Max Wenkes Tod zu tun?«

Bevor Charlotte antworten konnte, klingelte Käfers Telefon. »Ja?«, meldete er sich und schwieg dann für eine ganze Weile. Wurde er blass? »Das kann doch nicht wahr sein«, sagte er tonlos und starrte sie entsetzt an.

*

Sein Bund saß locker, ständig rutschte die Hose von der Hüfte. Hatte er so viel abgenommen? Vier Kilo sind eine Kleidergröße, hatte seine Exfrau immer gesagt. In den letzten Tagen hatte er wirklich nicht viel gegessen. Stress schlug ihm auf den Magen. Wahrscheinlich einer der Gründe, warum der Druck seiner Eltern früher so gut funktioniert hatte.

Zwei Wochen, das war die Frist gewesen, die sein Vater ihm immer gesetzt hatte. »Sonntag in zwei Wochen gibt es Kaninchenbraten. Es sei denn, du passt bis dahin wieder in diese Hose.« Dann hatte er seinem Sohn eine Hose in die Hand gedrückt, die ihm vor zwei Jahren zuletzt gepasst hatte. Er hörte die Stimme seines Vaters immer noch deutlich im Ohr. Dabei waren seine Kaninchen die einzigen Freunde, die er als Kind gehabt hatte, die einzigen, die ihn nicht gehänselt und fertiggemacht hatten, ihn, den dicken Jungen aus Horstmar. Tagelang hatte er keinen Bissen heruntergekriegt, geschwitzt vor Nervosität und Angst und keine Sekunde still sitzen können. Nach zwei Wochen war die Hose, in die er hineinpassen sollte, dann tatsächlich zu groß gewesen, und die Kaninchen hatten weiterleben dürfen. Vorerst.

Das ist Vergangenheit, schalt er sich. Sei kein Idiot! Das ist alles lange her. Heute war er ein schlanker erfolgreicher Mann und Direktor eines der angesehensten Internate Deutschlands.

Berg zog die Hose noch einmal hoch und richtete die Krawatte, bevor er das Audimax betrat. Es war nur mittelmäßig besetzt, viele Plätze waren noch frei. Abgesehen von den zahlreich anwesenden Kollegen wurde die Veranstaltung von den Studenten offensichtlich nur mäßig besucht. Egal, dachte er. Er würde die Podiumsdiskussion trotzdem nutzen, um Schloss Lemburg zu repräsentieren. Heute würde er einiges tun können, um seine Schule wieder im alten Glanz erscheinen zu lassen.

Er setzte sein staatstragendes Lächeln auf, wie seine Ex es immer spöttisch genannt hatte, das er tatsächlich vor dem Spiegel geübt hatte. Warum auch nicht? Jeder, der in der Öffentlichkeit stand, hatte irgendwann einmal ein Medientraining oder Ähnliches absolviert – warum sollte er dann nicht auch an seiner Außenwirkung arbeiten? Schließlich hatte er als Kind am eigenen Leib erlebt, wie es war, wenn man auf andere nur gefräßig, faul und schwach wirkte. Mit durchgestrecktem Rücken ging er die Stufen zum Podium hinunter und nickte immer wieder nach links und nach rechts.

»Dr. Dittkuhn, wie schön«, sagte er zu einem ihm bekannten Kollegen, der in einer der vorderen Reihen saß und sich zu seinem Erstaunen mit todernster Miene von ihm abwandte.

»Professor Neumann«, grüßte er einen weiteren Bekannten. Auch der erwiderte seinen Gruß nur mit einem kaum sichtbaren Nicken.

Nervös zog er sich erneut die Hose hoch und betrat die Bühne, auf der sechs dunkelblaue Sessel platziert waren, vor denen jeweils ein Mikrofon stand. Dann begrüßte er den Moderator mit Handschlag.

»Setzen Sie sich bitte auf diesen Sessel«, sagte der Mann und zeigte auf einen, der sich am Rand des Halbrunds befand.

»Warum soll ich mich denn nach ganz außen setzen?«, fragte Berg irritiert. »Ich soll die Diskussion doch eröffnen, da wäre es doch sinnvoll, wenn ich in der Mitte, also neben Ihnen sitze.«

»Wir haben umdisponiert und beginnen nun mit Frau Dr. Schwieren.«

Berg schnappte kaum hörbar nach Luft. »Warum das denn?«

»Bitte nehmen Sie Platz, wir wollen gleich anfangen.«

Eine Unverschämtheit, dachte Berg, als er sich auf den äußeren Platz setzte. Was glaubte der Kerl eigentlich, wie er mit ihm umgehen konnte? Es war abgesprochen gewesen, dass er als einer der Hauptredner auftreten sollte, so hatten sie es vor sechs Wochen festgelegt. Bloß nichts anmerken lassen, dachte er und lächelte jovial in die Runde, als die anderen Gäste Platz nahmen und der Moderator die Diskussion eröffnete.

Nach einer halben Stunde war Berg das Lächeln allerdings gründlich vergangen. Er war bisher nichts gefragt worden, und immer wenn er versuchte, sich in die Diskussion einzubringen, wurde er von einem der anderen Redner unterbrochen und abgewürgt. In diesem Moment fühlte er sich wieder an seine Kindheit erinnert, an den Sportunterricht, in dem er immer als Letzter in eines der Teams gewählt worden war, gern mit dem Zusatz: »Auf den Fettsack können wir doch genauso gut verzichten.« Aber das war vorbei. Diese Zeiten gab es nicht mehr. Keiner hier konnte auf ihn verzichten!

Schließlich schaffte er es, sich energisch zu Wort zu melden und wenigstens eine seiner Erziehungsthesen vorzubringen. »Wissen Sie, ich bin da ganz anderer Meinung«, sagte er etwas zu laut ins Mikrofon, als Frau Dr. Schwieren gerade über Toleranz in der Pädagogik sprach. »Disziplin sollte der Grundpfeiler jeder Erziehung ...«

»Interessant«, unterbrach ihn der Moderator und wandte sich wieder Frau Dr. Schwieren zu.

»Ich bin noch nicht fertig«, rief Thomas Berg so laut, dass es durch die Rückkopplung ein pfeifendes Geräusch gab.

»Ich glaube schon«, sagte Dr. Schwieren mit hochgezogener Nase und funkelte ihn böse an. »Wenn einer fertig ist, dann Sie, Herr Dr. Berg!«

Die Zuschauer feixten. Ja, einige lachten sogar.

Berg merkte, wie ihm der Schweiß den Rücken herunterlief. »Was erlauben Sie ...«

Wieder ließ sie ihn nicht ausreden. »Nein, was erlauben Sie sich? Sagen Ihnen die Begriffe Anstand und Pietät eigentlich etwas?«

Er war für einen Moment sprachlos. Wie redete die Frau denn mit ihm?

Hastig mischte sich der Moderator ein. »Ich glaube, das ist

nicht zielführend. Frau Dr. Schwieren, erläutern Sie uns doch bitte noch Ihre Thesen zur Toleranz.«

Und während die anderen Podiumsgäste dieser blöden Kuh lauschten und angeregt mit ihr diskutierten, würdigten sie ihn keines Blickes mehr.

Es war der Moment, als ihm klarwurde, was er schon die ganze Zeit geahnt hatte: Er wurde gemieden. Ja, es war nicht zu übersehen, wie diese Arschlöcher ihn ignorierten. Sobald er versuchte, mit einem von ihnen Blickkontakt aufzunehmen, schaute der andere demonstrativ weg. Hatten es die verdammten Wenkes etwa doch geschafft, den Ruf von Schloss Lemburg und damit auch den seinen zu ruinieren? Er spürte, wie sich kalter Schweiß auf seiner Stirn bildete und sein Magen sich verkrampfte, ein Gefühl, das ihn als Kind jeden Tag begleitet hatte, wenn er zur Schule gegangen war. Ein Gefühl, das er nie wieder spüren wollte, von dem er gedacht hatte, dass er es auch nie wieder spüren *musste*, dass es Vergangenheit war. Jetzt war es wieder da, und es traf Dr. Thomas Berg mit aller Kraft. Er hatte Angst. Alles, wofür er die letzten Jahrzehnte gearbeitet und gekämpft hatte, schien sich gerade in Luft aufzulösen.

In den verbleibenden zwanzig Minuten versuchte er kein einziges Mal mehr, das Wort zu ergreifen. Er war geradezu erleichtert, als die Podiumsdiskussion endlich zu Ende war und der Empfang begann. Studenten brachten Tabletts mit Sekt in das Audimax und reichten ihn auch den Gästen auf dem Podium. Obwohl es eigentlich gar nicht seine Art war, trank Berg das erste Glas auf ex und griff sofort nach einem zweiten. Verloren stand er in dem riesigen Raum, einsam zwischen all den Menschen.

»Nein. Das hat er wohl selbst in die Zeitung lanciert«, hörte er eine leise Stimme hinter sich.

Als er sich umdrehte, sah er eine Gruppe von Internatsdirektoren, die ganz offensichtlich über ihn sprachen. Männer und Frauen, die zu den am meisten geschätzten Pädagogen des Landes zählten, ein elitärer Kreis, zu dem er auch einmal gehört hatte. Jetzt sahen sie ihn verächtlich an und steckten wieder die Köpfe zusammen. Es war ihnen offenbar vollkommen egal, dass er mitbekam, wie sie über ihn sprachen. Wenn man schon schlecht über ihn redete und sich noch nicht mal mehr Mühe gab, hinter seinem Rücken zu lästern, dann war es weit gekommen. Er, Dr. Thomas Berg, war immer eine Institution gewesen. Man hatte seinen Rat geschätzt, er war ein gefragter Redner gewesen. Wann immer es um die mangelnde Disziplin der Jugend von heute gegangen war, war er mit von der Partie gewesen. Und jetzt das. Er wurde behandelt wie ein Nichts. Ein Geächteter, ein Aussätziger.

Aber wie konnte es sein, dass seine Kollegen von dem Artikel in der Regionalzeitung wussten? Sie waren in Münster – dieses Käseblatt, das er angerufen hatte, las hier doch kein Mensch. Schon gar nicht die geistige Elite des Landes oder vielmehr das, was sich dafür hielt.

Berg nahm ein weiteres Glas Sekt und stürzte es hinunter. Mit hängenden Schultern verließ er das Audimax. Als er die Tür hinter sich ins Schloss zog, fiel sein Blick auf die große Pinnwand, die neben den Kleiderhaken im Flur angebracht war. Zuerst dachte er, er hätte sich getäuscht, verlesen oder vertan. Er musste doch irren, anders konnte es gar nicht sein.

Er trat einen Schritt näher an die Pinnwand und atmete tief durch. Dort hing nicht nur der Artikel, den er in die schmierige Lokalzeitung gebracht hatte, in mehrfacher Vergrößerung, nein, er war auch mit allerlei bissigen Kommentaren beschmiert. Allein die Überschrift reichte aus, damit ihm schlecht wurde: »Braune Pädagogik – Meidet die Veranstaltung mit dem reaktionären Dr. Berg!!! Gegenveranstaltung des AStA, Raum 129.«

*

Sie war auf dem Weg in die Justizvollzugsanstalt. Allein. Für Käfer war der lange Arbeitstag doch anstrengender gewesen, als er sich hatte eingestehen wollen. Schließlich lag es ja noch nicht mal vierundzwanzig Stunden zurück, dass er im Haschrausch in die Klinik gebracht werden musste. Zwar hatte er sich noch zigmal vergewissert, ob Charlotte das auch wirklich schaffen würde, aber im Endeffekt war er doch dankbar gewesen, als sie ihn vor Annettes Wohnung abgesetzt hatte.

Charlotte fand es rührend, wie besorgt er um sie war, seitdem er von ihrer Schwangerschaft erfahren hatte. Obwohl sie nicht wusste, ob er selbst Kinder haben wollte, konnte sie ihn sich sehr gut als Vater vorstellen. Aber war das überhaupt Teil seiner Lebensplanung? Warum wusste sie nur so wenig Privates über den Menschen, mit dem sie jeden Tag gut zehn Stunden zusammen war?

Sie hielt den Wagen auf den Parkplatz vor der Justizvollzugsanstalt an und stieg aus. Wie oft war sie diesen Weg schon gegangen? Und wie oft aus diesem traurigen Grund? Jedes Jahr setzten in Deutschland rund hundert Gefangene ihrem Leben ein Ende, die meisten von ihnen in der Untersuchungshaft. Vier von zehn Häftlingen waren nach der Festnahme selbstmordgefährdet. Und obwohl alle für diese Problematik sensibilisiert waren und viel getan wurde, um Suizide zu verhindern, blieb immer ein Restrisiko.

Sie hatten nicht gedacht, dass Martin Franke suizidgefährdet war. Er hatte einen stabilen Eindruck auf sie gemacht, und die Strafe, die er zu erwarten hatte, wäre sicherlich auch zu verschmerzen gewesen. War es ein Fehler gewesen, einen Haftbefehl zu beantragen und ihn in Untersuchungshaft zu nehmen? Nein, sie hatten richtig gehandelt, sie mussten so handeln. Bisher wussten sie nicht, ob Franke bei Max Wenke nur ein Abhängigkeitsverhältnis ausgenutzt oder ob er im großen Stil Schüler auf Schloss Lemburg missbraucht hatte. Und es hatte eindeutig Fluchtgefahr bestanden, immerhin hatte er schon einmal versucht abzuhauen. Nein, sie hatten ihn festsetzen müssen, auch wenn es im Moment keine Beweise dafür gab, dass er sich noch an anderen Schülern vergriffen hatte.

Am Eingang des großen Gebäudes musste sich Charlotte ausweisen und ihre Waffe abgeben. Ein Justizbeamter begrüßte sie mit ernster Miene und begleitete sie zur Zelle. Die vom Neonlicht hell erleuchteten Flure hatten etwas Tragisches, fand sie. Ohne Frage, so ein Gefängnis konnte der deprimierendste Ort der Welt sein.

»Ist schon der Zweite, der es in diesem Jahr versucht hat«, sagte der Mann. »Hoffentlich geht jetzt nicht das Märchen vom Todesknast durch die Presse.«

Schon wieder einer, der um den Ruf seiner Einrichtung besorgt ist, dachte Charlotte und verdrehte die Augen. Empathie mit dem Opfer schien hier auch eher Mangelware.

»Wie geht es ihm?«, fragte sie.

»Es war ganz schön knapp, der war schon blau im Gesicht. Der Kehlkopf ist wohl etwas gequetscht, und auch das Zungenbein hat was abbekommen. Sprechen kann er jedenfalls nicht. Aber er lebt, das ist doch die Hauptsache.«

»Wie konnte das überhaupt passieren?«

»Er hat wohl den Deckenbezug genommen, aber der ist bei uns an der Decke festgemacht. Also hat er kurzerhand die ganze Bettdecke als Schlinge benutzt. Zum Glück hat das nur so halb gut funktioniert.«

Sie betraten die Krankenstation. Martin Franke lag in einem weißen Bett. Seine Arme waren an das Bettgestell fixiert, damit er sich nicht noch einmal selbst verletzen konnte. In seinem Gesicht konnte Charlotte deutlich die Petechien erkennen, kleine punktuelle Einblutungen auf der Haut, die typisch für einen Strangulierungstod waren. Es musste wirklich knapp gewesen sein.

Jetzt starrte er mit leerem Blick an die Zimmerdecke.

»Hallo, Herr Franke. Wie geht es Ihnen?«

Sie bekam keine Antwort.

»Warum haben Sie das gemacht?«, fragte sie mit sanfter Stimme.

Doch Franke reagierte nicht.

»Na, vermutlich war das ein Schuldeingeständnis«, mischte sich der Justizbeamte ein und kratzte sich an seinem runden Bauch. »Dann war er wohl der Mörder von Ihrem Internatsschüler, oder?«

Charlotte betrachtete den Lehrer. Es lag noch gar nicht so lange zurück, da war ihr Martin Franke wie ein ausgesprochen gutaussehender junger Mann vorgekommen. Bevor sie ins Gefängnis gefahren war, hatte sie sich das Protokoll seiner Vernehmung noch einmal durchgelesen, in der er beteuert hatte, wahre Gefühle für Max empfunden zu haben.

»War er es?«, hakte der Beamte nach. »Sonst hätte er das doch wahrscheinlich nicht gemacht, oder?«

Charlotte starrte auf Martin Frankes Füße, die unter der Bettdecke hervorlugten. Sie kamen ihr ungewöhnlich groß vor. Ein Paar braune Lederschuhe, an denen die Schnürsenkel fehlten, standen vor dem Bett. Sie nahm einen davon hoch und schaute auf die Sohle. »Größe 47«, murmelte sie nachdenklich.

Dann beugte sie sich über den im Bett Liegenden und suchte seinen Blick. »Ich weiß, dass Sie Max Wenke nicht umgebracht haben«, sagte sie und sah, wie sich seine Augen mit Tränen füllten.

Er gab einen Laut von sich, wie das Jaulen eines Hundes, aber irgendwie zustimmend.

»Ich weiß, Herr Franke. Keine Sorge, ich weiß, dass Sie es nicht waren.«

*

Käfer saß in Annettes Ohrensessel und war ungewöhnlich gut gelaunt. Der Selbstmordversuch von Martin Franke hatte ihn zunächst sehr bedrückt, und die Frage, ob sie zu hart mit ihm umgegangen waren, hatte ihn umgetrieben. Aber im Moment dachte er nicht mehr an Franke, nicht an das Internat und auch nicht an Max Wenke. Vielleicht lag es an den Haschresten, die immer noch in seinem Körper ihr Unwesen trieben, auf jeden Fall waren sie dafür verantwortlich, dass ihm Annettes Petit Fours heute noch besser schmeckten als sonst, was eigentlich ein Ding der Unmöglichkeit war.

»Im Präsidium machen alle Witze über mich«, sagte er mit vollem Mund. »In der Kantine hat heute ein Kollege sein Essen festgehalten und entsetzt gerufen: ›Vorsicht. Der Fressflash kommt!‹« Genussvoll biss er in ein Marzipanküchlein.

Annette lachte. »Nun, so richtig verwundert mich das nicht. Dass du das nicht gemerkt hast! Hast du früher nie was mit Hasch am Hut gehabt?«

Er schüttelte den Kopf. »Nein. Ich hab nie geraucht, deshalb kam Kiffen für mich nicht infrage. Als ich sechzehn war, haben ein paar Kumpels von mir mal einen Haschkakao getrunken. Der eine ist kurz darauf eingepennt, der andere musste kotzen. Das erschien mir ehrlich gesagt nicht besonders reizvoll. Also bin ich artig bei Bier geblieben.« Er grinste.

»Und das als waschechter Hamburger. Du bist doch praktisch auf dem Kiez großgeworden.«

Käfer verschluckte sich fast, so vehement wollte er protestieren. Es war das alte Vorurteil der meisten Nicht-Hamburger: Entweder wohnte man edel und teuer mit Blick auf die Alster, oder man war auf dem Kiez zu Hause. Beides traf auf ihn nicht zu – wie auch auf die meisten anderen Hamburger.

»Ich bin in Hamburg-Barmbek aufgewachsen«, sagte er. »Zurzeit ist das hip, ich sag nur Gentrifizierung, aber als ich dort lebte, wohnten einfache und grundsolide Leute in dem Viertel.«

»So wie du.«

»In der Tat. Mittelständler, kleine Beamte, ehrliche Menschen eben. Mit Drogen hatten wir da nichts am Hut.« Als Nächstes war das Pistazienstück an der Reihe. »Meine Eltern hatten einen kleinen Lebensmittelladen, der besonders wegen seiner Gebäckecke bei den Leuten hoch im Kurs stand.«

Annette lachte auf. »Na, das erklärt alles. Daher also deine Leidenschaft!«

Er nickte. Ja, er hatte es geliebt, als kleiner Junge in den Laden zu gehen und sich heimlich ein Franzbrötchen aus der Vitrine zu stibitzen. Wenn sein Vater ihn dabei erwischte, gab es immer ordentlich Ärger. Geschlagen hatte er ihn zwar nie, aber Hausarrest und Taschengeldendzug standen ganz oben im Strafregister.

»Meine Mutter war da nachgiebiger. Die hat öfters mal ein Auge zugedrückt.«

»Wie geht es deinen Eltern heute?«

»Ach, gar nicht so schlecht. Sie sind nicht mehr die Jüngsten, kommen aber noch gut zurecht und leben nach wie vor in der Dreizimmerwohnung, in der ich aufgewachsen bin.«

»Als klassisches verwöhntes Einzelkind«, sagte Annette und lächelte ihn liebevoll an.

»Nein, als selbstbewusster und verantwortungsvoller Stammhalter«, entgegneter er, und streckte ihr die Zunge heraus. Dann machte er sich über die Nougat-Makrone her.

»Hast du ein gutes Verhältnis zu ihnen?«

Ja, das hatte er. Er telefonierte regelmäßig mit seinen Eltern, auch wenn regelmäßig für Käfer etwas anderes bedeutete als für seine Mutter. Aber wenn er mitten in einem Fall steckte, schaffte er es manchmal nicht, jede Woche anzurufen. Normalerweise telefonierten sie aber jeden Sonntag miteinander.

»Und alle zwei Monate fahre ich hoch und besuche sie. Vielleicht hast du Lust, das nächste Mal mitzukommen?«

Sie nickte schüchtern, und er fand, dass sie plötzlich einen melancholischen Ausdruck in die Augen bekam.

»Es ist schön, wenn man sich so gut mit seinen Eltern versteht«, sagte sie leise.

Er wusste, was sie meinte. Annette hatte ihr Leben lang unter dem schlechten Verhältnis zu ihrem inzwischen verstorbenen Vater gelitten, und auch zu ihrer Mutter hatte sie keine innige Beziehung aufbauen können.

»Ich würde deine Eltern wirklich gern kennenlernen. Und in Hamburg war ich auch noch nie. Bist du da auch auf Streife gegangen?«

»Allerdings. Als junger Bulle in sexy Uniform.«

Annette kicherte. »Und verspiegelter Sonnenbrille. Die Village People lassen grüßen.«

Er stimmte in ihr Lachen ein und nahm sie in die Arme. Ja, er freute sich darauf, Annette seinen Eltern vorzustellen. Bis auf ein paar Mädchen aus der Schule hatten seine Eltern noch nie eine Freundin von ihm kennengelernt. Weil es ihm noch nie so ernst gewesen war.

Das war jetzt anders.

19

Am nächsten Tag hatte sich das ganze Team versammelt. Hammersbach saß neben Frank Subotik, daneben hatten Henry Schwarzer und Sven Pauly ihren Platz eingenommen. Berthold Wolske und der junge Assistent Sascha saßen in der ersten Reihe, zusammen mit Thomas Carsten, ihrem Experten für Wirtschaftsdelikte. Charlotte und Käfer hatten Krane den Vorsitz überlassen. Er hatte heute definitiv die interessantesten Neuigkeiten. Sie standen an der Fensterbank und hörten ihm aufmerksam zu.

Der Gerichtsmediziner heftete gerade ein Foto der verwesten und von Maden zerfressenen Leiche an die Pinnwand, die sie gestern in der Wohnung im Kreuzviertel gefunden hatten. Ein Stöhnen ging durch den Raum.

»Wir haben es wohl nur noch mit schönen Toten zu tun«, seufzte Hammersbach spöttisch, und die anderen nickten zustimmend.

»Ja, es ist kein netter Anblick, aber ob ihr es glaubt oder nicht, für uns aus der Gerichtsmedizin ist so eine Leiche nicht die schlechteste«, begann Krane. »Es handelt sich bei dem Toten um den neunundvierzigjährigen Jürgen Helmer. Ausweispapiere in der Tasche des Toten und ein DNA-Abgleich haben das bestätigt.«

»Wie ihr wisst, war er Angestellter bei Wenkebau und der Geliebte von Frau Wenke«, erinnerte Charlotte.

»Anhand des ausgiebigen Madenbefalls konnte ich sehr gut

den Todeszeitpunkt bestimmen. Denn aufgrund der Auffindesituation, also des offenen Fensters in der Küche, können wir davon ausgehen, dass die Fliegen direkt nach Eintritt des Todes Zugang zu ihrem Wirt hatten, wenn ihr mir diese Ausdrucksweise erlaubt. Die ersten Larven wurden also unmittelbar nach dem Exitus abgelegt. Ermittelt man nun das Alter der kleinen Biester, kommen wir auf folgenden Todeszeitpunkt: Jürgen Helmer ist am letzten Freitag zwischen zehn und sechzehn Uhr gestorben.«

»Am gleichen Tag, an dem auch Max Wenke umkam«, sagte Käfer.

»Richtig. Aber sie hatten nicht denselben Mörder. Auf dem Messer, das im Auge des Toten steckte – übrigens ganz schön tief, der Stich war definitiv sofort tödlich –, haben wir die Fingerabdrücke von Max Wenke gefunden. Zweifellos hat er den Mann getötet.«

Im Raum herrschte Stille, und auch Charlotte brauchte einen Moment, um diese Neuigkeiten zu verdauen.

»Warum hat der Junge das getan?«, fragte Pauly nachdenklich. »Die Affäre zwischen seiner Mutter und Helmer war doch lange vorbei, habt ihr gesagt. Wenn sie noch aktuell gewesen wäre, okay, dann könnte ich es verstehen, aber den Ex-Lover bringt man doch nicht um.«

»Er hat ihn am Todestag seines Vaters getötet«, gab Charlotte zu bedenken und erzählte den anderen von ihren Vermutungen, dass Jürgen Helmer etwas mit dem Tod von Alexander Wenke zu tun haben könnte.

»Wir werden das vermutlich niemals beweisen können. Alexander Wenke ist eingeäschert worden, sein Wagen längst verschrottet. Aber wir haben in der Wohnung von Helmer viele Hinweise gefunden, die dafür sprechen, dass es kein Unfall war beziehungsweise dass der Unfall absichtlich herbeigeführt wurde und der Wagen mit dem Verunglückten in Brand gesteckt worden ist.«

»Vielleicht hat Max Wenke herausgefunden, dass Helmer der Ex-Geliebte seiner Mutter *und* der Mörder seines Vaters war«, fuhr Käfer fort. »Er wollte den Mord an seinem Vater rächen.«

»Dann wäre es vorsätzlicher Mord«, sagte Charlotte. »Vielleicht wollte er den Mörder seines Vaters aber auch nur zur Rede stellen und tötete ihn im Affekt. Stammte das Messer aus der Küche?«

Krane nickte. »Ja. Messer des gleichen Modells fanden wir in dem Messerblock auf der Arbeitsplatte.« Krane heftete ein weiteres Foto an die Pinnwand. »Wir haben außerdem noch diese Papierreste unter der Leiche gefunden. Durch die Körperflüssigkeiten sind die Papiere leider in einem sehr schlechten Zustand, und wir konnten den Inhalt noch nicht vollständig rekonstruieren, aber es sieht so aus, als stünden dort Informationen über den Turnhallenbau drauf. Das eine sieht nach einem Gutachten über eine Asbestverseuchung aus.«

»Die fehlenden Seiten aus dem Ordner, den Berg uns gegeben hat«, überlegte Käfer. »Wie kamen sie zu Helmer? Hatte Max sie dabei?«

»Möglich. Vielleicht hat er sie sich in den Osterferien aus dem Büro besorgt, während er das Praktikum dort gemacht hat, oder jemand hat sie ihm gegeben. Vielleicht hat Max Helmer damit konfrontiert. Er bringt den Mann im Streit um. Für einen siebzehnjährigen Jungen wie Max dürfte so eine Tat nur schwer zu verkraften gewesen sein«, überlegte Charlotte. »Die Schuldgefühle müssen groß gewesen sein, vielleicht war das ein Grund, warum er die Videobotschaft aufnehmen und mit allem abrechnen wollte.«

»Und um dann selbst zu sterben?«

Charlotte schüttelte den Kopf. »Nein. Maries Aussage zufolge hat Max zu ihr gesagt, er wolle aus diesem Leben verschwinden. Das Mädchen deutet das so, als wenn er damit seinen Selbstmord ankündigen wollte. Meiner Meinung nach kann es aber genauso bedeuten, dass er vom Internat verschwinden wollte. Dafür spricht auch das viele Geld, das ihr in seinem Portemonnaie gefunden habt. Wie viel war das noch gleich?«

»Über fünfhundert Euro«, sagte Krane.

»Na, damit kommt man doch schon mal weg von hier.«

»Wir wissen, dass Helmer bei der Unterschlagung der Spendengelder einen Komplizen im Internat hatte«, warf Subotik ein. »Könnte das vielleicht der Mörder von Max sein? Der den Tod Helmers rächen wollte? Oder verhindern, dass die Informationen von Max an die Öffentlichkeit gelangen?«

Käfer schüttelte den Kopf. »Im Moment gehen wir davon aus, dass Junglas der Komplize ist. Noch haben wir keine Beweise gegen ihn, aber alles deutet darauf hin. Ich warte auf einen Durchsuchungsbeschluss, damit wir uns seine Wohnung vornehmen können. Vielleicht finden wir dort Hinweise auf den Verbleib der Spendengelder.«

»Und Junglas schließt du als Mörder aus?«, fragte Henry.

Käfer wiegte nachdenklich den Kopf hin und her.

»Was ist mit Martin Franke? Könnte sein Selbstmordversuch nicht ein Tateingeständnis sein?«

»Könnte. Aber Martin Franke hat Schuhgröße 47, das passt nicht zu dem Abdruck, den Krane auf der eisernen Jungfrau gefunden hat. Und Junglas hat Größe 46, das passt ebenfalls nicht.« Käfer schwieg für einen Augenblick. »Ich weiß nicht, wie es euch geht, aber ich habe ein grundsätzliches Problem, mir die Tat vorzustellen«, sagte er dann.

Ein zustimmendes Murmeln ging durch den Raum.

»Was ist an dem Abend genau passiert? Max steht in dem Foltergerät und will eine Videobotschaft aufnehmen. Irgendjemand ist im Raum und filmt ihn. Vermutlich Marie. Wie kommt der Täter in den Raum, ohne dass Max es merkt? Und wo ist Marie – oder die Person, die filmt? Max stand an der Rückwand des Raums, mit offenem Blick zur Tür. Warum hat er den Täter nicht gesehen? Wie schnell ist das Ganze überhaupt abgelaufen?«

Wieder murmelten die Kollegen etwas Unverständliches.

»Warum stellen wir den Mord nicht nach?«, warf Krane in dem Moment ein. »Von meiner Seite aus kann das Gerät zurück ins Schloss, und vielleicht sehen wir klarer, wenn wir den Ablauf Schritt für Schritt durchgehen.«

»Das ist eine sehr gute Idee«, sagte Charlotte, und ihr wurde mal wieder bewusst, was für ein wertvoller Kollege Krane doch war. Es lag noch gar nicht so lange zurück, dass er ihr und Käfer das Du angeboten hatte, und seitdem mochte sie ihn irgendwie noch mehr. Sie schätzte den kompetenten Gerichtsmediziner und seine Meinung sehr.

»Ich fahre zu Marie ins Krankenhaus«, sagte sie. »Wir sind uns doch alle einig, dass es eigentlich nur sie gewesen sein kann, die das Video von Max gedreht hat.«

»Ja. Aber wir sind uns auch einig, dass sie vermutlich nicht die Täterin ist«, sagte Käfer.

»Stimmt. Dennoch muss sie das Video hochgeladen haben, und die SD-Karte aus dem Handy ist vermutlich auch noch in ihrem Besitz. Ich bin mir ganz sicher, dass sie mehr weiß, als sie uns bislang gesagt hat. Wäre die Sache mit der Abtreibung nicht dazwischengekommen, hätte ich sie mir schon längst zur Brust genommen. Denn wisst ihr, was mich die ganze Zeit beschäftigt? Wer außer ihr kommt infrage dafür, Max an seinen Mörder verraten zu haben?«

*

Eigentlich hatte er mit Berg sprechen wollen, über das, was in den letzten Tagen passiert war, und auch über das, was mit der Schule und den Schülern passiert war. Er hatte ihm sagen wollen, dass er für sich einen Entschluss gefasst hatte, dass es so nicht weitergehen konnte, dass er sein Leben von Grund auf ändern wollte. Aber Berg war nicht zu sprechen gewesen. Sebastian Junglas hatte ihn nur kurz gesehen, auf dem Flur, auf dem Weg in sein Büro. Angeschlagen hatte er gewirkt, so als hätte er die Nacht durchgesoffen.

Kein Wunder, dachte er und räumte die Sachen in seinem Zimmer zusammen. An seiner Stelle würde ich auch das Saufen anfangen. Es war nicht zu übersehen, dass es mit dem Internat bergab ging.

Junglas hatte sich entschlossen, Schloss Lemburg sofort zu verlassen. Warum sollte er noch warten? Das Risiko, dass die Polizei ihm auf die Schliche kam, wurde dadurch unnötig groß. Jetzt war der ideale Zeitpunkt, um zu verschwinden. Die Aktion mit den Haschkeksen dürfte für Außenstehende ein triftiger und glaubwürdiger Grund sein, warum er nun alles hinschmiss. Wenn er Glück hatte, blieb alles andere im Dunkeln.

Sein Bademantel lag auf dem Bett, er gehörte dem Internat und musste hierbleiben. Ein bisschen Wehmut erfasste ihn, als er die letzten Sachen aus dem Schrank geräumt hatte. Er war hier aufgewachsen und hatte die meiste Zeit seines Lebens in diesem alten Gemäuer verbracht. Was hatte er hier alles erlebt. Viel Mist, natürlich, aber auch schöne Zeiten. Als er und Alexander Wenke noch dick befreundet waren und alles Mögliche angestellt hatten. Wie konnten sie sich nur so entfremden? Wie war es nur möglich, dass aus den dicksten Freunden die ärgsten Feinde wurden? Noch heute lief es ihm kalt den Rücken herunter, wenn er daran dachte, wie Alex ihn irgendwann behandelt hatte.

Es war ihm damals fast so vorgekommen, als hätte er eine Gehirnwäsche erhalten. Berg steckte ihn in irgendwelche Extrakurse, in die nur die Hochbegabten durften. Er machte Alex zu seinem Vertrauten, gab ihm das Gefühl, dass er etwas Besseres sei. Tatsächlich glaubte Alex es irgendwann, und plötzlich war Sebastian nur noch Abschaum gewesen. Er hasste Alex heute noch dafür, dass er ihn damals so hatte fallen lassen. Denn dadurch war er zum Abschuss freigegeben worden, auch die anderen Schüler wollten von da an nichts mehr mit dem kleinen Hausmeistersohn zu tun haben. Die schöne Zeit auf dem Schloss war für immer vorbei gewesen.

Vermutlich würde er das Internat nie wieder betreten. Er wollte einen endgültigen Schlussstrich unter das Kapitel Lemburg ziehen. Noch hatte er keinen genauen Plan, aber von dem Geld von damals war noch genug übrig, um weit weg zu fliegen. Vielleicht nach Thailand? Da war es schön warm,und dort lebten inzwischen viele Deutsche, da ließe sich beruflich vielleicht irgendwas machen. Oder sollte er doch besser in Europa bleiben? Auf Mama brauchte er keine Rücksicht zu nehmen, schon bei seinem letzten Besuch hatte sie ihn nicht mehr erkannt. Sie würde gar nicht merken, wenn er nicht mehr da war.

»Was machen Sie da?«

Erschrocken drehte Junglas sich um. Frederik stand vor ihm, blass und zittrig.

»Kannst du das nächste Mal vielleicht mal anklopfen? Ach, auch egal.«

»Hauen Sie ab?«

»Ja, ich verlasse das Internat. Nach allem, was vorgefallen ist, gibt es hier keinen Platz mehr für mich.«

Frederik fuhr sich nervös durch die Haare und trippelte von einem Fuß auf den anderen. »Das können Sie doch nicht machen ... Ich brauche unbedingt was, bitte!«

Junglas seufzte. Für einen winzigen Augenblick hatte er gedacht, der Schüler würde es wirklich bedauern, dass er das Internat verließ. Aber nein, es ging ihm nur um den Stoff.

»Frederik, mit den Drogen ist eh bald Schluss. Am besten gewöhnst du dich schon mal daran. Von mir werdet ihr in der Zukunft nichts mehr bekommen.«

»Aber ... aber Sie haben doch noch was, oder?«

Der Junge starrte auf den Bademantel, der auf dem Bett lag, und Junglas sah Frederik eine Weile nachdenklich an. Klar, er hatte noch einiges, aber er hatte Marie auch eine Ration versprochen, und etwas wollte er noch für sich selbst haben. Nicht viel, nur um den Umzug und alles gut zu überstehen. Dann wollte er endgültig die Finger von den Drogen lassen. Eigentlich wollte er Frederik nichts mehr geben, andererseits konnte er ihm vielleicht helfen. Er konnte etwas für ihn erledigen, eine letzte Sache, die er auf Schloss Lemburg noch regeln musste.

»Okay, pass auf. Du kriegst was. Sogar eine extra große Portion.«

Frederiks Augen leuchteten auf. »Cool!«

»Warte. Natürlich kriegst du es nicht umsonst. Tausend Euro musst du mir dafür schon geben.«

Der Junge schluckte. »Das ist 'ne Menge.«

»Ist ja auch 'ne Menge Stoff.«

»So viel Geld muss ich erst besorgen. Das kann ich nicht so schnell beschaffen. Aber ich brauche unbedingt jetzt was.«

Junglas sah ihm an, wie nervös er wurde. Unter seinen Armen zeichneten sich dunkle Ränder auf dem grauen Hemd seiner Schuluniform ab. Frederik schwitzte wie ein Schwein.

»Okay. Ich geb dir schon was. Aber nur, wenn du mir einen Gefallen tust.«

»Alles! Ich mach alles, was Sie wollen. Versprochen.«

20

Er merkte, dass er immer noch neben der Spur war. Die Uni hatte er am vorangegangenen Abend schwankend verlassen und war noch in eine heruntergekommene Eckkneipe gegangen, wo er einen Schnaps nach dem anderen getrunken hatte. Natürlich hätte er nicht mehr fahren dürfen, aber war das jetzt nicht auch alles egal? Wäre er in eine Polizeikontrolle gekommen, wäre er seinen Führerschein los. Na und? Lächerlich im Vergleich zu den Problemen, die er wirklich hatte.

Gegen vier Uhr morgens war er in seiner Wohnung angekommen, aufs Sofa gefallen und in Klamotten eingeschlafen. Als um sieben Uhr sein Wecker klingelte, war er immer noch fürchterlich blau gewesen, und im Prinzip hätte er sich wieder nicht hinters Steuer setzen und zum Internat fahren dürfen. Was nach der Tour am Abend vorher nur noch Makulatur war

Er fühlte sich immer noch grauenvoll. Berg wusste, dass er stank wie ein Penner, und genauso fühlte er sich auch. Heruntergekommen und verloren. Er hatte alles verloren. Sein Lebenswerk war zerstört, die Briefe der Eltern, in denen sie ihre Kinder von Schloss Lemburg abmeldeten, würden von Tag zu Tag mehr werden. Die Unterhaltskosten der Schule waren so hoch, dass sie sich die geringe Auslastung nur für kurze Zeit leisten konnten. Dann müsste er das Internat schließen. Spätestens zum neuen Schuljahr wäre der Laden dicht.

Das Leben hatte überhaupt keinen Sinn mehr. In seinem

Alter konnte er nicht mehr neu anfangen, dachte er, als sein Blick auf die alten Jagdwaffen fiel, die in der Glasvitrine lagen und alle noch tadellos funktionierten.

Ein Geräusch ließ ihn aufmerken. Er hörte, wie mehrere Autos auf den Parkplatz fuhren, und sah aus dem Fenster. Ein Kastenwagen und zwei Pkw parkten direkt vor dem großen Treppenaufgang. Dieser elende Kommissar und zwei andere Männer stiegen aus dem einen Wagen und gingen zu dem Transporter, bei dem zwei Männer gerade die hinteren Türen öffneten. Was trugen sie da raus? War das ein Sarg?

Die eiserne Jungfrau, dachte er eine Sekunde später. Sie bringen sie also zurück. Für einen Moment keimte Hoffnung in ihm auf. Hatten sie den Fall abgeschlossen? Glaubten sie nun, dass es Selbstmord war? Vielleicht wuchs doch bald Gras über die Sache, und die schreckliche Demütigung, die er gestern in der Uni erlebt hatte, wäre eine einmalige Sache gewesen. Aber warum tauchten sie dann mit so vielen Leuten hier auf? Berg zählte insgesamt acht Personen. Was wollten die alle hier?

Nervös ging er zu seinem Schreibtisch und suchte nach dem Mundspray, das dort immer lag. Würde das seine Fahne verdecken? Er wollte auf keinen Fall, dass die Polizei an seiner Vorbildfunktion zweifelte.

Nur Minuten später klopfte es an der Tür, und Kommissar Käfer stand vor ihm. »Dr. Berg, wir bringen die eiserne Jungfrau zurück.«

»Aha, ja, schön.«

»Wir werden versuchen, die Tat nachzustellen.«

Tat? Welche Tat? Hieß das, dass sie immer noch nicht an Selbstmord glaubten?

»Ein erfolgreiches Verfahren, das immer häufiger praktiziert wird«, erklärte der Kommissar lächelnd. »Wir werden im Folterkeller versuchen zu rekonstruieren, was am Freitagabend dort passiert ist.«

»Aha, gut. Wenn Sie meinen, dass das was bringt – bitte! Der Keller ist offen, gehen Sie einfach rein.«

Dr. Thomas Berg versuchte, seine Atmung zu kontrollieren, und bemühte sich um ein freundliches Lächeln. Aber er sah dem Gesicht des Kommissars an, dass ihm das nicht gelang.

Dann erzählte ihm der Kommissar, dass dieser Perverse, Martin Franke, versucht hatte, sich das Leben zu nehmen. Wieder verspürte Berg so etwas wie Erleichterung.

»Da haben Sie ja wohl Ihren Täter«, sagte er.

»Ach, Herr Dr. Berg, wenn es so einfach wäre.«

Der Kommissar schüttelte den Kopf und sah beinahe so aus, als würde er ihn bemitleiden.

»Nein, im Moment sehen wir dort keinen direkten Zusammenhang. Wir glauben, dass der Tod von Max Wenke etwas mit dem Tod von seinem Vater zu tun hat.«

»Wie bitte? Aber Alexander Wenke ist doch schon über ein Jahr tot?«

»Exakt am selben Tag wie sein Sohn gestorben, ja. Vermutlich ist Jürgen Helmer für die Tat verantwortlich. Er dürfte der Drahtzieher der Unterschlagungen rund um den Turnhallenbau gewesen sein, und wahrscheinlich ist Alexander Wenke ihm auf die Schliche gekommen.«

Berg wurde schlecht. Lag es am Restalkohol, oder schlugen ihm diese Neuigkeiten auf den Magen? Er musste sich setzen und merkte, wie seine Hände zitterten. Schnell faltete er sie zusammen, damit der Kommissar nichts mitbekam.

»Soll das heißen, Alexander Wenke hatte nichts mit den veruntreuten Spendengeldern zu tun?«

»Nein. Wahrscheinlich nicht. Helmer muss allerdings einen Komplizen hier im Haus gehabt haben. Wir glauben, dass das

Sebastian Junglas war. Wissen Sie, wo er in diesem Moment ist?«

Berg schüttelte nur langsam den Kopf. Er konnte dem Kommissar kaum noch zuhören. Alexander Wenke war ... *unschuldig*?

»Was hat Sie eigentlich dazu bewogen, die Presse mit Falschinformationen zu füttern?«, holte Käfer ihn wieder auf den Boden der Tatsachen zurück.

Berg seufzte. »Ich gebe zu, dass das ein Fehler war«, sagte er dann zerknirscht. »Aber wissen Sie, ich bin immer davon ausgegangen, dass Alexander Wenke das Internat damals betrogen hat, dass er es war, der die Spendengelder hinterzogen hat. Für mich war das ein so großer Verrat an unseren Idealen, an allem, was Alexander Wenke überhaupt erst zu dem gemacht hat, was er war ... Ich konnte ihm das nicht verzeihen. Und dann fängt sein Sohn an, die Schule zu diffamieren ... Und seine Freundin macht auch noch so einen Mist. Das fällt doch alles auf mich zurück. Dagegen musste ich mich doch zur Wehr setzen!«

»Indem Sie ein junges Mädchen so diffamieren? Und ihren toten Freund und dessen Vater in ein schlechtes Licht rücken? Haben Sie sich mal überlegt, wie es für Sonja Wenke und auch für Marie sein muss, wenn sie so etwas in der Zeitung lesen?«

»Und haben Sie sich mal überlegt, wie es für mich ist, die ganzen negativen Artikel über das Internat zu lesen?«, fuhr er den Kommissar an.

Der schüttelte nur den Kopf. »Ihnen ist nicht zu helfen«, sagte er genervt und verließ den Raum.

Dr. Thomas Berg starrte auf seine zitternden Hände. Nein, ihm war wirklich nicht mehr zu helfen.

*

Sein Körper reagierte immer extremer auf das ständige Auf und Ab. Nachts schwitzte er permanent, manchmal wachte er auf und musste seine Nachtwäsche wechseln, so nass war sie. Frederik wusste genau, dass er zu viel konsumierte. Wie lange würde sein Körper das noch mitmachen? Ohne kam er nicht mehr klar. Ihm war klar, dass er abhängig war, er verleugnete das nicht. Wozu? Er war schließlich nicht blöd. Er wusste genau, dass sein Konsum nicht gesund war. Egal. Jetzt brauchte er erst mal eine Line. Wie sollte er den Tag sonst ertragen?

Er hatte sich in Maries Zimmer geschlichen, was kein Problem gewesen war. An der Schule ging es zurzeit drunter und drüber. Ständig fiel der Unterricht aus, und keinen schien es groß zu kümmern. Kotte versuchte zwar noch, die Kontrolle zu behalten, aber die meisten Schüler gingen morgens weder zum Frühsport noch am Nachmittag zu ihren Kursen. Seit zwei Tagen herrschte eine Art Ausnahmezustand auf Schloss Lemburg, und Berg schien es piepegal zu sein.

Mit zitternden Händen öffnete er das kleine Tütchen, das er unter der Nachtischschublade gefunden hatte. Vorsichtig schüttete er eine Portion auf das helle Kiefernholz und nahm seine Kreditkarte aus der Tasche. Dann teilte er das weiße Häuflein in drei dicke Linien und griff nach einem abgeschnittenen Strohhalm, von denen er immer einen ganzen Vorrat in der Tasche hatte. Er hatte nie verstanden, warum die Leute aufgerollte Geldscheine benutzten, um sich das Koks in die Nase zu ziehen. Nichts war praktischer als ein abgeschnittener Strohhalm, unauffällig, sauber, hygienisch, außerdem leicht zu entsorgen.

Er konzentrierte sich, damit seine Hände nicht mehr zitterten. Dann setzte er den Strohhalm an. Bäm! Es war noch wie beim ersten Mal. Nur dass er inzwischen viel mehr brauchte. Aber es war immer noch eine kleine Explosion, wenn das Zeug hoch oben in seiner Nase ankam. Erst brannte es, und ihn überkam das unwiderstehliche Bedürfnis, sich heftig die Nase zu reiben. Ein medizinischer Geschmack lief von oben den Rachen herunter, betäubte seinen Mund, seine Zunge, sogar die Lippen. Erst dann zog die Wirkung hoch in die Stirn, schien den ganzen Kopf zu befreien, alles Schlechte einfach wegzublasen. Ja! Er war wieder da. Endlich konnte er klar denken. Back in the game.

Frederik zog die nächste Line.

Ist. Das. Geil.

Er sprang auf. Wach, fit, voller Elan. Dachte er jedenfalls zunächst. Dann merkte er, dass sein Kreislauf doch ganz schön neben der Spur war. Eigentlich fühlte er sich super, energiegeladen und stark. Aber seine Beine wackelten, als hätten sie sich selbstständig gemacht. Wann hatte er das letzte Mal etwas gegessen? Er hatte keine Ahnung. Das war der Nachteil vom Koks, beziehungsweise der Vorteil, aus Sicht der Mädels jedenfalls. Man hatte keinen Hunger mehr und vergaß das Essen. Auf Dauer keine gute Sache.

Gut, dass du alles im Griff hast und die Probleme erkennst. Solange du Herr der Lage bist, hast du die Droge unter Kontrolle. Und nicht umgekehrt.

Er legte sich auf Maries Bett und sog den Geruch ihrer Bettwäsche ein. Er war so froh, dass sie sich langsam näherkamen. Frederik hatte das Gefühl, dass sie ihm inzwischen glaubte, dass er Max nicht umgebracht hatte. Und wenn sie ihm erst mal vertraute, wenn die absurden Ängste ihm gegenüber verschwunden waren, dann würde sie sich auch in ihn verlieben können, davon war er überzeugt.

Tja, Max, der ewige Zweite ist nun die Nummer eins, dachte er und grinste.

Dann besann er sich. Er hatte Junglas versprochen, Maries

Zimmer gründlich zu durchsuchen. Irgendwo musste sie die SD-Karte aus Max' Handy versteckt haben, denn Junglas war sich sicher, dass sie sie nicht vernichtet hatte. Immerhin befanden sich die letzten Minuten von Max' Leben darauf.

»Was wollen Sie denn damit?«, hatte Frederik den Erzieher gefragt.

»Ich habe jemandem versprochen, sie zu besorgen«, hatte Junglas geantwortet.

Dreihundert Euro würde er ihm dafür erlassen. Das lohnte sich. So billig würde er nie wieder an so viel Stoff kommen. Und während er unter Maries Bett versuchte, die Fußleiste abzukriegen, dachte er an den Bademantel von Sebastian Junglas, der auf dem Bett gelegen hatte und an dessen Kragen das Namensschild herausgerissen war.

*

Charlotte hatte sich einen Stuhl geholt und neben Maries Bett gestellt. Immerhin konnte das Mädchen inzwischen wieder aufrecht sitzen und musste nicht mehr liegen. Der Blasenkatheder war entfernt worden, und Charlotte hatte den Eindruck, als wenn Marie das Schlimmste hinter sich hätte. Jedenfalls was die Operation anging. Psychisch wirkte sie immer noch angeschlagen.

»Ich habe Angst, dass ich die falsche Entscheidung getroffen habe.« Maries Stimme zitterte. »Andere schaffen das doch auch. Es gibt genug Mädchen in meinem Alter, die ein Kind bekommen. Vielleicht hätte ich das nicht tun dürfen …«

»Es ist völlig normal, dass du dir solche Vorwürfe machst. Ich glaube, Max' Tod hat dich ganz schön aus der Bahn geworfen. Sonst hättest du doch vermutlich gar nicht so kurz entschlossen gehandelt.«

»Ich weiß nicht. Dann hätte ich vielleicht anders abgetrieben. Ich bin mir halt nicht sicher, ob es grundsätzlich die richtige Entscheidung war. Und jetzt ist es zu spät.«

Ja, dachte Charlotte. Marie konnte nichts mehr rückgängig machen. Kaum etwas war so endgültig wie ein Schwangerschaftsabbruch.

»Weißt du, Marie, sich dafür zu entscheiden, ein Kind zu bekommen, ist keine kleine Sache. Viele Teenagermütter gehen extrem naiv an dieses Thema heran, glauben, dass sie dann ein süßes Baby zum Knuddeln haben. Wie viel Aufopferung es braucht, um so einen kleinen Wurm großzuziehen, das bedenken die wenigsten. Ich glaube, in deinem Alter hätte ich mich auch gegen ein Kind entschieden.«

»Haben Sie denn Kinder?«

»Na ja ... Noch nicht.«

Marie sah sie nachdenklich an. »Soll das heißen, Sie ...?«

Charlotte atmete tief durch und nickte schließlich. Sie hoffte, dass sie das Mädchen mit dem Eingestehen ihrer eigenen Schwangerschaft nicht weiter verunsicherte. »Und auch ich war voller Bedenken und Zweifel. Sogar in meinem Alter.«

»Warum haben Sie sich dafür entschieden?«

Ja, warum? Wo waren eigentlich ihre ganzen Ängste und Zweifel geblieben?

»Vielleicht gerade wegen meines Alters«, sagte Charlotte und musste noch mal an die Frauen denken, die im Flur des Krankenhauses auf ihre Ausschabung gewartet hatten. »Ich werde vielleicht keine zweite Chance mehr bekommen. Du dagegen bist jung. Du kannst dich später immer noch für Kinder entscheiden.«

Marie nickte traurig, und Charlotte sah, wie Tränen in ihre Augen stiegen. Ihre Gynäkologin hatte ihr ja gesagt, wie traumatisch eine Abtreibung gerade für junge Mädchen sein konnte, und Marie hatte in der letzten Zeit wirklich einiges durchgemacht.

Charlotte suchte in ihrer Handtasche nach dem Informationsmaterial, das Dr. Bender ihr mitgegeben hatte. »Schau mal, das kannst du dir in Ruhe angucken, wenn es dir etwas besser geht«, sagte sie und gab ihr den Infoflyer über eine Selbsthilfegruppe für Frauen, die abgetrieben haben. Vorn war ein Foto von der Krankenschwester zu sehen, die die Gruppe leitete. War das nicht die junge hübsche Frau, die sie neulich im Krankenhausflur angesprochen hatte? Ja, das wunderschöne Gesicht, die blond gelockten Haare, wie ein Engel sah die Schwester aus.

»Die treffen sich hier im Krankenhaus. Du kannst mit denen sprechen, solange du noch hier bist, okay?«

»Ja, das mache ich.«

Marie wirkte müde, sie lehnte sich zurück und zog die Decke ein wenig hoch. Eigentlich hätte sie das Mädchen schlafen lassen sollen, aber Charlotte wollte unbedingt noch etwas mit ihr besprechen.

»Warum hast du uns nicht gesagt, dass du das Video von Max gedreht hast?«

Das Mädchen sah sie erschrocken an. »Was? Wie kommen Sie darauf?«

»Du warst seine Freundin, seine engste Vertraute. Und du warst die Einzige, die von Anfang an glaubte, dass Max nicht mehr leben wollte. Du hast es gedreht, oder? Du warst an dem Abend, als er starb, in der Folterkammer, stimmt's?«

Marie wich ihrem Blick aus und starrte nervös auf die Bettdecke. Unruhig knetete sie ihre Hände.

»Was ist an dem Tag passiert, Marie? Erzähl es mir«, sagte Charlotte sanft, aber mit Nachdruck.

Das Mädchen seufzte. »Es ging ihm nicht gut. Max war völlig durch den Wind. Er wollte mir nicht erzählen, was los war, aber es musste irgendetwas Schreckliches passiert sein, das habe ich genau gespürt.«

Der Mord an Helmer, dachte Charlotte. Kein Wunder, dass Max durcheinander gewesen war. So eine Tat würde jeden Siebzehnjährigen aus der Bahn werfen.

»Der ganze Tag lief irgendwie schon schief. Vormittags hatte Max einen Riesenkrach mit Martin Franke. Er sagte mir, Franke hätte ihn betatscht, was ich mir kaum vorstellen konnte. Das war kein schmieriger Typ, der Franke, eigentlich war der immer ganz okay. Klar, uns war auch aufgefallen, dass er Max besonders mochte, aber wer tat das nicht? Deshalb lief da doch nichts. Frederik hatte zwar dauernd diese Schwulengerüchte in die Welt gesetzt, aber das glaubte doch eh keiner.«

Marie nahm ein Taschentuch aus der Schublade ihres Nachttisches und putzte sich die Nase.

»An dem Nachmittag war Max für ein paar Stunden weg und kam völlig verstört wieder. Aber er wollte mir nicht sagen, was los war. Er sagte, er würde mir alles am Abend in der Folterkammer erzählen, er wollte alles auf Video aufnehmen, es sollte eine ganz große Sache werden. Es sei der Tag der Abrechnung, meinte er. Aber vorher wollte er unbedingt mit Berg sprechen. Ich habe draußen vor der Tür des Büros gewartet und gehört, wie die beiden einen heftigen Streit hatten.«

Max war nur wenige Stunden vor seinem Tod noch bei Berg gewesen? Warum hatte der Direktor ihnen nichts davon erzählt?

»Irgendwann stürmte er aus dem Büro und rannte an mir vorbei.«

»Was hast du dann gemacht?«

»Berg stand mit hochrotem Kopf da und rief mich zu sich. Da musste ich natürlich erst mal zu ihm rein.«

Natürlich. Wenn der Direktor rief, hatte man zu gehorchen.

»Berg wollte von mir wissen, was mit Max los wäre. Ich habe ihm nur gesagt, dass ich nichts wüsste.«

Das Klingeln von Charlottes Handy unterbrach die Unterhaltung. »Warte, da muss ich kurz ran«, sagte sie, als sie Käfers Nummer sah.

»Charlotte, wir haben Max' Handy inklusive der SD-Karte gefunden! Wir haben Frederik Linnemann dabei erwischt, wie er es gerade zu Junglas bringen wollte.«

»Ist die Karte intakt?«

»Ja. Und wir haben darauf ein elektronisches Ticket gefunden. Max hatte einen Flug gebucht, von Greven nach Fuerteventura. Am Freitagabend sollte sein Flieger gehen. Du hattest recht, Charlotte, der wollte nicht sterben, der wollte abhauen.«

»Und es gab nur dieses eine Ticket?«

»Ja. Er wollte allein fliegen.«

»Ich bin in einer halben Stunde bei euch«, sagte sie und drückte das Handy aus. Für einen Moment sah sie das Mädchen nachdenklich an. »Max hatte ein Flugticket gebucht. Auf die Kanaren. Wusstest du das?«

Marie schüttelte mit erstauntem Gesichtsausdruck den Kopf. »Nein, davon hat er mir nichts erzählt.«

»Er wollte allein weg, Marie. Er wollte nicht sterben, er wollte verschwinden. Hat er dir nichts davon gesagt?«

Marie schluckte und schüttelte erneut den Kopf. Sie kämpfte sichtbar damit, die Neuigkeit zu verarbeiten.

»Warum habt ihr euch eigentlich im Keller getroffen?«, versuchte Charlotte das Mädchen wieder auf andere Gedanken zu bringen.

Sie seufzte. »Max wollte für sein Video eine möglichst eindrucksvolle Kulisse, damit es auch in allen sozialen Netzwerken geteilt wird. Deshalb habe ich es ja auch später auf die Homepage des Internats gestellt, um ihm seinen letzten Wunsch zu erfüllen. Ich kannte ja das Passwort von seinem Account.« Sie atmete tief durch. »Außerdem wollten wir was nehmen. Das war im Keller auch sicherer«, fügte sie hinzu.

»Habt ihr immer im Keller Drogen genommen?«

»Nein. Aber da war das Übergabeversteck. Die Drogen waren immer in derselben Ritterrüstung in der Folterkammer.«

Charlotte wurde hellhörig. »Wir wissen, dass ihr die Drogen von Sebastian Junglas bekommen habt.«

Marie zuckte nur mit den Schultern.

»Okay, du willst ihn nicht verraten. Anders gefragt: Habt ihr die Person, wer auch immer sie ist, an dem Tag gebeten, die Drogen in der Ritterrüstung zu verstecken?«

»Ja. Aber das war die Dosis für den nächsten Tag. An dem Abend hatten wir was von Max' Opa. Das andere Zeug ist nichts für abends, das ist nur was, um durch den Tag zu kommen.«

»Verstehe«, sagte Charlotte. »Und dann habt ihr das Video gedreht.«

»Ja. Aber plötzlich wurde mir kotzübel. Vielleicht lag es an der Schwangerschaft oder an diesem Medikament, was ich noch nie zuvor genommen hatte. Oder an beidem. Jedenfalls kam es mir hoch, ich konnte gerade noch rausrennen und mich draußen im Garten übergeben.«

»Ist Max mit rausgekommen?«

»Nein. Aber Frederik stand plötzlich neben mir.«

Marie erzählte ihr, dass Frederik sie offensichtlich den ganzen Tag schon beobachtet hatte. Sie wusste, dass er in sie verliebt war, und fand es unangenehm, dass er sie nicht aus den Augen ließ.

»Er wollte sich um mich kümmern, aber darauf hatte ich keinen Bock. Er hat mir Taschentücher und Wasser gebracht, aber dann haben wir uns gestritten, weil ich seine Fürsorge nicht wollte. Mir war doch klar, warum der das machte.«

Frederik sei wieder durch den Keller ins Schloss gegangen, und Marie folgte ihm kurz darauf.

»Als ich wieder in die Folterkammer kam, war die eiserne Jungfrau umgefallen, und Frederik stand vor einer großen Blutlache.« Die Stimme des Mädchens war kaum noch zu verstehen.

»Wie lange war Frederik allein in der Kammer?«

»Nicht lange. Ein, zwei Minuten vielleicht.«

»Hast du in der Zeit irgendwelche Geräusche gehört?«

»Nein. Nichts.«

Ein bis zwei Minuten, dachte Charlotte nachdenklich. Konnte das reichen, um Max in der eisernen Jungfrau zu ermorden?

21

Während Krane und die anderen mit den letzten Vorbereitungen beschäftigt waren, hatte Käfer sich auf die Streckbank in der Folterkammer gesetzt. Er hatte die SD-Karte wieder in Max' Handy gesteckt und betrachtete neugierig das Display, auf dem die Daten gerade geladen wurden. Wäre Frederik nicht so auf Droge gewesen, wäre er Käfer vielleicht gar nicht aufgefallen. Aber als er aus Bergs Büro in den Keller gehen wollte, sah er, wie Frederik schwitzend und bleich ins Freie lief. Gehetzt wirkte er, und er sah sich immer wieder nervös um. Käfer konnte nicht sehen, was der Junge in der Hand hielt, folgte ihm aber und stellte ihn schließlich zur Rede. Es war schwierig, etwas aus Frederik herauszubekommen, aber schließlich gestand er, dass Junglas ihn darum gebeten habe, die Speicherkarte von Max' Handy zu besorgen, die Marie, wie sie es angenommen hatten, in ihrem Zimmer versteckt gehabt hatte. Max' Handy habe er eher zufällig bei der Suche nach der Speicherkarte gefunden und kurzerhand eingesteckt, immerhin war es ein neues iPhone, genauso eines, wie er es schon immer haben wollte, hatte Frederik stotternd ausgesagt. Käfer schickte sofort die Kollegen Schwarzer und Subotik los, um den Erzieher zu suchen. Hatte Sebastian Junglas doch etwas mit dem Tod von Max Wenke zu tun?

Er sah sich die Videos an, die auf der Karte gespeichert waren. Da war zunächst der Film, den sie schon von der Homepage des Internats kannten. Es war das letzte Video, das mit dem Handy aufgenommen worden war. Davor fanden sich drei kürzere Filme – offenbar hatte Max mehrere Anläufe gebraucht, bevor er die richtigen Worte gefunden hatte.

Käfer drückte auf Play.

»Ich bin Max Wenke, und heute ist der Tag, an dem ich Dr. Berg, dem Direktor von Schloss Lemburg, zeigen werde ... Boah, ich kann mich voll scheiße konzentrieren ... Stopp nochmal!«

Nicht sonderlich aussagekräftig, dachte Käfer und klickte das nächste Video an.

»Mein Name ist Max Wenke, und ich will heute der ganzen Welt mitteilen, was sich auf Schloss Lemburg abspielt ... Sebastian Junglas, unser vermeintlicher ... Ach, Kacke!«

Wieder brach die Aufnahme ab. Käfer klickte das dritte Video an. Max wirkte noch angeschlagener. Die Wirkung des Opioids schien sich inzwischen voll entfaltet zu haben.

»Heute ... heute ... jährt sich der Tod meines Vaters ... zum ersten Mal. Und sein Tod ... also, schuld ist nur dieses verdammte Internat. Dr. Berg weiß davon ... Er tut alles, um es zu vertuschen. Er weiß, dass Sebastian Junglas ... Marie, du wackelst zu doll! ... Ich kann bald nicht mehr, Mann ...«

»Wir sind dann so weit«, sagte Krane in dem Moment und schaltete den Scheinwerfer ein, den sie in der Folterkammer aufgebaut hatten.

Die eiserne Jungfrau stand wieder auf ihrem ursprünglichen Platz, mit geöffneter Klappe, sodass man automatisch in das Innere des Foltergeräts blickte, sobald man den Raum betrat. Wolske hatte sich mit seiner Kamera davor platziert, um jeden Schritt festzuhalten. Sascha, Kranes Assistent, hievte gerade einen Sandsack in das Foltergerät.

»Der Sack ist fünfundsiebzig Kilo schwer und entspricht damit genau dem Körpergewicht von Max Wenke«, erklärte

Krane. »Oder gibt es irgendjemanden, der sich freiwillig da reinstellen will?« Grinsend blickte er in die Runde. »Dachte ich's mir doch.«

»Okay«, sagte Käfer und positionierte sich ungefähr drei Meter vor der eisernen Jungfrau. »Das passt von der Perspektive«, meinte er. In der Hand hielt er Max' Handy. »Hier muss Marie gestanden haben, um das Video zu drehen. Sascha, kannst du dich mal vor die eiserne Jungfrau stellen?«

Man sah dem Kollegen an, dass er sich nicht sonderlich wohlfühlte, die Rolle des Opfers einzunehmen. »Ich stell mich da aber nicht rein.«

»Ist auch nicht nötig.« Käfer ließ das Handy sinken. »So. Erstes Szenario. Marie ist die Täterin. Sie schließt die eiserne Jungfrau. Wir hatten sie als Tatverdächtige bisher noch nicht auf dem Schirm, dabei hätte sie durchaus ein Motiv gehabt, wie wir mittlerweile wissen. Max wollte sie verlassen. Er wollte ohne sie abhauen. Und sie war schwanger von ihm. Vielleicht hat sie uns ja nur gesagt, dass sie es erst nach seinem Tod herausgefunden hat. Vielleicht stimmt das ja gar nicht.«

»Ich dachte, sie war die Einzige, die sich von seinem Tod betroffen zeigte?«, warf Hammersbach ein.

»Schon. Aber was war davon echt und was gespielt?«, überlegte Käfer. »Vielleicht hat sie von seinen Plänen Wind gekriegt, sich ins Ausland abzusetzen? Vielleicht hat sie beim Drehen des Videos das elektronische Ticket auf seinem Handy gesehen und dann eins und eins zusammengezählt?«

»Und im Affekt die Tür zugeschlagen«, murmelte Hammersbach. »Absolut denkbar. Und eine Erklärung dafür, warum das Opfer nicht aus der eisernen Jungfrau herausgetreten ist.«

»Also, Marie steht hier, dreht das Video, entdeckt während einer Pause das Ticket und beschließt, Max zu töten«, fasste Käfer noch mal zusammen.

Er ging mit schnellen Schritten auf Sascha zu und holte aus, als wollte er die Tür zuschlagen. Reflexartig sprang der junge Mann zur Seite.

Käfer schüttelte den Kopf. »Nein, Leute, das haut nicht hin. Wenn Max nicht sterben wollte, hatte er genug Zeit, einem Frontalangriff zu entkommen. Nach allem, was wir wissen, hatte er die Arme zum Schutz vor der Brust überkreuzt – eine klassische Abwehrhaltung. Die hat er eingenommen, weil er sich ansonsten nicht mehr wehren konnte, also auch nicht entkommen. Oder wie seht ihr das?«

Die anderen murmelten etwas Zustimmendes.

Er wandte sich zum Gerichtsmediziner um. »Wäre eine Flucht nach vorn in seinem Zustand überhaupt noch möglich gewesen, Krane?«

»Ja, trotz der Drogen, die er intus hatte, hätte er noch reagieren können«, antwortete der. »Max wäre bei diesem Ablauf ja in derselben Verfassung gewesen wie auf dem Video. Sprich: Reaktionsfähigkeit war absolut noch vorhanden, wenn auch eingeschränkt. Das Mädchen kann meiner Meinung nach nicht die Mörderin gewesen sein, denn Max hätte bemerkt, wenn sie auf ihn zugeht. Außerdem kann man die Tür nur mit einer gewissen Kraftanstrengung schließen. Die Scharniere sind so alt, dass ein leichter Stoß nicht gereicht hätte. Sie hätte Schwung holen müssen – was sie aber nicht gewusst haben kann. Wenn du mich fragst: Es ist unwahrscheinlich, dass Max in der eisernen Jungfrau in aller Seelenruhe abgewartet hat, bis Marie die Tür zugekriegt hat.«

»Gut, so hat sich das Ganze also vermutlich nicht abgespielt. Wir schließen Marie als Mörderin mal aus. Zu schwach für die Tür, außerdem zu weit weg, um sich unbemerkt der eisernen Jungfrau zu nähern und Max zu überraschen«, sagte Käfer. »Zweites Szenario. Vielleicht hat Marie den Raum verlassen ...«

»Hat sie«, unterbrach ihn Charlottes Stimme vom Eingang des Folterkellers. Sie grüßte kurz die Kollegen und gesellte sich dann zu ihnen. »Ich habe eben noch einmal ausführlich mit ihr gesprochen. Sie musste sich während des Videodrehs übergeben und ist durch den Kelleraufgang in den Garten gestürmt. Ungefähr zehn Minuten war sie draußen.«

Dann erzählte Charlotte, dass Marie vor der Tür Frederik getroffen habe. Sie habe sich mit ihm gestritten, und er sei vor ihr wieder in den Keller gegangen. Für vielleicht zwei Minuten sei er allein mit Max in der Folterkammer gewesen.

»Wir müssen also testen, ob zwei Minuten reichen, um aus dem Garten wieder reinzukommen, die eiserne Jungfrau zu schließen und umzuwerfen. Sascha, wärst du so nett? Am besten nicht rennen, nur zügig gehen.«

Er nickte und verschwand aus dem Gewölbe, um durch den Kellerzugang ins Freie zu gelangen.

Käfer sah auf seine Uhr und betätigte die Stoppuhrfunktion. »Und los!«, rief er laut.

Nichts passierte.

»Der hört uns nicht«, stellte er fest und wählte Saschas Nummer. »Und los!«, sagte er noch mal ins Telefon.

Es dauerte keine dreißig Sekunden, da kam Sascha in den Raum geeilt. Er ging sofort zur eisernen Jungfrau und knallte mit Schwung die Tür zu. Dabei holte er so heftig aus, dass er fast den Wandteppich, der rechts neben der eisernen Jungfrau hing, abgerissen hätte.

»Scheiße, den hab ich gar nicht gesehen. Sorry!«

»Schon okay. Jetzt noch umtreten«, sagte Käfer.

Mit Schwung trat Sascha gegen das Foltergerät, dass es scheppernd zu Boden flog. Käfer drückte auf Stopp. Eine Minute und zweiundzwanzig Sekunden.

»Frederik hätte es in der Zeit definitiv schaffen können«,

überlegte er. »Und ein Motiv hatte er auch. Vielleicht sogar das stärkste von allen. Allerdings haben wir wieder das Problem, dass er nur von vorn gekommen sein kann, denn die eiserne Jungfrau steht mit dem Rücken zur Außenwand des Raums. Man hat bei geöffneter Tür also freie Sicht auf den Folterkeller und somit auch auf den Eingang.«

»Es ist wie bei Marie. Max hätte ihn gesehen und reagiert«, sagte Charlotte.

»Vergiss nicht, dass inzwischen wieder Zeit vergangen ist«, gab Krane zu bedenken. »Wir sind zehn, fünfzehn Minuten später dran als zu dem Zeitpunkt, als Marie aus dem Raum gestürmt ist. Vermutlich war Max noch nicht völlig ausgeknockt, aber immerhin eine Viertelstunde weiter in seinem Rausch.«

»So stoned, dass er in aller Seelenruhe zuschaut, wie der Täter in den Raum spaziert, zum Foltergerät, in dem er drinsteht, geht und dann die Tür schließt?«

Krane schüttelte den Kopf. »Nein, du hast recht. Das ist total unwahrscheinlich. Ich glaube nicht, dass er den Angreifer gesehen hat.«

»Was ist denn hier los?« Dr. Berg kam mit hochrotem Kopf in die Folterkammer. »Ich denke, Sie wollen hier was nachstellen. Dafür müssen Sie doch nicht die Sachen umschmeißen! Das sind immerhin historische Museumsstücke, wenn ich Sie vielleicht mal daran erinnern darf. Ich verbitte mir das!«

Er wirkte wie ein Schatten seiner selbst, fahrig, nervös und durcheinander.

»Aber Sie wollen das Gerät doch vermutlich sowieso nicht mehr ausstellen, oder?«, fragte Käfer. »Nach allem, was damit passiert ist.«

»Sentimentaler Schwachsinn«, schnaufte der Direktor. »Dann dürfte man ja kein Foltergerät der Welt ausstellen. Mit den Dingern sind schließlich nur schreckliche Sachen veranstaltet worden. Ich will nicht, dass Sie die eiserne Jungfrau noch mal umwerfen!«

Das Klingeln von Käfers Handy hallte durch den Raum und schnitt dem Direktor das Wort ab.

»Henry? Ich hab hier unten beschissenen Empfang«, sagte Käfer, nachdem er rangegangen war. »Was ist mit Junglas?« Es rauschte und knackte in der Leitung, und er konnte nicht verstehen, was der Kollege sagte. Aber irgendwie wirkte Henry Schwarzer aufgeregt.

»Ich versteh kein Wort. Was ist passiert?« Er lauschte noch eine Weile konzentriert und sagte dann: »Gut.«

»Was ist los?«, fragte Charlotte, nachdem er das Handy ausgeschaltet hatte.

»Sie haben Junglas. Ich konnte nicht alles verstehen, aber sie bringen ihn jetzt zu uns. Offensichtlich hatte er Drogen bei sich, die er sonst irgendwo hier unten versteckt hat.«

Charlotte nickte zustimmend. »Marie hat mir erzählt, dass sie immer in der Folterkammer die Drogen bekommen haben.«

»Okay. Bis sie hier sind, lasst uns noch mal den möglichen Tathergang durchgehen. Wir sind uns also einig, dass der Täter vermutlich nicht von vorn gekommen ist. Wie kam er in den Raum, ohne dass Max ihn bemerkt hat?«

»Gar nicht«, sagte Charlotte plötzlich. »Der Mörder war die ganze Zeit hier.« Eiligen Schrittes ging sie zu Krane, der neben der eisernen Jungfrau stand. »Der Wandteppich hier liegt ziemlich im Dunkeln. Sascha hätte ihn eben fast abgerissen, richtig? Und das nur, weil er von der offenen Tür der eisernen Jungfrau verdeckt wird, keiner von uns hat ihn vorher bemerkt. Dort könnte der Mörder sich doch versteckt haben. Jedenfalls hätten Marie und Max ihn dort wahrscheinlich nicht gesehen«, meinte sie und hob den Teppich an. »Er stürmt hervor und wirft die Tür der eisernen Jungfrau zu.«

»Das würde auch erklären, warum der Täter so schnell zuschlagen konnte, als Marie den Raum verlassen hatte. Der Mörder muss also gewusst haben, was die beiden hier unten vorhatten, und hat ihnen hier aufgelauert«, überlegte Käfer.

»Nicht unbedingt. Vielleicht war er auch nur zufällig im Folterkeller und hat sich versteckt, als die beiden kamen. Vielleicht wollte er hier Drogen deponieren«, sagte Charlotte nachdenklich.

»Ich verstehe nur nicht, warum er noch mal gegen die eiserne Jungfrau getreten hat. An seiner Stelle hätte ich doch die Tür zugeworfen und wäre dann schnell abgehauen«, warf Hammersbach ein.

In diesem Moment kamen Subotik und Pauly in die Folterkammer, in ihrer Mitte hatten sie Sebastian Junglas, der sehr mitgenommen aussah.

Dr. Berg stöhnte auf, als er den Erzieher sah.

»Gut, dass Sie hier sind, Herr Junglas«, sagte Käfer beinahe fröhlich. »Genau im richtigen Moment!«

»Ich habe mit der ganzen Sache nichts zu tun«, murmelte der Erzieher niedergeschlagen, und Käfer bemerkte, wie Dr. Berg spöttisch den Kopf schüttelte.

»Ach ja?«, sagte Charlotte. »Wir wissen von Marie Sandlund, dass es hier unten ein Versteck gab, in dem Sie Drogen deponierten, die die Schüler dann abholen konnten. Stimmt das?«

Sebastian Junglas schwieg, nickte aber schließlich.

»Das darf doch nicht wahr sein!« Dr. Berg war sichtlich verärgert.

»Welche der Ritterrüstungen wurde als Übergabeversteck verwendet?«, fragte Charlotte unbeirrt weiter.

»Die da hinten an der Wand«, sagte Junglas leise und zeigte auf eine antike Rüstung, die neben dem Wandteppich stand, den Charlotte eben noch angehoben hatte.

»Wissen Sie, was ich glaube?«, sagte sie streng. »Nachdem Sie die Drogen in der Rüstung versteckt haben, haben Sie sich hinter dem Wandteppich versteckt und von dort aus mitbekommen, was Max vorhatte. Sie hatten Angst, dass er Ihre Drogengeschäfte und Ihre Verwicklungen in den Mord an Alexander Wenke ...«

»Was?« Junglas sah Charlotte ungläubig an. »Ich soll *was?*«

»Und dann haben Sie Max im wahrsten Sinne des Wortes zum Schweigen gebracht, damit Sie nicht auffliegen.«

»Das stimmt nicht. Das ist nicht wahr!«

»Was für ein Schmierentheater«, flüsterte Dr. Berg. Der Direktor wirkte inzwischen vollkommen fassungslos. Wollte er nicht wahrhaben, was sich auf seiner Schule tatsächlich abgespielt hatte?

»Haben Sie sich letzten Freitag hier unten im Keller versteckt?« Käfer merkte erst jetzt, wie laut er sprach.

Junglas rang sichtbar nach Worten. »Ja ... nein. Nicht so, wie Sie denken!«

»Also was? Ja oder nein?« Jetzt sprach er nicht nur laut, sondern auch streng.

»Ja. Aber nicht hier in der Folterkammer, verdammt noch mal!« Junglas fuhr sich mit den Händen über das Gesicht. Schließlich holte er tief Luft und sagte: »Ich war hier unten im Keller, ja. Aber im geheimen Dienstbotenaufgang. Dort war mein Drogendepot, wie Sie wissen.«

»Und von da aus haben Sie auf den richtigen Moment gewartet, um Max Wenke umzubringen?«, fragte Käfer.

»Nein! Ich habe Max nicht umgebracht.« Junglas drehte sich zu Berg und sah ihn zornig an. »Jetzt sagen Sie doch auch mal was!«

Der Direktor trat nervös von einem Bein aufs andere. »Was

soll ich denn dazu sagen? Ich habe Ihnen vertraut, Junglas, ich hätte niemals gedacht, dass Sie ein Dealer ...«

»Ach, hören Sie doch auf!« Junglas war außer sich. »Dass ich nicht lache. Sie haben gewusst, dass die Schüler Drogen nehmen, und es war Ihnen egal. Hauptsache, die funktionierten, und nichts kommt raus.«

»Das ist Blödsinn. Ich habe mit Ihren kriminellen Machenschaften nichts zu tun. Sie dagegen, Sie haben doch schon damals die Spendengelder ...«

»Na und? Die paar Kröten, das ist nichts im Vergleich zu dem Unfall von Alexander Wenke. Wer hat Helmer denn auf die Idee mit dem Laserpointer gebracht? Hm? ›Damit kann man jemanden fabelhaft blenden.‹ Ich hab Ihre Worte noch genau im Ohr!«

»Ich verbitte mir diese infamen Unterstellungen. Ein Mörder wie Sie ...«

»Ich?« Junglas schrie nun fast. »Sie haben Max Wenke umgebracht. Ich habe Sie doch gesehen!«

Alle starrten auf Berg. Er zitterte, Speichel lief ihm aus dem Mund. Erst da sah Käfer, dass der Direktor eine Waffe in der Hand hielt. War das eine der historischen Pistolen, die in der Vitrine in seinem Büro gelegen hatten?

Berg fing Käfers Blick auf. »Sie brauchen gar nicht so zu gucken! Die ist aus dem Zweiten Weltkrieg und funktioniert noch einwandfrei. Und sie ist geladen. Wollen Sie es drauf ankommen lassen?«

»Ganz ruhig, Herr Berg. Drehen Sie jetzt bloß nicht durch.«

»Für Sie immer noch *Dr.* Berg!«, brüllte der Direktor, dass die Spucketröpfchen nur so flogen. »Und ich verbitte mir diesen Ton! Ich bin eine Respektsperson. Also sprechen Sie gefälligst auch so mit mir.« Plötzlich veränderte sich seine Stimme.

»Alle nehmen die Hände hoch und gehen nach hinten an die Wand. Auf der Stelle!«

Käfer sah, dass seine Kollegen die Fassung bewahrten. Mit erhobenen Händen gingen sie langsam zur hinteren Außenmauer des Raums, an der auch die eiserne Jungfrau stand. Besonders nervös wirkten sie nicht, aber er wusste, dass es in ihrem Inneren brodelte. Ein bewaffneter Mann, der nichts mehr zu verlieren hatte, war immer ein unkalkulierbares Risiko.

»Stimmt es, was Herr Junglas sagt?«, fragte Charlotte mit ruhiger Stimme. »Waren Sie am letzten Freitag hier unten in der Folterkammer? Haben Sie sich hinter dem Wandteppich versteckt und die Tür der eisernen Jungfrau geschlossen?«

Berg ging nervös vor ihnen auf und ab und fuchtelte dabei immer wieder mit der Waffe durch die Luft. »Sie haben doch keine Ahnung, Sie haben doch alle keine Ahnung! Diese Schule hat mehr herausragende Persönlichkeiten hervorgebracht als jede andere Einrichtung in diesem Land. So etwas lasse ich mir nicht so einfach kaputtmachen.«

»Haben Sie Max Wenke umgebracht?«, fragte Käfer und überlegte, wie er unauffällig an seine Dienstwaffe kommen konnte.

»Umgebracht, umgebracht. Was für ein Schwachsinn! Der wollte doch sterben. Nachmittags war er noch in meinem Büro und hat mich angeschrien, ich hätte seinen Vater auf dem Gewissen. Er glaubte, ich hätte Helmer beauftragt, Alexander Wenke umzubringen. Was für ein Blödsinn! Dann hat Max mehrfach gesagt, dass dieses Leben keinen Sinn mehr hätte, dass er so nicht weiterleben wollte ...«

»Und da dachten Sie, Sie tun ihm einen Gefallen, oder was?« Käfer war wieder laut geworden. War der Mann noch ganz bei Trost?

»Ich schwöre Ihnen, dass er sterben wollte! Ich habe doch noch mit ihm gesprochen. Er hat mich geradezu angefleht, ihm dabei zu helfen.«

Offenbar nicht. Käfer hatte Mühe, nicht die Beherrschung zu verlieren.

»Max hat die Arme schützend vor seine Brust gehalten«, mischte Krane sich ein. »Das ist nicht gerade die Position, die man einnimmt, wenn man sterben will. Ich glaube vielmehr, dass Sie ihn überrascht und hinterhältig ermordet haben. Dafür spricht auch der Fußabdruck, den wir auf der eisernen Jungfrau gefunden haben.«

»Das ist Irrsinn. So war es nicht!« Bergs Unterlippe zitterte, und sein rechtes Augenlid begann nervös zu zucken. Seine Atmung wurde immer hektischer, er schnaufte und hörte sich inzwischen fast wie ein Hundertmeterläufer auf der Zielgeraden an. Aggressiv starrte er Krane an.

Der ließ sich davon nicht beeindrucken. »Sie haben ihn überrascht, Max reißt im Affekt die Hände hoch – aber da ist es schon zu spät.«

»Woher wollen denn ausgerechnet Sie wissen, wie es an dem Abend abgelaufen ist?«, fragte Berg ihn grimmig.

»Weil ich ein Experte für genaue Abläufe bin«, sagte der Gerichtsmediziner lächelnd.

Berg riss die Waffe hoch und zielte auf Krane. Sein Schnaufen wurde immer lauter, und Käfer konnte trotz der mehreren Meter Abstand, die immer noch zwischen ihnen waren, seine Alkoholfahne riechen.

»Halt's Maul! Du weißt doch gar nichts. Gar nichts.«

Krane hielt Bergs Blick stand, aber seine Hände, die er erhoben hatte, zitterten.

»Ich kann Sie gut verstehen, Herr Dr. Berg.« Es war Charlottes einfühlsame Stimme, die in dem alten Gewölbe erklang.

»Sie haben hier etwas so Wundervolles geschaffen, darauf können Sie sehr stolz sein.«

Käfer sah, dass sich Charlotte langsam Berg näherte. Dabei sprach sie im beruhigenden Tonfall weiter, während er immer noch seine Waffe auf Kranes Stirn gerichtet hatte.

»Ich bin mir sicher, dass Sie an dem Abend nach bestem Wissen und Gewissen gehandelt haben«, fuhr sie fort. Jetzt war sie nur noch einen guten Meter von Berg entfernt. Langsam nahm sie die Hände herunter. »Ich weiß, wie sehr Ihnen das Wohl der Schüler und der ganzen Schule am Herzen liegt. Sie wollten keinen Fehler machen, stimmt's?«

Berg lief der Schweiß von der Stirn, und seine Augen wurden feucht. »Ich habe alles richtig gemacht«, stieß er mühsam hervor.

»Das haben Sie, das haben Sie bestimmt! Und nun sollten Sie noch einmal alles richtig machen. Geben Sie mir die Waffe.« Charlotte streckte ihm einladend die offene Hand hin.

»Ich habe alles richtig gemacht!«, wiederholte Berg noch einmal und riss mit einem Mal den Arm zur Seite. Jetzt zielte er genau auf Charlottes Gesicht.

Oh nein. Nicht Charlotte. Käfer wurde schlagartig schlecht.

»Lassen Sie die Frau in Ruhe, Sie Idiot!«, rief Junglas plötzlich. »Sie machen doch alles nur noch schlimmer!«

»Halten Sie Ihr dreckiges Maul, Junglas! Ich habe nichts mehr zu verlieren. Und wenn ich will, dann erschieße ich diese Frau. Daran können Sie mich nicht hindern.«

»Machen Sie keinen Fehler«, sagte Charlotte immer noch ruhig, inzwischen aber mit deutlich mehr Nachdruck. »Geben Sie mir Ihre Waffe, Herr Dr. Berg.«

»Ich knall Sie ab! Ich schwöre, ich knall Sie ab! Sie haben mir nicht eine Sekunde den nötigen Respekt entgegengebracht, den ich verdient habe. Sie marschieren einfach in mein Büro, machen, was Sie wollen. Ich knall Sie ab!« Berg brüllte wie ein Wahnsinniger, und seine Hand, die die Pistole hielt, bebte.

»Das machen Sie nicht!«, rief Junglas und stürzte sich auf Berg.

Noch bevor Käfer reagieren konnte, riss Junglas dem Direktor die Waffe aus der Hand. Dann ging alles rasend schnell. Käfer zog seine Pistole, ein Schuss fiel, noch einer, dann ein dritter. Man hörte Glas klirren, der Scheinwerfer kippte um, und das Licht ging aus.

Schlagartig war es dunkel im Raum.

»Runter. Alle runter!«, schrie Käfer und schmiss sich auf den Boden. Durch die Eingangstür fiel nur wenig Licht in den Keller, er konnte seine Kollegen nur schemenhaft erkennen. Irgendjemand schrie vor Schmerzen, und er glaubte, Bergs Stimme in den Schreien zu erkennen.

Käfer nahm sein Handy aus der Tasche und leuchtete in den Raum. »Charlotte, bist du okay?«

Nichts. Keine Antwort.

»Charlotte?«

Dann hörte er ein Stöhnen. »Ich glaube, Berg ist getroffen.« Es war Wolskes Stimme.

Käfer leuchtete auf den Direktor, der mit einer blutigen Bauchverletzung am Boden lag. »Wo ist Junglas?«

»Keine Ahnung«, stöhnte Berg und wand sich.

»Wir brauchen mehr Licht!« Mit dem Handy leuchtete Käfer den Weg zur Tür. Er wusste, dass es eine schwache Wandbeleuchtung gab, die sie wegen des Scheinwerfers aber gar nicht erst eingeschaltet hatten. Kurz darauf war der ganze Raum in ein gelbliches Licht getaucht.

»Sind alle okay? Ist irgendjemand verletzt?«

Käfer sah sich um. Sascha saß blass auf dem Boden, er stand offensichtlich unter Schock. Aber er schien unverletzt. Wolske kniete neben Berg und drückte seine Jacke auf die blutende Bauchwunde, Hammersbach und Pauly rappelten sich gerade wieder auf, auch sie schienen okay zu sein. Neben ihnen lag Sebastian Junglas auf dem Boden. Er wirkte benommen, blutete am Kopf, schien aber nicht allzu schwer verletzt zu sein. Er hielt immer noch Bergs Waffe in der Hand, die Hammersbach ihm schließlich abnahm.

Käfers Augen wanderten hektisch über die ganze Szenerie.

Wo war Charlotte?

»Nein. Nein!« Noch nie hatte er sie so schreien gehört. Sie kniete hinter der eisernen Jungfrau und hatte sich über einen Körper gebeugt, den er zuerst gar nicht erkannt hatte.

»Nein. Krane! O Gott nein, das darf nicht sein!«

Käfer eilte zu ihr. Als er neben ihr ankam, sank er verzweifelt zu Boden.

22

Sonja Wenke strich ihr schwarzes Kostüm glatt. Ihr Schwiegervater würde nicht mitkommen können zur Beerdigung, es ging ihm zu schlecht.

Gott, was beneide ich dich, Paul, dachte sie. Du kannst gehen, du kannst sterben, du musst dieses schreckliche Leben nicht mehr lange ertragen.

Und was war mit ihr? Sie war vollkommen leer, fühlte nichts mehr. Keine Trauer, keine Verzweiflung, einfach nur eine große Dunkelheit. Vor vier Tagen hatte die Polizei Dr. Thomas Berg verhaftet. Er stand unter dem dringenden Verdacht, Max ermordet zu haben. An diesem Tag, an dem der Mörder ihres Sohnes festgenommen worden war, hatte man ihr mitgeteilt, dass ihr eigener Sohn selbst ein Mörder war. Er hatte Jürgen umgebracht, indem er ihm ein Messer in den Kopf gestoßen hatte. Sonja konnte es immer noch nicht glauben. Er habe vermutlich im Affekt gehandelt, hatte die Kommissarin ihr gesagt, da Jürgen wahrscheinlich etwas mit Alex' Tod zu tun gehabt habe.

Das war der Moment gewesen, an dem sie kapituliert hatte. Das war zu viel für sie gewesen, viel zu viel. So viel Schuld konnte sie nicht tragen. Sie war schuld am Tod ihres Mannes, ihres Ex-Geliebten und ihres Sohnes. Wenn sie nicht gewesen wäre, wenn sie sich nicht auf Jürgen eingelassen hätte, dann hätte er Alex nicht zu hassen begonnen, dann hätte er ihn nicht aus Eifersucht getötet, und dann wäre Max auch nicht zum

Mörder geworden. Hätte sie sich wie eine anständige Ehefrau und Mutter verhalten, würde ihre Familie noch leben.

Das Taxi war da. Sie ging aus dem Haus, stieg ein und stand dreißig Minuten später in der noch leeren Totenhalle. Sie war absichtlich so früh losgefahren, sie wollte allein sein, bevor die offizielle Feier losging und sie von Freunden und Bekannten bemitleidet wurde.

Ihre Schuhe klackerten auf dem dunklen Steinboden, als sie nach vorn zu dem hellen Eichensarg ging, in dem Max lag. Überall standen Kränze und Blumengestecke, vor dem Sarg lag ein riesiges Herz aus weißen Rosen. Auf der Schleife war in großen goldenen Buchstaben gedruckt: »Für immer in meinem Herzen. In Liebe, Mama.«

Sonja setzte sich in die erste Reihe und starrte auf das Herz. Du hast gemordet, mein Sohn, dachte sie. Aber dich trifft keine Schuld. »Tut mir leid, dass ich versagt habe«, sagte sie leise.

Jetzt musste sie dieses elende Leben aushalten. Sie würde nicht die Kraft haben sich umzubringen, das wusste sie. Selbstmord, nein, dafür war sie viel zu feige. Immer schon war sie zu feige gewesen. Warum hatte sie sich auf Jürgen eingelassen? Es war so einfach gewesen, mit ihm eine Affäre anzufangen, viel einfacher, als an ihrer Ehe zu arbeiten, als die Probleme anzupacken und dafür zu sorgen, dass es ihrer Familie wieder gutging. Eine Affäre war immer der einfachere Weg. Zunächst fühlte man sich besser, war berauscht von der Leidenschaft, den Komplimenten, der Aufmerksamkeit. Dann kam das schlechte Gewissen, was sich zunächst auch noch gut verdrängen ließ. Sie hätte viel eher Schluss machen müssen, aber sie war zu feige gewesen. Erst als Alex tot war, hatte sie Jürgens Berührungen nicht mehr ertragen können. Erst da hatte sie es beendet. Vorher hatte sie es nicht geschafft.

Und jetzt musste sie weiterleben, mit ihrer Feigheit, mit

ihrer Schuld, mit ihrer Vergangenheit. Bald würde sie fünfundvierzig werden. Wenn sie Pech hatte, hatte sie damit gerade erst Bergfest. Das halbe Leben lag noch vor ihr, obwohl doch schon alles vorbei war. Wie sollte es nur weitergehen?

Erst mal musste sie warten, bis Paul es hinter sich hatte, und dann auch ihn zu Grabe tragen. Danach würde sie die Firma verkaufen und das Haus, und dann würde sie von hier verschwinden, weg von Münster, weg aus Deutschland, einfach nur weg. Wohin? Egal. Vielleicht nach Amerika, die Immobilienpreise waren dort so im Keller, sie würde sich in Florida ein schönes Häuschen kaufen können. Dort würde sie sich auf die Terrasse setzen und von morgens bis abends einen Manhattan nach dem anderen trinken, bis sie irgendwann tot umfallen würde.

Sie hörte, wie sich die Holztür hinter ihr öffnete. Immer mehr Menschen kamen in die Trauerhalle. Mitschüler von Max, Freundinnen von ihr, viele kamen nach vorn, drückten sie, streichelten ihren Arm und sprachen ihr Beileid aus. Sonja saß wie versteinert da und war unfähig, auf die vielen Menschen zu reagieren.

Plötzlich setzte sich ein Mädchen neben sie. »Mein Beileid, Frau Wenke«, sagte es leise.

Sonja nickte gleichgültig.

»Ich habe Ihren Sohn geliebt«, fügte das Mädchen hinzu.

Sonja drehte sich zu ihr. »Bist du Marie?«

»Ja.«

Sie musste lächeln und nickte langsam. »Max hat von dir erzählt.«

Das Mädchen ergriff ihre Hand, und so saßen sie Hand in Hand da, als die Musik einsetzte und der Pastor zu reden anfing.

*

Charlotte und Käfer standen hinten in der Halle. Sie waren aus Mitgefühl für Sonja Wenke gekommen – und auch, um den Schrecken der letzten Tage zu verarbeiten. Kranes Tod war nicht spurlos an ihnen vorbeigegangen. Auch wenn sich der Schuss nur versehentlich gelöst hatte, hatte Junglas ihm mitten ins Gesicht geschossen. Lars Krane musste sofort tot gewesen sein. Die Kugel hatte ihm den halben Schädel weggerissen, und Charlotte würde das Bild vermutlich niemals vergessen. Mit Lars Krane hatten sie nicht nur einen hochgeschätzten und außerordentlich kompetenten Kollegen verloren, sondern auch einen Menschen, den sie beide sehr gemocht hatten. Die Frage, ob sie sein Sterben hätten verhindern können, ließ sie beide nicht los. Seit dem Tod ihres kleinen Bruders war Charlotte nicht mehr von solchen Schuldgefühlen geplagt worden, und wenn sie an Kranes junge Frau und die drei Töchter dachte, wurde ihr übel vor Traurigkeit.

Die Betroffenheit im Kollegenkreis war groß, es wurde sofort ein Spendenkonto gegründet, auf dem Geld für die Ausbildung der Kinder gesammelt werden sollte. Aber natürlich konnte all das Krane nicht ersetzen.

»Und wenn ein Lied« von den Söhnen Mannheims erklang. Es sei Max' Lieblingslied gewesen, sagte der Pastor. Der Song handelte von dem Tod eines geliebten Menschen, war sehr traurig und melodisch. Das Lieblingslied eines verzweifelten Teenagers, dachte Charlotte. Wie viel von seinem Verhalten war nur strahlende Fassade gewesen, die sein Unglück verstecken sollte? Wie war Max Wenke wirklich gewesen? Sie würden es niemals erfahren.

Sein Mörder saß in Untersuchungshaft. Sebastian Junglas hatte unter Tränen ausgesagt, dass er Berg am Abend von Max' Tod im Keller angetroffen habe. Er selbst kam gerade aus seinem Drogenversteck, als Berg aus der Folterkammer eilte. Der

Direktor habe ihn unter Druck gesetzt, gab Junglas zu Protokoll, habe ihm gedroht, sowohl die Drogengeschäfte als auch Junglas' Verwicklungen in die Spendengeldaffäre publik zu machen. Er sei überrumpelt worden, sagte Junglas, sei in etwas hineingerasselt, mit dem er gar nichts zu tun haben wollte. De facto hatten die beiden aber einen Deal: Der eine verschwieg die Verbrechen des anderen, so konnten sie sich gegenseitig decken.

Das Handy von Max, das wollte Berg aber unbedingt haben. Aus seinem Versteck hinter dem Wandteppich hatte er mitbekommen, wie oft sein Schüler ihn auf den Videos erwähnte, und Junglas' versprach ihm, es an diesem Abend noch zu besorgen. Er habe nicht gewusst, dass die Polizei schon am Tatort sei, als er noch einmal alles gründlich nach dem Handy absuchen wollte, sagte Junglas später. Er habe das alles nicht gewollt, heulte er, genau wie Kranes Tod. Er habe doch nur Charlotte retten wollen, er habe es doch nur gut gemeint.

Sein Selbstmitleid war für Charlotte kaum zu ertragen gewesen.

Junglas war die Person mit dem schwarzen Umhang gewesen, der sich schon bald als ganz gewöhnlicher Bademantel des Internats herausstellte. Junglas' Flucht durch den Keller, sein mysteriöses Verschwinden im Treppenaufgang und auch sein nächtliches Auftauchen am Fenster von Max' Zimmer sprachen dafür, dass er versucht hatte etwas zu verbergen. In Max' Zimmer suchte er nach den Aufzeichnungen des Jungen, die seine Machenschaften preisgeben würden. Zum Glück fand er in der Nacht weder das Guinnessbuch der Rekorde noch konnte er den Laptop von Max hacken. Womöglich hätte er sonst alle Beweise bezüglich der Spendengeldaffäre vernichtet. Dann hätten sie niemals herausgefunden, dass Alexander Wenkes Tod kein Unfall gewesen war, und es wäre niemals die

Wahrheit ans Licht gekommen, dass nämlich Junglas und Helmer gemeinsame Sache gemacht hatten, um Alexander Wenkes Firma zu schaden – wenn auch aus ganz unterschiedlichen Motiven. Dass Helmer so weit gegangen war, seinen Vorgesetzten dann auch noch umzubringen, das hatte Sebastian Junglas wohl geahnt. Nach dem Unfall hatte er sich aber nicht getraut, mit seinem Wissen zur Polizei zu gehen und seinen ehemaligen Komplizen zu verpfeifen.

Darüber hinaus sagte der Erzieher aus, dass Berg ihm in der Nacht, als Max umgekommen war, versichert habe, dass der Junge sterben wollte, dass er ihm beim Suizid geholfen habe. Auf Käfers Frage, wie Junglas das habe glauben können, zuckte dieser nur mit den Schultern. Als sie ihm im Anschluss sagten, dass Max vermutlich noch zu retten gewesen wäre, wenn Junglas ihn sofort aus der eisernen Jungfrau befreit hätte, brach der Erzieher endgültig zusammen. Schon die Tatsache, dass er bei dem Versuch, Charlotte vor dem amoklaufenden Berg zu schützen, versehentlich Krane erschossen hatte, hatte zu einem Nervenzusammenbruch geführt. Aber auch Max auf dem Gewissen zu haben, nein, das war zu viel für Junglas gewesen. Jetzt lag er in der psychiatrischen Abteilung der Uni-Klinik Münster und galt als stark selbstmordgefährdet. Vor Gericht würde er sich trotzdem verantworten müssen.

Nachdem sie Berg mit den Aussagen des Erziehers konfrontiert hatten, gab er Charlotte und Käfer gegenüber schließlich zu, dass er sich unter Vorsatz in der Folterkammer versteckt hatte. Angeblich habe er lediglich eine Drogenübergabe beobachten wollen, um dem Ganzen endlich ein Ende zu bereiten. Er habe die Tötung von Max nicht geplant, beteuerte Berg, aber als er dann mitbekommen habe, was Max durch das Video alles publik machen wollte, seien ihm die Sicherungen durchgebrannt. Es sei mehr eine Art Unfall gewesen, sagte der Direktor immer wieder, eigentlich habe er sich nur wütend auf Max stürzen und ihn zur Rede stellen wollen, aber dann sei die Tür der eisernen Jungfrau leider zugefallen. Warum er noch einmal dagegengetreten und das Foltergerät umgeschmissen habe, wodurch die tödlichen Verletzungen überhaupt erst entstanden seien, fragten sie ihn, doch Berg schwor auf alles, was ihm heilig war, dass er das nicht getan habe.

Aber stimmte das auch? An einen Unfall konnte Charlotte jedenfalls nicht glauben. Abschließend ließ es sich allerdings nicht mehr klären, von wem der Fußabdruck auf der eisernen Jungfrau wirklich stammte und wer dem Jungen somit den finalen Todesstoß gegeben hatte.

Was Dr. Berg mit dem Tod von Alexander Wenke zu tun hatte, war ihnen bisher noch unklar. Immerhin hatte er zugegeben, Max die Gutachten zum Turnhallenbau überlassen zu haben. Er habe dem Jungen damit zeigen wollen, wie viel Schuld sein Vater auf sich geladen habe. Inwiefern er aber Jürgen Helmer zum Mord an Alexander Wenke angestiftet hatte, konnten sie bisher nicht klären. Doch Charlotte nahm sich fest vor, Berg deswegen auch noch dranzukriegen. Nach der Aussage von Junglas würden sie ihn in diesem Fall wenigstens wegen Beihilfe anzeigen können.

Das Lied war zu Ende, und der Pastor forderte die Trauergemeinde auf, dem Sarg auf den Friedhof zu folgen. Vier in dunkle Anzüge gekleidete Männer hoben den hellen Eichensarg von seinem Podest und trugen ihn langsam aus der Halle. Dahinter ging Sonja Wenke, Arm in Arm mit Marie Sandlund und gefolgt von einigen Schülern von Schloss Lemburg. Es war das letzte Geleit für einen Ausnahmeschüler eines Internats, das es in der Zukunft so nicht mehr geben würde.

Charlotte blieb einen Moment in der leeren Trauerhalle stehen und atmete den Geruch von Weihrauch und Kerzen ein. In drei Tagen würden sie wieder hier sitzen und Lars Krane die letzte Ehre erweisen.

Sie war so unendlich traurig.

*

Das Grab war bereits zugeschüttet und mit Kränzen bedeckt. Marie hatte sich auf eine Bank gesetzt, die direkt gegenüber der Grabstelle stand. Die letzten Stunden und Tage hatte sie so viel geweint, dass keine Tränen mehr übrig waren. Sie hatte sich bei der Selbsthilfegruppe angemeldet, die Charlotte Schneidmann empfohlen hatte. Vielleicht würde ihr das ja helfen.

Sie blickte auf die vielen bunten Blumen vor ihr. Er hatte gesagt, dass er aus diesem Leben verschwinden wolle ... Max, wolltest du wirklich ohne mich abhauen? Nein, das konnte sie sich nicht vorstellen. Er hätte sie bestimmt nachgeholt, oder? Die Vorstellung, dass er gar nicht sterben, sondern ohne sie verschwinden und irgendwo ein neues Leben anfangen wollte, verstörte sie mindestens so sehr wie die Tatsache, dass der Direktor ihrer Schule ihn umgebracht hatte. Konnte sie wirklich so naiv gewesen sein und sich in Max und Berg so täuschen?

Sie nahm ihr Handy aus der Tasche und klickte das Video an, das sie von Max' Handy kopiert hatte. Immer wieder sah sie es sich an und dachte an den Moment, als ihr schlecht geworden und sie in den Garten gerannt war.

»Es ist alles okay«, hatte sie noch gemurmelt. »Bin sofort wieder da, warte hier.«

»Soll ich nicht mitkommen?«

»Nein, schon gut«, hatte sie gerufen, weil sie nicht wollte, dass er sie kotzen sah. Wäre sie doch nur nicht so eitel gewesen! Wenn sie zugelassen hätte, dass er sie begleitet, wäre er heute noch bei ihr.

Das wäre er nicht, dachte sie einen Moment später und starrte auf das Standbild, das Max in der eisernen Jungfrau zeigte. Wollte er mich wirklich allein lassen?

»Nein, du hättest mich nachgeholt, stimmt's?«, sagte sie und strich zärtlich über das Display. »Du wolltest nicht allein verschwinden. Du wolltest mit mir zusammen sein.« Sie glaubte ganz fest daran. Sie musste das glauben. Ansonsten würde sie es nicht ertragen.

In der Ferne sah sie Frederik auf sich zukommen. Sie lächelte und winkte ihm zu. Auch in ihm hatte sie sich getäuscht. Lange hatte sie geglaubt, er hätte etwas mit Max' Tod zu tun. Sie hatte ihm unrecht getan, er hätte Max niemals Gewalt angetan. Er war einfach nur unglücklich in sie verliebt gewesen, das war alles. Aber deshalb hätte er seinem Kontrahenten nie etwas Böses angetan. Zum Glück wusste sie das jetzt. Denn Marie musste zugeben, dass sie im Moment froh war, Frederik an ihrer Seite zu haben.

EPILOG

Er hatte für einen Moment das Bewusstsein verloren, aber jetzt konnte er wieder einigermaßen klar denken.

Was ist passiert?

Sein ganzer Körper schien nur noch aus einem einzigen übermächtigen Schmerz zu bestehen. Max konnte die einzelnen Stellen nicht definieren, er hatte das Gefühl, dass seine Beine, seine Arme, ja sein ganzer Körper eine große Wunde waren. Nichts war verschont geblieben. Erbarmungslos hatten sich die Klingen sogar durch das Schlüsselbein und den Hals gebohrt. Er versuchte, den Kopf etwas nach rechts zu drehen, aber es war unmöglich. Der Schädel war von Klingen fixiert.

Sterbe ich?

Das konnte nicht sein. Er war doch auf dem Absprung! Kurz davor, alles hinter sich zu lassen. Diese Schule. Diese Lehrer. Seine klammernde Mutter und die noch heftiger klammernde Marie.

Die Schmerzen rissen ihn aus den Gedanken. Niemals hätte er gedacht, dass diese Form von Schmerz überhaupt existierte. Es schien so sinnlos. Warum hatte die Natur sich nicht einen Schutzmechanismus ausgedacht, damit einem solche Qualen erspart blieben?

Worüber denkst du eigentlich nach, verdammt noch mal? Du musst hier raus. Und zwar schnell.

Fieberhaft überlegte er. Nein, ich sterbe nicht, dachte er. Die Schmerzen sind zwar furchtbar, doch ich fühle mich noch stark. Aber er konnte sich nicht bewegen, war wie festgezurrt. Die Klingen konnten doch nicht jeden Zentimeter seines Körpers festgenagelt haben, das war unmöglich.

Verdammt. Was konnte er tun? Klopfen? Ja, vielleicht konnte er mit den Fingern an die Wand seines Gefängnisses kommen. Er spürte das kalte Metall unter seinen Kuppen und es kostete ihn viel Mühe, mit dem Knöchel gegen die eiserne Wand zu klopfen. Schon nach dem dritten Mal musste er aufgeben. Es war zu anstrengend, und er konnte kaum noch atmen.

Plötzlich hörte er Schritte. Wer war da draußen? Hatte jemand sein Klopfen gehört? Da war doch jemand! Er hörte ganz deutlich eine Person atmen, die draußen vor der eisernen Jungfrau stand, ganz nah.

Er wollte schreien. Aber er konnte nicht. Sein Hals war von einer scharfen Klinge durchbohrt. Mehr als ein leises, heiseres »Hilf mir!« ging ihm nicht über die Lippen.

Der Andere hatte ihn gehört, denn er lachte. Es klang verächtlich. »Leck mich!«, hörte er eine Stimme sagen, und dann trat jemand scheppernd gegen die eiserne Jungfrau. Max fühlte, wie er fiel und dumpf aufschlug. Die Klingen steckten noch tiefer in seinem Körper, das merkte er genau. Jetzt konnte er keinen Ton mehr hervorbringen.

Und das macht er jetzt alles nur wegen Marie, verdammt? Will er mich wegen der wirklich krepieren lassen? Ich will nicht sterben. Hol mich hier raus!

Max spürte, dass eine Klinge tief in seinem Oberschenkel steckte und dass warmes Blut beständig aus der Wunde lief. Oberschenkelarterie, schoss es ihm durch den Kopf. Nicht gut, gar nicht gut.

Er hatte das Gefühl zu ertrinken. Aber hier war doch nirgends Wasser. Trotzdem fühlte sich inzwischen alles warm und feucht an. Alles an ihm musste blutgetränkt sein. Und mit jedem Tropfen Blut, das so schnell aus seinem Körper lief, schwand seine Kraft. Er spürte seine Beine nicht mehr, und auch in seinen Armen hatte er kein Gefühl.

Wie schnell das geht, dachte er noch. Wie rasend schnell.

Er merkte, wie ihm die Gedanken entglitten. Sie waren zu einem fließenden Strom geworden, ein einzelner war nicht mehr fassbar, alles vermischte sich zu einem großen Ganzen. Übelkeit stieg in ihm auf, und er fühlte sich immer benommener. Der Brechreiz wurde stärker, und Max versuchte, etwas Blut auszuspucken. In seinem Mund schmeckte er Eisen, und er spürte, wie immer mehr Blut kam, warm und metallisch. Der Blutverlust schwächte sein Bewusstsein so stark, dass er langsam wegdämmerte. Jetzt spürte er die Schmerzen kaum noch, eine übergroße Müdigkeit war an ihre Stelle getreten.

Ein merkwürdiges Röcheln ließ ihn noch mal kurz aus seiner Trance erwachen. Es war mehr ein Gurgeln, ein heiseres, feuchtes Geräusch. Woher kam das? Er konnte nichts sehen, es war stockdunkel in seinem Gefängnis. War das ein Tier? Oder ein Mensch? Wieder kroch die Angst in ihm hoch. Das merkwürdige Röcheln wurde immer lauter, es war das Einzige, was er noch hörte.

Dann wurde ihm klar, woher das Geräusch kam, und er wurde ganz ruhig. Es waren die letzten verzweifelten Atemzüge seiner vollgelaufenen Lunge, die das Gurgeln verursachten. Langsam wurde es leiser, bis er es kaum noch hören konnte.

Dann sah er das helle Licht.

DANKSAGUNG

Die Verwirklichung von »Tod nach Schulschluss« wäre ohne die Hilfe einiger Leute deutlich schwieriger gewesen. Bei ihnen möchte ich mich ausdrücklich bedanken. Als Erstes ist hier wieder Bettina Steinhage von Bastei Lübbe zu nennen, mit der ich jetzt zum dritten Mal zusammengearbeitet habe und die mir, wie immer, kompetent zur Seite stand. Ihr Blick auf den Text, ihre Ideen und Anregungen sind unverzichtbar, und ich weiß ihren Rat sehr zu schätzen. Gleiches gilt für meine Lektorin Lisa Bitzer, der ich für die wundervolle und unkomplizierte Zusammenarbeit danken möchte. Carsten Buchsbaum von der Kriminalpolizei Niedersachsen hat mir wieder mit wichtigen Einblicken in die Polizeiarbeit geholfen, und Lars Kröner hat erneut sein forensisches Fachwissen mit mir geteilt – danke, dass ihr euch die Zeit genommen habt.

Außerdem möchte ich meinen besten Freunden, Anke Hilbrenner und Peter Käfferlein danken, die sich immer wieder bereitwillig als Erstleser zur Verfügung gestellt und mir zahlreiche wertvolle Anregungen gegeben haben. Dieses gilt im Besonderen auch für meinem Mann Axel, dem kritischsten aller Erstleser, ohne den ich diesen Roman gar nicht hätte schreiben können.

René Förder und Julia Samwer danke ich ebenfalls für alle Anregungen und Ideen – danke, dass ihr immer kurzfristig Zeit dafür findet. Außerdem möchte ich Philipp Meyer und Jakob Beetz danken für ihre Unterstützung in allen kaufmännischen und technischen Fragen, und natürlich Elisabeth Meyer und Helmtrud Hein, die mir den Rücken freihalten, wenn ich bei Lesungen bin.

Schlussendlich gilt mein Dank dem Verlag Bastei Lübbe und seinem ganzen Team für ein weiteres Jahr hervorragender Zusammenarbeit.

Ein Fall für Fall - Lederhosen inklusive

Michael Peinkofer
SCHNEEFALL
Kriminalroman
304 Seiten
ISBN 978-3-404-17131-6

Krimiautor Peter Fall steckt in einer Schaffenskrise. Sein Verleger schickt ihn in die Alpen, was so gar nicht Peters Fall ist. Hier, in stiller Abgeschiedenheit, soll er endlich seinen nächsten Roman zu Ende schreiben. Doch ein Schneesturm sorgt dafür, dass Peter Falls Leben aus den Fugen gerät. Unvermittelt findet er sich in einem kleinen Bergdorf wieder, das infolge des heftigen Schneefalls komplett von der Außenwelt abgeschnitten ist. Als dann auch noch ein Mord geschieht, bitten die recht merkwürdigen Dörfler Peter um Hilfe. Der lässt sich darauf ein, denn was keiner weiß: Der Mörder geht genau nach seinem neuen Roman vor - dem, den er noch gar nicht fertig geschrieben hat ...

Bastei Lübbe